ISAAC ASIMOV
CHARLES G. WAUGH
MARTIN H. GREENBERG

Unheilige Nacht

Ins Deutsche übertragen
von Sabine Ivanovas

GOLDMANN VERLAG

Deutsche Erstveröffentlichung

Titel der Originalausgabe:
The Twelve Frights of Christmas
Originalverlag: Avon Books, New York

Der Goldmann Verlag
ist ein Unternehmen der Verlagsgruppe Bertelsmann

Made in Germany · 11/90 · 1. Auflage

Umschlaggestaltung: Design Team München
Umschlagillustration: Loh, Heidelberg
Satz: IBV Satz- und Datentechnik, Berlin
Druck: Elsnerdruck, Berlin
Verlagsnummer: 8077
Lektorat: Silvia Kuttny
Redaktion: Ursula Walther
Herstellung: Heidrun Nawrot
ISBN 3-442-08077-5

Inhalt

Vorwort

Ein neuer Anfang

von Isaac Asimov

Jedes neue Jahr hat einen Anfang – aber wann?

Man könnte meinen, daß das egal ist, daß man einfach willkürlich einen Tag nehmen und sagen könnte: »Hiermit soll das Jahr anfangen.« Dann zählt man die Tage, und jedesmal, wenn man 365 Tage gezählt hat (366 in einem Schaltjahr), fängt man am nächsten Tag wieder ein neues Jahr an.

Diese Art von Willkür ist natürlich möglich, aber es gibt Ereignisse am Himmel, die für die Menschen natürliche Jahresanfänge bilden.

Die Mittagssonne steigt am Himmel höher und fällt wieder, ein Prozeß, der sich ständig wiederholt, ohne daß sich etwas Wesentliches daran ändert. Wenn die Mittagssonne am höchsten steht, dann ist die »Sommersonnenwende« (zumindest ist das der passende Name auf der Nordhalbkugel der Erde, wo die Mehrzahl der Menschen lebt). Auf unserem Kalender steht die Sommersonnenwende am 21. Juni.

Wenn die Mittagssonne ihren tiefsten Punkt erreicht hat, dann ist das die »Wintersonnenwende« (21. Dezember). Wenn die Mittagssonne steigt und den halben Weg zwischen dem tiefsten und dem höchsten Punkt erreicht hat, dann ist das die Frühlingstagundnachtgleiche (20. März). Wenn sie sich nach unten bewegt und den halben Weg vom höchsten zum tiefsten Punkt zurückgelegt hat, dann ist Herbsttagundnachtgleiche (23. September).

Der unwichtigste dieser vier Tage ist die Sommersonnenwende. Man weiß um diese Zeit, daß die Tage am längsten und die Nächte am kürzesten sind; die Felder sind grün, die Menschen fühlen sich wohl und glücklich. Der »Mittsommertag« wird mit Spielen und Fröhlichkeit gefeiert, aber das ist keine Zeit, um ein neues Jahr anzufangen.

Die Frühlingstagundnachtgleiche dagegen kommt, wenn der Winter endlich vorüber und der Frühling spürbar unterwegs ist. Bald werden die Knospen an den Bäumen zu sehen sein, die Erde wird allmählich wieder grün, und es kommt die Zeit der Saat. Das ist eindeutig ein Anfang, und in manchen Kalendern (zum Beispiel dem der frühen Römer) begann das neue Jahr zu oder in der Nähe der Frühlingstagundnachtgleiche.

Auch Passah und Ostern sind Frühlingsfeste und haben einen Zusammenhang mit der Frühlingstagundnachtgleiche.

Die Herbsttagundnachtgleiche ist ebenfalls ein brauchbarer Termin. Mit ihr beginnt der Herbst, das Korn reift der Ernte entgegen, und die Tiere haben ihre Jungen geworfen und aufgezogen. Bald wird die Zeit kommen, um die Vorräte einzulagern, mit denen die Menschen im Laufe des kommenden grausamen Winters bequem leben können. Das bedeutet ein gutes Leben für ein weiteres Jahr und ist sicher ein Grund zum Feiern. Und so beginnen die Juden bis zum heutigen Tag ihr Jahr zu oder in der Nähe der Herbsttagundnachtgleiche. Die französischen Revolutionäre, die im Jahr 1792 einen neuen, »wissenschaftlichen« Kalender einführten, machten es auch so.

Und trotzdem war es die Wintersonnenwende, die seltsamerweise die stärkste Anziehungskraft hatte, um einen neuen Anfang zu bezeichnen, obwohl sie den Anfang des Winters darstellte. Ihr folgten drei Monate Frost, beißende Winde und grausame Stürme. Also was gab es da schon zu feiern?

Ja, aber zur Wintersonnenwende hatte die Sonne ihren tiefsten Punkt erreicht und würde nicht noch tiefer sinken. Jetzt begann sie wieder zu steigen, also wußte man sicher, daß, wie bitter auch immer der Winter sein mochte, die Mittagssonne doch jeden Tag höher stand und damit warmes Wetter, den neuen Frühling, die neue Ernte bringen würde.

Also ist es nicht verwunderlich, daß in der westlichen Welt die beiden größten und fröhlichsten Feiertage Weihnachten und Neujahr sind, die direkt auf die Wintersonnenwende folgen, das heißt am 25. Dezember und am 1. Januar. Heutzutage verbinden wir mit Weihnachten die Geburt von Jesus Christus, aber das ist nicht durch die Bibel belegt, wie ich es in meiner Einleitung zu der Anthologie *The Twelve Crimes of Christmas* (Die Zwölf Verbrechen zur Weihnacht) erklärt habe.

Bevor Weihnachten allgemein gefeiert wurde, gab es schon Feste zur Sonnenwende, die nichts mit dem Christentum zu tun hatten. Lovecrafts Erzählung »Das Fest« handelt davon, obwohl sie in der typischen Art Lovecrafts ziemlich wüst ist.

Die Woche zwischen Weihnachten und Neujahr ist eine Festwoche, eine Zeit, zu der die Menschen auf der Welt von gutem Willen und Freude erfüllt sind. Von allen Seiten ruft man sich »Frohe Weihnachten« und »Frohes neues Jahr« zu. Und trotzdem wissen die meisten, daß diese Zeit für viele sehr schwer ist. Das Bedürfnis nach einer weihnachtlichen Atmosphäre bricht vielen das Herz, die kein Heim haben, das sie schätzen. Die Vorstellung von lachenden Kindern, die in Spielsachen und Süßigkeiten wie in Dikkens Weihnachtsgeschichte versinken, macht die armen Kinder, die selten etwas anderes als Hunger empfinden, noch trauriger. Fragen Sie jeden Psychiater, der seine Patienten während der Weihnachtszeit betreut, und er wird Ihnen erzählen, daß auf jeden, der Weihnachtsfreude empfindet, auch ein anderer kommt, für den Weihnachten grauenvoll ist.

Deswegen haben Martin, Charles und ich eine Sammlung von Erzählungen zusammengestellt, die auf diese oder jene Art die andere Seite der Weihnachtszeit darstellen. Wir wollen nicht, daß Sie kein fröhliches Weihnachtsfest oder frohes neues Jahr haben – das wünschen wir Ihnen! –, aber die andere Seite existiert, und nichts Menschliches sollte Ihnen fremd bleiben.

Die Anthologie wird eröffnet von Ramsey Campbells Erzählung »Der Kamin«, und damit kommen wir zur Sache, genau zu der Person, die Sie sich wohl kaum als grauenvoll vorstellen können, denn was ist schon weihnachtlicher als der Weihnachtsmann, der durch den Schornstein kommt, so fröhlich, freigebig und mit dröhnendem Gelächter? Na ja, lesen Sie die Erzählung – aber besser nicht, wenn Sie sich in einem Zimmer mit einem Kamin aufhalten.

Was das Zur-Sache-Kommen betrifft: Wäre es möglich, daß sogar die Aussicht auf einen »neuen Anfang« grauenvoll sein könnte? Was könnte nach Ihrer Vorstellung an einem neuen Anfang, einem Neubeginn, einer nächsten Chance nicht stimmen? Wünschen wir uns nicht alle dann und wann eine solche Möglichkeit? Tja, lesen Sie McConnells Erzählung »Lebenslänglich«, und denken Sie dann noch einmal darüber nach.

Wir haben diese Sammlung mit dem Gedanken an Weihnachten zusammengestellt, und wenn es auch traditionellerweise zwölf Erzählungen sein müßten, konnten wir Ihnen doch die dreizehnte nicht vorenthalten. Unser Weihnachtsgeschenk an Sie ist Arthur C. Clarkes Erzählung »Der Stern«, die Ihnen eine furchtbare neue Vision von einem der ehrfurchtgebietendsten Ereignisse zeigt, das mit Weihnachten in Zusammenhang gebracht wird.

Noch eine Sache, und dann bin ich am Ende. Unsere wichtigste Arbeit bei der Zusammenstellung einer Anthologie, die Erzählungen mit einem gemeinsamen Thema beinhalten, war es, Ihnen gute, qualitätvolle Geschichten vorzulegen. Wenn wir wählen mußten zwischen einer mittelmäßigen, die das Thema genau trifft, und einer sehr guten, die es nur streift, dann haben wir uns für die letztere entschieden.

Aus diesem Grunde haben manche der Erzählungen nur am Rande mit Weihnachten oder Neujahr zu tun, aber doch werden Sie es in jeder der Geschichten irgendwo erwähnt finden. Lesen Sie sie – und erfreuen Sie sich daran.

Markheim

Von Robert Louis Stevenson

»Ja«, sagte der Händler, »bei uns geschieht so manches unverhofft. Manche Käufer oder Verkäufer sind unkundig, und dann wird mein besseres Wissen für mich zum Gewinn. Manche sind unredlich«, und damit hielt er die Kerze hoch, so daß ihr Licht gerade auf seinen Besucher fiel, »und in diesem Fall«, fuhr er fort, »erwächst mir Gewinn aus meiner Ehrenhaftigkeit.«

Markheim war gerade erst von der taghellen Straße hereingekommen, und seine Augen hatten sich noch nicht an das Zwielicht und die Dunkelheit des Ladens gewöhnt. Bei diesen scharfen Worten und angesichts der Nähe der Flamme schloß er schmerzlich die Augen und sah zur Seite.

Der Händler kicherte. »Ihr kommt zu mir am Weihnachtstag«, sprach er weiter, »obwohl Ihr wißt, daß ich allein zu Hause bin, meine Läden geschlossen habe und es mir angelegen sein lasse, keine Geschäfte zu machen. Nun, dafür werdet Ihr bezahlen müssen; Ihr werdet für die Zeit bezahlen müssen, die ich verliere, während ich mich um meine Buchhaltung kümmern sollte; überdies werdet Ihr auch bezahlen müssen für diese Art, Euch etwas herauszunehmen, die mir heute besonders an Euch auffällt. Ich bin die Diskretion selbst und stelle keine unliebsamen Fragen; aber wenn ein Kunde mir nicht in die Augen sehen kann, dann muß er dafür bezahlen.« Der Händler kicherte noch einmal; und dann fuhr er fort, indem er in seinen gewöhnlichen Geschäftston überwechselte, der jedoch noch immer eine Idee von Ironie enthielt: »Könnt Ihr, wie gewöhnlich, Rechenschaft darüber ablegen, wie Ihr in den Besitz des Gegenstandes gelangt seid? Wieder aus dem

Kabinett Eures Onkels? Ein bemerkenswerter Sammler, mein Herr!«

Und der kleine, bleiche, rundschultrige Händler stand beinahe auf den Zehenspitzen, sah über die Gläser seiner goldgerandeten Brille hinweg und nickte mit allen Anzeichen des Unglaubens mit dem Kopf. Markheim erwiderte seinen Blick, indem er ihn seinerseits voll unendlichen Mitleids und mit einer Spur von Grauen ansah.

»Dieses Mal«, sagte er, »seid Ihr im Irrtum. Ich bin nicht gekommen, um Euch etwas zu verkaufen, sondern um etwas zu kaufen. Ich habe keine Kuriosität abzugeben; das Kabinett meines Onkels ist erschöpft bis auf den Grund; doch selbst wenn es noch etwas enthielte – ich war erfolgreich auf dem Aktienmarkt und hätte jetzt eher Interesse daran, etwas hinzuzukaufen als abzustoßen, und mein Anliegen heute ist von einfachster Art. Ich suche ein Weihnachtsgeschenk für eine Dame«, fuhr er fort, und seine vorbereitete Rede wurde während des Sprechens flüssiger: »Ich schulde Euch sicherlich eine Erklärung dafür, warum ich Euch einer so kleinen Angelegenheit wegen störe. Aber ich habe es versäumt, mich gestern darum zu kümmern. Ich brauche meine kleine Aufmerksamkeit am heutigen Abend; und, wie Ihr ja wohl wißt, darf man eine gute Partie nicht vernachlässigen.«

Es folgte eine Pause, während der der Händler ungläubig diese Erklärung abzuwägen schien. Das Ticken der vielen Uhren zwischen all dem wunderlichen Gerümpel in dem Laden und das leise vernehmbare Rasseln der Droschken auf einer nahegelegenen größeren Straße erfüllten diesen Augenblick der Ruhe.

»Nun gut, mein Herr«, sagte der Händler, »meinethalben. Ihr seid immerhin ein alter Kunde, und wenn Ihr, wie Ihr sagt, eine gute Partie machen könnt, dann soll es mir fernliegen, Euch dabei hinderlich zu sein. Hier habe ich also ein hübsches Ding für eine Dame«, fuhr er fort, »diesen Handspiegel – garantiert fünfzehntes Jahrhundert; kommt auch aus einer guten Sammlung; den Namen muß ich Euch jedoch vorenthalten, im Interesse meines Kunden, der ganz so wie Ihr, verehrter Herr, der Neffe und einzige Erbe eines bemerkenswerten Sammlers war.«

Der Händler hatte sich, während er mit seiner trockenen und

scharfen Stimme auf diese Weise weitersprach, gebückt, um den Gegenstand von dem Ort, an dem er gelegen hatte, aufzunehmen; und während er das tat, war Markheim von einem Schauder erschüttert worden, der wie ein Ruck durch seine Hände und Füße fuhr und wilde Leidenschaften in seinem Gesicht zum Vorschein brachte. Diese Erscheinung verschwand so schnell, wie sie gekommen war und hinterließ keine Spuren, außer einem gewissen Zittern der Hand, die jetzt den Spiegel ergriff.

»Ein Spiegel«, sagte er mit belegter Stimme, dann hielt er inne und wiederholte noch einmal deutlicher: »Ein Spiegel? Zu Weihnachten? Ist das Euer Ernst?«

»Und warum nicht?« rief der Händler. »Warum nicht ein Spiegel?«

Markheim sah ihn mit einem rätselhaften Ausdruck an. »Ihr fragt mich, warum nicht?« sagte er. »Nun, seht her – seht hinein – seht Euch an! Seht Ihr das gern? Nein! Ich auch nicht, und auch kein anderer.«

Der kleine Mann hatte einen Sprung zurück gemacht, als Markheim ihm so plötzlich den Spiegel vorgehalten hatte; doch jetzt, sowie er bemerkte, daß nichts Schlimmeres zu erwarten war, kicherte er. »Eure zukünftige Gattin, mein Herr, muß wohl vom Schicksal wenig begünstigt sein«, sagte er.

»Ich frage Euch«, sagte Markheim, »nach einem Weihnachtsgeschenk, und Ihr gebt mir dies – diese verfluchte Mahnung an Jahre und Sünden und Narrheiten – dieses Hand-Gewissen! War das Eure Absicht? Dachtet Ihr daran? Erzählt es mir. Es wäre besser für Euch, wenn Ihr das tätet. Kommt, erzählt mir etwas von Euch. Darf ich die Vermutung wagen, daß Ihr in Wahrheit vielleicht ein wohlmeinender Mensch seid?«

Der Händler sah seinen Begleiter genau an. Wie seltsam, Markheim schien nicht zu lachen; aus seinem Gesicht leuchtete etwas wie ein kleiner Funke der Hoffnung, aber keine Spur von Heiterkeit.

»Worauf wollt Ihr hinaus?« fragte der Händler.

»Nicht wohlmeinend?« erwiderte der andere düster. »Nicht wohlmeinend; nicht fromm; nicht gewissenhaft; liebt nicht, wird nicht geliebt; eine Hand, um Geld zu nehmen, einen Geldschrank, um es aufzubewahren. Um Himmels willen, Mann, ist das alles?«

»Ich werde Euch sagen, wie es ist«, begann der Händler in etwas schärferem Ton, brach dann aber ab und kicherte wieder. »Aber ich sehe schon, es geht um Liebesangelegenheiten, und Ihr habt bereits auf die Gesundheit der Dame getrunken.«

»Ach ja!« rief Markheim mit einer seltsamen Neugierde. »Ja, habt Ihr geliebt? Erzählt mir davon.«

»Ich«, rief der Händler. »Ich geliebt! Ich hatte dafür nie die Zeit und habe auch heute nicht die Zeit für all diesen Unsinn. Wollt Ihr den Spiegel nehmen?«

»Warum die Eile?« erwiderte Markheim. »Es macht doch Freude, hier zu stehen und sich zu unterhalten; und das Leben ist so kurz und unsicher, daß ich mir keine Freude entgehen lassen würde – nein, nicht einmal eine so kleine wie diese. Wir sollten uns vielmehr festhalten daran, festhalten an jedem kleinsten Ding, das wir bekommen können, wie ein Mann sich am Rande einer Klippe festhält. Jede Sekunde ist wie eine Klippe, wenn man's genau bedenkt – eine Klippe von einer Meile Höhe – so hoch, daß wenn wir herabfallen, eine jede unserer menschlichen Eigenschaften zerschmettert wird. Also ist es das beste, sich mit Freude zu unterhalten. Wir wollen uns voneinander erzählen; warum sollten wir diese Maske tragen? Wir wollen einander alles anvertrauen. Wer weiß, vielleicht werden wir Freunde.«

»Dazu sage ich Euch nur eines«, sagte der Händler. »Entweder Ihr macht jetzt Euer Geschäft mit mir, oder Ihr verlaßt meinen Laden.«

»Ihr habt recht, Ihr habt recht«, sagte Markheim. »Genug darum herumgeredet. Kommen wir zur Sache. Zeigt mir etwas anderes.«

Der Händler bückte sich noch einmal, diesmal, um den Spiegel wieder an seinen Platz zu legen, sein dünnes, blondes Haar fiel ihm dabei über die Augen. Markheim trat etwas näher heran, die eine Hand in der Tasche seines Überziehers; er richtete sich auf und füllte seine Lungen; gleichzeitig wechselten sich auf seinem Gesicht viele verschiedene Gefühle ab – Furcht, Grauen und Entschlossenheit, Faszination und körperlicher Abscheu; und durch ein häßliches Anheben seiner Oberlippe sah man seine Zähne.

»Vielleicht würde Euch dies zusagen«, bemerkte der Händler;

und dann, als er sich wieder aufzurichten begann, stürzte sich Markheim von hinten auf sein Opfer. Der lange, spießähnliche Dolch blitzte und stieß herab. Der Händler zuckte wie ein Huhn, wobei er mit der Schläfe an ein Regalbrett stieß, und sank dann zu einem Haufen auf dem Boden zusammen.

Die Zeit hatte einige Dutzend kleiner Stimmen in diesem Laden, manche stattlich und langsam, wie es ihrem hohen Alter geziemte, andere geschwätzig und hastig. Sie alle zeigten das Vergehen der Sekunden in einem verworrenen Chor von Ticken an. Dann wurden diese kleinen Stimmen von den auf dem Pflaster draußen schwer vorbeilaufenden Füßen eines Jungen unterbrochen, was Markheim plötzlich seine Umgebung wieder zu Bewußtsein brachte. Er sah sich um. Die Kerze stand auf der Ladentheke, ihre Flamme schwankte würdevoll im Luftzug, und diese unwesentliche Bewegung füllte den ganzen Raum mit lautloser Geschäftigkeit und wogte wie ein Meer: Die hohen Schatten nickten, die großen Flecken aus Dunkelheit schwollen und schrumpften wie von Atemzügen, die Gesichter der Porträts und die Porzellangötter wirkten veränderlich und schwankend wie Spiegelungen im Wasser. Die innere Tür stand halb offen und blickte mit einem langen Spalt von Tageslicht wie mit einem ausgestreckten Finger in den Pfuhl der Schatten herein.

Von diesen furchterfüllten Ausflügen kehrten Markheims Augen zur Leiche seines Opfers zurück, die so gekrümmt und zugleich hingestreckt dalag, unglaublich klein und seltsam geringer als im Leben. In diesen armen, elenden Kleidern, in der unvorteilhaften Haltung lag der Händler da wie ein ebensogroßer Haufen von Sägemehl. Markheim hatte Angst gehabt, dies zu sehen, aber ach! Es war nichts. Und doch, während er es betrachtete, begann dieses Bündel alter Kleider in einer Pfütze von Blut vielsagend für sich zu sprechen. Da mußte es nun liegen; es gab niemanden, der die kunstvollen Gelenke arbeiten ließ oder das Wunder der Bewegung steuerte – es mußte daliegen, bis es gefunden wurde. Gefunden! Ach, und dann? Dann würde dieses tote Fleisch einen Schrei ertönen lassen, der in ganz England zu hören sein und die Welt mit dem Widerhall der Verfolgung erfüllen würde. O ja, tot oder nicht, dies war immer noch der Feind. »Zeit war noch, als der Verstand noch wach war«, dachte er, und das erste Wort ließ ihn aus seinen Überlegungen aufschrecken. Die Zeit – jetzt, da er die Tat begangen hatte –, die Zeit, die für das Opfer zu Ende gegangen war, war für den Mörder unmittelbar und augenblicklich geworden.

Dieser Gedanke war noch in seinem Kopf, als, zuerst eine und dann noch eine, mit all der Vielfalt der Schläge und Klänge – die eine tief wie die Glocke vom Turm einer Kathedrale, die andere in den höchsten Tönen das Vorspiel zu einem Walzer anklingen lassend – die Uhren die dritte Stunde des Nachmittags zu schlagen begannen.

Das plötzliche Hervorbrechen so vieler Stimmen in jener lautlosen Kammer ließ ihn taumeln. Er begann sich etwas zu bewegen, mit der Kerze hin und her zu gehen, belagert von schwankenden Schatten und bis ins Innerste erschreckt durch plötzliche Spiegelungen. In vielen prächtigen Spiegeln, manche heimischer Machart, manche aus Venedig oder Amsterdam, sah er sein Gesicht wiederholt und nochmals wiederholt, wie eine Armee von Spionen; seine eigenen Augen trafen und entdeckten ihn; und das Geräusch seiner eigenen Schritte, so leicht es auch war, durchbrach die umgebende Stille. Und während er sich immer weiter die Taschen füllte, klagten ihn seine Gedanken mit krankmachender Beharrlichkeit der Tausende von Fehlern an, die sein Plan hatte. Er hätte eine ruhigere Stunde wählen müssen; er hätte sich ein Alibi verschaffen müssen; er hätte kein Messer verwenden dürfen, er hätte vorsichtiger sein und den Händler nur fesseln und knebeln sollen, anstatt ihn zu töten; er hätte dreister sein und die Dienerin ebenfalls töten müssen; er hätte alles anders machen müssen; stechende Gedanken der Reue, verzweifeltes, unaufhörliches Bemühen seiner Gedanken, zu ändern, was unabänderlich war, zu planen, was jetzt sinnlos war, Architekt der unwiderruflichen Vergangenheit zu sein. Währenddessen, und hinter all dieser Geschäftigkeit, erfüllten grausame Ängste die ferneren Kammern seines Gehirns mit Aufruhr wie das Gewimmel von Ratten eine verlassene Dachkammer; die Hand des Gendarms würde schwer auf seine Schulter fallen, und seine Nerven würden zucken wie Fische an der Angel; oder er sah, in rasendem Vorbeiziehen, die Anklagebank, das Gefängnis, den Galgen und den schwarzen Sarg.

Die Furcht vor den Menschen auf der Straße legte sich vor seine Gedanken wie eine Belagerungsarmee. Es war unmöglich, dachte er, daß nicht ein Geräusch von dem kurzen Kampf bis zu ihren Ohren gedrungen war und ihre Neugierde geweckt hatte; und jetzt stellte er sie sich in allen umliegenden Häusern vor, bewegungslos dasitzend, gespannt horchend – einsame Leute, dazu verdammt, Weihnachten ganz allein mit ihren Erinnerungen an die Vergangenheit zu verbringen, die jetzt plötzlich zurückgerufen wurden aus dieser süßen Beschäftigung; fröhliche Familienfeste, plötzlich um den Tisch herum verstummt, die Mutter noch mit erhobenem Zeigefinger: Menschen jeden Berufs, jeden Alters und jeder Gemütsart, und alle horchen und spähen sie und drehen gemeinsam an dem Seil, an dem er hängen würde. Manchmal erschien es ihm, als könne er sich nicht sachte genug bewegen; das Klingen der hohen böhmischen Kelche erschallte laut wie eine Glocke; und beunruhigt durch das lärmende Ticken fühlte er sich versucht, die Uhren anzuhalten. Und dann wieder, in einer plötzlichen Umkehrung seiner Ängste, erschien ihm gerade die Stille dieses Ortes eine Quelle der Gefahr und ein Grund, jeden Vorübergehenden aufmerksam zu machen und zum Stehenbleiben zu bewegen. Und dann trat er fester auf, und lärmte mit den Gegenständen im Laden und imitierte, mit gut überlegter Anmaßung, die Bewegungen eines Mannes, der sich behaglich in seinem Haus beschäftigt.

Aber jetzt war er von seinen unterschiedlichen Ängsten so hin und hergerissen, daß, während ein Teil seines Gehirns noch wach und aufmerksam war, ein anderer schon am Rande des Wahnsinns stand. Besonders eine Phantasie nahm seine leicht beeinflußbaren Gedanken ein: der Nachbar, der mit bleichem Gesicht neben seinem Fenster horchte, der Vorbeigehende, der durch einen furchtbaren Verdacht wie angewurzelt auf dem Straßenpflaster stehenblieb – jene konnten im schlimmsten Falle vermuten, sie konnten nichts wissen; durch die Ziegelwände und die geschlossenen Fensterläden konnten nur Geräusche dringen. Aber hier, im Inneren des Hauses, war er hier allein? Er wußte, daß es so war, er hatte beobachtet, wie die Dienerin fortgegangen war, zum Stelldichein mit dem Liebsten in ihr armseliges Festtagsgewand gekleidet, als stünde »mein freier Tag« auf jedem Lächeln und jedem ihrer

Schmuckbänder. Ja, er war natürlich allein; und doch, in dem riesigen Kasten von Haus über ihm hörte er ganz gewiß das Geräusch leiser Schritte – er war sicher, unerklärlich sicher, daß da jemand war. Ja, gewiß; seine Phantasie folgte ihm in jedes Zimmer und jede Ecke des Hauses; jetzt war es ein gesichtsloses Etwas und hatte doch Augen, mit denen es sah; und dann war es wie ein Schatten seiner selbst; und dann wieder sah er das Bild des toten Händlers, der voller Arglist und Haß ins Leben zurückgekehrt war.

Manchmal blickte er, mit großer Anstrengung, nach der offenen Tür, die immer noch seine Augen zurückzuweisen schien. Das Haus war hoch, das Oberlicht klein und von Schmutz bedeckt, der Tag blind vor Nebel; und das Licht, das bis zum Untergeschoß herunterdrang, war äußerst schwach und nur undeutlich auf der Schwelle zum Laden zu erkennen. Aber dennoch, in diesem Streifen zweifelhafter Helligkeit, hing da nicht ein schwankender Schatten?

Plötzlich begann von der Straßenseite her ein sehr fröhlicher Herr mit seinem Stock an die Ladentür zu klopfen. Er begleitete sein Klopfen mit Rufen und Spötteleien, in denen der Händler fortwährend beim Namen gerufen wurde. Markheim, wie zu Eis erstarrt, sah den toten Mann an. Aber nein! Er lag so still; er war längst aus der Reichweite dieses Klopfens und Rufens entflohen; er war in Meeren der Stille versunken; und sein Name, der einst seine Aufmerksamkeit selbst durch das Heulen eines Sturmes hindurch erregt hätte, war zu einem leeren Geräusch geworden. Und da gab der fröhliche Herr auch schon sein Klopfen auf und ging fort.

Dies war nun wohl ein klarer Hinweis darauf, daß er sich beeilen mußte mit dem, was er noch tun wollte, daß er dann diese anklagende Umgebung fliehen, in der Vielfältigkeit Londons untertauchen und daß er dann, am Ende des Tages, jenen Hafen der Sicherheit und offensichtlichen Unschuld erreichen mußte – sein Bett. Ein Besucher war schon gekommen; jeden Augenblick konnte ihm ein zweiter folgen, der hartnäckiger sein würde. Die Tat begangen zu haben und dann doch nicht den Gewinn daraus mitzunehmen, würde ein allzu schreckliches Versagen bedeuten. Das Geld, das war jetzt Markheims Sorge; und um an dieses heranzukommen, die Schlüssel.

Er blickte über seine Schulter nach der offenen Tür, wo immer noch der Schatten schwankte und bebte; und ohne bewußten Widerwillen des Geistes, doch mit einem Schaudern im Magen näherte er sich der Leiche des Opfers. Sie hatte die menschlichen Wesenszüge weitgehend verloren. Wie ein zur Hälfte mit Kleie ausgestopfter Anzug lagen die Glieder in alle Richtungen ausgestreckt und der Leib zusammengekrümmt auf dem Boden; aber dennoch fand er das Ding abstoßend. So klein und unbedeutend die Leiche für das Auge wirken mochte, fürchtete er, sie könne dem Tastsinn bedeutsamer erscheinen. Er nahm den Toten bei den Schultern und drehte ihn auf den Rücken. Er war seltsam leicht und biegsam, und die Glieder, als wären sie gebrochen worden, fielen in die eigentümlichsten Positionen. Das Gesicht war jeglichen Ausdrucks beraubt; aber es war fahl wie Wachs und an einer Schläfe schrecklich mit Blut verschmiert. Das war für Markheim der einzige wirklich unangenehme Umstand. Er trug ihn augenblicklich zurück zu einem Jahrmarktstag in einem Fischerdorf: Ein grauer Tag, pfeifender Wind, eine große Menge versammelt auf den Straßen, das Schmettern von Blasmusik, das Rollen von Trommeln, die nasale Stimme eines Balladensängers; und ein Junge, der dort umherspazierte, bis über den Kopf in der Menge verschwunden und hin und her gerissen zwischen Interesse und Furcht, bis er, als er auf den Festplatz kam, einen Stand und eine breite Wand mit Bildern vor sich sah, gräßlich gezeichnet, prachtvoll bemalt: die Brownrigg mit ihrem Lehrling; alle Mannings mit ihrem mörderischen Gast; Weare im Todesgriff des Thurtell; und daneben eine weitere Anzahl berühmter Verbrechen. Das Ereignis stand ihm klar wie eine Vision vor Augen; er war wieder dieser kleine Junge; er betrachtete wieder, und mit dem gleichen Gefühl des körperlichen Widerwillens, diese schrecklichen Bilder; er war immer noch überwältigt vom Rollen der Trommeln. Ein Takt der Musik jenes Tages kehrte in seine Erinnerung zurück; und dabei kam, zum ersten Mal, eine plötzliche Schwäche über ihn, ein Anflug von Übelkeit, ein unvermutetes Nachgeben seiner Gelenke, dem er sogleich entgegenhandeln und widerstehen mußte.

Er hielt es für klüger, sich der Angelegenheit zu stellen, als vor diesen Gedanken zu fliehen; also blickte er noch genauer in das tote Gesicht, zwang sein Gehirn, die Art und die Schwere seines Verbrechens zu erkennen. Vor so kurzer Zeit noch hatte sich jenes Gesicht in wechselnden Gefühlen bewegt, hatte jener bleiche Mund gesprochen, war jener Körper erfüllt gewesen von einem Feuer zu beherrschender Kräfte; und jetzt, und durch seine Tat, war dieses kleine Teil des bewegten Lebens arretiert worden, so wie ein Uhrmacher das Schlagwerk einer Uhr arretiert, indem er den Finger hineinstreckt. Aber er philosophierte umsonst; er konnte zu keinem reuevolleren Bewußtsein gelangen; sein Herz, dasselbe, das damals vor den gemalten Bildern des Verbrechens erschauert war, ließ ihn ungerührt auf die Wirklichkeit herabsehen. Es gelang ihm immerhin, ein wenig Mitleid zu empfinden für jenen Menschen, der doch vergeblich mit den Fähigkeiten ausgestattet gewesen war, die Welt in einen Zaubergarten zu verwandeln, für ihn, der nie gelebt hatte und der doch jetzt tot war. Aber Reue, nein, nicht das leiseste Zittern.

Indem er also solche Gedanken von sich abschüttelte, fand er die Schlüssel und ging auf die Tür zu. Draußen hatte ein heftiger Regen eingesetzt, und das Geräusch des Schauers auf dem Dach hatte die Stille verbannt. Wie eine tropfende Höhle waren die Zimmer des Hauses, heimgesucht von einem unaufhörlichen Widerhall, der seine Ohren erfüllte und sich mit dem Ticken der Uhren mischte. Und sowie Markheim sich der Tür näherte, erschien es ihm, als höre er, gleichsam als Antwort auf sein eigenes vorsichtiges Gehen, wie die Schritte eines anderen sich die Treppe hinauf zurückzogen. Der Schatten pulste noch unbestimmt auf der Schwelle. Er legte ein tonnenschweres Gewicht der Entschlossenheit in seine Muskeln und zog die Tür ganz auf.

Das schwache, nebelgraue Tageslicht schimmerte düster auf dem nackten Boden und der Treppe; auf der blanken Rüstung, die, eine Hellebarde in der Hand, im Flur stand; und auf den dunklen Holzschnitten und Bildern, die vor den gelblichen Paneelen der Täfelung hingen. Das Klopfen des Regens klang so laut durch das Haus, daß Markheim begann, viele unterschiedliche Laute herauszuhören. Fußtritte und Seufzer, das ferne Marschieren eines Regiments, das Klingen von Geld beim Zählen und das Knarren von Türen, die verstohlen halb offen stehen blieben, schienen sich mit dem Klatschen der Tropfen auf dem Kuppelfenster und dem Rauschen des Wassers in den Regenrohren zu vermengen. Das Gefühl, nicht allein zu sein, wurde so groß, daß es ihn fast wahnsinnig machte. Von allen Seiten schien ihn die Gegenwart anderer zu hetzen und zu bedrängen. Er hörte, wie sie sich in den oberen Zimmern bewegten; er hörte, wie im Laden der alte Mann aufstand; und als er mit großer Anstrengung die Treppe hinaufzusteigen begann, flohen Schritte leise vor ihm und folgten ihm verstohlen. Wenn er nur taub wäre, dachte er, mit wieviel Ruhe könnte er dann seine Seele beherrschen! Und dann wieder pries er sich, mit erneuter Aufmerksamkeit horchend, für diesen unermüdlichen Sinn, der den Vorposten bildete und ein treuer Wächter über sein Leben war. Sein Kopf wandte sich beständig in alle Richtungen; seine Augen, die aus den Höhlen hervorzuquellen schienen, spähten nach allen Seiten, und an allen Seiten war ihm, als entdecke er beinahe noch ein Endchen von etwas Namenlosem, das gerade verschwand. Die vierundzwanzig Stufen bis zum ersten Stock waren ihm vierundzwanzig Todesängste.

In diesem ersten Stock standen die Türen angelehnt, drei Türen glichen drei Hinterhalten; seine Nerven bebten, als wären die Öffnungen Kanonenmündungen. Er würde niemals wieder, das spürte er, vor den beobachtenden Augen der Menschen ausreichend sicher und stark ummauert sein; er sehnte sich nach seinem Heim, danach, von Wänden umgeben, unter seinen Bettdecken vergraben zu sein und unsichtbar für alle, außer für Gott. Und dieser Gedanke verwunderte ihn, denn er erinnerte ihn an Geschichten von anderen Mördern und der Angst, die sie angeblich vor himmlischen Rächern haben sollten. Das war bei ihm wenigstens nicht so. Er fürchtete die Gesetze der Natur, fürchtete, daß sie in ihrem unempfindlichen und unbeeindruckbaren Lauf irgendeinen Beweis seines Verbrechens bewahrten, der seine Verdammung bedeuten würde. Er hatte in einer sklavischen, abergläubischen Furcht noch zehnmal mehr Angst vor einem Bruch in der Kontinuität der menschlichen Erfahrung, vor einer eigenwilligen Unregelmäßigkeit der Natur. Er spielte ein Geschicklichkeitsspiel, verließ sich auf die Regeln, schloß die Folgen aus den Ursachen; und was, wenn die Natur, wie der besiegte Tyrann das Schachbrett umstürzt, ihre übliche Reihenfolge brach? Ähnlich war es Napoleon ergangen (so hieß es in Büchern), als der Winter zu einer anderen Zeit als sonst gekommen war. So etwas würde vielleicht auch Markheim geschehen: Die massiven Wände könnten vielleicht durchsichtig werden und sein Tun enthüllen wie das der Bienen in einem gläsernen Bienenstock; die festen Dielen könnten unter seinen Füßen nachgeben wie Treibsand und ihn in ihrem Griff halten; ja, und es gab auch noch weniger phantastische Unfälle, die ihn zerstören konnten: zum Beispiel, wenn das Haus in sich zusammenstürzte und ihn neben der Leiche seines Opfers einschloß; oder es war auch möglich, daß das Nachbarhaus in Brand geriet und die Feuerwehrleute ihn von allen Seiten bedrängten. Solche Dinge fürchtete er; und in gewissem Sinne konnte man ja auch diese Dinge als die Hand Gottes bezeichnen, die sich zur Abwehr der Sünde ausstreckte. Doch was Gott selbst betraf, fühlte er sich unbesorgt; sein Handeln war zweifellos außergewöhnlich, aber ebenso waren es auch seine Gründe, die Gott kannte; dort und nicht bei den Menschen war er sich der Gerechtigkeit sicher.

Als er gefahrlos ins Empfangszimmer gekommen war und die Tür hinter sich schloß, wurde er sich bewußt, wie seine Ängste zur Ruhe kamen. Das Zimmer wirkte ziemlich unbewohnt, dazu ohne Teppich; Packkisten und nicht zueinander passende Möbelstücke waren darin verstreut, es gab mehrere große Pfeilerspiegel, in denen er sich aus verschiedenen Perspektiven sehen konnte wie einen Schauspieler auf der Bühne; viele Bilder standen herum, gerahmt und ungerahmt, mit der Bildseite zur Wand. An Möbeln gab es eine elegante Sheraton-Anrichte, einen Schubladenschrank mit Intarsien und ein großes, altes Bett mit Gobelinvorhängen. Die Fenster reichten bis zum Boden, aber glücklicherweise war die untere Hälfte der Fensterläden geschlossen, so daß ihn die Nachbarn nicht sehen konnten. Markheim zog nun eine der Packkisten vor den Schubladenschrank und begann, den richtigen Schlüssel zu suchen. Diese Beschäftigung war langwierig, denn er hatte viele Schlüssel gefunden, und außerdem ärgerlich, denn womöglich war nichts in dem Schrank, und die Zeit drängte. Aber die zu dieser Beschäftigung nötige Sorgfalt machte ihn besonnen. Aus dem Augenwinkel sah er die Tür, blickte sie manchmal sogar direkt an wie ein belagerter Befehlshaber, der wohlwollend den guten Zustand seiner Verteidigungsanlagen begutachtet. Aber eigentlich war er ganz ruhig. Der Regen, der vor dem Haus fiel, klang natürlich und angenehm. Gerade jetzt ließ ein Klavier nebenan die Melodie eines Kirchenliedes erklingen, und die Stimmen vieler Kinder fielen in den Gesang ein. Wie erhaben und wohltuend klang das Lied! Wie frisch die jungen Stimmen! Markheim hörte lächelnd zu, während er die Schlüssel sortierte; und seine Gedanken waren voller einfacher Ideen und Bilder; Kinder auf dem Kirchgang und das Dröhnen der Orgel hoch oben; Kinder im Freien, Badende an einem Bach, Spaziergänger auf der Festwiese, Papierdrachen an einem windigen, wolkendurchzogenen Himmel; und dann, an einer anderen Stelle des Liedes, wieder die Kirche, und die Schläfrigkeit von Sommersonntagen, und die wohlgesetzte Stimme des Pfarrers (eine Erinnerung, bei der er ein wenig lächelte), und die bemalten jakobäischen Grabstätten, und die undeutlichen Schriftzeichen der Zehn Gebote an der Kanzel.

Und wie er so saß, gleichzeitig beschäftigt und abwesend, ließ ihn ein Schreck plötzlich aufspringen. Ein eisiger Blitz, ein feuriger Blitz, ein plötzlicher Blutstrom durchfuhren ihn, und dann stand er starr und angstvoll da. Er hörte Schritte langsam und stetig die Treppe heraufkommen, und gleich danach legte sich eine Hand auf die Klinke, das Schloß knackte, und die Tür ging auf.

Die Angst hatte Markheim gepackt wie ein Schraubstock. Er wußte nicht, was er zu erwarten hatte, ob der Tote heraufkam oder die Amtsdiener der menschlichen Gerechtigkeit oder ein zufälliger Zeuge, der nichtsahnend hereinstolperte, um ihn an den Galgen zu liefern. Aber als ein Gesicht durch den Spalt geschoben wurde, das Zimmer überblickte, ihn ansah, wie in freundlichem Erkennen nickte und lächelte, sich wieder zurückzog und die Tür sich dann hinter ihm schloß, entwand sich die Angst in einem heiseren Schrei seiner Kontrolle. Bei diesem Geräusch kehrte der Besucher zurück.

»Habt Ihr nach mir gerufen?« fragte er freundlich, wobei er ins Zimmer trat und die Tür hinter sich schloß.

Markheim stand da und sah ihn mit weit aufgerissenen Augen an. Vielleicht war sein Blick getrübt, aber die Umrisse des Hereingekommenen schienen veränderlich wie die Götterfiguren im wankenden Kerzenschein des Ladens; und manchmal glaubte er, ihn zu kennen; und manchmal glaubte er, eine Ähnlichkeit mit sich selbst zu entdecken; und ständig lag in seiner Brust, wie ein Klumpen lebendiger Furcht, die Überzeugung, daß dieses Ding nichts Irdisches und nichts Göttliches war.

Und doch sah das Wesen irgendwie seltsam gewöhnlich aus, während es Markheim lächelnd anschaute, und als es hinzusetzte: »Ihr seid vermutlich auf der Suche nach dem Geld?« geschah das im Ton alltäglicher Höflichkeit.

Markheim antwortete nicht.

»Ich sollte Euch warnen«, sprach der andere weiter, »daß die Magd ihren Liebsten früher als gewöhnlich verlassen hat und bald hier sein wird. Wenn Mr. Markheim in diesem Hause gefunden werden sollte, müßte ich ihm wohl kaum die Folgen beschreiben.«

»Ihr kennt mich?« rief der Mörder.

Der Besucher lächelte. »Ihr seid schon lange einer meiner Günstlinge«, sagte er; »und ich habe Euch schon lange beobachtet und oft zu helfen versucht.«

»Was seid Ihr?« rief Markheim. »Der Teufel?«

»Was auch immer ich sein mag«, gab der andere zurück, »kann keinen Einfluß auf den Dienst haben, den ich Euch erweisen könnte.«

»Das kann es wohl«, rief Markheim, »das tut es! Mir von Euch helfen lassen? Nein, niemals; nicht von Euch! Ihr kennt mich noch nicht; Gott sei Dank kennt Ihr mich nicht!«

»Ich kenne Euch«, erwiderte der Besucher mit einer Art freundlichem Ernst oder eher Festigkeit. »Ich kenne Euch bis auf den Grund Eurer Seele.«

»Mich kennen!« rief Markheim. »Wer kann das schon? Mein Leben ist nur eine Travestie, eine Verleugnung meiner Selbst. Ich habe in meinem Leben immer mein Wesen verleugnet. Alle Menschen tun das; alle Menschen sind besser als die Verkleidung, die um sie herum wächst und sie erdrückt. Man kann sehen, wie jeder einzelne vom Leben fortgeschleppt wird wie einer, den Banditen ergriffen und mit einer Decke verhüllt haben. Wenn sie Herren ihrer selbst wären – wenn man ihre Gesichter sehen könnte, dann wären sie ganz anders, dann würden sie als leuchtende Helden und Heilige erscheinen! Ich bin schlimmer als die meisten; mein Selbst ist noch tiefer verborgen; meine Rechtfertigung kenne nur ich und Gott. Aber wenn ich nur die Zeit dazu hätte, könnte ich mich offenbaren.«

»Mir?« fragte der Besucher.

»Vor allem Euch«, antwortete der Mörder. »Ich hatte Euch für verständig gehalten. Ich dachte – da es Euch schon gibt –, Ihr würdet Euch als fähig erweisen, im Herzen zu lesen. Und doch habt Ihr vor, mich nach meinen Taten zu beurteilen! Man stelle sich das vor – nach meinen Taten! Ich bin in einem Land der Riesen geboren und habe dort gelebt; Riesen haben mich am Handgelenk ergriffen und herumgezerrt, seit meine Mutter mich geboren hat – die Riesen der äußeren Umstände. Und Ihr würdet mich nach meinen Taten beurteilen! Aber könnt Ihr denn nicht in mein Inneres sehen? Könnt Ihr nicht verstehen, daß mir das Böse verhaßt ist? Könnt Ihr in meinem Innern nicht die klare Schrift der wahren Gesinnung erkennen, die nie von irgendeiner willentlichen Sophisterei verzerrt wurde, wenn ich sie auch oft mißachtete? Könnt Ihr mich nicht als jemanden erkennen, der sicher genauso gewöhnlich ist wie die Menschheit – den unfreiwilligen Sünder?«

»Dies alles habt Ihr sehr gefühlvoll geäußert«, lautete die Antwort, »aber es betrifft mich nicht. Diese folgerichtigen Argumente überschreiten meine Zuständigkeit, und es kümmert mich nicht im geringsten, durch welchen Zwang Ihr zu etwas verleitet wurdet, wenn es Euch nur in die richtige Richtung lenkt. Aber die Zeit eilt; die Dienerin geht langsam, betrachtet die Gesichter der Menge und die Bilder an den Reklamewänden, aber dennoch kommt sie näher; und denkt daran, das ist, als wenn der Galgen selbst durch die weihnachtlichen Straßen auf Euch zuschritte! Soll ich Euch helfen, ich, der ich alles weiß? Soll ich Euch sagen, wo Ihr das Geld findet?«

»Zu welchem Preis?« fragte Markheim.

»Ich biete euch diese Gefälligkeit als Weihnachtsgeschenk an«, erwiderte der andere.

Markheim mußte mit bitterem Triumph lächeln. »Nein«, sagte er. »Ich werde nichts aus Euren Händen nehmen; wenn ich vor Durst sterben würde und Ihr hieltet mir den Trinkbecher an die Lippen, würde ich den Mut aufbringen, ihn zurückzuweisen. Ich mag leichtgläubig sein, aber ich werde nichts tun, womit ich mich dem Bösen verpflichte.«

»Ich habe nichts gegen Reue auf dem Totenbett«, bemerkte der Besucher.

»Weil Ihr nicht an ihre Wirksamkeit glaubt!« rief Markheim.

»Das will ich nicht sagen«, erwiderte der andere; »aber ich betrachte diese Dinge von einem anderen Standpunkt, und wenn das Leben vorüber ist, sinkt mein Interesse. Der Mensch hat dann in meinem Dienst gelebt, um ein paar schwarze Ansichten als religiöse Gesinnung zu verbreiten oder um Wicken in ein Weizenfeld zu säen, wie Ihr es tut, indem Ihr schwach Euren Gelüsten nachgebt. Jetzt, wenn er seiner Erlösung nahe kommt, kann er mir nur noch einen Dienst erweisen – zu bereuen, lächelnd zu sterben und so den ängstlicheren meiner weiterlebenden Anhänger noch Vertrauen und Hoffnung zu geben. Ich bin kein so harter Herr. Versucht es mit mir. Nehmt meine Hilfe an. Macht Euch Euer Leben angenehm, wie Ihr es bisher auch getan habt; macht es Euch wirksamer angenehm, macht Euch ordentlich breit; und wenn es Nacht wird und der Vorhang zu fallen beginnt, versichere ich Euch, damit Ihr Euch wohler fühlt, daß Ihr es sogar leicht finden werdet, den Kampf mit Eurem Gewissen beizulegen und fügsam Euren Frieden mit Gott zu machen. Ich komme gerade von einem solchen Totenbett, das Zimmer war voller ernster Trauernder, die den letzten Worten des Mannes lauschten; und als ich in jenes Gesicht blickte, das jeder Barmherzigkeit gegenüber hart wie Granit gewesen war, fand ich darin ein Lächeln der Hoffnung.«

»Und für ein solches Wesen haltet Ihr mich also auch?« fragte Markheim. »Glaubt Ihr, ich hätte keine edleren Absichten, als zu sündigen und wieder zu sündigen und wieder zu sündigen und mich schließlich in den Himmel davonzustehlen? Mein Herz empört sich bei dem Gedanken. Das ist also Eure Erfahrung mit der Menschheit? Oder haltet Ihr mich für so gemein, weil Ihr mich mit blutigen Händen seht? Und ist der Mord in Wahrheit ein derart gottloses Verbrechen, daß es die letzten Quellen des Guten austrocknet?«

»Mord gehört für mich nicht in eine eigene Kategorie«, erwiderte der andere. »Jede Sünde ist Mord, so wie jedes Leben Krieg ist. Ich betrachte Eure Art, die verhungernden Matrosen auf einem Floß gleicht, die Brotrinden aus den Händen der Hungersnot pickt und in der sich der eine vom Leben des anderen ernährt. Ich folge den Sünden über den Augenblick ihres Geschehens hinaus; ich stelle bei ihnen allen fest, daß ihre letzte Folge der Tod ist; und in meinen Augen trieft das hübsche Mädchen, das sich seiner Mutter mit so einnehmenden Tugenden widersetzt, wenn es um einen Ball geht, nicht weniger sichtbar von menschlichem Blut als ein Mörder wie Ihr. Sage ich, daß ich nur Sünden verfolge? Ich verfolge auch Tugenden; sie unterscheiden sich nicht um die Stärke eines Nagels, sie sind beide Sicheln für den Schnitter Tod. Das Böse, für das ich lebe, liegt nicht im Handeln, sondern im Charakter. Mir ist der schlechte Mensch lieb, nicht die schlechte Tat, deren Früchte, wenn wir ihnen nur durch die wilden Katarakte der Zeiten weit genug folgen könnten, womöglich mehr Segen bringen würden als die der seltensten Tugenden. Und ich habe Euch nicht meine Hilfe zur Flucht angeboten, weil Ihr einen Händler ermordet habt, sondern weil Ihr Markheim seid.«

»Ich werde Euch mein Herz offenlegen«, antwortete Markheim. »Dieses Verbrechen, bei dem Ihr mich vorgefunden habt, ist mein letztes. Mein Weg dazu hat mich vieles gelehrt, das Verbrechen selbst hat mich etwas gelehrt, etwas sehr Bedeutsames. Bisher wurde ich immer mit Abscheu zu Dingen getrieben, die ich nicht tun wollte; ich war ein Sklave der Armut, gehetzt und gezüchtigt. Es mag widerstandsfähige Tugenden geben, die solchen Versuchungen gewachsen sind, meine waren es nicht: Ich hatte einen großen Durst nach Vergnügen. Aber heute und aus dieser Tat erhalte ich sowohl eine Warnung als auch ein Geschenk – sowohl die Kraft als auch neue Entschiedenheit, ich selbst zu sein. Ich werde in allen Dingen ein Mensch sein, der in der Welt frei handelt, ich fange an, mich ganz anders zu sehen, diese Hände als die Werkzeuge des Guten, dieses Herz befriedet. Es kommt etwas über mich aus der Vergangenheit; etwas, wovon ich an Sabbatabenden beim Klange der Kirchenorgel geträumt habe, das ich bei der Lektüre hochherziger Bücher vorhergesehen habe oder worüber ich als unschuldiges Kind mit meiner Mutter gesprochen habe. Dort liegt mein Leben; ich bin einige Jahre auf Wanderschaft gewesen, aber jetzt sehe ich einmal mehr die Stätte meiner Bestimmung.«

»Ihr wollt dieses Geld auf dem Aktienmarkt einsetzen, glaube ich?« bemerkte der Besucher, »und habt dort, wenn ich mich nicht täusche, schon einige Tausende verloren?«

»Jawohl«, sagte Markheim, »aber dieses Mal ist es eine sichere Angelegenheit.«

»Ihr werdet auch dieses Mal wieder Euer Geld verlieren«, sagte der Besucher ruhig.

»Aber ich werde die Hälfte zurückbehalten!« rief Markheim.

»Die werdet Ihr ebenfalls verlieren«, sagte der andere.

Markheims Stirn bedeckte sich mit Schweiß. »Nun gut, was kümmert das?« rief er aus. »Mag es verlorengehen, mag ich wieder in Armut versinken; soll ein Teil von mir, und das wäre der schlimmere, bis zum Schluß weiterhin den besseren überrunden? Böse und Gut sind stark in mir, jedes nimmt eine Hälfte ein. Ich liebe nicht nur das eine, ich liebe alles. Ich kann mir große Taten vorstellen, Entsagung, Märtyrertum; und mag ich auch einem Verbrechen wie dem Mord anheimgefallen sein, so ist das Mitleid doch meinen Gedanken nicht fremd. Ich bemitleide die Armen; wer kennt ihre Prüfungen besser als ich? Ich bemitleide sie und helfe ihnen; ich preise die Liebe, ich liebe herzliches Lachen; es gibt kein gutes oder wahres Ding auf Erden, das ich nicht von Herzen liebe. Und sollen nur meine Laster mein Leben lenken und meine Tugenden brachliegen wie untätiges Gerümpel des Geistes? Nein; auch das Gute ist eine Quelle des Handelns.«

Aber der Besucher erhob einen Finger. »Während der sechsunddreißig Jahre, die Ihr jetzt schon auf dieser Welt seid«, sagte er, »durch viele Schicksalswendungen und Stimmungen hindurch, habe ich Euch nun beständig tiefer sinken sehen. Vor fünfzehn Jahren hätte Euch ein Diebstahl noch erschreckt, noch vor drei Jahren hätte Euch das Wort Mord erbleichen lassen. Gibt es irgendein

Verbrechen, gibt es irgendeine Grausamkeit oder Gemeinheit, vor der Ihr jetzt noch zurückschrecken würdet? – In fünf Jahren werde ich euch das beweisen! Abwärts, abwärts führt Euer Weg; und nichts außer dem Tod wird das verhindern.«

»Es ist wahr«, sagte Markheim mit belegter Stimme, »ich habe mich in gewisser Weise in das Böse geschickt. Aber so ist es bei allen: Selbst die Heiligen nehmen es im Laufe ihres Lebens immer weniger genau und passen sich dem Ton ihrer Umgebung an.«

»Ich werde Euch nur eine einfache Frage stellen«, sagte der andere, »und aus Eurer Antwort werde ich Euch Euer moralisches Horoskop lesen. Ihr seid in vielen Dingen nachlässiger geworden; vielleicht habt Ihr damit recht; und so ist es ja auch bei allen Menschen. Aber wenn man das als gegeben betrachtet, seid Ihr in irgendeinem Punkt weniger leicht zufrieden mit Eurem eigenen Verhalten, oder laßt Ihr in allen Dingen die Zügel lockerer?«

»In irgendeinem?« wiederholte Markheim und dachte angestrengt nach. »Nein«, fügte er verzweifelt hinzu. »In keinem! Ich bin in allem gesunken.«

»Dann«, sagte der Besucher, »seid zufrieden mit dem, was Ihr seid, denn Ihr werdet Euch nie ändern; und der Text Eurer Rolle auf dieser Bühne ist unabänderlich niedergeschrieben.«

Markheim stand lange schweigend da, und schließlich war es der Besucher, der das Schweigen brach. »Nachdem das nun so ist«, sagte er, »soll ich Euch das Geld zeigen?«

»Und die Gnade?« rief Markheim.

»Habt Ihr es nicht mit ihr versucht?« erwiderte der andere. »Sah ich Euch nicht vor zwei oder drei Jahren bei Versammlungen von Erweckungspredigern ganz vorn, und war Eure Stimme nicht die lauteste beim Singen der Choräle?«

»Es ist wahr«, sagte Markheim, »und ich sehe jetzt deutlich, was mir noch als Pflicht zu tun bleibt. Ich danke Euch für diese Lehren aus meiner Seele; meine Augen haben sich geöffnet, und ich sehe mich jetzt endlich so, wie ich bin.«

In diesem Augenblick tönte laut die Klingel von der Haustür herauf; und der Besucher, als sei das ein vereinbartes Zeichen gewesen, auf das er gewartet hatte, änderte sofort sein Verhalten.

»Die Magd!« rief er. »Sie ist zurückgekommen, wie ich es Euch vorausgesagt habe, jetzt habt Ihr eine weitere Schwierigkeit vor Euch. Ihr müßt Ihr sagen, ihr Herr sei krank; Ihr müßt sie mit sicherem, aber ernstem Benehmen hereinlassen – kein Lächeln, keine Übertreibungen, und ich verspreche Euch, daß Ihr Erfolg habt. Wenn sie erst einmal im Haus und die Tür geschlossen ist, wird Euch die gleiche Fertigkeit, die Euch von dem Händler befreit hat, auch diese letzte Schwierigkeit aus dem Weg räumen. Danach werdet Ihr den ganzen Abend Zeit haben – die ganze Nacht, wenn nötig – die Schätze des Hauses zu plündern und Euch um Eure Sicherheit zu kümmern. Diese Hilfe nähert sich Euch in der Maske der Gefahr. Auf!« rief er. »Auf, mein Freund, Euer Leben liegt bebend in den Waagschalen: auf und handelt!«

Markheim sah seinen Berater fest an. »Wenn ich also verdammt bin zu bösen Taten«, sagte er, »bleibt mir immer noch eine Tür zur Freiheit – ich kann mein Tun einstellen. Wenn mein Leben etwas Schlechtes ist, kann ich es aufgeben. Mag ich auch, wie Ihr sagt, jeder kleinen Versuchung verfallen, so kann ich mich doch, durch eine entschiedene Geste, dem Zugriff aller Versuchungen entziehen. Meine Liebe zum Guten ist zur Unfruchtbarkeit verurteilt; so sei es! Aber ich habe immer noch meinen Haß gegen das Böse; und daraus, wie Ihr mit Verdruß und Enttäuschung sehen werdet, kann ich wohl noch Kraft und Mut gewinnen.«

Die Züge des Besuchers begannen sich in wunderbarer und liebenswürdiger Weise zu verändern: Sie wurden klarer und weicher, voll sanften Triumphes; und während sie sich klärten, verblaßten sie zugleich und verloschen. Aber Markheim blieb nicht stehen, um die Verwandlung zu beobachten oder zu verstehen. Er öffnete die Tür und ging sehr langsam die Treppe hinunter, in Gedanken versunken. Seine Vergangenheit zog an ihm vorbei; er sah sie so, wie sie war, häßlich und rastlos wie ein Traum, planlos wie ein zufälliges Potpourri – ein Szenarium der Niederlage. Das Leben, während er es so noch einmal wiedersah, reizte ihn nicht mehr; aber jenseits davon erkannte er einen stillen Hafen für sein Boot. Er blieb im Flur stehen und schaute in den Laden, wo die Kerze immer noch neben der Leiche brannte. Es war eigentümlich still. Gedanken an den Händler durchzogen sein Gehirn, während er dastand und ihn anstarrte. Und dann ertönte die Klingel noch einmal mit ungeduldigem Lärm.

Er trat der Magd auf der Schwelle mit einer Art von Lächeln entgegen.

»Ihr solltet besser die Polizei holen«, sagte er. »Ich habe Euren Herrn getötet.«

Der Kamin

von Ramsey Campbell

Vielleicht war das meiste einfach nur Angst. Aber nicht die Sache am Schluß, die nicht. Es wäre das Schlimmste, wenn jemand meine Angst dafür verantwortlich machen würde.

Ich war zwölf Jahre alt und begann, meine Ängste zu überwinden. Ich ging sogar zum Hausaufgabenmachen nach oben und schaffte es, den Kamin dabei nicht zur Kenntnis zu nehmen. Ich mußte tapfer sein wegen meiner Eltern – wegen meiner Mutter.

Sie hatte sich immer um mich geängstigt. An meinem ersten Schultag hatte ich gesehen, wie sie mir nachschaute. Ihr Gesichtsausdruck damals erinnerte mich an das Gesicht einer jungen Frau, die ich einmal ganz kurz im Fernsehen gesehen hatte. Sie sah zu, wie Männer ihren Mann hinter ein Gitter sperrten; ich hatte an diesem ganzen ersten Tag Angst. Und wenn Kinder laut schrien oder wenn die Lehrerin die Nerven verlor, dann bestätigte das nur meine Ängste – und die meiner Mutter.

Jetzt war ich in der Oberschule. Ich war schon fast ein ganzes Jahr dort. Daß ich zu der neuen Schuluniform meine alten Schuhe tragen mußte war mir ziemlich peinlich; das Gebäude erschien mir riesig, erfüllt mit zu vielen fremden Kindern. Ich fühlte mich als Außenseiter; wenn jemand versucht, nett zu mir zu sein, machte mich das nervös und mürrisch; wenn Leute lachten, und ich wußte nicht warum, war ich sicher, daß sie über mich lachten. Nach einer Weile behandelten mich die anderen Jungs so, wie ich nach ihrer Ansicht behandelt werden wollte: Die Kerle aus den armen Stadtvierteln machten sich über meinen Vorstadtakzent lustig, und die Vorstadtjungs grinsten über meine abgetragenen Schuhe.

Ich saß oft auf meiner Bank und betete, daß der Lehrer keine Frage an mich stellen möge, die ich nicht beantworten konnte, war wie gelähmt vor Angst, ich müßte in der erwartungsvollen und aufmerksamen Stille aufstehen. Wenn der Lehrer einen Mitschüler anschrie, machte mein Herz einen schmerzhaften Satz; einmal erschrak ich derart, daß ich spürte, wie es verräterisch feucht meinen Oberschenkel entlangsickerte. Trotzdem waren meine Noten in der Prüfung am Schluß des Schuljahres recht gut, denn ich hatte eine schreckliche Angst, zu versagen; noch Nächte danach waren diese Ängste Grund genug, mich am Schlafen zu hindern.

Meine Mutter sah mir das alles an. Als ich ihr erst einmal gesagt hatte, was los war, mußte ich sie immer öfter davon überzeugen, daß ich nicht noch Schlimmeres vor ihr verbarg. An manchen Morgenden, wenn ich im Bett lag und versuchte, die Zeit anzuhalten, war mir schlecht; ich schleppte mich dann gequält und mit blassem Gesicht nach unten, und meine Mutter erlaubte mir, zu Hause zu bleiben. Ein oder zweimal, als meine Angst nicht groß genug war, wirklich Übelkeit hervorzurufen, half ich ein bißchen nach. »Sieh ihn dir an. Du kannst doch nicht erwarten, daß er so geht« – aber mein Vater schüttelte nur den Kopf und brummte, womit er uns beide verabschiedete.

Ich wußte, daß ich meinem Vater peinlich war. In diesem Jahr hatte er weniger Zeit für mich gehabt als sonst; sein Laden – der Gemischtwarenladen nicht weit von unserem Haus im zur Vorstadt gewordenen Dorf – konnte langsam nicht mehr mit dem konkurrierenden Supermarkt Schritt halten. Aber schon bevor er diese Schwierigkeiten gehabt hatte, war mir oft aufgefallen, wie mein Vater zu uns beiden hinaufstarrte: Beide waren wir größer als er, sagten seine Augen, und doch hatten wir beide Angst vor unserem eigenen Schatten. Bei solchen Gelegenheiten bekam ich eine kleine Vorstellung von seiner Verzweiflung.

Also, meine Eltern waren nicht sehr ermutigend. Trotzdem versuchte ich abends, so lange wie möglich bei ihnen zu bleiben – denn meine schlimmsten Ängste hatte ich oben, in meinem Zimmer.

Es war ein großes Zimmer, der vorige Bewohner hatte aus zwei Zimmern ein großes gemacht. Die Fenster gingen auf die kleinen

Hinterhofgärten hinaus. Der kleinere der beiden offenen Kamine war zugemauert worden; im Winter brannte in dem größeren ein Feuer. Meine Mutter befürchtete ständig, es könnte ein Brand ausbrechen, aber sie schürte das Feuer dennoch, denn ich hätte ein lautes Geschrei veranstaltet, wenn ich geglaubt hätte, sie würde mir das Licht wegnehmen, das es verbreitete. Und das, obwohl der Feuerschein die Schrecken des Zimmers nur noch vergrößerte.

Die Schatten brachten Dinge in Bewegung. Das eiserne Geflecht des Kamingitters flatterte vergrößert über die Wand; manchmal, kurz vor dem Einschlafen, verwandelte es sich in ein schwankendes Netz, und das Geschöpf, das es gesponnen hatte, ließ sich langsam und verstohlen von einer Ecke der Zimmerdecke herunter. Alles war unbeständig; Wände verschoben sich, meine Kleider krochen über die Rückenlehne des Stuhls. Als ich einmal meine Jacke unordentlich über den Stuhl geworfen hatte, begann der dunkle, hochgeschlagene Kragen gesichtslos und verstohlen zu nicken; die Löcher am Ende der Ärmel arbeiteten wie Münder, und ich traute mich nicht, aufzustehen und die Jacke ordentlich aufzuhängen. Das Zimmer wuchs im Dunkeln: Geräusche von draußen, Schritte und Gelächter, Hunde, die sich gegenseitig zum Bellen anstachelten, vergrößerten nur meine Falle aus Dunkelheit, so fern auch alles klang. Und auf der anderen Seite an der Wand sah ich noch ein anderes, düstereres Zimmer im Spiegel des Schranks. In diesem Zimmer stand ein Bett und daneben ein schwaches Nachtlicht in einer Plastiklampe. Einmal war ich wach geworden und hatte ein Gesicht gesehen, das mich undeutlich aus dem Spiegel anstarrte; eine Gestalt hatte sich gleichzeitig mit mir aufgesetzt, und ich hätte fast laut geschrien. Oft hatte ich dieses undeutliche, starrende Gesicht angestarrt, bis ich mich unter meinen Laken verstecken mußte.

Natürlich konnte das nicht mein ganzes Leben lang so weitergehen. An meinem zwölften Geburtstag machte ich mich daran, mein Zimmer zu erobern.

Vergnügt saß ich zwischen meinen Geschenken. Ich hatte ein Puzzle bekommen, eine Schachtel mit Buntstiften und ein Buch mit Raumfahrtgeschichten. Die Sachen stammten zwar aus dem Laden meines Vaters, aber jetzt gehörten sie mir. Weil ich gerade so zufrieden war, und natürlich auch, weil sie es gern gesehen hätte, wenn ich immer so gewesen wäre, sagte meine Mutter: »Würdest du dich auf einer anderen Schule wohler fühlen?«

Es war ein Samstag; ich wollte nicht an den Montag denken; außerdem stellte ich mir alle Schulen schrecklich vor. »Nein, meine ist doch ganz gut«, sagte ich.

»Bist du tatsächlich mit der Schule zufrieden?« fragte sie ungläubig.

»Ja, sie ist nicht schlecht.«

»Meinst du wirklich?«

»Ja, bestimmt, sie ist in Ordnung. Ich glaube, es gefällt mir jetzt ganz gut.«

Das Klappern des Briefschlitzes bewahrte mich davor, noch mehr lügen zu müssen. Drei Geburtstagskarten; zwei von Nachbarn, mit denen ich mich öfters unterhielt, wenn ich sie im Laden bediente – von einer alten Dame, die immer ihren Pudel auf dem Arm trug, von dem Mann, der direkt neben uns wohnte, Dr. Flynn – und eine Karte von meinen Eltern. Ich hatte alle drei Karten schon im Laden gesehen, was ihnen irgendwie den Reiz nahm.

Während ich im Flur stand, hörte ich meinen Vater. »Du mußt dich zusammennehmen«, sagte er. »Du bringst das Kind nur ganz durcheinander. Wenn du ihn endlich in Ruhe lassen würdest, wäre es nicht halb so schlimm mit ihm.«

Es machte mich wütend, ein Kind genannt zu werden.

»Aber ich mache mir solche Sorgen«, sagte meine Mutter mit gebrochener Stimme. »Er kann sich nicht um sich selbst kümmern.«

»Du läßt es ihn auch nicht versuchen. Als nächstes wirst du ihn noch so weit bringen, daß er Angst hat nach oben ins Bett zu gehen.«

Aber die hatte ich ja schon. War das die Schuld meiner Mutter? Ich erinnerte mich, wie sie das Nachtlicht neben mein Bett gestellt hatte, als ich noch ganz klein gewesen war, und wie sie dann jeden Abend nachgesehen hatte, ob die Schnur und die Glühbirne in Ordnung waren – ich hatte mich daran gewöhnt, wachzuliegen und zu fürchten, daß entweder das eine oder das andere kaputtgehen könnte. Während ich im Flur stand, wurde mir vage bewußt, daß meine Mutter und ich jeweils die Ängste des anderen bestärkten. Einer von uns mußte damit aufhören. Ich mußte aufhören. Selbst wenn ich Angst hatte, durfte ich es ihr nicht zeigen. Es wäre ja nicht das erste Mal, daß ich meine Gefühle vor ihr verbarg. Im Wohnzimmer sagte ich: »Ich gehe zum Spielen nach oben.«

An manchen Tagen im Sommer machte es mir nichts aus, hier zu spielen – doch jetzt war März und ein dunkler Tag. Aber ich konnte ja einfach das Licht einschalten. Und in meinem Zimmer stand der einzige Tisch, den ich für mich und mein Puzzle allein hatte.

Ich kippte die Puzzleteile auf den Tisch. Der Stuhl stand mit dem Rücken zur gähnenden Öffnung des Kamins. Hastig stellte ich ihn ans Fußende des Bettes, so daß ich zur Tür sehen konnte. Ich breitete die Puzzleteile aus. Ich fand ein Stück vom Rand und noch eins. Als Mittagessenszeit war, hatte ich alle Randteile aneinandergefügt. »Du siehst zufrieden aus«, sagte mein Vater.

Ich merkte nicht, wie die Nacht kam. Ich setzte einen blauen Himmel ganz für mich allein zusammen, über Teilen von kleinen Häusern. Nach dem Abendessen stürmte ich nach oben, um die Teile einzusetzen, die ich während des Essens im Geiste eingepaßt hatte. Ich zögerte vor der Tür zu meinem Zimmer. Ich würde ins Dunkle greifen müssen, um den Lichtschalter zu erreichen. Als mir das gelang, füllte sich die Tapete mit einer Vielzahl sich wiederholender bunter Flugzeuge und Lokomotiven. Ich wünschte, wir hätten es uns leisten können, das Zimmer neu tapezieren zu lassen, es kam mir jetzt so kindisch vor.

Der Kamin gähnte mich an. Ich holte das Kamingitter vom Regal unter der Treppe, wohin es mein Vater geräumt hatte, jetzt, wo die Nächte wieder etwas wärmer waren. Ich bedeckte damit das rußbedeckte Gähnen. Das Zimmer fühlte sich jetzt behaglich an. Es war mir noch nie aufgefallen, wieviel Platz ich zum Spielen hatte.

Ich fühlte mich sogar im Bett sicher. Ich knipste das Nachtlicht an – aber das war zuviel; ich griff schnell nach dem Schalter. Dieses Licht allein, ohne das zackige, grausige Tanzen der Schatten, machte mir nichts aus. Und das Kamingitter war beruhigend. Es gab mir das Gefühl, daß nichts aus dem Kamin kommen konnte.

Am Montag nahm ich meine Weltraumgeschichten mit in die Schule. Manche Mitschüler baten mich darum, sie sich ansehen zu dürfen; schließlich liehen sie mir ihre Bücher. In den folgenden Wochen begannen einige meiner Ängste zu verblassen. Fragen, die von einem Pult zum nächsten schossen, beunruhigten mich immer noch, aber falls ich, ohne die Antwort zu kennen, würde aufstehen müssen, wußte ich jetzt zumindest, daß die anderen Jungs mich nicht auslachten – nicht alle; ich hatte jetzt auch Freunde. Ihre Art, unwissend zu schweigen, wurde mir immer sympathischer. Bei den Prüfungen im Juli war ich entspannter und bekam auch bessere Noten. Es tat mir sogar leid, meine Freunde für den ganzen Sommer zu verlassen; einige von ihnen lud ich zu mir nach Hause ein.

Ich empfand ein Gefühl von Triumph. Ich hatte ganz allein meine Mutter und mein Zimmer beruhigt, einfach nur, weil mir klar geworden war, was ich tun mußte. Ich vermute, dieses Triumphgefühl half mir. Es muß mir etwas Kraft gegeben haben, um dem wirklichen Grauen ins Auge zu sehen.

Es war Anfang August, die Woche, bevor wir in Ferien fahren sollten. Meine Mutter machte sich Sorgen um das Gepäck, mein Vater versuchte, seine Rechnungen noch einmal durchzurechnen; sie fingen an, sich gegenseitig in Wut zu bringen. Ich ging in mein Zimmer, um ihnen aus dem Weg zu gehen.

Ich hatte schon die Hälfte eines Puzzles zusammengesetzt, das ich mit einem Freund gegen meines getauscht hatte. Die Leute saßen in ihren Hinterhofgärten und ließen den Frieden des Abends auf sich wirken; zwischen den Häusern war der Himmel blaßgelb. Ich fügte ohne Schwierigkeiten Teile in mein Puzzle ein und war voller Vorfreude auf den kommenden Urlaub. Ich hörte, wie die Stadt ruhiger wurde, das Geräusch eines Radios eine Straße entlanghuschte, und etwas bewegte sich hinter dem Gitter im Kamin.

Nein. Das war meine Mutter im Zimmer nebenan, die das Gepäck hin und her schob. Es war ein Ziehen, jemand, der etwas zog – irgendwas, draußen. Aber ich konnte meine Ohren nicht täuschen. Im Kamin hatte sich etwas bewegt.

Es konnte vielleicht ein Vogel gewesen sein, der irgendwie betäubt war oder starb und nur noch schwach zuckte – außer daß sich ein Vogel unruhiger angehört hätte. Vielleicht war es eine Maus oder sogar eine Ratte gewesen, falls sich solche Tiere in Kaminen aufhielten. Aber es hörte sich wie ein großer Körper an, der verstohlen im Dunkeln kramte: etwas Großes, das nicht wollte, daß ich es hörte. Es klang wie der schlimmste Schrecken meiner Kleinkinderzeit.

Den hatte ich schon fast vergessen. Als ich drei Jahre alt gewesen war, hatte meine Mutter mich fernsehen lassen; es war zwar schlecht für meine Augen, aber nur dieses eine Mal, kurz vor Weihnachten – ich hatte zwei Kinder gesehen, die schlafend in ihren Betten lagen. Ein riesiger, karmesinrot gekleideter Mann war aus dem Kamin hervorgekommen und hatte sich ihnen genähert. Sie würden nicht wach werden! »Einbrecher! Einbrecher!« hatte ich geschrien und angefangen zu weinen. »Nein, Schatz, das ist der Weihnachtsmann«, hatte meine Mutter gesagt und hastig den Fernseher ausgemacht. »Er kommt immer aus dem Kamin.«

Vielleicht, wenn sie gesagt hätte, »durch den Kamin« anstatt »aus dem ...« Noch Monate später und in den Wochen vor mehreren Weihnachtsfesten hatte ich wachgelegen und ängstlich auf Geräusche aus dem Kamin gehorcht: Ich war sicher, eine fette, grinsende Gestalt würde sich an mich heranmachen, wenn ich schlief. Meine Mutter hatte mir erzählt, daß die Geschenke, die sich am Weihnachtsmorgen am Fußende meines Bettes fanden, vom Weihnachtsmann gebracht würden, aber jetzt hatte der geheimnisvolle Besucher ein Gesicht und einen riesigen Körper, der in den dunklen, rußigen Kamin gequetscht war. Wenn ich den Wind im Kamin schnaufen hörte, mußte ich meine Schreie in der Kehle unterdrücken.

Natürlich begann ich schließlich zu vermuten, daß es keinen Weihnachtsmann gab: Wie schaffte er es, sich in den Laden meines Vaters zu schleichen und dort Geschenke für mich zu stehlen? Er war eine kindische Phantasiegestalt, da war ich fast sicher – doch es war mir einfach unangenehm, meine Eltern oder meine Freunde danach zu fragen. Aber ich wollte nicht an ihn glauben, an diesen stillen Lauerer in Kaminen; und jetzt tat ich es auch nicht mehr, nicht mehr so richtig. Aber trotzdem bewegte sich in diesem Moment etwas Großes sachte hinter dem Kamingitter.

Es hatte aufgehört. Ich starrte das Drahtnetz an, halb in der Erwartung, ein fettes, bleiches Gesicht würde durch den Ofenschirm glotzen. Aber da war nichts als die vergitterte Dunkelheit. Im Garten jaulten ein paar Katzen, ein bunter Eiswagen fuhr langsam vorbei. Nach einer Weile zwang ich mich, das Kamingitter wegzuziehen.

Ich war jetzt größer als die Kaminöffnung und ich mußte mich bücken, um in den dunklen, rußgeschwärzten Schlund hinaufsehen zu können. Und dann dräute das Dunkel über mir, voll der Drohung, eine riesige Gestalt könnte sich auf mich stürzen, den roten Mund gespickt mit blitzenden Zähnen. Während ich mit leichtem Zittern hinaufsah und mich zu überreden versuchte, daß das, was ich gehört hatte, weggeflogen war oder sich in sein Loch verkrochen hatte, rieselte ein wenig Ruß aus dem Dunkel – und ich hörte das Geräusch eines großen Körpers, der in die rußige Röhre gepreßt war und der sich in seinem Bau vorsichtig zurechtrückte, um es sich bequemer zu machen.

Ich warf das Gitter krachend an seinen Platz zurück und floh. Ich mußte würgen, bevor ich atmen konnte. Ich rannte auf den Treppenabsatz hinaus und versuchte zu Atem zu kommen, damit ich um Hilfe rufen konnte. Unten fragte meine Mutter gerade nervös meinen Vater, ob sie noch eines seiner Hemden einpacken solle. »Von mir aus, wenn du willst«, sagte er gereizt.

Nein, ich durfte nicht um Hilfe rufen. Ich hatte mir geschworen, sie nicht zu beunruhigen. Aber wie konnte ich jetzt wieder in mein Zimmer zurückgehen? Plötzlich hatte ich einen Gedanken, der mir etwas zu helfen schien. In der Schule hatten wir gelernt, wie Schornsteinfeger früher kleine Jungs in Kamine hatten hinaufklettern lassen. Es war dort kaum genug Platz für die Jungs gewesen. Wie konnte also ein dicker Mann da hineinpassen?

Er konnte es nicht. Langsam gelang es mir, mich davon zu überzeugen. Schließlich öffnete ich die Tür von meinem Zimmer. Der Kamin war still, es war kein Wind. Ich versuchte, nicht daran zu denken, daß er sich nur ganz still verhielt und darauf wartete, sich verstohlen herauszuwinden, wartete, bis es dunkel war. Später, als ich beim beständigen Leuchten meiner Plastiklampe dalag, versuchte ich, mich an die Stille zu klammern, versuchte zu glauben, daß es in meiner Nähe nichts gab, das sie stören konnte. Es gab auch nichts, bis schließlich der Schlaf kam.

Vielleicht wäre ich von meiner Angst befreit worden, wenn ich auf dem Treppenabsatz um Hilfe gerufen hätte. Aber ich war zufrieden, daß ich mich so vernünftig benommen hatte. Nur einmal, als ich schon beinahe schlief, wünschte ich, das Feuer wäre an, denn dann würde alles verbrennen, was sich vielleicht im Kamin versteckte; dieser Gedanke war mir vorher noch nie gekommen. Aber es war ohnehin bedeutungslos, denn am nächsten Tag fuhren wir in die Ferien.

Meine Eltern schliefen gern unter Masken aus Zeitungspapier in der Sonne; abends wanderten sie gern die breiten, sandigen Straßen entlang. Ich hatte daran keinen Spaß und freundete mich lieber mit Nigel an, dem Sohn einer anderen Familie, die in der gleichen Pension wohnte wie wir. Meine Mutter befürwortete diese Freundschaft: Nigel war ein netter Junge, zwei Jahre älter als ich, er würde auf mich aufpassen. Er hatte Geld und den hoffnungsvollen Schatten eines beginnenden Schnurrbarts auf seiner pickeligen Oberlippe. Eines Abends nahm er mich mit zum Jahrmarkt, und da trafen wir zwei Mädchen; er und das ältere der Mädchen gingen, um Eis zu kaufen, während die jüngere Freundin und ich einander schüchtern anstarrten. Ich konnte nicht glauben, daß das Mädchen keine Puzzles mochte. Später, während ich versuchte, sie zu überzeugen, verschwanden Nigel und seine Gefährtin hinter der Geisterbahn – aber Nigel tauchte fast sofort wieder auf, mit rotem Gesicht, die linke Backe noch röter. »Wo ist Rose?« fragte ich verwundert.

»Sie mußte gehen.« Er schien wütend zu sein, weil ich nach ihr fragte.

»Kommt sie nicht wieder?«

»Nein.« Er sah sich unruhig um und suchte nach einem anderen Thema, über das wir reden konnten. »Was für ein tolles Fahrrad«, sagte er und deutete auf eins, das gerade zwischen den Ständen verschwand. »Hast du ein Fahrrad?«

»Nein«, sagte ich. »Ich wünsche mir immer wieder eins vom Weihnachtsmann, aber –« Ich wollte, das wäre mir nicht herausgerutscht, denn er starrte mich an und blinzelte dem Mädchen zu.

»Glaubst du etwa immer noch an den?« fragte er vorwurfsvoll.

»Nein, natürlich nicht. Ich habe nur einen Witz gemacht.« Glaubte er mir das? Er rückte jetzt dem jüngeren Mädchen näher und legte seinen Arm um sie; bald darauf entschuldigte sie sich und kam dann nicht mehr wieder – ich habe nicht einmal ihren Namen erfahren. Ich war verärgert, daß er sie verscheucht hatte. »Wo ist Rose hingegangen?« fragte ich hartnäckig.

Er hat es mir nicht gesagt, aber vielleicht hat er mir meine Hartnäckigkeit übelgenommen, denn als die Familie aus der Pension auszog, hörte ich ihn laut zu seiner Mutter sagen: »Der glaubt noch an den Weihnachtsmann.« Meine Mutter hörte das auch und sah mich ängstlich an.

Nun ja, es war aber nicht so. Es war niemand im Kamin, der darauf wartete, daß ich nach Hause kam. Es machte mir nichts aus, daß wir am nächsten Tag nach Hause fuhren. In dieser Nacht zog ich das Kamingitter zur Seite und sah ein fettes, bleiches Gesicht in den Kamin herunterhängen wie einen Bauch, kopfüber und grinsend. Aber ich schaffte es, wachzuwerden, und das Meeresrauschen wiegte mich schließlich in einen ruhigeren Schlaf.

Sobald wir zu Hause angekommen waren, rannte ich nach oben. Ich zog das Gitter weg, und starrte den Kamin an, um herauszufinden, was ich empfand. Langsam erfüllte mich die Verachtung, die Nigel empfunden hätte, wenn er von meiner Angst erfahren hätte. Wie konnte ich nur so kindisch gewesen sein? Der Kamin war nur ein Rauchabzug, ein Loch, durch das manchmal der Wind herunterkam. An diesem Abend schlief ich, von der Reise erschöpft, sofort cin.

Die Nächte wurden im Herbst dunkler; die Dunkelheit hinter dem Gitter wurde dichter. Wenn der Sommer zu Ende ging, hatte ich schon immer das Gefühl gehabt, daß der Kamin seine Dunkelheit in mein Zimmer sickern ließ. Jetzt erinnerte mich der Anblick nur daran, daß ich bald ein Feuer haben würde. Das Feuer würde wohltuend sein.

Im Oktober kamen die Weihnachtskarten für Vater an, an einem Samstag; ich arbeitete gerade im Laden. Es ärgerte Vater, daß er Weihnachten schon so lange im voraus einplanen mußte, um mit dem Supermarkt Schritt halten zu können. Ich bemerkte die

Karten kaum: Mein Kopf fühlte sich dumpf an, mein Körper kalt – vielleicht kam das daher, daß sich das Wetter plötzlich ein bißchen nach Winter anfühlte.

Meine Mutter kam an diesem Nachmittag in den Laden. Ich bemerkte, wie sie so tat, als hätte sie die Karten nicht gesehen. Als ich wegschaute, fing sie an, sie scheu in die Hand zu nehmen, als wären sie verräterische Briefe, dabei sah sie ängstlich zu mir herüber. Ich wußte nicht, was sie im Sinn hatte. Mein Kopf dröhnte. Ich wollte nicht nach Hause gehen, weil ich krank war; ich verdiente mir ein wenig Geld im Laden. Außerdem wollte ich nicht, daß mein Vater mich noch immer für schwächlich hielt.

Ich wollte auch nicht, daß meine Mutter sich Sorgen machte. An diesem Abend hing ich zusammengesunken in einem Sessel und tat so, als würde ich lesen. Worte tröpfelten über die Seite herab; ich fühlte mich wie ein Haufen schmutziger Kleider, die jemand auf den Sessel geworfen hatte. Mein Vater war im Laden und machte Inventur. Meine Mutter saß da und sah mich an. Ich gab mir noch mehr Mühe; die Worte tanzten einen langsamen Walzer. Schließlich sagte sie: »Hörst du mir zu?«

Jetzt tat ich es, obwohl ich nicht aufsah. »Ja«, sagte ich rauh und räusperte rasselnd meine Kehle frei, die wie zugestöpselt war.

»Erinnerst du dich an die Zeit, als du noch klein warst? Du hast einmal einen Film gesehen, über den Weihnachtsmann, der aus dem Kamin kommt.« Ihre Stimme klang bemüht sorglos, nach einer falschen Leichtigkeit, als hätte sie sich entschlossen, eine schreckliche Enthüllung zu machen. Ich konnte nicht aufsehen. »Ja«, sagte ich.

Ihr Schweigen ließ mich aufblicken. Sie sah aus wie an meinem ersten Schultag: voller Verlust, Verzweiflung. Vielleicht wurde ihr klar, daß ich älter werden mußte, aber für meinen dröhnenden Kopf bedeutete ihr Aussehen nur Entsetzen – als wäre sie drauf und dran, mich zum Opfer zu bringen. »Ich konnte dir damals nicht erzählen, wie es in Wahrheit ist«, sagte sie. »Du warst noch zu klein dazu.«

Die Wahrheit war Entsetzen; ihr Gesichtsausdruck versprach das. »Der Weihnachtsmann ist nicht wirklich so«, sagte sie.

Meine Krankheit muß sich jetzt langsam gezeigt haben. Sie sah mich an, ihre Lippen zitterten. »Ich kann nicht«, sagte sie und wandte ihr Gesicht ab. »Dein Vater muß es dir erzählen.«

Aber das ließ mich im Ungewissen am Abgrund des Entsetzens zurück. Ich fühlte mich mutlos, steif und angespannt. Ich wollte mich am liebsten hinlegen. »Ich gehe in mein Zimmer«, sagte ich. Ich stolperte die Treppe hinauf, ohne so recht zu spüren, was ich tat. Ich floh vor allem auch vor ihrem Unbehagen. Die Stufen schwankten etwas und fühlten sich unter meinen Füßen unnatürlich weich an. Ich hastete dumpf in mein Zimmer. Ich griff nach dem Lichtschalter und verfehlte ihn. Ich wankte unsicher weiter in die blinde Dunkelheit. Eine Gestalt kam mir entgegen, weich und riesig aus dem Dunkel meines Zimmers.

Ich schrie auf. Ich schaffte es, zurück auf den Treppenabsatz zu wanken und grabschte unterwegs nach dem Lichtschalter. Das helle Zimmer war leer. Meine Mutter kam die Treppe heraufgerannt und stürzte fast. »Was ist los? Was ist los?« rief sie.

Ich durfte es nicht sagen. »Ich bin krank. Mir ist schlecht.« So war es auch, und eine Minute später wurde mir richtig schlecht. Sie klopfte mir sanft auf den Rücken, während ich neben dem Klo kniete. Als sie mich ins Bett gebracht hatte, wollte sie ins Nachbarhaus gehen, um den Doktor zu holen. »Laß mich nicht allein«, bat ich. Die Wände des Zimmers schwankten, als ob sie vom Feuerschein gestoßen worden wären; der offene Kamin war riesig und sehr dunkel. Sobald mein Vater die Haustür öffnete, rannte sie hinunter und rief: »Er ist krank! Geh, hol den Doktor!«

Der Doktor kam und verschrieb mir etwas gegen das Fieber. Meine Mutter blieb an meinem Bett sitzen. Schließlich kam mein Vater und meinte, es sei jetzt Zeit für sie, ins Bett zu gehen. Sie würden mich allein in meinem Zimmer lassen. »Mach ein Feuer an«, bat ich.

Meine Mutter befühlte meine Stirn. »Aber du glühst ja«, sagte sie.

»Nein, mir ist kalt! Ich will ein Feuer! Bitte!« Sie tat mir, müde wie sie war, den Gefallen. Ich sah den Widerwillen meines Vaters, als er beobachtete, wie ich ihre Besorgtheit ausnutzte, um zu bekommen, was ich wollte, und seinen Widerwillen ihr gegenüber, daß sie sich nicht dagegen wehrte.

Es war mir egal. Das Zögern in den Worten meiner Mutter hatte mein Denken überwuchert. Was hatte sie mir nicht sagen können? Hatte es etwas mit den Geräuschen zu tun, die ich im Kamin gehört hatte? Das Zimmer wankte um mich her; nichts war sicher. Aber das Feuer würde mir Sicherheit bringen. Nichts, das im Kamin war, konnte es überleben.

Meine Mutter mußte bei mir bleiben, bis das Feuer prasselte. Angenommen, eine riesige Gestalt würde aus der Öffnung stürzen und Feuer würde von ihr herunterrieseln? Als ich sie schließlich gehen ließ, lag ich da, von Feuerlicht und Gitterschatten eingehüllt, die mich jetzt, in der Wärme des Zimmers, in den Schlaf zu wiegen schienen.

Ich fühlte mich fiebrig, aber nicht unwohl. Ich war es zufrieden, auf meinem schaukelnden Bett dahinzureisen; die Decke über mir schwankte vorbei. Während ich schlief, ging das Feuer aus. Das Fieber hielt mich warm; ich schlüpfte aus dem Bett, zog das Kamingitter zur Seite und griff in den Kamin hinauf. Als mein Arm ganz ausgestreckt war, berührte ich etwas Schweres, das im Dunkeln herunterhing; es gab nach, dann kamen weiche Finger herunter und schlossen sich um mein Handgelenk. Meine Mutter hielt mein Handgelenk, während sie meine Hände wusch. »Du darfst nicht aufstehen«, sagte sie, als sie bemerkte, daß ich wach war.

Ich starrte sie verständnislos an. »Du bist aufgestanden und im Schlaf herumgelaufen«, erklärte sie. »Du hattest deine Hände in den Kamin gesteckt.« Ich sah jetzt, daß sie eine dicke Rußschicht von meinen Händen wusch; Aschenspuren führten zum Bett.

Es war nur ein Traum gewesen. Einen Augenblick lang hatte die fette Hand mein Handgelenk umfaßt, im nächsten Moment waren es schon die kühlen, schlanken Finger meiner Mutter gewesen. Sie spielte Wortspiele und Schwarzer Peter mit mir, während ich an diesem und am nächsten Tag im Bett blieb.

In der dritten Nacht ging es mir wieder besser. Das Feuer flakkerte sanft; ich fühlte mich gemütlich warm. Morgen würde ich wieder aufstehen. Ich mußte auch bald wieder in die Schule, aber das machte mir eigentlich nichts aus. Ich lag da und lauschte auf das Atmen des Windes im Kamin.

Als ich wach wurde, war das Feuer ausgegangen. Das Zimmer

war voller Dunkelheit. Das Atmen des Windes war noch da, schien aber jetzt näher bei mir zu sein. Es war über mir. Jemand stand über mich gebeugt. Das konnte keiner von meinen Eltern sein – nicht in der undurchsichtigen Dunkelheit.

Ich lag starr. Mein größter Wunsch war, Nigels Verachtung hätte mich nicht dazu gebracht, ohne Nachtlicht auskommen zu wollen. Das Atmen war langsam, ungleichmäßig; es klang rauh und schwach. Als ich versuchte, mich Zentimeter für Zentimeter auf die andere Seite des Bettes zu schieben, beugte sich das Atmende zu mir herunter. Ich spürte den Hauch auf meinem Gesicht, der etwas wie trockenen Regen auf mich fallen ließ.

Als ich scheinbar schon stundenlang wie gelähmt dagelegen hatte, entfernte sich das Atmen. Es war wieder im Kamin, und Ruß rieselte leise herab; vielleicht war das der Wind. Aber ich wußte, es war herausgekommen, um mir klarzumachen, daß, was auch immer das Feuer ihm angetan hatte, es doch nicht getötet worden war. Es war hervorgekrochen, um mich wissen zu lassen, daß es am Weihnachtsabend wiederkommen würde. Ich fing an zu schreien.

Ich wollte meiner Mutter nicht sagen, warum. Sie wusch mein Gesicht, das mit Ruß gesprenkelt war. »Du bist wieder schlafgewandelt«, versuchte sie mich zu beruhigen, aber ich ließ sie nicht mehr fort, bis es hell war. Als sie gegangen war, sah ich die Aschenspuren, die vom Kamin zum Bett führten.

Vielleicht war ich schlafgewandelt und hatte geträumt. Ich suchte vergeblich nach meinem Nachtlicht. Ich hätte mich geschämt, um ein neues zu bitten, und das half mir, zu der Überzeugung zu gelangen, daß ich auch ohne auskommen würde. Beim Abendessen fühlte ich mich sicher genug, um sagen zu können, ich wüßte nicht, warum ich geschrien hatte.

»Aber du mußt dich doch daran erinnern. Du hast dich so angstvoll angehört. Du hast mich wirklich erschreckt.«

Mein Vater faltete die Zeitung zu einem dicken Paket wie ein Taschenbuch, so daß er sie neben seinen Teller legen und lesen konnte. »Laß doch den Jungen«, sagte er. »Man bildet sich alle möglichen Dinge ein, wenn man Fieber hat. In seinem Alter ist mir das auch so gegangen.«

Das war das erste Mal, daß er mir gegenüber so etwas Ähnliches wie eine Schwäche zugegeben hatte. Wenn er es geschafft hatte, seine Alpträume zu überleben, warum sollten meine mich dann mehr durcheinanderbringen? Erschöpft von der Anstrengung des Fiebers schlief ich in der kommenden Nacht ganz fest. Der Kamin war still bis auf das Flackern der Flammen.

Mein Vater half mir nicht noch einmal. Eines Nachmittags im November stand ich hinter der Ladentheke und wartete auf Kunden. Mein Vater werkelte herum und nahm mürrisch auf der Suche nach Anzeichen für Diebstahl Nylonstrümpfe, Dosen mit Tierfutter, kleine Spielsachen, Babyrasseln und Karten in die Hand und stellte sie wieder in die Regale. Plötzlich griff er nach einer Weihnachtskarte und kam damit zur Theke. »Setz dich«, sagte er finster.

Er schwenkte die Karte wie ein Beweisstück vor meinem Gesicht hin und her. Ich setzte mich auf ein Regal, aber dann kam eine Frau in den Laden; die Glocke bimmelte heftig. Ich stand auf, um ihr Nylonstrümpfe zu verkaufen. Als sie wieder fort war, sah ich meinen Vater an, voller Angst, daß er mir jetzt das Schlimmste eröffnen würde. »Setz dich doch hin«, sagte er.

Er konnte es nicht ertragen, daß ich größer war als er. Seine geringe Körpergröße machte ihm zu schaffen, aber er wollte nicht, daß ich das bemerkte; er gab vor, ich müsse mich aus Respekt vor ihm hinsetzen. »Deine Mutter sagt, sie hätte versucht, dir die Sache mit dem Weihnachtsmann zu erklären«, sagte er.

Das mußte sie ihm schon vor Wochen erzählt haben. Er hatte das Gespräch mit mir immer wieder verschoben – weil wir uns nie nähergekommen waren, und jetzt entfernten wir uns noch weiter voneinander. »Ich verstehe nicht, warum sie es dir nicht erklären konnte«, sagte er.

Aber er erklärte es mir auch nicht. Er sah mich an, als wäre ich ein Fremder, mit dem er sich unterhalten mußte. Ich fühlte mich unbehaglich, und plötzlich war ich unsicher, ob ich überhaupt hören wollte, was er mir zu sagen hatte. Ein Mann näherte sich dem Laden. Ich stand auf, in der Hoffnung, er würde uns unterbrechen.

Das tat er auch, und ich bediente ihn. Dann rückte ich einen Stapel von Konserven zurecht, um die Enthüllungen meines Vaters noch etwas hinauszuzögern. Vater starrte mich voller Abscheu an. »Wenn du nicht aufpaßt, wirst du mal genauso schlimm wie deine Mutter.«

Ich fand den Gedanken seltsam, so zu sein wie meine Mutter, irgendwie beunruhigend. Aber er wollte ja nicht, daß ich so war wie er, wollte mich nicht näher an sich heranlassen. Also gut, ich würde tapfer sein und mir anhören, was er zu sagen hatte. Aber er sagte: »Ach, es hat keinen Sinn, wenn ich versuche, es dir zu erzählen. Du wirst schon selbst draufkommen.«

Er meinte, ich müsse selber herausfinden, daß der Weihnachtsmann nur eine kindische Phantasiegestalt war. Er meinte nicht, das Ding aus dem Kamin solle zu mir kommen, der Abscheu in seinen Augen meinte nicht so etwas, das nicht. Er meinte, ich müsse mich benehmen wie ein Mann.

Und das konnte ich auch. Ich würde es ihm zeigen. Der Kamin war still. Ich brauchte mir keine Sorgen zu machen bis zum Weihnachtsabend. Und dann auch nicht. Es würde nichts herauskommen.

Eines Abends, als ich nach Hause ging, sah ich Dr. Flynn in seinem vorderen Zimmer. Er stand vor einem Spiegel und betrachtete seinen roten, pelzgesäumten Kapuzenmantel; er bückte sich, um seinen Bart zu nehmen. Meine Mutter erzählte mir, daß er im Kinderkrankenhaus den Weihnachtsmann spielen würde. Sie schien froh zu sein, daß ich ihn so gesehen hatte. Und ich war es auch: das bewies doch, daß eine solche Vorstellung nur für Kinder gedacht war.

Allerdings erinnerte mich die Sache daran, wie nah Weihnachten schon herangerückt war. So wie die Nächte sich immer mehr um die Tage schlossen und die Tage dahinrauschten – die Abschlußfeier in der Schule, der Truthahn, der Weihnachtsschmuck im Haus – wurde ich immer angespannter und versuchte, mich innerlich vorzubereiten. Worauf? Auf nichts, gar nichts. Na ja, bald würde ich es wissen – und plötzlich war der Weihnachtsabend da.

Ich war den ganzen Tag sehr geschäftig. Ich spülte, während meine Mutter das Weihnachtsessen vorbereitete. Ich brachte ihr die Zutaten und kaufte noch schnell ein paar, die ihr ausgegangen waren. Ich hängte die Weihnachtskarten an Bänder über dem Kaminsims. Ich trug einen Glitzerweihnachtsbaum nach Hause, den niemand gekauft hatte. Aber meine Geschäftigkeit ließ den Tag nur noch schneller vergehen. Bevor ich es so recht bemerkt hatte, waren die Fenster voller Nacht.

Weihnachtsabend. Na gut, er machte mir nichts aus. Ich war für so etwas schon zu alt. Der Glitzerbaum raschelte, wenn jemand daran vorbeiging, Papierketten schwankten, wenn Türen geöffnet wurden. Über dem Kaminsims schaukelten ruhelos ein halbes Dutzend rotwangige, lächelnde, bärtige Gesichter.

Die Nacht häufte sich an den Fenstern. Ich sprach mit meiner Mutter über ihren schimpfenden Vater, ihre älteren Schwestern, den Tag, als ihre Schwestern sie in einem Keller eingesperrt hatten. Mein Vater brummte ab und zu – selbst als mir der Gesprächsstoff mit meiner Mutter ausgegangen war und ich versuchte, mit ihm über den Laden zu reden. Wenigstens hatte er nicht gemerkt, daß es schon so spät und ich noch nicht im Bett war. Aber es fiel ihm doch auf. »Um diese Zeit sollten langsam alle im Bett sein«, sagte er mit so etwas wie unterdrücktem Ärger.

»Kann ich noch ein paar Kohlen haben?« Meine Mutter erlaubte es nicht, daß ich die Kohlenschütte in meinem Zimmer hatte – sie wollte nicht, daß ich in die Nähe des Feuers kam. »Ich will sie jetzt gleich aufs Feuer tun«, sagte ich. Sie mußte einfach ja sagen. »Sonst ist es morgen früh kalt«, sagte ich.

»Ja, nimm ein paar mit. Du sollst ja nicht frieren, wenn du dir ansiehst, was der Weihnachts-... was du für Geschenke bekommen hast.«

Ich lief mit der Kohlenschütte nach oben. Trotz ihres Geklappers hörte ich meinen Vater sagen: »Bist du immer noch nicht weiter? Kannst du dich denn nicht damit abfinden, daß er älter wird?«

Ich kippte fast den ganzen Inhalt der Schütte ins Feuer, das dadurch prasselnd aufloderte. Die Stimme meines Vaters wurde zu einem ärgerlichen Murmeln, das zu mir heraufsickerte. Als ich die Kohlenschütte nach unten brachte, waren die Augen meiner Mutter rot, und mein Vater wirkte finster und entschlossen. Ich hatte schon immer Angst vor ihren Streitigkeiten gehabt; ich war froh, daß ich eilig in mein Zimmer gehen konnte.

Es wirkte einladend. Das Feuer leuchtete hell hinter dem Gitter. Ich hörte, daß meine Mutter nach oben kam. Das war beruhigend: Sie war jetzt nicht mehr so weit weg. Ich hörte, wie mein Vater zu den Nachbarn ging – um dem Doktor ein frohes Fest zu wünschen, nahm ich an. Diese Erinnerung machte mir nichts aus. In meinem Zimmer war nichts Weihnachtliches außer dem Kopfkissenbezug, der am Fußende meines Bettes auf dem Boden lag und darauf wartete, mit Geschenken gefüllt zu werden. Ich schob ihn mit einem Fuß zur Seite, um ihn nicht mehr anschauen zu müssen.

Ich schlüpfte ins Bett. Mein Vater kam herauf; ich hörte an dem Gemurmel, das durch die Schlafzimmerwand drang, daß meine Eltern noch weiter stritten. Schließlich hörten sie auf, und ich entspannte mich. Ich lag da und war glücklich über die Stille.

Der Wind stürzte sich auf das Haus. Er blies den Kamin herunter; Rauch sickerte durch das Kamingitter. Jetzt schnaufte der Wind abgehackt. Es war nur der Wind. Der machte mir nichts aus.

Vielleicht hatte ich zu viele Kohlen aufs Feuer geschüttet. Das Zimmer war heiß; ich schwitzte. Ich fühlte mich beinah fiebrig. Das riesige Gitter flackerte immer wieder über die Wand, unruhig, wie ein schnell bewegtes Netz. Im Spiegel tanzte das dunkle Zimmer.

Plötzlich hatte ich ein wenig Angst. Nicht davor, daß etwas aus dem Kamin kommen würde – das war dumm. Ich hatte Angst, daß ich mit dem Fiebergefühl auch wieder phantasieren könnte. Es schien mir schon Jahre her zu sein, daß mich der Anblick des Zimmers im Spiegel beunruhigt hatte, aber jetzt war ich beunruhigt. Irgend etwas stimmte nicht mit diesem schummrigen, ruckenden Zimmer.

Der Wind schnaufte. Nur der Wind, ich hörte, wie er drehte. Eine fette Rauchwolke quetschte sich durch das Gitter. Das Zimmer wirkte jetzt drückender und roch nach Rauch. Es roch nicht nur nach Kohlenrauch, aber ich wußte nicht, was da sonst noch brannte. Ich wollte nicht aufstehen, um es herauszufinden.

Ich mußte stilliegen. Sonst würde ich mich wieder herumwerfen und versuchen, mich an den Schlaf zu klammern, so wie es mir in der zweiten Nacht meiner Krankheit ergangen war und manchmal auch im Sommer. Ich mußte einschlafen, bevor das Zimmer zu heiß wurde. Ich mußte die Augen geschlossen halten. Ich durfte mich nicht durch das leise Rieseln des Rußes durcheinanderbringen lassen oder durch das Schnaufen des Windes oder die Schatten und orangenen Lichter, die durch die geschlossenen Lider nach meinen Augen haschten.

Ich wachte im Dunkeln auf. Das Feuer war ausgegangen. Nein, es war noch da, als ich die Augen öffnete: Gedämpftes Orange kroch über die Kohlenreste, ein paar schwache Flammen züngelten hier und da noch hervor. Das Zimmer bewegte sich jetzt langsamer. Das düstere Zimmer im Spiegel, das Gesicht, das mich ansah, zuckten schwach, als wären sie schon fast tot.

Ich konnte nicht hinsehen. Ich rutschte tiefer ins Bett und zog das Kissen in mein Nest. Mir war zu warm, aber unter der Bettdecke fühlte ich mich wenigstens sicher. Ich begann mich zu entspannen. Dann wurde mir plötzlich klar, was ich gesehen hatte. Das Licht war nur schwach gewesen, aber ich war fast sicher, daß das Kamingitter neben dem Kamin stand.

Ich mußte mich bei dem schwachen Licht getäuscht haben, ich hatte kein Fieber, ich konnte nicht wieder schlafgewandelt sein. Ich brauchte nicht nachzusehen, es ging mir doch gut so. Aber langsam wurde mir klar, daß ich wohl doch besser nachschauen sollte, als ich das Rutschen im Kamin hörte.

Etwas Großes kam da herunter. Ruß fiel, ich hörte, wie die Rußstückchen auf den Rost rieselten, der rauhe, anhaltende Wind warf sie herunter. Aber der Wind kam aus dem Kamin ins Zimmer. Er war über mir und schnaufte durch seine rauhe Kehle.

Ich lag da und starrte auf die Bettdecke über meinem Gesicht. Ich zitterte, weil ich versuchte, mich nicht zu bewegen. Mein angehaltener Atem erfüllte mich schmerzend wie dicke Steine. Ich mußte nur liegenbleiben, bis das, was da über mir war, wegging. Es konnte mich nicht berühren.

Das rauhe Atmen kam näher; ich konnte sein trockenes Rasseln hören. Dann begann etwas, sich an der Bettdecke über meinem Gesicht zu schaffen zu machen. Es zupfte schwach daran, versuchte sie zu ergreifen, so als hätte es kaum etwas, womit es sie ergreifen könnte. Meine eigenen Hände waren fest um den Rand der Laken geschlossen, sie konnten sie aber nicht ganz unten halten.

Die Laken wurden ganz langsam von mir heruntergezogen. Bald würde ich meinem Besucher von Angesicht zu Angesicht gegenüber sein.

Ich lag mit fest zugedrückten Augen da, als er die Laken losließ und fortging. Meine voll gefüllten Lungen hatten mich gezwungen, nur ganz flach zu atmen; jetzt atmete ich leise mit offenem Mund, obwohl ich dadurch viele Flusen in den Mund bekam. Das Klingen in meinen Ohren ließ nach, und mir wurde klar, daß das Ding nicht wieder in den Kamin zurückgegangen war. Es war still im Zimmer.

Ich konnte sein Atmen nicht hören; es konnte nicht in meiner Nähe sein. Nur dieser Gedanke erlaubte es mir, nachzusehen – dies und die verzweifelte Hoffnung, ich würde entkommen können, weil es sich nur so langsam bewegte. Ich zog langsam die Bettdecke von meinem Gesicht, bis meine Augen frei waren. Mein Herzschlag erschütterte mich. In dem träge flackernden Licht sah ich eine Gestalt am Fußende meines Bettes.

Ihr rotes Gewand war dick mit Ruß befleckt. Sie hatte mir den Rücken zugewandt, ihr Atem war durch die Kapuze gedämpft. Was mich am meisten ängstigte, war ihre geringe Größe. Irgendwo unter der mich erdrückenden Angst fiel mir ein, daß Dinge durch Verbrennen schrumpfen. Die Gestalt stand auch im Spiegel in dem düsteren, zuckenden Zimmer. Im Spiegel schaute ein Gesicht aus der Kapuze wie eine verkohlte Rübe, in die ein starres Grinsen eingeschnitten ist.

Die kurze Gestalt bewegte sich immer noch ganz vorsichtig. Sie kam zum Fußende und bückte sich über den Kopfkissenbezug. Ich sah, wie sie ihn über sich zog und langsam nach unten sank. Während sie sank, fiel die Kapuze nach hinten, und ich sah die verkohlte Rübe am Rand der Kapuze rollen, als gebe es fast nichts mehr, worauf sie sich stützte.

Ich hätte an dem Kopfkissenbezug vorbeirennen müssen, um zur Tür zu gelangen. Ich konnte mich nicht rühren. Das Zimmer wirkte riesig und wurde immer dunkler; meine Eltern waren weit weg. Schließlich gelang es mir, die Bettdecke wieder über mein Gesicht zu ziehen, und ich drückte das Kissen wie Ohrenschützer um meine Ohren.

Ich hatte stundenlang schlaflos gelegen, als ich eine Bewegung am Fußende des Bettes hörte. Das Ding war wieder aus seinem Sack gekommen. Es bewegte sich auf mich zu. Es zog an der Decke, jetzt kräftiger. Bevor ich sie festhalten konnte, fiel mein Blick auf einen roten, pelzbesetzten Ärmel, und ich schrie.

»Laß das doch«, sagte mein Vater erschreckt. »Um Himmels willen, ich bin's doch nur.«

Er trug die Verkleidung von Dr. Flynn, die lose an ihm herunterhing – zumindest die Jacke; die Hosenbeine seines Schlafanzuges lugten darunter hervor. Ich hörte auf zu schreien und begann, hysterisch zu kichern. Ich glaube, er hätte mir eine Ohrfeige gegeben, wenn meine Mutter nicht eingeschritten wäre. »Ist ja gut. Schon gut«, beruhigte sie mich und erklärte ihm: »Das ist der Schreck.«

Er ging ärgerlich auf die Tür zu, als sie sagte: »Ach, geh doch noch nicht, Albert. Bleib noch, solange er seine Geschenke auspackt.« Und sie hob den vollen Kopfkissenbezug vom Boden und setzte ihn schwer neben mich.

Ich konnte ihn nicht wegschieben, sie durfte meine Angst nicht sehen. Ich zwang mich, meine Geschenke ans Licht zu zerren, Bücher, Süßigkeiten, Kugelschreiber; als ich weiter vordrang, fragte ich mich, ob das verschrumpelte Gesicht wohl zerfallen würde, wenn ich es berührte. Schweiß kitzelte mich in den Handflächen; meine Hände zitterten vor Grauen – das durften sie auch, denn meine Mutter konnte sie nicht sehen.

Der Kopfkissenbezug enthielt nichts als Geschenke und ein bißchen Ruß. Als ich sicher war, daß er leer war, sank ich mit einem tiefen Seufzer zurück gegen das Kopfende des Bettes. »Er ist müde«, sagte meine Mutter, um meine Undankbarkeit zu erklären. »Er ist gestern abend lange aufgeblieben.«

Später gelang es mir, sozusagen aus Versehen, den Kopfkissenbezug ins Feuer im Wohnzimmer fallen zu lassen. Es gelang mir, den Weihnachtsbraten zu essen und abends wieder ins Bett zu gehen. Ich lag wach, obwohl ich sicher war, daß jetzt nichts aus dem Kamin kommen würde. Erst später wurde mir klar, warum mein Vater an diesem Morgen in einer solchen Kleidung in mein Zimmer gekommen war: Er hatte sich vorgestellt, ich würde ihn ertappen und wäre damit von dem Glauben an den Weihnachtsmann kuriert. Aber es dauerte noch viele Jahre, bis ich Weihnachten einigermaßen genießen konnte.

Als ich mit der Schule fertig war, arbeitete ich in verschiedenen Bibliotheken. Zehn Jahre später heiratete ich. Meine Frau und ich fuhren einmal in der Woche durch die Stadt, um meine Eltern zu besuchen. Meine Mutter schwatzte, mein Vater schwieg. Ich glaube, er hat mir nie so recht verziehen, daß ich über ihn gelacht habe.

Eines Nachts im Winter klingelte unser Telephon. Ich nahm den Hörer ab, in der Hoffnung, daß es nicht die Polizei war. In meine Bibliothek wurde zu der Zeit öfters eingebrochen. Ich wollte eigentlich nur vor dem Feuer sitzen und mir die klirrende Kälte draußen vorstellen. Aber es war Dr. Flynn.

»Das Haus Ihrer Eltern brennt«, sagte er. »Ihr Vater ist im Feuer eingeschlossen. Ihre Mutter braucht Sie.«

Sie hatten einen Freund zu Besuch gehabt, der über Nacht bleiben wollte. Meine Mutter hatte Feuer im Gästezimmer, meinem alten Schlafzimmer, gemacht. Ein Funken war dem Kamingitter entkommen; der Teppich hatte Feuer gefangen. Weil ihm die Feuerwehr zu lange brauchte, war mein Vater zurück ins Haus gerannt, um selbst zu löschen, war aber im Feuer umgekommen. All das erfuhr ich später. Jetzt fuhr ich mit kühlem Kopf durch die Stadt auf das Glühen am Himmel zu.

Das Glühen war gelöscht, bis ich ankam. Rauch kroch über das Dach. Aber meine Mutter hatte einen Kohlensack gefunden und versuchte immer noch, ins Haus zu gelangen, um das Feuer zu ersticken. Der Besucher und Dr. Flynn hielten sie zurück. Sie ließ den Sack fallen und rannte auf mich zu. »Oh, dein Vater. Albert«, wiederholte sie immer wieder und weinte.

Die Feuerwehrleute rollten ihren Schlauch auf. Der Krankenwagen stand mit Blaulicht da. Ich sah, wie die Haustür aufging und eine Bahre herausgetragen wurde. Der Weg war feucht und gefroren. Einer der Träger rutschte aus, und das, was auf der Bahre gelegen hatte, fiel auf den Weg.

Ich sah, wie Dr. Flynn zu meiner Mutter herüberschaute. Nur

aus Angst, sie könnte sich vielleicht umdrehen, handelte er sofort. Er griff sich den Sack, rannte zum Weg hinüber und sammelte auf, was dort verstreut lag. Ich sah den verkohlten Kopf über den Rand des Sackes rollen, bevor er hineinfiel. Das hatte ich schon einmal gesehen, vor vielen Jahren.

Meine Mutter zog zu uns, aber wir konnten sehen, wie sie langsam verging. Auf ihre Art hatten sich meine Eltern offenbar doch geliebt. Sie starb ein Jahr später. Vielleicht habe ich sie beide umgebracht. Ich weiß, daß das, was aus dem Kamin kam, in gewissem Sinne mein Vater gewesen ist. Aber bestimmt war es eine Vorahnung. Bestimmt kann meine Angst nicht so weitreichend gewesen sein, um ihn auf diese Art sterben zu lassen.

Der Weihnachtsabend

von Robert Bloch

Ich weiß nicht, wie es zu Ende geht.

Es mag das Ende gewesen sein, als ich den Schuß hinter der geschlossenen Tür zum Wohnzimmer hörte – oder als ich losrannte und ihn dort fand.

Vielleicht kam das Ende, nachdem die Polizei dagewesen war; nach der Untersuchung und der Erklärung und der ganzen grausigen Publicity in den Medien.

Möglicherweise war das wirkliche Ende mein eigener Zusammenbruch und die lange Erholungsphase – falls ich mich je wirklich erholt habe.

Es könnte natürlich auch sein, daß so etwas nie wirklich zu Ende ist, solange es noch eine Erinnerung daran gibt. Und ich erinnere mich an alles – von Anfang an.

Alles begann an einem Herbstnachmittag mit Dirk Otjens, in seiner Galerie in La Cienega. Wir trafen uns an der Tür, als er gerade vom Mittagessen kam. Otjens kam spät; höchstwahrscheinlich hatte er mit einem seiner reichen Kunden gegessen, und solche Leute scheinen besonders gern spät zu Mittag zu essen.

»Brandon!« sagte er. »Wo waren Sie? Ich habe den ganzen Morgen versucht, Sie zu erreichen.«

»Tut mir leid – eine Verabredung –«

Dirk schüttelte ungeduldig den Kopf. »Sie sollten sich einen Anrufbeantworter zulegen.«

Sinnlos, ihm zu sagen, daß ich mir keinen leisten konnte oder daß ich eine Verabredung mit dem Arbeitsamt gehabt hatte. Dirk hatte vielleicht selbst einmal die Armut gekannt, aber das war vor vielen teuren Mittagsmahlzeiten gewesen, und jetzt bewegte er sich in einem anderen Milieu. Die Vorstellung von einem verhungernden Künster war nichts für ihn, und zuzulassen, daß er sich vorstellte, wie ich in dieser Rolle lebte, war – wie der Anrufbeantworter – etwas, das ich mir jetzt nicht leisten konnte. Es war schon ein Durchbruch für mich gewesen, daß er mich als Kunden angenommen hatte, auch wenn bisher noch nichts weiter passiert war.

Oder doch?

»Haben Sie was verkauft?« Ich versuchte, beiläufig zu klingen, aber mein Herz schlug heftig.

»Nein. Aber ich glaube, ich habe einen Auftrag für Sie. Je was von Carlos Santiago gehört?«

»Eigentlich nicht.«

»Kunde von mir. Ist oft hier. Er hat dies Ölgemälde von Ihnen gesehen – Sie wissen, das in der oberen Galerie –, und er will ein Porträt.«

»Wie ist er?«

Dirk zuckte mit den Schultern. »Ausländer. Starker Akzent.« Er sprach mit der ganzen Geringschätzung des eingebürgerten Amerikaners. »'ne Art Reeder, Großindustrieller, glaube ich. Aber er hat Geld.«

»Wieviel?«

»Ich habe zweitausendfünfhundert gefordert. Keine große Sache, aber ein Anfang.«

Das war es wirklich. Selbst wenn ich Otjens Anteil abzog, würde ich doch genug dabei herausholen, um weitermachen zu können. Das Eis war gebrochen, und irgendwo stromabwärts war das zauberhafte Land, wo jeder einen Anrufbeantworter hat, der Nachrichten aufzeichnet, während sein Besitzer sich irgendwo eines teuren Mittagessens erfreut. Trotzdem –

»Ich weiß nicht«, sagte ich. »Vielleicht ist er kein gutes Modell für mich. Ein spanischer Schiffsmagnat entspricht wahrscheinlich nicht meiner Art zu arbeiten. Sie wissen, ich bin keiner von den Kunsthandwerker-Typen, bei mir muß zwischen dem Künstler und dem Modell noch eine besondere Spannung herrschen, sonst kommt einfach nichts rüber.«

Aus Dirks finsterem Blick war zu entnehmen, daß von dem, was ich sagte, auch nichts rüberkam, aber ich hatte es sagen müssen. Schließlich bin ich Künstler. Ich habe neun Jahre damit verbracht, im In- und Ausland mein Handwerk zu erlernen – neun lange, harte Jahre der Selbstaufopferung und Selbsterkenntnis, die ich nicht so einfach zur Seite zu schieben gedachte, wenn zum ersten Mal jemand mit einer Dollarnote in meine Richtung winkte. Wenn es mir nur darum ginge, hätte ich auch in die Massenproduktion einsteigen können und Hunderte von Fünfunddreißig-Dollar-Clowns hinschmeißen, die ich dann auf dem Flohmarkt verkaufte. Andererseits –

»Ich müßte ihn zuerst sehen«, sagte ich.

»Das werden Sie auch«, nickte Dirk. »Sie sind um drei Uhr mit ihm verabredet.«

»Im Büro?«

»Nein, zu Hause. Oben in Trousdale. Hier, ich habe Ihnen die Adresse aufgeschrieben. Jetzt machen Sie sich auf den Weg, und viel Glück.«

Ich erinnere mich, wie ich am Coldwater entlanggefahren und dann rechts abgebogen bin in eine von diesen Straßen, die in die Trousdale-Wohnviertel führt. Ich erinnere mich noch sehr gut daran, denn die Straße vor mir zog sich steil den Hügel hinauf und ich hatte beständig Sorgen, daß mein Auto die Steigung nicht schaffen könnte. Die alte Kiste hatte einen Minderwertigkeitskomplex, und ich konnte mir vorstellen, wie sie sich fühlen mußte, als sie an den halbkreisförmigen Einfahrten vorbeikeuchte, die vollstanden mit nagelneuen Cadillacs, Lancias, Alfa-Romeos und den unvermeidlichen Rolls. Das war eine Gegend, in der man Mercedes als Zweitwagen fuhr. Eigentlich war mir das egal, aber Dirk hatte recht; hier wohnte das Geld.

Und auch Carlos Santiago.

In seiner Einfahrt stand ein Ferrari. Ich parkte dahinter und hoffte, niemand aus dem breiten, zweistöckigen Pseudo-*Palazzo*, der die zypressengesäumte Einfahrt überragte, würde mich sehen. Das Haus war neu, und die Bäume waren noch klein, aber wer war ich schon, um darüber ein Urteil zu äußern? Hier wohnte das Geld.

Ich klingelte. Ein Glockenspiel erklang leise hinter der schweren Tür. Sie öffnete sich, und ein dunkelhaariges Dienstmädchen in Uniform stand mir gegenüber. »Ja, bitte?«

»Arnold Brandon. Ich habe eine Verabredung mit Mr. Santiago.«

Sie nickte. »Hier entlang. Der Señor erwartet Sie.«

Ich trat aus der warmen Nachmittagssonne in die klimatisierte Kühle der schattigen Eingangshalle und folgte dem Mädchen zu der bogenförmigen Wohnzimmertür links.

Das Zimmer, mit seiner hohen Decke und dem zurückgesetzten offenen Kamin, war größer, als ich erwartet hatte. Und mein Gastgeber auch.

Carlos Santiago nannte sich einen Spanier; ich erfuhr später, daß er in Argentinien geboren war, und er hatte zweifellos auch Indioblut in den Adern. Aber er erinnerte mich an eine kretische Gestalt.

Den Minotauros.

Natürlich nicht genau. Er war kein Mischwesen, nicht der Körper eines Menschen mit dem Kopf eines Stiers. Sein ergrauendes, gelocktes Haar fiel über eine Stirn ohne Hörner, aber die schweren Augenlider, die sich blähenden Nüstern und die Art, wie der riesige Kopf und die tonnenförmige Brust ohne Hals ineinander übergingen, erinnerte irgendwie an eine Mischung aus Mensch und Stier. Ich sah in Santiago das Bild eines Mann-Stiers, eines Stier-Mannes, die Inkarnation des *Macho*.

Und ich haßte ihn auf den ersten Blick.

Um die Wahrheit zu sagen: Ich habe immer Angst vor solchen Männern gehabt, diesen großen, kräftigen, arroganten Männern, die ihr ganzes Leben lang große Töne spucken, angeben und herumpoltern. Ich traue ihnen einfach nicht, denn sie waren immer Gegner der Kunst, Bücher-Verbrenner, Statuenzerstörer, jeder Schöpfung gegenüber geringschätzig, solange sie nicht ihren eigenen Lenden entspringt. Ich habe sogar noch mehr Angst vor ihnen, wenn sie sich zu ihrem persönlichen Nutzen herzlich geben.

Und Carlos Santiago war herzlich.

Er bot mir einen Platz in einem riesigen Ledersessel an, goß uns Drinks ein, fragte mich nach meinem Befinden, machte mir Komplimente über das Beispiel aus meiner Arbeit, das er in der Galerie gesehen hatte. Aber meine Angst blieb. Und die Vorstellung vom Minotaurus. *Willkommen in meinem Labyrinth.*

Ich muß zugeben, das Labyrinth war sorgfältig und ausdrucksvoll entworfen und geschmackvoll möbliert. Doch die Dinge, die über dem Kaminsims aufgehängt waren, bedeuteten einen Stilbruch, der durch die Einheit der sonstigen Einrichtung besonders kraß wirkte. Die rostige Waffe mit der breiten Schneide, die an der Wand befestigt war, begleitet von grobkörnigen, schlecht gerahmten Photos, wirkte in diesem Zimmer ungefähr genauso unangebracht wie die klobige Erscheinung meines Gastgebers.

Er bemerkte meinen Blick, und sein Lachen klang wie ein viehisches Grollen.

»Ich weiß, was Sie denken, *amigo*. Der ach so ordentliche Innenarchitekt war schockiert, als ich darauf bestand, diese Dinge in dieser Anordnung dort aufzuhängen. Aber ich bin ein sentimentaler Mann, und dessen schäme ich mich nicht.

Die Machete – einst war sie alles, was ich besaß, außer den Lumpen an meinem Körper. Mit ihr schwitzte ich drei lange Jahre als einfacher Arbeiter auf den Feldern. Am Schluß trug ich immer noch dieselben Lumpen, und die Machete war immer noch mein einziger Besitz. Aber mit dem Geld, das ich gespart hatte, machte ich meine erste Investition – ein paar kleine Anteile an einem alten Öltanker, der seine letzte Fahrt machte. Der Erfolg seiner letzten Fahrt erwies sich als guter Beginn für meine weitere Arbeit. Ich erspare Ihnen die Einzelheiten, die Geschichte geht aus diesen Photos da hervor. Das sind die Schiffe, die ich im Laufe von Jahren erwarb, die Santiago-Flotte. Viele von ihnen sind jetzt alt und rostig, wie die Machete – und natürlich auch wie ich selbst. Aber wir gehören zusammen.«

Santiago holte sich noch einen Drink. »Aber ich langweile Sie, Mr. Brandon. Also sprechen wir von dem Porträt.«

Ich wußte, was jetzt kommen würde. Er würde mir sagen, was und wie ich zu malen hätte, und er würde darauf bestehen, daß ich seine Schiffe in den Hintergrund aufnahm; vielleicht hatte er vor, mit der Machete in der Hand dargestellt zu werden.

Er hatte ein Recht auf seinen Stolz, aber ich hatte meinen eigenen. Weiß Gott, ich brauchte das Geld, aber ich hatte nicht die Absicht, den Minotaurus in irgendeinem Zusammenhang zu malen. Es hatte keinen Sinn, der Sache aus dem Wege zu gehen; ich würde den Stier bei den Hörnern packen müssen –

»Louise!«

Santiago drehte sich um und stand auf. Als sie eintrat, lächelte er. Ich starrte die junge Frau an – groß, schlank, hellbraunes Haar, mit makellosen Zügen, die von haselnußbraunen Augen beherrscht wurden. Das Zimmer erstrahlte durch ihre Gegenwart.

»Gestatten Sie, daß ich Ihnen meine Frau vorstelle?«

Wir müssen beide wohl in Folge der Vorstellung etwas gesagt haben, aber daran erinnere ich mich nicht mehr. Ich weiß nur noch, daß mein Mund trocken war und meine Worte bedeutungslos. Santiagos Worte waren wichtig.

»Sie werden ihr Porträt malen«, sagte er.

Das war der Anfang. Wir vereinbarten Sitzungen, die in einem gemütlichen Zimmer direkt im Anschluß an das Wohnzimmer stattfanden; Nordlicht machte ihn ideal für Nachmittagssitzungen. Ich kam dreimal pro Woche – erst machte ich den Entwurf, dann vollendete ich den Hintergrund. Indem ich dabei die übliche Vorgehensweise umkehrte, behielt ich mir die Arbeit an dem eigentlichen Porträt vor, bis alle anderen Elemente fertiggestellt waren. Ich wollte, daß ihre Hautfarbe leicht die Färbung der Umgebung und der Kleidung reflektierte. Erst dann konzentrierte ich mich auf Pose und Ausdruck, um darin das Wesentliche festzuhalten. Aber wie sollte ich den Klang ihrer weichen Stimme einfangen, den flüchtigen Duft ihres Parfums, die Gesamtheit ihrer sinnlichen Ausdruckskraft?

Ich muß einräumen, daß sich Santiago als kooperativ erwies, was für ihn sprach. Er unterbrach uns nie während der Sitzungen und fragte auch nicht, wie wir vorankamen. Wir hatten vereinbart, daß weder er noch mein Modell das Werk vor seiner Vollendung zu sehen bekommen sollten; die Leinwand war während meiner Abwesenheit zugehängt. Er störte mich nicht mit Fragen, und nach der zweiten Woche flog er geschäftlich in den mittleren Osten, wo Tanker beladen werden sollten.

Während er Öl auf die Wogen goß, waren Louise und ich allein.

Wir duzten uns natürlich inzwischen. Und während unserer Sitzungen redeten wir miteinander. Das heißt, *sie* redete, ich konzentrierte mich auf meine Arbeit. Aber um aus dem Porträt mehr zu machen als nur die Wiedergabe der Wirklichkeit, muß der Künstler sein Modell kennenlernen, und so war mir eine derartige Unterhaltung willkommen, denn ich hörte zu und lernte dabei einiges über sie.

Unter solchen Umständen entwickelte sich unvermeidlich eine bestimmte Vertrautheit zwischen uns. Das Gespräch hätte sich, wenn man es auf Tonband aufgenommen hätte, möglicherweise angehört wie bei einer Psychotherapie oder Beichte.

Aber was Louise sagte, wurde nicht aufgenommen. Und da ich ein Künstler war und froh, als ich bemerkte, daß ich meine ganze Energie bei der Arbeit einsetzte, wirkte ich auch weder als Psychotherapeut noch als Priester. Ich hörte zu, aber ich urteilte nicht.

Was ich hörte, war ziemlich normal. Sie war nicht María Cayetano, die Gräfin von Alba, und ich war auch nicht Francisco José de Goya y Lucientes.

Ich hatte schon etwas über ihre Herkunft erraten, und meine Vermutung stellte sich als richtig heraus. Ihre Geschichte war die übliche: ungewöhnlich attraktives Mädchen aus armer Familie. Aschenputtel beim Schülerball, das Schlag Mitternacht seinen Schulabschluß macht, um sich dann direkt in der Küche wiederzufinden. Dann der verzweifelte Versuch, dem zu entkommen – zweite im Schönheitswettbewerb, gescheitertes Mannequin, schauspielerische Ambitionen, entmutigt durch die Viehtreiberei beim Film, wo sie sich als eines unter einem Dutzend gleichartiger Wesen wiederfand. Natürlich gab es viele, die ihre Hilfe als Agenten, Manager oder einfach als Kuppler anboten; sie alle erwarteten Gegenleistungen für ihre Leistungen. Glücklicherweise war Louise zu schlau, um darauf einzugehen. Sie hatte immer noch die Hoffnung, ihren Prinzen zu finden. Statt dessen begegnete sie dem Minotauros.

Eines Abends begleitete sie jemand zu einer Gesellschaft, wo sie »wichtige Leute« treffen konnte. Carlos Santiago war einer von ihnen, und bevor der Abend vorüber war, hatte er seine Absichten klar zum Ausdruck gebracht.

Louise war geistesgegenwärtig genug gewesen, das Naheliegendste zurückzuweisen, und als er versuchte, sich mit Gewalt durchzusetzen, zerkratzte sie ihm das Gesicht mit den Fingernägeln. Aber offensichtlich war der Eindruck, den sie hinterlassen hatte, mehr als nur körperlicher Art, und am nächsten Tag kamen die ersten Blumen. Als er dann erst einmal bei Ohrringen und Armreifen angekommen war, ließ der Ring nicht mehr lange auf sich warten.

Also heiratete Aschenputtel den Minotauros und stellte bald fest, daß das Leben im Labyrinth nicht nach ihrem Geschmack war. Es war wohl so, daß der Stier ziemlich laut brüllte, aber in Wahrheit doch nur ein Mastochse war.

All das und noch einiges andere kam während unserer gemeinsamen Sitzungen zum Vorschein. Und führte natürlich zum erwarteten Ergebnis.

Ich setzte dem Stier Hörner auf.

Eine Rechtfertigung? Solche Sachen sind keine Frage der Moral. Auf jeden Fall hatte Louise keine Skrupel. Sie hatte sich an den Mann mit dem höchsten Angebot verkauft, und die Sache hatte sich als schlechtes Geschäft erwiesen; ich verurteilte sie nicht und gab ihr auch nicht recht. Aschenputtel hatte aus der Küche fliehen wollen und die erstbeste Gelegenheit zur Flucht ergriffen. Sie hatte keine ausreichende intellektuelle Basis, um einen anderen Weg zu finden, und in unserer Gesellschaft – trotz aller Beteuerungen, was die Gleichberechtigung betrifft – endet die Schöne nun einmal mit dem Tier. Manchmal ist es ein junges Tier, das nichts anderes anzubieten hat als seine ständige Brunst; aber meistens ist es ein alterndes Tier, das Status und Sicherheit bietet als Gegenleistung für gelegentliche Paarung. Aber selbst das war Louise verwehrt geblieben; ihr Tier war ein alter Ochse, dessen Gestampfe und Schnauben sie nicht mehr ertragen konnte. Als sie mir begegnet war, hatte das ihr natürliches Bedürfnis noch verstärkt; es war Lust auf den ersten Blick.

Ich fand übrigens bald heraus, daß hinter der makellosen Fassade von Gesicht und Gestalt nur ein eitles und gieriges Kind steckte. Sie hatte das Aschenputtel aus Kostüm und Frisur und Kosmetik erschaffen; ich hatte diese Vorspiegelung in Ölfarben festgehalten. Es war nicht Aschenputtel, das sich lustvoll in meinen Armen wand und stöhnte. Aber daß ich das wußte, daß ich die Wahrheit kannte, half mir nicht. Ich liebte das Küchenmädchen.

Die Zeit war knapp, und wir verschwendeten sie nicht mit unnützen Erklärungen oder Entscheidungen für die Zukunft. Die Nachmittage zogen sich bis in die Abende hinein, und wir hießen jede Nacht willkommen, feierten ihre schützende Gegenwart.

Aber das harte Tageslicht folgte schon bald. Es war am achtzehnten Dezember, genau eine Woche vor Weihnachten, als Carlos Santiago zurückkam. Und am folgenden Nachmittag trafen Louise und ich uns zu einer letzten Sitzung in dem gewohnten Zimmer.

Sie sah mir sehr still zu, als ich dem Porträt den letzten Schliff gab – ein paar Glanzlichter in dem braunen Halo von Haaren, ein Mildern des wilden Feuers in den grüngefleckten braunen Augen.

»Fast fertig?« murmelte sie.

»Fast.«

»Dann ist es vorbei.« Sie hielt ihre Pose, aber ihre Stimme zitterte.

Ich sah schnell zur Tür hinüber und senkte meine Stimme zu einem vorsichtigen Flüstern.

»Weiß er etwas?«

»Natürlich nicht.«

»Das Dienstmädchen –«

»Du bist nach jeder Sitzung gegangen. Sie hat nicht geahnt, daß du für die Nacht zurückkamst, wenn sie abends weggegangen war.«

»Dann sind wir also sicher.«

»Ist das alles, was du dazu zu sagen hast?« Ihre Stimme wurde lauter, und ich machte eine schnelle Handbewegung.

»Bitte – den Kopf ein kleines bißchen weiter nach unten – ja, genau so – «

Ich legte den Pinsel hin und trat zurück. Louise sah zu mir auf.

»Darf ich es jetzt sehen?«

»Ja.«

Sie stand auf und stellte sich neben mich. Eine ganze Weile lang stand sie da und starrte das Bild an, ohne etwas zu sagen, mit beunruhigtem Blick.

»Was ist los?« fragte ich. »Gefällt es dir nicht?«

»O doch – es ist wunderschön -«

»Warum bist du dann so traurig?«

»Weil es fertig ist.«

»Alles ist einmal zu Ende«, sagte ich.

»Ja, wirklich?« murmelte sie. »Ist das so?«

»Mr. Brandon hat recht.«

Carlos Santiago stand in der Tür und nickte. »Es ist doch schon seit einer ganzen Weile fertig«, sagte er.

Ich blinzelte. »Woher wissen Sie das?«

»Es ist die Aufgabe eines jeden Mannes, zu wissen, was in seinem Haus passiert.«

»Du meinst, du hast dir das Porträt angesehen?« Louise runzelte die Stirn. »Aber du hast Mr. Brandon dein Wort gegeben –«

»Ich entschuldige mich hiermit«, lächelte mich Santiago an. »Ich hatte keine Ruhe, wenn ich nicht wußte, woran Sie gerade waren.«

Ich zwang mich, sein Lächeln zu erwidern. »Sind Sie jetzt zufrieden?«

»Ziemlich.« Er sah das Porträt an. »Eine phantastische Arbeit. Sie scheinen meine Frau in ihrer besten Laune eingefangen zu haben. Ich wünschte, ich könnte ihrem Gesicht ein solches Lächeln entlocken.«

Klang da Spott aus seiner Stimme, oder war das nur das Echo meines eigenen Schuldgefühls?

»Das Porträt darf jetzt mehrere Wochen nicht berührt werden«, sagte ich. »Die Farbe muß trocknen. Dann werde ich es firnissen, und wir können den richtigen Rahmen dafür aussuchen.«

»Natürlich«, sagte Santiago. »Aber immer der Reihe nach.« Er zog einen Scheck aus der Tasche und gab ihn mir. »Bitte schön. Voll bezahlt.«

»Das ist sehr aufmerksam von Ihnen –«

»Sie werden feststellen, daß ich ein aufmerksamer Mann bin.« Er drehte sich um, als das Dienstmädchen mit einer Flasche Cognac und kugeligen Cognacschwenkern auf einem Tablett hereinkam.

Santiago schenkte drei Drinks ein. »Wie Sie sehen, habe ich diesen Augenblick kommen sehen.« Er gab Louise und mir je ein Glas und hob dann seines. »Auf Ihr Wohl, Mr. Brandon. Ich weiß ihr großes Talent zu schätzen und Ihre noch größere Weisheit.«

»Weisheit?« Louise sah ihn verwirrt an.

»Genau.« Er nickte. »Ich habe keine Kenntnisse in der Kunst, aber ich weiß, daß ein Projekt wie dieses gefährlich sein kann.«

»Das verstehe ich nicht.«

»Es gibt immer die Versuchung, weiterzumachen, es zu übertreiben. Aber Mr. Brandon weiß, wann er aufhören muß. Er hat, sagen wir mal, sein künstlerisches Gewissen bewiesen. Auf diese Entscheidung wollen wir trinken.«

Santiago trank einen Schluck von seinem Cognac. Louise nahm einen symbolischen Schluck, und ich tat es ihr nach. Ich fragte mich noch einmal, was er wohl wußte.

»Sie wissen nicht, was dieser Augenblick wirklich für mich bedeutet«, sagte er. »Hier in diesem Haus stehen zu können, mit dem Porträt der Frau, die ich liebe – das ist der wahrgewordene Traum eines armen Jungen.«

»Aber du warst doch nicht immer arm«, sagte Louise. »Du hast mir selbst gesagt, daß dein Vater ein reicher Mann gewesen ist.«

»Das war er auch.« Santiago machte eine Pause, um noch einen Schluck zu trinken. »Ich verbrachte meine Kindheit von Luxus umgeben; mir fehlte nichts, bis mein Vater starb. Aber dann erbte mein älterer Bruder die *Estancia,* und ich ging von zu Hause fort, um mich allein auf der Welt zurechtzufinden. Vielleicht war das auch gut so, denn in der Vergangenheit sind eine Menge Dinge geschehen, die man lieber nicht genauer betrachten sollte. Aber ich habe Geschichten gehört.« Er lächelte mich an. »Eine davon könnte Sie vielleicht interessieren.«

»Ein paar Jahre nachdem ich fort war, starb die Frau meines Bruders bei der Geburt eines Kindes. Natürlich heiratete er wieder, aber niemand war mit seiner Wahl einverstanden. Sie war ein Niemand, ein Mädchen ohne Hintergrund oder Herkunft, aber vermutlich hat ihn ihre Jugend und Schönheit fasziniert.«

Hatte sein langer Blick auf Louise eine Bedeutung, oder bildete ich mir das nur ein? Jetzt richtete er seine Augen wieder auf mich.

»Im Gegensatz zu seiner ersten Frau wurde seine zweite nicht schwanger, und das beunruhigte ihn. Um sicherzugehen, daß er nicht dafür verantwortlich war, wurde er während dieser Zeit Vater mehrerer Kinder von verschiedenen Dienstmädchen der *Estancia*. Aber mein Bruder verstieß seine Frau nicht, sondern er zog einen Arzt zu Rate. Seine Untersuchung ergab nichts, aber in ihrem Verlauf stellte er etwas anderes fest – die Frau meines Bruders hatte Symptome einer seltsamen Augenkrankheit, einer Erkrankung, die vielleicht eines Tages zu ihrer Erblindung führen würde.

Der Arzt riet, sie solle sofort operiert werden, aber sie hatte Angst, durch die Operation selbst könne sie blind werden. Ihre Angst war sogar so groß, daß sie meinen Bruder einen heiligen Eid auf die Jungfrau Maria schwören ließ, niemand werde, egal was auch passieren würde, ihre Augen anrühren.«

»Arme Frau!« Louise unterdrückte ein Schaudern. »Was geschah dann?«

»Natürlich verzichtete mein Bruder, nachdem er von ihrem Zustand erfahren hatte, darauf, seine ehelichen Rechte weiter wahrzunehmen. Den Aussagen des Arztes zufolge war es weiterhin möglich, daß sie schwanger wurde, und dann wäre es auch möglich gewesen, daß sie ihre Krankheit auf das Kind übertrug. Da mein Bruder nicht den Wunsch hatte, Leiden in die Welt zu bringen, wandte er sich für sein Vergnügen anderen Frauen zu. Er beklagte sich nicht ein einziges Mal über die Unbequemlichkeit, die sie ihm in dieser Beziehung bereitete. Man hätte erwarten können, daß sie dankbar war für seine Besorgtheit, aber es liegt in der Natur der Frauen, daß sie kein wirkliches Verständnis haben.«

Santiago trank noch einen Schluck von seinem Cognac. »Zu seinem Schrecken entdeckte mein Bruder, daß seine Frau sich einen Geliebten genommen hatte. Einen Jüngling, der auf der *Estancia* als Gärtner arbeitete. Sie betrog ihren Mann, wenn er nicht zu Hause war; er verbrachte jetzt viel Zeit in Buenos Aires, wo er geschäftlich zu tun hatte und wo er auch den Trost einer mitfühlenden und verständnisvollen Geliebten fand.

Als ihm der Skandal berichtet wurde, weigerte er sich zunächst, daran zu glauben, aber innerhalb weniger Wochen wurde die Sache ganz offensichtlich: seine Frau war schwanger.«

»Ließ er sich von ihr scheiden?« murmelte Louise.

»Unmöglich. Mein Bruder war ein religiöser Mann. Aber er mußte mit dem Gerede aufräumen, mit den unauffälligen Bemerkungen, dem Gelächter hinter seinem Rücken. Sein Ruf, seine Ehre standen auf dem Spiel.«

Ich nutzte seine Pause, um einzuwerfen: »Lassen Sie mich die Geschichte zu Ende erzählen. Da er die Angst seiner Frau vor dem Erblinden kannte, bestand er auf der Operation und bestach den Chirurgen, damit er dabei ihr Augenlicht zerstörte.«

Santiago schüttelte den Kopf. »Sie vergessen – er hatte der Jungfrau geschworen, daß niemand ihre Augen berühren würde.«

»Was tat er also?« fragte Louise.

»Er nähte ihr die Augenlider zusammen«, nickte Santiago. »Er berührte dabei nicht ein einziges Mal ihre Augen selbst. Er nähte ihr die Augenlider mit Catgut zusammen und verbannte sie in ein Gästehaus zusammen mit einer Dienerin, die sich um alles kümmerte, was sie brauchte.«

»Grauenhaft«, flüsterte Louise.

»Ich bin sicher, daß sie sehr gelitten hat«, sagte Santiago. »Aber glücklicherweise nicht lange. Eines Nachts brach im Schlafzimmer des Gästehauses ein Feuer aus, während die Dienerin fort war. Niemand weiß, wie es dazu kam – vielleicht stieß die Frau meines Bruders eine Kerze um. Unglücklicherweise war die Tür abgeschlossen, und die Dienerin hatte die einzigen Schlüssel. Eine wirkliche Tragödie.«

Ich konnte Louise nicht ansehen, sondern mußte ihm mein Gesicht zuwenden. »Und ihr Liebhaber?« fragte ich.

»Er rannte um sein Leben in die Pampas. Dort spürte ihn mein Bruder mit den Hunden auf und bestrafte ihn angemessen.«

»Wie sah diese Bestrafung aus?«

Santiago erhob sein Glas. »Der junge Mann wurde ausgezogen und an einen Baum gebunden. Seine Genitalien wurden mit wildem Honig eingestrichen. Haben Sie von den Feuerameisen gehört, *amigo*? In jener Gegend gibt es sie in Schwärmen – und sie fressen absolut alles, was auch nur nach Honig duftet.«

Aus Louises Kehle drang ein unterdrücktes Geräusch. Sie drehte sich um und lief aus dem Zimmer.

Santiago trank den Rest seines Cognacs. »Mir scheint, ich habe sie verärgert«, sagte er. »Das wollte ich nicht –«

»Was wollten Sie denn dann?« Ich begegnete dem Blick des Stier-Mannes. »Mich verärgert die Geschichte nicht. Wir sind hier nicht im Dschungel. Und Sie sind nicht Ihr Bruder.«

Santiago lächelte. »Ich habe keinen Bruder.«

Ich fuhr durch die Abenddämmerung. Die Lichter der Weihnachtsbeleuchtung blinkten auf dem Hollywood-Boulevard an Laternenpfählen und in Bögen quer über der Straße. Das Glitzern und Leuchten konnte jedoch nicht vollständig die Schäbigkeit der heruntergekommenen Ladenfronten verstecken oder die Schatten vertreiben, die sich an ihnen vorbeibewegten. Das Zwielicht lockte diese Schatten aus ihren Verstecken; es gab keine Unterbrechung in der beständigen Parade von Strichjungen und Freiern, kleinen Gaunern und Taschendieben, Säufern und Besoffenen. Weihnachten war nicht mehr weit, aber das Gedudel von Weihnachtsliedern vom Tonband hatte für diese Leute wenig Vielversprechendes und für mich auch nicht.

Mein Verhalten Santiago gegenüber hatte nichts gebracht. Genaugenommen hatte ich sogar eine kleine symbolische Geste des Widerstandes gemacht und war dann gegangen, um den Rest des Theaters Louise zu überlassen.

Das war kein besonders hübsches Stück gewesen, das er da für uns inszeniert hatte, und jetzt, wo er mit ihr allein war, würde er freie Hand haben, seinen Zorn voll auszuspielen. Hatte er wirklich einen Verdacht? Was wußte er wirklich? Und was würde er tun?

Einen Augenblick lang fühlte ich mich versucht, umzukehren und zurückzufahren. Aber was dann? Sollte ich Santiago mit einem Wagenheber in Schach halten, während Louise ihre Sachen packte? Und wenn sie nicht mit mir gehen wollte? Liebte ich sie wirklich genug, um die Sache auf die Spitze zu treiben?

Ich drehte nicht um, aber diese Fragen verfolgten mich auf meinem Heimweg.

Das Telefon klingelte, als ich die Wohnung betrat. Meine Hand war unsicher, als ich den Hörer abnahm, und meine Stimme war ebenso unsicher.

»Ja?«

»Liebling, ich habe versucht, dich zu erreichen –«

»Was ist los?«

»Nichts ist los. Er ist weg.«

»Weg?«

»Bitte – ich sage dir alles, wenn du hier bist. Aber beeile dich –«

Ich beeilte mich.

Und nachdem ich mein Auto in der leeren Einfahrt geparkt hatte, nachdem wir uns in der dunklen Eingangshalle umarmt und uns auf das Sofa vor dem Kamin gesetzt hatten, ließ Louise die Katze aus dem Sack.

»Ich lasse mich scheiden«, sagte sie.

»Scheiden...?«

»Als du gegangen warst, kam er in mein Zimmer. Er sagte, er wolle sich dafür entschuldigen, daß er mich verärgert habe, aber das war nicht wirklich der Grund, weswegen er kam. In Wirklichkeit wollte er mir erzählen, wie er dich verjagt hatte mit dieser Geschichte, die er sich ausgedacht hatte.«

»Und das hast du ihm geglaubt?«

»Natürlich nicht, Liebling! Ich sagte ihm, er sei ein Lügner. Ich sagte ihm, du bräuchtest dich vor nichts zu fürchten und er habe kein Recht, mich zu demütigen. Ich sagte, ich sei es leid, seinem ekelhaften Getobe zuzuhören, und ich würde jetzt ausziehen. Das vertrieb sein Grinsen schnell. Du hättest ihn sehen sollen, er sah wirklich so aus, als hätte ihm jemand einen Knüppel über den Kopf gehauen!«

Ich sagte nichts dazu. Aber ich sah Louise jetzt: nicht das ätherische Aschenputtel von meinem Porträt, nicht das Küchenmädchen – dies war eine ganz andere Frau; blitzende Augen, rauhe Stimme, unerbittlich in ihrem Zorn.

Santiago mußte das und auch noch mehr gesehen haben. Er polterte, er protestierte, aber am Schluß flehte er sie an. Und als er versuchte, sie zu umarmen, schlossen sich die Ereignisse zu einem Kreis. Sie zerkratzte ihm das Gesicht wieder mit den Fingernägeln, aber diesmal als endgültiges Zeichen zum Abschied. Und schließlich ging er fort, erschüttert und wie betäubt, ohne auch nur einen Koffer zu packen.

»Hat er tatsächlich der Scheidung zugestimmt?« fragte ich.

Louise zuckte mit den Schultern. »Oh, er hat mir gesagt, er werde vor Gericht darum kämpfen, aber das war nur Gerede. Ich habe ihm gesagt, daß ich alles ausbreiten würde, wenn er mir während der Verhandlung Schwierigkeiten macht – seine Eifersucht, seine Trinkerei und alles. Ich würde sogar bezeugen, daß er keinen hochkriegt.« Sie lachte. »Keine Sorge, ich kenne Carlos. Diese Art von Publicity würde er auf jeden Fall zu verhindern versuchen.«

»Wo ist er jetzt?«

»Keine Ahnung, und es ist mir auch egal.« Ihre funkelnden Augen sprühten vor Zorn, ihre scharfe Stimme klang rauh in mein Ohr. »Du bist hier«, flüsterte sie.

Und als ihr Mund meinen traf, spürte ich den Zorn.

Ich ging am nächsten Morgen, bevor das Dienstmädchen kam, wie ich es immer getan hatte, obwohl Louise wollte, daß ich blieb.

»Verstehst du denn nicht«, sagte ich. »Wenn du eine unangefochtene Scheidung willst, kannst du dir nicht leisten, daß ich hier gesehen werde.«

Dirk Otjens empfahl einen Anwalt namens Bernie Prager; Louise ging zu ihm, und er übernahm den Fall. Er warnte Louise, sich weder privat noch öffentlich mit einem anderen Mann sehen zu lassen, wenn nicht eine dritte Person anwesend war.

Louise berichtete mir das am Telefon. »Ich glaube, ich kann es nicht ertragen, Liebling – dich nicht zu sehen –«

»Hast du immer noch das Dienstmädchen?«

»Josefina? Sie kommt wie gewöhnlich jeden Tag.«

»Also kann ich auch kommen. Solange sie da ist, haben wir keine Schwierigkeiten. Ich komme nachmittags kurz vorbei, um noch etwas an dem Bild zu machen.«

»Und abends –«

»Da können wir dann alles kaputtmachen«, sagte ich. »Santiago hat wahrscheinlich jemanden engagiert, der dich überwacht.«

»Auf keinen Fall.«

»Wie kannst du da so sicher sein?«

»Prager ist doch kein Idiot. Er ist an fiese Scheidungsgeschichten gewöhnt, und er weiß, daß das für ihn Geld bedeutet, wenn er die Sache gut abschließt.« Louise lachte. »Es hat sich herausgestellt, daß er eigene Privatdetektive beschäftigt. Das heißt, Carlos wird beobachtet.«

»Wo ist dein Mann?«

»Gestern abend war er im Sepulveda Athletic Club, heute im Büro – Geschäfte, wie gewöhnlich.«

»Und wenn er telefonisch einen Privatdetektiv engagiert hat?«

»Seine Telefone im Büro und in seinem Zimmer werden schon überwacht. Ich habe dir doch gesagt, daß Prager kein Idiot ist.«

»Hört sich wie eine teure Sache an.«

»Na und? Liebling, du verstehst nicht. Carlos hat so viel Geld, daß es ihm aus den Ohren quillt. Und wir werden noch mehr dabei herausholen. Wenn diese Sache vorüber ist, kann ich mich für den Rest meines Lebens zur Ruhe setzen.« Sie lachte noch einmal.

Ich teilte ihr Vergnügen nicht. Es stand fest: Carlos Santiago war nicht gerade ein netter Mensch. Vielleicht verdiente er es, zum Hahnrei gemacht zu werden, verdiente es, Louise zu verlieren. Aber war es wirklich ihr Recht, ihn unter Vorspiegelung falscher Tatsachen hereinzulegen?

Und war ich besser, wenn ich sie das tun ließ? Ich dachte darüber nach, was nach der Scheidung passieren würde. Keine Malerei mehr, nicht mehr um Konditionen feilschen müssen. Ich konnte mich mit Louise sehen, wie ich ihr süßes Leben teilte, das große Haus, große Autos, Reisen, Freizeit, Luxus. Und doch, während ich diesen Entwurf für meine Zukunft machte, sah mein Künstlerauge einen Schatten. Den Schatten von einem dieser Strichjungen auf dem Hollywood-Boulevard.

Das war kein besonders hübsches Bild.

Aber als ich im nachmittäglichen Sonnenschein in Louises Wohnzimmer ankam, verschwand der Schatten im Licht ihrer Fröhlichkeit.

»Herrliche Neuigkeiten, Liebster!« begrüßte sie mich. »Carlos ist weg.«

»Das hast du mir schon gesagt –«

Sie schüttelte den Kopf. »Ich meine richtig weg«, sagte sie. »Pragers Leute haben gerade angerufen und Bericht erstattet. Er hat einen Mittagsflug nach New Orleans gebucht. Einer von seinen Tankern soll dort ankommen, und er will die Löscharbeiten überwachen. Er wird erst nach den Feiertagen zurückkommen.«

»Bist du ganz sicher?«

»Prager hat einen Mann zum Flughafen geschickt. Er hat Carlos abfliegen sehen. Und alle seine Anrufe werden zum Büro der Firma nach New Orleans weitergeleitet.«

Sie drückte mich an sich. »Ist das nicht phantastisch? Jetzt können wir Weihnachten zusammen feiern.« Ihre Augen und ihre Stimme wurden weicher. »Das habe ich am meisten vermißt. Ein richtig altmodisches Weihnachtsfest, mit Weihnachtsbaum und allem.«

»Aber hast du mit Carlos –«

Louise schüttelte den Kopf. »Irgendwas kam immer im letzten Moment dazwischen – wie dieser Flug nach New Orleans. Wenn wir uns nicht getrennt hätten, wäre ich jetzt mit ihm im Flugzeug. Hast du schon mal Weihnachten in Kuwait verbracht? Da waren wir letztes Jahr, es gab Lammcurry bei irgendeinem öligen Hafenbeamten. Carlos versprach mir, daß wir keine Reisen mehr über die Feiertage machen, daß wir dieses Jahr zu Hause bleiben und richtig Weihnachten feiern würden. Du siehst, wie er Wort hält.«

»Sei vernünftig«, sagte ich. »Was erwartest du unter diesen Umständen?«

»Selbst wenn das hier nicht passiert wäre, wäre es nicht anders.« Ihre Augen fingen wieder an zu glitzern, und ihre Stimme wurde hart. »Er würde trotzdem gehen und mich mitschleppen, nur um vor seinen Geschäftsfreunden anzugeben. ›Schaut, was ich da habe – heiß, was? Schaut, wie ich sie einkleide und mit Schmuck behänge.‹ O ja, nichts ist zu gut für Carlos Santiago – er kauft immer nur das Beste!«

Plötzlich füllten sich ihre glühenden Augen mit Tränen, und die harte Stimme schmolz zu einem weichen Schluchzen.

Ich drückte sie ganz fest an mich. »Na komm«, sagte ich, »bring dein Gesicht in Ordnung und hol deine Sachen.«

»Wo gehen wir hin?«

»Einkaufen. Weihnachtsschmuck – und den größten verfluchten Weihnachtsbaum in der Stadt.«

Wenn Sie je schon mal mit einem Kind Weihnachtseinkäufe gemacht haben, dann können Sie sich vorstellen, wie die nächsten Tage aussahen. Wir kauften den Weihnachtsschmuck in den großen Läden am Wilshire-Boulevard; so wie der Hollywood-Boulevard war er behängt mit Weihnachtsdekorationen und erfüllt von dem Klang von Weihnachtliedern. Aber der Glitzerschmuck hatte nichts Billiges, die Musik nichts Mechanisches, es gab keine Schatten, die die Funken in Louises Augen gedämpft hätten. Für sie war diese Scheinwelt die Wirklichkeit; jeden Tag wurde sie wieder Kind, erwartungsvoll und eifrig.

Auch in den Nächten war sie erwartungsvoll und eifrig, aber kein Kind mehr. Der Kontrast war erregend, und jede Stimmung hatte ihre besonderen Qualitäten.

Bis auf eine.

Die erfaßte sie am späten Nachmittag des Dreiundzwanzigsten, als der Weihnachtsbaum ankam. Der Mann, der ihn brachte, stellte ihn in einem Ständer in unser gemütliches Zimmer, und als er gegangen war, sahen wir ihn uns zusammen in der herabsinkenden Dämmerung an.

Plötzlich lag sie mir zitternd in den Armen.

»Was ist los?« murmelte ich.

»Ich weiß nicht. Irgend etwas stimmt nicht – ich habe das Gefühl, das uns jemand beobachtet.«

»Natürlich«, ich deutete auf die Staffelei in der Ecke. »Dein Porträt.«

»Nein, das meine ich nicht.« Sie sah zu mir auf. »Liebling, ich habe Angst. Wenn Carlos nun zurückkommt?«

»Ich habe Prager vor einer Stunde angerufen. Er hat Niederschriften aller Telefongespräche deines Mannes bis heute mittag. Carlos hat seine Sekretärin aus New Orleans angerufen und ihr gesagt, er werde bis zum Siebenundzwanzigsten dort bleiben.«

»Und wenn er zurückkommt, ohne es im Büro anzukündigen?«

»Wenn er das tut, wird man ihn entdecken, Pragers Leute beobachten den Flughafen für alle Fälle.« Ich küßte sie. »Jetzt mach dir keine Sorgen mehr. Es hat keinen Sinn, Verfolgungswahn zu bekommen –«

»Verfolgungswahn«, ich spürte, wie sie wieder erschauerte.

»Carlos hat den Verfolgungswahn. Erinnerst du dich nicht an diese schreckliche Geschichte, die er uns erzählt hat –?«

»Aber es war nur eine Geschichte. Er hat keinen Bruder.«

»Ich glaube, sie ist wahr. *Er* hat diese Sachen getan.«

»Er wollte, daß wir das denken. Das war Bluff, und er hat nicht gewirkt. Und wir werden uns nicht von ihm die Feiertage kaputtmachen lassen.«

»Ist gut.« Louise nickte und entspannte sich. »Wann schmükken wir den Baum?«

»Am Weihnachtsabend«, sagte ich. »Morgen.«

Ich ging erst spät am nächsten Morgen – es war schon fast Mittag –, und Josefina machte sich schon zum Fortgehen fertig. Sie sagte, sie hätte noch ein paar letzte Einkäufe für ihre Familie zu erledigen.

Und das hatte ich auch.

»Wann kommst du zurück?« fragte Louise.

»In ein paar Stunden.«

»Nimm mich mit.«

»Das geht nicht – es soll eine Überraschung werden.«

»Also, dann versprich mir, daß du dich beeilst, Liebster.« Ihre Augen strahlten. »Ich kann es kaum erwarten, den Weihnachtsbaum zu schmücken.«

»Ich komme so bald wie möglich.«

Aber ›bald‹ ist ein relativer Begriff – und wenn man ihn auf Parken und Einkaufen am Tag vor Weihnachten bezieht, auch ein unrealistischer.

Ich wußte genau, wonach ich suchte, aber es war schon kurz vor Ladenschluß in dem kleinen Modeschmuckladen, als ich ihn schließlich fand.

Ich hatte vorher noch nie einen Verlobungsring gekauft und wußte nicht, ob Louise meine Wahl gefallen würde. Der Stein hatte einen Marquisschliff, sah aber im Vergleich mit den Diamanten, die sie von Santiago bekommen hatte, sehr klein und unbedeutend aus. Aber man sagt ja immer, auf die gute Absicht beim Schenken käme es an. Ich hoffte, sie würde es so empfinden.

Als ich wieder auf die Straße kam, war sie schon voller Lichter, und der Himmel war schon von der Dämmerung zur Dunkelheit übergegangen. Auf dem Weg zu meinem Auto fand ich eine Telefonzelle und rief in Pragers Büro an.

Keiner war da.

Ich hätte mir ja denken können, daß sein Büro geschlossen sein würde. Vielleicht konnte ich ihn zu Hause erreichen, wenn ich wieder bei Louise war. Andererseits – warum sollte ich mir Sorgen machen? Wenn etwas zu berichten gewesen wäre, hätte er sich sofort bei Louise gemeldet.

Das eigentliche Problem war jetzt, mir den Weg zurück zum Parkplatz freizukämpfen, den Wagen bis auf die Straße zu bugsieren und dann den schleppenden Verkehr zu ertragen.

Himmlische Chöre erklangen aus den Lautsprechern.

Kling Glöckchen Klingelingeling…
Hell erglühn die Kerzen, öffnet mir die Herzen –

Hupende Autos zerrissen die Weihnachtsstimmung, von Klingeln keine Spur; keiner der anderen Fahrer in meiner Umgebung sah nach einem offenen Herzen aus, und ob sie besonders helle waren, wagte ich auch zu bezweifeln.

Aber schließlich kämpfte ich mir den Weg auf den Beverly Drive frei, und die Autoschlange bewegte sich auf den Coldwater Canyon zu. Hier standen die Autos wieder Stoßstange an Stoßstange; die Zeiger meiner Uhr zeigten auf halb acht. Ich hätte Louise aus dieser Telefonzelle anrufen sollen, in der ich gewesen war, und ihr sagen, sie solle sich keine Sorgen machen. Schon zu spät; in dieser Wohngegend gab es keine Telefonzellen. Außerdem würde ich ja bald zu Hause sein.

Zuhause.

Als ich in die Straße abbog, die den Hügel entlang nach oben führte, klang dieses Wort seltsam in meinen Gedanken nach. Das war also jetzt mein Zuhause oder würde es bald sein. Das heißt, *unser* Zuhause. Unser Zuhause, unsere Autos, unser Geld. Louises und meins –

Nichts gehört dir. Es ist sein Zuhause, sein Geld, seine Frau. Du bist ein Dieb. Stiehlst ihm seine Ehre, seinen Lebensinhalt –

Ich schüttelte den Kopf. *Verrückt. So würde Santiago reden. Er ist der Verrückte.*

Ich dachte über den Ausdruck im Gesicht des Stier-Mannes nach, als er mir die Geschichte von seinem betrogenen Bruder und dessen Rache erzählt hatte. Hatte er dabei wirklich von sich selbst gesprochen? Wenn es so war, mußte er wahnsinnig sein.

Und selbst wenn es nur eine Phantasie war, ihre schräge Logik zeugte nur von den Gedanken eines Wahnsinnigen. Jemand, der schwört, eine Frau nicht zu blenden, indem er ihre Augen nicht berührt, und der ihr dann die Augenlider zusammennäht – ein Gehirn, das zu einer solchen Erfindung fähig war, war zu allem fähig.

Plötzlich trat mein Fuß das Gaspedal voll durch; der Wagen machte einen Satz nach vorn und quietschte dann um die ansteigenden Kurven. Ich drehte das Steuerrad mit schweißnassen Händen, raste den Hügel hinauf an den großen Häusern vorbei mit ihren Gartenanlagen und Lichtern in Weihnachtsbäumen, die durch die Fenster blinkten.

In dem Haus auf der Hügelkuppe brannten überhaupt keine Lichter – aber als ich den Ferrari in der Einfahrt stehen sah, wußte ich es.

Ich hielt knirschend mein Auto dahinter an und raste zur Haustür. Louise hatte mir einen zweiten Hausschlüssel gegeben, und ich drehte ihn mit zitternder Hand im Schloß.

Die Tür öffnete sich ins Dunkle. Ich ging durch die Eingangshalle auf die Bogentür links zu.

»Louise!« rief ich. »Louise – wo bist du?«

Stille.

Oder fast Stille.

Als ich ins Wohnzimmer kam, hörte ich das Geräusch eines schweren Atems aus der Richtung des großen Sessels neben dem offenen Kamin.

Meine Hand bewegte sich zum Lichtschalter.

»Machen Sie's nicht an.«

Die Stimme klang undeutlich, aber ich erkannte sie.

»Santiago – was tun Sie hier?«

»Ich warte auf Sie, *amigo*.«

»Aber ich dachte –«

»Daß ich weg bin? Das hat Louise auch getan.« Ein Lachen krächzte durch die Dunkelheit.

Ich trat einen Schritt vor, und jetzt konnte ich den Alkoholgeruch wahrnehmen, als das verzerrte Flüstern wieder ertönte.

»Also ich weiß von den Wanzen im Telefon und der Beschattung. Als ich heute morgen zurückkam, bin ich eine andere Strecke geflogen, mit einem Anschlußflug aus Denver. Keiner am Flughafen hat die Passagiere, die aus dieser Stadt kamen, kontrolliert. Ich wollte Louise überraschen – aber sie hat mich überrascht.«

»Wann sind Sie hier angekommen?« fragte ich.

»Nachdem das Dienstmädchen schon weg war. Unsere private Zusammenkunft verlief ungestört.«

»Was hat Louise Ihnen erzählt?«

»Die Wahrheit, *amigo*. Ich hatte natürlich einen Verdacht gehabt, aber ich konnte nicht sicher sein, bis sie es zugab. Aber das ist egal, denn unsere Differenzen sind jetzt beigelegt.«

»Wo ist Louise? Sagen Sie mir –«

»Natürlich. Ich werde ganz offen zu Ihnen sein, so wie sie es zu mir war. Sie hat mir alles erzählt – wie sehr sie Sie liebte, welche Pläne Sie beide hatten, selbst ihren dummen Wunsch, den Weihnachtsbaum drüben zu schmücken. Ihr Flehen hätte ein Herz aus Stein erweicht, *amigo*. Ich konnte ihr einfach nicht widerstehen.«

»Wenn Sie ihr etwas angetan haben –«

»Ich habe ihren Wunsch erfüllt. Sie ist jetzt drüben.« Santiago lachte noch einmal, und seine Stimme kippte in ein krampfhaftes Husten um.

Aber ich tastete mich schon zur Tür unseres Zimmers und riß sie auf.

Das Licht der Kerzen war nur schwach, ich stolperte beinahe über die Machete auf dem Boden. Schnell sah ich zur Staffelei in der Ecke hinüber, halb in der Erwartung, das Bild zerstört zu sehen. Aber Louises Porträt war unberührt.

Ich zwang mich, noch einmal auf den Boden zu sehen, und hatte Angst vor dem, was ich dort entdecken könnte, atmete dann aber erleichtert auf. Auf dem Boden lag nur die Machete.

Ich bückte mich und hob sie auf, und jetzt sah ich die Flecken auf der rostigen Schneide – rote Flecken, die langsam in kleinen Tröpfchen auf den Boden rannen.

Einen Augenblick lang bildete ich mir ein, ich könne sie wirklich fallen hören, dann wurde mir klar, daß sie zu klein waren und zu wenige, um das stetige tropfende Geräusch zu erklären, das vom –

In diesem Moment muß sich Santiago im Zimmer nebenan erschossen haben, aber es war nicht der plötzliche Knall, der meinen Schrei bewirkte.

Ich starrte den Weihnachtsbaum an, dessen glitzernde Lichter fröhlich über die großen Äste blinkten, und den seltsam geformten Schmuck, der an seinen nadeligen Zweigen befestigt war. Ich starrte ihn an und schrie, weil der Wahnsinnige die Wahrheit gesagt hatte.

Louise schmückte den Weihnachtsbaum.

Das Fest

von H. P. Lovecraft

Efficiunt Daemones, ut quae non sunt, sic tamen quasi sint, conspicienda hominibus exhibent.

Die Dämonen bewirken, daß dem Menschen Dinge, die nicht sind, so erscheinen, als gäbe es sie.

– Lactantius

Ich war weit von zu Hause entfernt, und der Zauber des östlichen Meeres beherrschte mich. Im Zwielicht hörte ich es gegen die Felsen donnern und wußte, daß es gleich hinter dem Hügel lag, über dem sich verzerrt die knorrigen Weiden vor dem aufklarenden Himmel und den ersten Sternen der Nacht abzeichneten. Und weil meine Vorväter mich in die alte Stadt jenseits des Hügels gesandt hatten, stapfte ich durch den dünnen Neuschnee die Straße entlang, die einsam dort hinaufreichte, wo Aldebaran zwischen den Bäumen glitzerte und weiter zu der uralten Stadt, die ich nie gesehen, von der ich aber oft geträumt hatte.

Es war die Zeit des Julfestes, das die Menschen Weihnachten nennen, obwohl sie in ihren Herzen wissen, daß es älter ist als Bethlehem und Babylon, älter als Memphis und die Menschheit. Es war die Zeit des Julfestes, und ich war endlich zu der alten Stadt am Meer gekommen, in der meine Vorfahren gelebt und das Fest begangen hatten – in alten Zeiten, als das Fest verboten gewesen war; dort hatten sie auch ihren Söhnen befohlen, das Fest einmal im Jahrhundert zu zelebrieren, damit die Erinnerung an die ursprünglichen Geheimnisse nicht in Vergessenheit geriete. Mein

Volk war alt und war auch schon alt gewesen, als dieses Land vor dreihundert Jahren besiedelt worden war. Und es war eigenartig, denn es war als dunkler, verschlagener Stamm aus betäubend duftenden, südlichen Orchideengärten gekommen und hatte eine andere Sprache gesprochen, bevor es die Sprache der blauäugigen Fischer gelernt hatte. Und jetzt war es verstreut, und nur die geheimnisvollen Rituale verbanden noch die Menschen dieses Volkes, Rituale, die kein Lebender verstand. Ich war der einzige, der in dieser Nacht zu der alten Fischerstadt zurückkam, wie es die Legende gebot, denn nur die Armen und die Einsamen erinnern sich.

Dann sah ich jenseits der Hügelkuppe Kingsport frostig in der Dämmerung liegen; das verschneite Kingsport – die alten Wetterfahnen und Glockentürme, Firstbalken und Schornsteinaufsätze, kleinen Landzungen und Brücken, Weiden und Friedhöfe; endlose Labyrinthe steiler, enger, gewundener Straßen und der schwindelerregende von einer Kirche gekrönte steile Bergkegel in der Mitte, den die Zeit nicht zu berühren wagte; endlose Irrgärten von Häusern im Kolonialstil, in allen möglichen Winkeln zueinander übereinandergetürmt und verstreut wie die unordentlichen Bauklötze eines Kindes; die alten Zeiten schwebten auf grauen Flügeln über winterweißen Giebeln und Walmdächern; kleine Fenster in Halbkreisform und mit Butzenscheiben, die, eines neben dem anderen, in die kalte Dämmerung hinausleuchteten, um Orion und den Sternen der Alten Gesellschaft zu leisten. Und gegen die vermodernden Molen donnerte die See, die geheimnisvolle, uralte See, aus der das Volk in grauer Vorzeit gekommen war.

Neben mir wölbte sich der Hügel in einer kahlen und windgepeitschten Kuppe noch weiter über den höchsten Punkt der Straße hinaus, und ich sah, daß dort ein Gräberfeld lag, aus dem sich dämonisch schwarze Grabsteine erhoben, den Schnee durchbrechend wie die zerfallenden Fingernägel einer riesigen Leiche. Der unberührte Schnee auf der Straße machte sie sehr einsam, und manchmal glaubte ich, ich könnte ein fernes, gräßliches Quietschen wie von einem Galgen im Wind hören. Sie hatten vier meiner Vorfahren im Jahre 1692 wegen Hexerei gehängt, aber ich wußte nicht genau, an welcher Stelle.

Während ich die gewundene Straße auf der dem Meer zugewandten Seite des Hügels hinunterging, horchte ich nach den fröhlichen Geräuschen eines Dorfes am Abend, konnte aber nichts hören. Dann dachte ich an die Jahreszeit und überlegte mir, daß jene seltsamen alten Puritaner vielleicht Weihnachtsgebräuche hatten, die mir fremd waren, erfüllt von schweigenden Gebeten am Kamin. Also wartete ich nicht mehr auf etwas, was die Blicke von Durchreisenden erfreuen konnte, sondern folgte weiter dem Weg an den stummen, erleuchteten Bauernhäusern und schattenschweren Steinmauern entlang bis dorthin, wo die Blechschilder alter Läden und Seemannskneipen in der salzigen Brise quietschten und die grotesken Türklopfer der pfeilergeschützten Eingänge an ungepflasterten, menschenleeren Gassen im Licht von kleinen, mit Vorhängen verschlossenen Fenstern schimmerten.

Ich hatte schon Pläne der Stadt gesehen und wußte, wo das Haus meiner Vorfahren zu finden war. Es war überliefert, daß ich dort erkannt und willkommen geheißen würde, denn die Dorflegende lebt lange; also eilte ich durch die Back Street zum Circle Court und über den frischen Schnee auf dem einzigen Stück Kopfsteinpflaster der Stadt zur Einmündung der Green Street hinter dem Markthaus. Die alten Pläne stimmten noch, und ich hatte keine Schwierigkeiten, mich zurechtzufinden; allerdings mußten die Leute in Arkham gelogen haben, als sie sagten, daß die elektrische Straßenbahn bis zu diesem Platz führte, denn ich sah keine Kabel über meinem Kopf. Der Schnee hätte die Schienen sowieso bedeckt. Ich war froh, daß ich mich entschlossen hatte, zu Fuß zu gehen, denn das weiße Städtchen hatte vom Hügel aus sehr hübsch ausgesehen; und jetzt drängte es mich danach, an die Tür meiner Vorfahren zu klopfen; das siebte Haus links in der Green Lane, mit einem alten, spitzen Dach und einem vorspringenden oberen Stockwerk, und das alles war vor 1650 erbaut worden.

Im Haus war Licht, als ich mich näherte, und ich erkannte an den rautenförmigen Fensterscheiben, daß es dem alten Zustand sehr ähnlich geblieben war. Die obere Hälfte ragte über die schmale, grasbewachsene Straße hinaus und berührte beinahe den vorspringenden Teil des gegenüberliegenden Hauses, so daß ich fast durch einen Tunnel ging und die flache, steinerne Stufe vor der Haustür völlig unbedeckt von Schnee war. Es gab keine Bürgersteige, aber viele Häuser hatten erhöht liegende Eingänge, die man über von zwei Seiten hinaufführende Treppen mit eisernem Geländer erreichte. Es war ein eigentümlicher Anblick, und da ich Neu-England nicht kannte, hatte ich so etwas noch nie gesehen. Obwohl es mir gefiel, wäre es mir deutlich lieber gewesen, wenn ich Fußspuren im Schnee, Leute auf den Straßen oder ein paar Fenster ohne zugezogene Vorhänge gesehen hätte.

Als ich den altertümlichen eisernen Türklopfer erschallen ließ, war ich ein wenig furchtsam. Etwas Angst war in mir aufgekeimt, vielleicht wegen meiner seltsamen Abstammung, der Öde des Abends und der eigenartigen Stille in jener alten Stadt der ungewöhnlichen Sitten. Und als auf mein Klopfen die Tür geöffnet wurde, war meine Angst ganz deutlich, denn ich hatte keine Schritte gehört, bevor sich die Tür quietschend öffnete. Aber meine Angst blieb nicht lange, denn der in einen Hausmantel und Hausschuhe gekleidete alte Mann in der Tür hatte ein einfaches Gesicht, das mich beruhigte. Und obwohl er mir durch Zeichen zu verstehen gab, daß er stumm war, schrieb er mir doch einen altertümlichen und wunderlichen Willkommensgruß mit dem Stift auf die Wachstafel, die er bei sich trug.

Er winkte mich in einen niedrigen, von Kerzen erleuchteten Wohnraum mit mächtigen, freiliegenden Deckenbalken und wenigen dunklen, steifen Möbeln aus dem siebzehnten Jahrhundert. Die Vergangenheit war dort wirklich noch lebendig, denn kein wesentliches Teil fehlte. Es gab einen geräumigen, höhlenähnlichen offenen Kamin und ein Spinnrad, an dem eine gebeugte alte Frau in einem losen Umhang und mit einem tiefgezogenen Kapotthut mit dem Rücken zu mir saß und trotz des Feiertags schweigend spann. Das Zimmer schien durchdrungen von einer undeutlichen Feuchtigkeit, und mich wunderte, daß kein Feuer im Kamin loderte. Die Sitzbank mit der hohen Rückenlehne stand der Reihe von Vorhängen verdeckter Fenster zur Linken zugewandt, und es schien mir, als sitze jemand darauf, aber sicher war ich nicht. Ich mochte nicht alles, was ich dort sah, und spürte wieder die Angst, die ich gehabt hatte. Diese Angst verstärkte sich jetzt durch das, was sie zuvor verringert hatte, denn je länger ich das ruhige Gesicht des alten Mannes betrachtete, desto mehr erschreckte mich gerade diese Ruhe darin. Die Augen bewegten sich nie, und die Haut sah zu sehr wie Wachs aus. Schließlich war ich sicher, daß das überhaupt kein Gesicht war, sondern eine teuflisch geschickt gemachte Maske. Aber die kraftlosen, seltsamerweise mit Handschuhen bekleideten Hände schrieben freundlich auf die Tafel, daß ich noch etwas warten müsse, bevor man mich zum Ort des Festes führen würde.

Indem er auf einen Stuhl, einen Tisch und einen Stapel von Büchern wies, verließ der alte Mann jetzt das Zimmer; und als ich mich zum Lesen hinsetzte, sah ich, daß die Bücher uralt und schimmelig waren. Dort lag unter anderem Morrysters phantastisches Buch *Die Wunder der Wissenschaft*, das schreckliche *Saducismus Triumphantus* von Joseph Glanvil aus dem Jahr 1681, das grauenhafte *Daemonolatreia* des Remigius, gedruckt 1595 in Lyon, und, als schlimmstes von allen, das unnennbare *Necronomicon* des wahnsinnigen Arabers Abdul Alhazred in Olaus Wormius' verbotener lateinischer Übersetzung; ein Buch, das ich nie gesehen, von dem ich aber monströse Dinge hatte munkeln hören. Niemand sprach mit mir, aber ich hörte das Quietschen der Schilder im Wind draußen und das Surren des Spinnrades, an dem die alte Frau mit dem Hut schweigend immer weiterspann. Ich empfand das Zimmer und die Bücher und die Leute sehr ungesund und beunruhigend, aber weil mich eine alte Überlieferung meiner Vorfahren aufforderte, an seltsamen Festen teilzunehmen, entschloß ich mich, eigenartige Dinge zu erwarten. Also versuchte ich zu lesen und wurde bald mit Schaudern gefesselt von etwas, das ich in diesem abscheulichen *Necronomicon* fand; von einem Gedanken und einer Legende, die zu gräßlich waren für einen gesunden Geist oder ein normales Gewissen. Es gefiel mir nicht, als ich glaubte, eines der Fenster, dem die Bank gegenüberstand, sei geschlossen worden, als hätte man es vorher heimlich geöffnet. Es schien einem Schwirren zu folgen, das nicht von dem Spinnrad der alten Frau stammte. Dieser Eindruck war allerdings nur undeutlich, denn die alte Frau spann sehr schnell, und die alte Standuhr hatte geschlagen. Danach verlor sich mein Gefühl, daß jemand auf der Bank sitze, und ich las konzentriert und voller Grauen, als der alte

Mann, in Stiefel und ein lockeres, altes Gewand gekleidet, zurückkam und sich genau auf jene Bank setzte, so daß ich ihn nicht sehen konnte. Ich wartete wirklich sehr unruhig, und das blasphemische Buch in meinen Händen machte alles nur noch schlimmer. Als die Uhr jedoch elf schlug, stand der alte Mann auf, glitt zu einer massiven geschnitzten Truhe in einer Ecke hinüber und holte zwei Kapuzenmäntel heraus, von denen er einen anzog und den anderen um die alte Frau hängte, die mit dem monotonen Spinnen aufhörte. Dann gingen sie beide auf die Haustür zu, wobei die alte Frau lahm dahinschlich und der alte Mann, nachdem er genau das Buch, in dem ich gelesen hatte, ergriffen hatte, mir ein Zeichen machte, während er seine Kapuze über sein bewegungsloses Gesicht oder die Maske zog.

Wir gingen hinaus in das mondlose und gewundene Netzwerk dieser unglaublich alten Stadt; gingen hinaus, während die Lichter in den vorhangverschlossenen Fenstern eins nach dem anderen verschwanden und der Hundsstern schief auf die große Schar verhüllter, in Mäntel gewandeter Gestalten herabsah, die schweigend aus jedem Tor hervorströmten und monströse Prozessionen durch verschiedene Straßen aufwärts bildeten, vorbei an den quietschenden Schildern und vorsintflutlichen Giebeln, den strohgedeckten Dächern und den Butzenscheibenfenstern; sie strömten durch steile Gassen, wo verfallene Häuser aneinanderlehnten und zusammenstürzten, sie glitten über offene Plätze und Kirchhöfe, wo die schwankenden Laternen geisterhafte, trunkene Formationen bildeten.

Zwischen diesen schweigenden Gestalten folgte ich meinen stimmlosen Führern; angerempelt von Ellenbogen, die außergewöhnlich nachgiebig schienen, und gedrängt von Körpern, die abnorm schwammig wirkten, aber ohne je ein Gesicht zu sehen oder ein Wort zu hören. Hinauf, hinauf, hinauf krochen die gespenstischen Menschenschlangen, und ich sah, daß alle auf denselben Ort zugingen, wobei sie einem Mittelpunkt zuzuströmen schienen, an dem sich viele gewundene Gassen auf dem Gipfel eines steilen Hügels in der Mitte der Stadt trafen, auf dem eine große, weiße Kirche hockte. Sie war mir oben von der Straße aus aufgefallen, als ich Kingsport in der frühen Dämmerung betrachtet hatte, und der

Anblick war schauderhaft gewesen, denn einen Augenblick lang hatte es so ausgesehen, als balanciere Aldebaran auf der Spitze des geisterhaften Turms.

Die Kirche war von einer freien Fläche umgeben. Ein Teil davon bestand aus einem Friedhof mit geisterhaften schaftförmigen Grabsteinen, und ein anderer Teil war zur Hälfte gepflastert, ein Platz, den der Wind fast völlig von Schnee freigefegt hatte und der von ungesunden, uralten Häusern mit spitzen Giebeln und vorspringender oberer Hälfte begrenzt war. Totenlichter tanzten über den Gräbern und erzeugten grauenerregende Eindrücke, obwohl sie fast überhaupt keine Schatten warfen. Am Friedhof vorbei, dort wo keine Häuser waren, konnte ich über die Hügelkuppe hinweg das Glitzern der Sterne über dem Hafen erkennen, obwohl die Stadt unsichtbar im Dunkeln lag. Nur hier und da hüpfte eine Laterne grausig durch geschlängelte Gassen, um den Menschenstrom einzuholen, der jetzt wortlos in die Kirche glitt. Ich wartete, bis die Menge allmählich durch das Tor verschwunden und alle Nachzügler angekommen waren. Der alte Mann zog an meinem Ärmel, aber ich war entschlossen, der letzte zu sein. Während ich die Schwelle zu dem von einem Menschenschwarm erfüllten heiligen Ort der unbekannten Dunkelheit überschritt, drehte ich mich noch einmal um, um die Welt draußen zu betrachten, und die phosphoreszierenden Lichter vom Friedhof warfen einen ekelhaften Schimmer auf das Pflaster, das die Hügelkuppe teilweise bedeckte. Und bei diesem Anblick schauderte ich. Denn obwohl der Wind nicht viel Schnee übriggelassen hatte, lagen doch noch ein paar weiße Flecken auf dem Weg in der Nähe der Tür; und bei diesem kurzen Blick zurück schien es meinen beunruhigten Augen, daß keine Spuren der vorbeigekommenen Füße darauf zu sehen waren, nicht einmal meine.

Die Kirche war schwach erhellt trotz der vielen Laternen, die hineingegangen waren, denn der größte Teil der Menge war schon verschwunden. Sie waren durch das Kirchenschiff und zwischen dem hohen Chorgestühl hindurchgeströmt bis zu der Falltür, die den Zugang zu den Grüften bildete und die direkt vor der Kanzel widerlich gähnend offenstand, und drängten sich jetzt geräuschlos hinein. Ich folgte ihnen stumm die abgetretenen Stufen hinunter und in die dunkle, stickige Krypta. Das letzte Ende der langen, gewundenen Schlange von Nachtwanderern wirkte wahrhaft grauenvoll, und als ich sah, wie sie sich in ein ehrwürdiges Grab schlängelte, erschien sie mir noch grauenvoller. Dann bemerkte ich, daß am Boden des Grabes eine Öffnung war, durch die die Menge verschwand, und einen Moment später stiegen wir alle eine unheilverkündende Treppe aus rohbehauenem Stein hinunter; eine enge Wendeltreppe, von feuchter, seltsam riechender Luft erfüllt, die sich endlos weiter abwärts in die Eingeweide des Hügels wand, entlang an monotonen Wänden aus tropfenden Steinblöcken und bröckelndem Mörtel. Es war ein schweigender, entsetzlicher Abstieg, und ich bemerkte nach einer ganzen, grausigen Weile, daß die Wände und Stufen sich veränderten, so als wären sie aus dem massiven Gestein gemeißelt. Am meisten beunruhigte mich, daß die zahlreichen Füße keine Geräusche verursachten und also auch kein Echo erzeugten. Nach einer weiteren Ewigkeit des Abstiegs sah ich einige Gänge oder Löcher seitlich aus unbekannten Tiefen der Schwärze auf diesen geheimnisvollen nächtlichen Schacht treffen. Bald wurden es unglaublich viele, wie gottlose Katakomben namenloser Bedrohlichkeit; und ihr erdrückender Geruch nach Fäulnis wurde fast unerträglich. Ich wußte, daß wir durch den Berg hindurch und unter die Stadt gelangt sein mußten, und ich schauderte, daß Kingsport so alt und von den Maden des unterirdischen Bösen zerfressen war.

Dann sah ich das greuliche Schimmern von bleichem Licht und hörte das verräterische Schwappen sonnenlosen Wassers. Wieder graute mir, denn die Dinge, die die Nacht mir hier gebracht hatte, gefielen mir gar nicht, und ich wünschte bitter, keiner meiner Vorfahren hätte mich zu diesem primitiven Ritus zitiert. Während die Stufen und der Gang breiter wurden, hörte ich ein Geräusch, das dünne, spöttische Winseln einer schwachen Flöte; und plötzlich breitete sich vor mir der Blick auf eine grenzenlose innere Welt aus – ein mit Pilzen und Schwämmen bewachsener Strand, erleuchtet von einer speienden Säule ekelhaft grünen Lichtes und durchflossen von einem breiten, öligen Fluß, der aus furchterregenden und unvermuteten Abgründen hervordrang, um in die schwärzeste Bucht eines urzeitlichen Ozeans zu münden.

Einer Ohnmacht nahe und nach Luft schnappend, betrachtete ich jene unheilige Unterwelt der titanischen Giftpilze, des leprösen Feuers und schleimigen Wassers und sah, wie die verhüllten Gestalten einen Halbkreis um die leuchtende Säule bildeten. Es war das Julritual, älter als der Mensch und vom Schicksal ausersehen, ihn zu überleben; das uralte Ritual der Sonnenwende und des unter dem Schnee wartenden Frühlings, das Ritual des Feuers und der immergrünen Pflanzen, des Lichts und der Musik. Und in der stygischen Grotte sah ich sie das Ritual abhalten und die ekelhafte Flammensäule anbeten und in das Wasser Hände voll von dem werfen, was sie aus der zähen Vegetation rissen, die grün in dem bleichen Schein schimmerte. Dies sah ich, und ich sah etwas Formloses weit entfernt von dem Licht sitzen, und dieses Etwas blies lärmend eine Flöte; und während es flötete, glaubte ich, gedämpftes, verderbliches Flattern in der stinkenden Dunkelheit zu hören, wo ich nichts erkennen konnte. Aber was mir am meisten angst machte, war diese flammende Säule, die aus ungeheuren, unvorstellbaren vulkanischen Tiefen emporgeschleudert wurde, die keine Schatten warf, wie eine normale Flamme und die das salpetrige Gestein mit einem widerlichen, übelkeiterregenden Grünspan überzog. Denn in all dieser sprudelnden Feurigkeit lag keine Wärme, sondern nur die Feuchtigkeit von Tod und Zerfall.

Der Mann, der mich hergebracht hatte, glitt jetzt an eine Stelle direkt neben der ekelhaften Flamme und machte steife, zeremoniale Bewegungen vor dem Halbkreis der Umstehenden. An bestimmten Stellen des Rituals huldigten sie ihm, indem sie sich niederwarfen, besonders, wenn er jenes grauenhafte *Necronomicon* über seinen Kopf hielt, das er mitgebracht hatte; und ich nahm an all den Huldigungen teil, denn die Schriften meiner Vorfahren hatten mich dazu verpflichtet. Dann gab der alte Mann dem kaum erkennbaren Flötenspieler im Dunkel ein Zeichen, der daraufhin sein schwaches Pfeifen zu einem etwas lauteren Pfeifen in einer anderen Tonart steigerte, womit er etwas bewirkte, was derart gräßlich war, daß es mir undenkbar und unerwartet erschien. Durch dieses Grauen sank ich auf die von Flechten bewachsene Erde, erstarrt von einer Furcht, die nicht von dieser Welt kam, sondern aus den wahnsinnigen Räumen zwischen den Sternen.

Aus der unvorstellbaren Schwärze jenseits des brandigen Leuchtens jener kalten Flammen, aus den tartarischen Gegenden, durch die jener ölige Fluß unheimlich, unhörbar und ungeahnt floß, näherte sich in klatschendem Rhythmus eine Horde zahmer, abgerichteter, zwittriger, geflügelter Wesen, die kein normales Auge je ganz erfassen und kein normales Gehirn je ganz erinnern könnte. Sie waren weder wie Krähen noch wie Maulwürfe oder Bussarde; auch nicht wie Ameisen oder Vampirfledermäuse oder zerfallende menschliche Wesen, sondern sie waren so, daß ich mich nicht genau erinnern kann oder darf. Sie klatschten schlaff daher, halb auf ihren gewebeartigen Füßen und halb mit ihren häutigen Flügeln vorwärtskommend; und als sie die Schar der Zelebranten erreichten, ergriffen die verhüllten Gestalten sie, saßen auf und ritten einer nach dem anderen an den Ufern des dunklen Flusses entlang, in Gruben und Öffnungen der Panik, aus denen Giftquellen furchtbare und unerfahrbare Katarakte nähren.

Die alte Spinnerin war mit der Menge verschwunden, und der alte Mann blieb nur, weil ich mich geweigert hatte, als er mir bedeutete, ich solle mir ein solches Tier greifen und reiten wie die anderen. Ich sah, auf unsicheren Beinen taumelnd, daß der formlose Flötenspieler außer Sicht gerollt war, aber daß zwei der Biester noch geduldig dastanden. Da ich zögerte, holte der alte Mann seinen Stift und seine Tafel hervor und schrieb, er sei der wahre Bevollmächtigte meiner Vorfahren, die die Julverehrung an diesem uralten Ort eingeführt hatten, und es sei verfügt worden, daß ich zurückkommen sollte, und die geheimsten der Mysterien würden noch folgen. Er schrieb dies in einer sehr altertümlichen Manier, und als ich immer noch zögerte, zog er aus seinem lockeren Gewand einen Siegelring und eine Uhr, beide mit meinem Familienwappen, um zu beweisen, daß er war, was er vorgab. Doch das war ein furchtbarer Beweis, denn ich wußte aus alten Urkunden, daß jene Uhr im Jahre 1698 mit meinem Ur-ur-ur-ur-Großvater begraben worden war.

In diesem Augenblick schob der alte Mann seine Kapuze zurück und wies auf die Familienähnlichkeit auf seinem Gesicht, doch ich schauderte nur, denn ich war jetzt ganz sicher, daß das Gesicht nur eine teuflische Wachsmaske war. Die mit ihren Flügeln klatschenden Tiere scharrten jetzt unruhig in den Flechten, und ich sah, daß der alte Mann selbst fast genauso unruhig war. Als eines der Biester sich abwandte und wegzuwatscheln begann, drehte er sich schnell zur Seite und versuchte es festzuhalten; und die Plötzlichkeit seiner Bewegung verschob die Maske von der Stelle, wo sein Kopf hätte sein sollen. Und dann, weil der Standort dieses Alptraums mir den Weg zu der steinernen Treppe verstellte, über die wir heruntergekommen waren, warf ich mich in den öligen unterirdischen Fluß, der irgendwo in die Höhlen des Meeres münden mußte; ich stürzte mich in diesen stinkenden Saft der inneren Schrecken der Erde, bevor meine wahnsinnigen Schreie all die Leichenlegionen über mich brachte, die dieses Pestufer verbergen mochte.

Im Krankenhaus sagte man mir, sie hätten mich halberfroren im Morgengrauen aus dem Hafen von Kingsport gezogen, wo ich, an ein Stück Treibholz geklammert, das mir der Zufall zu meiner Rettung geschickt hatte, angetrieben worden war. Man sagte mir, ich wäre am vergangenen Abend auf dem Hügel oben die falsche Abzweigung der Straße entlanggegangen und sei am Orange Point über die Klippen gefallen; das schlossen sie aus den Fußspuren, die sie im Schnee gefunden hatten. Ich konnte nichts dazu sagen, weil das alles nicht stimmte. Nichts stimmte, denn die großen Fenster gaben den Blick auf ein Meer von Dächern frei, von denen nur jedes fünfte wirklich alt war, und ich hörte die Geräusche von Straßenbahnen und Motoren von der Straße herauftönen. Sie bestanden darauf, daß dies Kingsport sei, und ich konnte es nicht bestreiten. Als ich zu phantasieren begann, weil ich erfahren hatte, daß das Krankenhaus in der Nähe des alten Friedhofs auf dem Hügel im Zentrum lag, verlegten sie mich in das St.-Marien-Hospital nach Arkham, wo man sich besser um mich kümmern konnte. Es gefiel mir dort, denn die Ärzte waren sehr kooperativ, und mit ihrer Hilfe bekam ich sogar die sorgfältig gehütete Ausgabe des anrüchigen *Necronomicon* Alhazreds aus der Bibliothek der Miskatonic-Universität. Sie sprachen von »Psychose« und stimmten mir zu, daß es besser wäre, wenn ich all die quälenden Dinge, von denen ich besessen schien, aus meinem Gehirn verbannte.

Also las ich jenes gräßliche Kapitel, und mein Schaudern war besonders schlimm, weil mir sein Inhalt tatsächlich nicht neu war. Ich hatte das vorher schon einmal gesehen, was auch immer die Fußspuren beweisen mochten – es wäre am besten, wenn ich vergaß, wo ich das alles gesehen hatte. Es gab niemanden – wenn ich wach war –, der mich daran erinnern konnte, aber meine Träume sind von Schrecken erfüllt aufgrund jener Sprüche, die ich nicht zu zitieren wage. Ich wage nur einen Absatz wiederzugeben, den ich, so gut ich konnte, aus dem seltsamen Neulatein übersetzt habe.

»Die Höhlen der Unterwelt«, so schrieb der wahnsinnige Araber, »sind für sehende Augen unergründlich, denn ihre Wunder sind seltsam und schrecklich. Verflucht ist der Boden, wo die toten Seelen mit neuen und eigentümlichen Körpern leben, und böse die Gedanken, die von keinem Kopf umgeben sind. Wie weise sprach Ibn Schacabao, daß glücklich jenes Grab sei, in dem kein Hexer gelegen hat, und glücklich die nächtliche Stadt, in der alle Hexer zu Asche wurden. Denn die alten Sprüche sagen, daß die Seelen derer, die sich dem Teufel verkauft haben, nicht ihren fleischlichen Stoff verlassen, sondern *den Wurm, der an ihnen nagt,* mästen und ausfüllen; und schließlich entsteht aus dem Zerfallenen scheußliches Leben, und die dummen aasfressenden Bewohner der Erde werden so groß, daß sie sie verwirren, und schwellen so sehr an, daß sie sie heimsuchen können. Große Löcher werden im Geheimen gegraben, wo die Poren der Erde ausreichen sollten, und Wesen haben zu gehen gelernt, die eigentlich kriechen müßten.«

Die Geschichte der alten Kinderfrau

von Mrs. Gaskell

Ihr wißt, meine Lieben, daß eure Mutter eine Waise war und das einzige Kind ihrer Eltern; und ich denke, ihr habt gehört, daß euer Großvater ein Geistlicher oben in Westmoreland war, wo ich auch zu Hause bin. Ich war nur ein Mädchen in der Dorfschule, als eines Tages eure Großmutter hereinkam, um die Lehrerin zu fragen, ob sie eine Schülerin hätte, die sich als Kindermädchen eignen würde. Und ich war mächtig stolz, das kann ich euch sagen, als die Lehrerin mich aufrief und sagte, ich sei geschickt mit der Nadel und ein ehrliches, braves Mädchen und eines aus einem sehr achtbaren, wenn auch armen Elternhaus. Ich dachte, es könnte nichts Besseres geben, als der hübschen jungen Dame zu helfen, die ebenso rot wurde wie ich, als sie von dem Kind sprach, das sie bekommen würde, und davon, was ich mit ihm würde tun müssen. Nun, ich sehe, daß euch dieser Teil meiner Geschichte nicht so sehr interessiert wie das, was ihr noch erwartet, also werde ich es euch gleich erzählen. Ich wurde im Pfarrhaus angestellt und zog um, bevor Miss Rosamond – das war das Kind und ist jetzt eure Mutter – geboren war. Übrigens hatte ich nur wenig mit ihr zu tun, als sie zur Welt kam, denn sie verließ die Arme ihrer Mutter nie und schlief die ganze Nacht bei ihr; und ich war auch ziemlich stolz, wenn die Missis sie mir manchmal anvertraute. Es gab vorher und nachher kein solches Kind mehr, obwohl ihr alle auf eure Art nett wart, aber keines von euch war so süß und einnehmend wie es eure Mutter war. Sie sah ihrer Mutter ähnlich, die als richtige Lady geboren worden war; eine Miss Furnivall, eine Enkelin von Lord Furnivall in Northumberland. Ich glaube, sie hatte weder Brüder noch

Schwestern und war in der Familie des Lords erzogen worden, bis sie euren Großvater geheiratet hatte, der nur ein Geistlicher war, der Sohn eines Ladenbesitzers in Carlisle – aber ein kluger, netter Gentleman, wie es nur je einen gegeben hat –, und einer, der in seiner Gemeinde hart arbeitete, die sehr groß war und über das ganze kahle Hügelland der Westmoreland Fells verteilt. Als eure Mutter, die kleine Miss Rosamond, ungefähr vier oder fünf Jahre alt war, starben ihre beiden Eltern innerhalb von zwei Wochen – einer nach dem anderen. Ach, das war eine traurige Zeit! Meine hübsche junge Herrin und ich warteten auf die Geburt des zweiten Kindes, als eines Abends mein Herr von einem seiner langen Ritte durchnäßt und müde zurückkam und danach das Fieber bekam, an dem er starb. Und dann trug sie nie mehr den Kopf aufrecht und lebte nur noch gerade lange genug, um ihr totes Kind zu sehen und es sich auf die Brust legen zu lassen, bevor sie ihr Leben aushauchte. Meine Herrin hatte mich auf dem Totenbett gebeten, Miss Rosamond nie zu verlassen; aber selbst wenn sie kein Wort gesagt hätte, wäre ich mit dem kleinen Mädchen bis ans Ende der Welt gegangen.

Als nächstes, und bevor wir noch recht unsere Tränen getrocknet hatten, kamen die Testamentsvollstrecker und Vormunde, um die Angelegenheit zu regeln. Es waren der Vetter meiner armen kleinen Herrin, Lord Furnivall, und Mr. Esthwaite, der Bruder meines Herrn und Ladenbesitzer in Manchester; damals war er noch nicht so wohlhabend wie in späteren Jahren und hatte eine große Familie in seinem Haus. Tja, ich weiß nicht, ob sie sich einigten oder ob sie einem Brief folgten, den meine Herrin auf dem Totenbett an ihren Vetter, den Lord, geschrieben hatte; aber irgendwie beschlossen sie, daß Miss Rosamond und ich zum Furnivall Manor House in Northumberland gebracht werden sollten, und der Lord sprach, als wenn es der Wunsch ihrer Mutter gewesen wäre, daß Miss Rosamond bei seiner Familie lebte, und sagte auch, daß er nichts dagegen habe, denn eine oder zwei Personen mehr würden in einem so großen Haushalt keinen Unterschied machen. Obwohl das nicht genau die Art war, in der ich mir gewünscht hätte, daß sie die Ankunft meines Lieblings betrachteten – denn sie war wie ein Sonnenstrahl für jede Familie, wie groß auch immer sie sein mochte – so war ich doch froh, daß alle Leute im Ort mich anstarrten und bewunderten, als sie hörten, daß ich die Kinderfrau der jungen Lady bei Lord Furnivall in Furnivall Manor sein würde.

Aber ich irrte mich, als ich glaubte, wir würden in das Haus ziehen, in dem der Lord wohnte. Es stellte sich heraus, daß die Familie Furnivall Manor House schon vor mehr als fünfzig Jahren verlassen hatte. Ich erfuhr auch, daß meine arme junge Herrin nie dort gewesen war, obwohl man sie in der Familie erzogen hatte, und das tat mir leid, denn ich hätte mich gefreut, wenn Miss Rosamond ihre Jugend dort hätte verbringen können, wo auch ihre Mutter ihre Jugend verbracht hatte.

Der Kammerdiener des Lords, dem ich so viele Fragen stellte, wie ich es mich getraute, sagte, das Manor House liege am Fuße der Hügelkette der Cumberland Fells und sei ein sehr großes Anwesen; daß dort eine alte Miss Furnivall, eine Großtante des Lords, mit nur wenigen Dienern lebe; aber es sei eine sehr gesunde Gegend, und der Lord habe gedacht, das sei das Richtige für Miss Rosamond für ein paar Jahre, und seine alte Tante würde sich vielleicht über ihre Anwesenheit freuen.

Der Lord bat mich, Miss Rosamonds Sachen bis zu einem bestimmten Tag fertigzumachen. Er war ein strenger, stolzer Mann, wie man es allen Lord Furnivalls nachsagt; und er sprach nie ein Wort mehr als unbedingt nötig. Die Leute sagten, er hätte meine junge Herrin geliebt; aber sie habe ihn nie erhört, sondern Mr. Esthwaite geheiratet, aber ich weiß es nicht. Er hat auf jeden Fall nie geheiratet. Aber er kümmerte sich nie um Miss Rosamond, was er, so meine ich, doch hätte tun müssen, wenn er ihre tote Mutter geliebt hätte. Er schickte seinen Kammerdiener mit uns nach Furnivall Manor House und befahl ihm, ihn noch am gleichen Abend in Newcastle abzuholen, also hatte er kaum Zeit, uns mit all den Fremden bekannt zu machen, bevor auch er uns verließ; und wir blieben allein in dem großen alten Herrenhaus zurück, zwei einsame junge Dinger (ich war noch nicht achtzehn). Es ist, als wäre es gestern gewesen, daß wir dorthin fuhren. Wir hatten unser liebes Dorf sehr früh verlassen, und wir hatten beide geweint, als wenn unser Herz bräche, obwohl wir in der Kutsche des

Lords fuhren, die mir früher als so bedeutsam erschienen war. Und jetzt war es bereits spät am Nachmittag an einem Septembertag, und wir machten halt in einer rauchigen Stadt voller Kohlenhandlungen und Bergwerksarbeiter, um zum letzten Mal die Pferde zu wechseln. Miss Rosamond war eingeschlafen, aber Mr. Henry sagte mir, ich solle sie wecken, damit sie den Park und das Herrenhaus sehen könne, wenn wir ankamen. Mir tat sie leid, aber ich befolgte seine Bitte, denn ich hatte Angst, er könnte sich beim Lord über mich beschweren. Wir hatten alle Anzeichen für Stadt oder Dorf hinter uns gelassen und fuhren durch die Tore in einen großen, wilden Park – nicht wie die Parks hier im Norden, sondern mit Felsen und dem Geräusch von fließendem Wasser und knorrigen Dornbüschen und alten Eichen, ganz weiß und geschält vor Alter.

Die Straße führte etwa zwei Meilen weit bergauf, und dann sahen wir ein großes, stattliches Haus mit vielen Bäumen ganz in seiner Nähe, sogar so dicht daran, daß die Zweige die Wände streiften, wenn der Wind wehte; und manche hingen auch abgebrochen an den Bäumen, denn niemand schien sich um das Äußere zu kümmern – das Beschneiden der Bäume oder die Ordnung auf der moosbedeckten Auffahrt. Nur vor dem Haus war alles ordentlich. Der große ovale Vorplatz war frei von Unkraut; und weder ein Baum noch eine Kletterpflanze durfte vor der langen, vielfenstrigen Vorderseite wachsen. Auf beiden Seiten hatte das Haus einen langen Flügel, denn obwohl es so verlassen wirkte, war es noch größer, als ich erwartet hatte. Dahinter erhoben sich die Fells, und das waren nur kahle, offene Hügel, so schien es; und auf der linken Seite des Hauses, wenn man davor stand, lag ein kleiner, altmodischer Blumengarten, wie ich später herausfand. Er war wohl für irgendeine frühere Lady Furnivall aus dem dicken, dunklen Unterholz gehauen worden, aber die Äste der großen Waldbäume waren wieder gewachsen und hatten den Garten im Schatten verschwinden lassen, und zu jener Zeit wuchsen nur noch sehr wenige Blumen darin.

Als wir am großen Haupteingang vorfuhren und dann die Eingangshalle betraten, dachte ich, wir würden uns verirren – so groß war sie und breit und hoch. Es gab einen Leuchter ganz aus

Bronze, der von der Mitte der Decke hing; so etwas hatte ich noch nie gesehen, und jetzt betrachtete ich ihn erstaunt. Dann gab es noch an einem Ende der Halle einen riesigen Kamin, so breit wie die Häuser bei mir zu Hause lang sind, mit massigen Feuerböcken, um das Holz zu halten; und daneben standen altmodische Sofas. Am anderen Ende der Halle, wenn man hereinkam links – auf der Westseite –, war eine Orgel in die Wand eingebaut, die war so groß, daß sie den größten Teil dieser Seite bedeckte. Dahinter, auf derselben Seite, gab es eine Tür, und gegenüber, auf beiden Seiten des Kamins, waren ebenfalls Türen, die zum Ostflügel führten, aber durch sie bin ich während meines Aufenthalts in dem Haus nie gegangen, also kann ich euch nicht sagen, was dahinter lag.

Der Nachmittag ging dem Abend zu, und die Halle, in der kein Feuer brannte, sah dunkel und bedrohlich aus, aber wir blieben auch nicht dort. Der alte Diener, der die Tür für uns geöffnet hatte, verbeugte sich vor Mr. Henry und nahm uns mit durch die Tür hinter der Orgel. Dann führte er uns durch mehrere kleinere Flure und Durchgänge zum westlichen Salon, wo angeblich Miss Furnivall saß. Die arme kleine Miss Rosamond hielt sich ganz fest an mir, so als hätte sie Angst und fühlte sich in dem riesigen Haus verloren, und mir selbst ging es auch nicht viel besser. Der westliche Salon war ein sehr freundliches Zimmer, mit einem warmen Feuer im Kamin und vielen schönen, bequemen Möbeln darin. Miss Furnivall war eine alte Dame von fast achtzig Jahren, denke ich, aber ich weiß es nicht genau. Sie war dünn und hochgewachsen, und in ihrem Gesicht waren so viele Runzeln, als hätte man sie mit einer Nadelspitze hineingezeichnet. Ihre Augen waren sehr aufmerksam, ich denke um auszugleichen, daß sie so taub war, daß sie ein Hörrohr benutzen mußte. Neben ihr saß Mrs. Stark und arbeitete mit ihr zusammen an der gleichen großen Stickerei. Sie war ihre Bedienstete und Gesellschaftsdame und war beinahe gleich alt. Sie hatte seit ihrer beider Jugend bei Miss Furnivall gelebt, und jetzt sah sie eher aus wie eine Freundin als wie eine Dienerin; sie wirkte so alt und grau und steinern, als habe sie nie geliebt oder jemanden geschätzt; und ich glaube auch nicht, daß sie je jemanden geschätzt hat außer ihrer Herrin; und wegen ihrer Taubheit behandelte Mrs. Stark sie fast, als wäre sie ein

Kind. Mr. Henry überbrachte eine Nachricht von dem Lord, und dann verbeugte er sich zum Abschied vor uns allen – ohne dabei die ausgestreckte Hand von meiner süßen Miss Rosamond zu bemerken –, und dann ließ er uns stehen, und die beiden alten Damen betrachteten uns durch ihre Brillen.

Ich war ziemlich froh, als sie nach dem alten Diener klingelten und ihm sagten, er solle uns in unsere Zimmer führen. Also gingen wir aus dem großen Salon durch ein weiteres Zimmer und verließen es wieder und dann über eine große Treppe nach oben und über eine breite Galerie – die fast wie eine Bibliothek aussah, denn an einer Seite waren so viele Bücher und an der anderen Fenster und Schreibtische –, bis wir in unsere Zimmer kamen, und ich war nicht allzu unglücklich, zu erfahren, daß sie genau über der Küche lagen, denn ich hatte langsam das Gefühl, ich würde mich in dieser Wildnis von Haus verirren. Es gab eine alte Kinderstube, die vor vielen Jahren für all die kleinen Lords und Ladies benutzt worden war, und auf dem Rost des Kamins brannte ein schönes Feuer, und auf dem Kamineinsatz stand ein summender Wasserkessel, und der Tisch war mit Teegeschirr gedeckt; und nebenan war das Kinderschlafzimmer mit einem Kinderbett für Miss Rosamond gleich neben meinem Bett. Und der alte James rief seine Frau Dorothy, damit sie uns begrüßen konnte, und sie waren beide so freundlich und nett, daß Miss Rosamond und ich uns schon bald zu Hause fühlten; und als dann der Tee vorüber war, saß sie auf Dorothys Schoß und plapperte, so schnell ihre kleine Zunge nur konnte. Bald fand ich heraus, daß Dorothy aus Westmoreland stammte, und das verband sie und mich sozusagen miteinander; und ich würde nie den Wunsch haben, freundlichere Leute als den alten James und seine Frau zu treffen. James hatte schon fast sein ganzes Leben in der Familie des Lords verbracht und hielt niemanden für so bedeutsam wie sie. Er sah sogar ein wenig auf seine Frau herab, weil sie, bis er sie geheiratet hatte, immer nur in einem Bauernhaushalt gelebt hatte. Aber er war sehr lieb zu ihr, und das war auch richtig. Sie hatten eine Dienerin unter sich für die ganze grobe Arbeit. Sie nannten sie Bessy; und sie und ich und James und Dorothy bildeten mit Miss Furnivall und Mrs. Stark die ganze Familie, natürlich zusammen mit meinem Liebling Miss Rosamond. Ich fragte mich oft, was sie wohl getan hatten, bevor sie gekommen war, denn jetzt dachten sie so viel an sie. Küche und Salon, das war für sie alles gleich. Die harte, traurige Miss Furnivall und die kalte Mrs. Stark sahen beide erfreut aus, wenn sie wie ein Vögelchen hereingeflattert kam, hier und dort spielte und hinlief, wobei sie immer vor sich hinplapperte und schwatzte in ihrer Fröhlichkeit. Ich bin sicher, es tat ihnen oft leid, wenn sie in die Küche davonflatterte, obwohl sie zu stolz waren, sie zu bitten, bei ihnen zu bleiben, und sie über ihre Vorlieben erstaunt waren. Obwohl, wie Mrs. Stark sagte, das ja eigentlich nicht verwunderlich war, wenn man bedachte, woher ihr Vater stammte. Das große, alte, weitläufige Haus war ein erstklassiger Ort für die kleine Miss Rosamond. Sie durchstöberte es in alle Richtungen, und ich war immer hinter ihr; sie erforschte alles bis auf den Ostflügel, der nie geöffnet wurde und in den wir auch nie gehen wollten. Doch im westlichen und nördlichen Teil gab es viele schöne Zimmer; voller Dinge, die für uns etwas Besonderes waren, auch wenn sie es vielleicht nicht für Leute gewesen wären, die schon mehr gesehen hatten. Die Fenster wurden verdunkelt durch die schwankenden Äste der Bäume und den Efeu, der über sie hinweg gewachsen war; aber in der grünen Dämmerung sahen wir alte Porzellandosen und geschnitzte Elfenbeinkästchen und große, schwere Bücher und vor allem die alten Bilder!

Ich erinnere mich, daß meine Kleine Dorothy einmal mitnehmen wollte, damit sie uns sagte, wer dort überall dargestellt war; denn es waren alles Porträts von Personen aus der Familie des Lords, auch wenn uns Dorothy nicht den Namen eines jeden sagen konnte. Wir waren schon durch eine ganze Reihe von Zimmern gegangen, als wir in den großen Empfangssaal über der Eingangshalle kamen; und dort hing ein Bild von Miss Furnivall; oder, wie sie früher genannt wurde, Miss Grace, denn sie war die jüngere Schwester. Sie mußte eine solche Schönheit gewesen sein! Aber sie hatte ein so bestimmtes, stolzes Aussehen und eine solche Verachtung in ihren hübschen Augen, die Augenbrauen nur ein klein wenig hochgezogen, so als wundere sie sich, daß jemand die Unverschämtheit haben könne, sie anzusehen; und ihre Lippen waren gegen uns geschürzt, wie wir so dastanden und sie betrachteten. Sie trug ein Kleid, wie ich noch nie eines gesehen hatte, aber es war so Mode, als sie jung gewesen war: einen Hut aus einem weichen, weißen Material wie Biber, bis fast auf ihre Augenbrauen herabgezogen, und mit einer wunderschönen Feder geschmückt, die sich auf einer Seite darum herumlegte; und ihr Kleid aus blauem Satin war vorn über einem gesteppten, weißen Brustlatz geöffnet.

»Also, eins steht fest«, sagte ich, als ich sie ausführlich betrachtet hatte, »das Fleisch ist wie Gras, so sagen sie, aber wer hätte gedacht, daß Miss Furnivall einmal eine so außergewöhnliche Schönheit war, wenn man sie jetzt sieht?«

»Ja«, sagte Dorothy, »Menschen ändern sich leider, aber wenn das wahr ist, was der Vater meines Herrn zu sagen pflegte, dann war Miss Furnivall, die ältere Schwester, noch schöner als Miss Grace. Ihr Bild ist hier irgendwo; aber wenn ich es dir zeige, dann darfst du niemandem je sagen, nicht einmal James, daß du es gesehen hast. Kann die kleine Lady schweigen, was denkst du?« fragte sie.

Ich war mir nicht sicher, denn sie war ein so süßes, kleines, offenes Wesen, also sagte ich ihr, sie solle sich verstecken; und dann half ich Dorothy, ein großes Bild umzudrehen, das mit dem Porträt zur Wand hin stand und nicht aufgehängt war wie die anderen. Es ist wahr, es übertraf Miss Grace noch an Schönheit, und ich denke auch an verächtlichem Stolz, obwohl ich mich in diesem Punkt nur schwer hätte entscheiden können. Ich hätte es eine Stunde lang betrachten können, aber Dorothy war etwas ängstlich, weil sie es mir gezeigt hatte, und eilte wieder zurück und bat mich, schnell Miss Rosamond zu suchen, denn es gebe einige häßliche Stellen im Haus, bei denen sie es nicht schön fände, wenn das Kind dort wäre. Ich war ein tapferes, mutiges Mädchen und kümmerte mich nur wenig um das, was sie gesagt hatte, denn ich spielte genauso gern Verstecken wie jedes Kind in unserer Gemeinde; also lief ich davon, um meine Kleine zu suchen.

Als der Winter näher kam und die Tage kürzer wurden, war ich manchmal fast sicher, daß ich ein Geräusch gehört hatte, als wenn jemand auf der großen Orgel in der Eingangshalle gespielt hätte. Ich hörte es nicht jeden Abend, aber sicher sehr oft, normalerweise wenn ich bei Miss Rosamond saß, nachdem ich sie ins Bett gebracht hatte, und es ganz still im Zimmer war. Dann hörte ich es weit in der Ferne dröhnen und schwellen. Am ersten Abend, als ich zum Abendessen hinunterging, fragte ich Dorothy, wer da musiziert hätte, und James sagte sehr kurz angebunden, ich sei eine Närrin, wenn ich den zwischen den Bäumen seufzenden Wind für Musik hielte, aber ich bemerkte, wie Dorothy ihn sehr ängstlich ansah, und Bessy, das Küchenmädchen, murmelte etwas vor sich hin und wurde ganz blaß. Ich sah, daß ihnen meine Frage nicht gefiel, also schwieg ich, bis ich mit Dorothy allein war, denn ich wußte, daß ich von ihr sicher einiges erfahren konnte. Und so wartete ich am nächsten Tag auf den richtigen Augenblick, und dann fragte ich sie und redete ihr gut zu, wer denn nun die Orgel spiele; denn ich wußte ganz gut, daß es die Orgel und nicht der Wind gewesen war, auch wenn ich geschwiegen hatte, als James dabeigewesen war. Aber ich vermute, sie hatten Dorothy schon vorsorglich gewarnt, denn aus ihr war nichts herauszubekommen. Also versuchte ich es mit Bessy, obwohl ich mich immer als etwas Besseres als sie betrachtet hatte, den ich stand auf der Stufe von James und Dorothy, und sie war kaum mehr als ihre Bedienstete. Dann sagte sie also, ich dürfe es nie, nie jemandem sagen, und wenn, dann dürfe ich nie sagen, daß *sie* es mir gesagt habe; aber es sei doch ein sehr seltsamer Lärm, und sie habe es schon ganz oft gehört, aber ganz besonders an Winterabenden und vor Gewittern; und die Leute sagten, es sei der alte Lord, der die große Orgel in der Eingangshalle spielte, so wie er es auch getan hatte, als er noch am Leben gewesen war; aber wer der alte Lord war, und warum er spielte, und warum er besonders an stürmischen Winterabenden spielte, das konnte oder wollte sie mir nicht sagen. Nun ja, ich habe euch ja erzählt, daß ich ein tapferes Herz hatte; und ich dachte, daß es eigentlich recht schön war, wenn die Musik so durchs Haus rollte, wer auch immer da spielen mochte; denn jetzt erhob sie sich deutlich über die schweren Windstöße und jubilierte ganz wie ein lebendes Wesen, und dann sank sie zu einer höchst vollendeten Weichheit; aber es war immer Musik und Töne, also war es Unsinn, zu behaupten, es sei der Wind. Zuerst dachte ich, es wäre vielleicht Miss Furnivall, die da spielte, und

Bessy wüßte nur nichts davon; aber eines Tages, als ich allein in der Eingangshalle war, öffnete ich die Orgel und sah sie mir überall genau an, so wie ich es auch schon einmal bei der Orgel in der Kirche von Crosthwaite gemacht hatte, und da sah ich, daß sie in ihrem Innern ganz kaputt und zerfallen war, obwohl sie noch so ganz und schön aussah; und dann, und obwohl es heller Tag war, bekam ich doch ein wenig Gänsehaut, und ich machte die Orgel zu und rannte möglichst schnell in meine helle Kinderstube; und eine ganze Zeit danach mochte ich es nicht besonders gern hören, wenn die Musik spielte, genau wie James und Dorothy. Während dieser Zeit wurde Miss Rosamond immer beliebter im Haus. Die alten Damen schätzten es, wenn sie mit ihnen bei ihrem frühen Abendessen saß; dabei stand James immer noch hinter Miss Furnivalls Stuhl und ich ganz in schönen Kleidern hinter dem Stuhl von Miss Rosamond; und nach dem Abendessen spielte sie immer in einer Ecke des großen Salons, still wie eine Maus, und Miss Furnivall schlief, und ich aß mein Abendessen in der Küche. Aber sie war doch froh, daß sie danach zu mir in die Kinderstube kommen konnte; denn sie sagte immer, Miss Furnivall sei so traurig und Mrs. Stark so langweilig; aber sie und ich hatten viel Spaß miteinander; und diese seltsame rollende Musik machte mir immer weniger aus, denn sie tat ja niemandem etwas zuleide, wenn wir auch nicht wußten, woher sie kam.

Der Winter war sehr kalt. Mitten im Oktober fingen die Fröste an, und sie dauerten viele, viele Wochen. Ich erinnere mich, daß Miss Furnivall eines Tages beim Abendessen ihre traurigen, schweren Augen hob und zu Mrs. Stark sagte: »Ich fürchte, wir bekommen einen schrecklichen Winter«, und sie sagte es so seltsam bedeutungsschwer. Aber Mrs. Stark tat so, als hätte sie nicht gehört und sprach ganz laut von etwas anderem. Meiner kleinen Lady und mir machte der Frost nichts aus; uns nicht! Solange es noch trocken war, kletterten wir die steilen Hügel hinter dem Haus hinauf und gingen über die Fells, wo es kahl und ziemlich öde war, und dort liefen wir um die Wette in der frischen, scharfen Luft; und einmal kamen wir über einen neuen Weg wieder herunter an den beiden knorrigen, alten Stechpalmenbäumen vorbei, die auf halbem Weg abwärts auf der Ostseite des Hauses wuchsen. Die

Tage wurden kürzer und kürzer, und der alte Lord, wenn er es war, spielte immer stürmischer und trauriger auf der großen Orgel. An einem Sonntagnachmittag – das muß gegen Ende November gewesen sein – bat ich Dorothy, sich um die kleine Miss zu kümmern, wenn sie nach Miss Furnivalls Schläfchen aus dem Salon kam, denn es war zu kalt, um sie mit mir in die Kirche zu nehmen, und doch wollte ich gern gehen. Und Dorothy versprach es mir gern, und sie liebte das Kind so sehr, daß mir alles in Ordnung erschien; und Bessy und ich gingen mit schnellem Schritt, obwohl der Himmel sehr schwer und schwarz über der weißen Erde hing, so als wäre die Nacht nie wirklich zu Ende gewesen. Und die Luft war zwar still, aber sehr scharf und kalt.

»Es wird Schnee geben«, sagte Bessy zu mir. Und tatsächlich, noch als wir in der Kirche waren, fiel er dick in großen Flocken vom Himmel, so dick, daß er beinah die Fenster verdunkelte. Es hatte aufgehört zu schneien, bevor wir wieder aus der Kirche kamen, und der Schnee lag jetzt weich, dicht und tief unter unseren Füßen, als wir nach Hause stapften. Bevor wir ins Haus kamen, ging der Mond auf, und ich glaube, da war es dann – wegen des glitzernden Schnees und wegen des Mondlichts – heller als zu der Zeit, also zwischen zwei und drei Uhr, als wir in die Kirche gegangen waren. Ich habe euch noch nicht gesagt, daß Miss Furnivall und Mrs. Stark nie in die Kirche gingen: Sie lasen die Gebete miteinander, auf ihre ruhige, düstere Art; sie schienen den Sonntag ohne ihre Stickarbeit, mit der sie sich beschäftigen konnten als sehr lang zu empfinden. Als ich also zu Dorothy in die Küche ging, um Miss Rosamond zu holen und mit mir nach oben zu nehmen, war ich nicht allzu erstaunt, als mir die alte Frau sagte, daß das Kind bei den Ladies geblieben war und daß sie nicht, wie ich sie gebeten hatte, in die Küche gekommen war, als sie es müde war, sich im Salon brav zu benehmen. Also zog ich meine Überkleider aus und ging, um sie dort zu holen und für ihr Abendessen mit in die Kinderstube zu nehmen. Doch als ich in den Salon kam, saßen dort die beiden alten Damen, ganz still und ruhig, sagten nur hier und da einmal ein Wort und sahen ansonsten nicht so aus, als wenn etwas so Fröhliches und Heiteres wie Miss Rosamond je in ihrer Nähe gewesen wäre. Aber ich dachte, sie hätte sich vor mir versteckt, das war eine ihrer lustigen Ideen; und daß sie sie dazu überredet hatte, so auszusehen, als wüßten sie nichts von ihr; also ging ich ganz leise durchs Zimmer und schaute unter dieses Sofa und hinter jenen Sessel, wobei ich so tat, als wäre ich furchtbar besorgt, weil ich sie nicht fand.

»Was ist los, Hester?« fragte Mrs. Stark scharf. Ich weiß nicht, ob Miss Furnivall mich gesehen hatte, denn, wie ich euch schon erzählt habe, war sie ziemlich taub, und sie saß ganz ruhig da und starrte untätig ins Feuer, wobei sie ihr hoffnungsloses Gesicht machte. »Ich suche nur mein kleines Rosilein«, erwiderte ich und glaubte immer noch, das Kind sei da und in meiner Nähe, obwohl ich sie nicht sehen konnte.

»Miss Rosamond ist nicht hier«, sagte Mrs. Stark. »Sie ging vor mehr als einer Stunde fort zu Dorothy.« Und auch sie drehte sich um und schaute ins Feuer.

Mein Herz sank, als sie das sagte, und ich wünschte, daß ich meinen Liebling nie verlassen hätte. Ich ging wieder zu Dorothy und erzählte es ihr. James war schon den ganzen Tag fort, aber sie und ich und Bessy nahmen Lampen, mit denen wir zuerst nach oben in die Kinderstube gingen und von da aus dann das ganze große, weite Haus durchsuchten. Dabei riefen wir nach Miss Rosamond und flehten sie an, aus ihrem Versteck zu kommen und uns nicht so zu Tode zu erschrecken. Aber wir hörten keine Antwort, kein Geräusch.

»Oh«, sagte ich schließlich, »vielleicht ist sie in den Ostflügel gegangen und hat sich da versteckt?«

Aber Dorothy sagte, das sei nicht möglich, denn sie selbst wäre auch noch nie dort gewesen; die Türen seien immer zugeschlossen, und der Verwalter des Lords habe die Schlüssel, glaube sie; auf jeden Fall hätten weder sie noch James sie je gesehen; also sagte ich, ich werde zurückgehen, um zu sehen, ob sie sich nicht doch im Salon versteckt hatte, ohne daß es die alten Damen bemerkt hatten; und wenn ich sie dort fände, sagte ich, dann würde ich ihr eine ordentliche Tracht Prügel verpassen, weil sie mir soviel Angst gemacht hatte; aber das habe ich natürlich nicht ernst gemeint. Also ging ich zurück zum Salon im Westflügel und sagte Mrs. Stark, daß wir sie nirgends finden könnten, und bat sie um

Erlaubnis, überall hinter den Möbeln zu suchen, um zu sehen, ob sie nicht vielleicht in einer warmen versteckten Ecke eingeschlafen war; aber nein! Wir suchten, Miss Furnivall stand auf und suchte zitternd mit uns, aber sie war nicht da; dann machten sich alle Hausbewohner noch einmal auf den Weg und suchten an all den Stellen, wo wir vorher auch schon gesucht hatten, aber wir konnten sie nicht finden. Miss Furnivall zitterte und bebte so sehr, daß Mrs. Stark sie zurück in den Salon brachte, nachdem sie mir das Versprechen abgenommen hatte, Miss Rosamond sofort zu ihnen zu bringen, wenn wir sie gefunden hatten. Nun also! Ich fing an zu glauben, wir würden sie überhaupt nicht mehr finden, als ich auf den Gedanken kam, auf den großen Vorhof hinunterzusehen, der ganz mit Schnee bedeckt war. Das Mondlicht war so klar und hell, daß ich ganz deutlich die Spuren von zwei kleinen Füßen sehen konnte, die von der Eingangshalle ausgingen und um die Ecke des Ostflügels verschwanden. Ich weiß nicht, wie ich hinunterkam, aber ich riß die große, schwere Haustür auf, und indem ich mir meinen weiten Überrock als Umhang über den Kopf legte, rannte ich nach draußen. Ich kam um die Ecke im Osten; dort fiel ein großer schwarzer Schatten auf den Schnee; aber als ich wieder ins Mondlicht hinaustrat, waren die kleinen Fußstapfen immer noch da, und sie führten hinauf, hinauf zu den Fells. Es war bitterkalt, so kalt, daß mir die Luft fast die Haut vom Gesicht riß, als ich rannte, aber ich rannte weiter, weinend bei dem Gedanken, daß mein armer kleiner Liebling erfrierend und voller Angst irgendwo war. Ich konnte schon die Stechpalmenbäume erkennen, als ich einen Schäfer den Hügel herunterkommen sah, der etwas auf den Armen trug, was er in seine Schäferdecke gewickelt hatte. Er rief mir etwas zu und fragte, ob ich ein Kind verloren habe, und als ich vor Tränen nicht sprechen konnte, kam er auf mich zu, und ich sah mein Kindchen ganz still und weiß und starr in seinen Armen liegen, als wenn sie tot gewesen wäre. Er sagte mir, er sei oben auf den Fells gewesen, um seine Schafe zusammenzutreiben, bevor die tiefe Kälte der Nacht gekommen wäre, und daß er unter den Stechpalmenbäumen (schwarzen Flecken am Abhang, und in meilenweitem Umkreis keine anderen Büsche) meine kleine Lady gefunden habe – mein Lämmchen, mein Herzblatt, meine liebste Kleine

– steif und kalt, in dem schrecklichen Schlaf, den der Frost bringt. Oh, die Freude und die Tränen, sie wieder in meinen Armen zu haben! Denn ich ließ ihn sie nicht tragen, sondern ich nahm sie mitsamt der Schäferdecke in meine Arme und hielt sie ganz nah an meine warme Brust und meinen Hals, und spürte, wie das Leben langsam wieder in ihre zarten kleinen Glieder kam. Aber sie war immer noch ohne Bewußtsein, als wir in die Eingangshalle kamen, und ich war zu sehr außer Atem, um zu sprechen. Wir gingen in die Küche.

»Bringt die Wärmflasche«, sagte ich; und trug sie nach oben, wo ich sie beim Feuer in der Kinderstube, das Bessy geschürt hatte, auszog. Ich nannte mein kleines Lämmchen bei all den lieben und spielerischen Namen, die mir einfielen – auch wenn meine Augen blind vor Tränen waren; und endlich, endlich öffnete sie ihre großen blauen Augen. Dann legte ich sie in ihr warmes Bett und schickte Dorothy hinunter, um Miss Furnivall zu sagen, daß alles in Ordnung war; und ich entschloß mich, die ganze Nacht am Bett meines Lieblings zu wachen. Sie fiel in einen tiefen Schlaf, sobald ihr hübscher Kopf das Kopfkissen berührt hatte, und ich blieb bei ihr bis zum Licht des Morgens, als sie klar und fröhlich – das glaubte ich wenigstens zuerst, und, meine Lieben, ich denke es auch heute noch – erwachte.

Sie sagte, daß sie vorgehabt hatte, zu Dorothy zu gehen, denn die beiden alten Damen waren eingeschlafen, und im Salon war es so langweilig gewesen, und daß sie, als sie durch das westliche Vorzimmer gegangen war, durch die hohen Fenster den Schnee hatte fallen sehen – weich und stetig; aber sie wollte ihn auch gern hübsch und weiß auf dem Boden liegen sehen, also war sie in die große Halle gegangen, und vom Fenster aus hatte sie ihn dann glitzernd und weich auf der Auffahrt liegen sehen; aber während sie da gestanden hatte, hatte sie ein kleines Mädchen gesehen, nicht so alt wie sie selbst, »aber so hübsch«, sagte mein kleiner Liebling, »und dieses kleine Mädchen winkte mir, ich solle herauskommen, und oh, sie war so hübsch und so süß, und ich mußte einfach mitgehen.« Und dann habe dieses andere Mädchen sie an der Hand genommen, und nebeneinander seien sie dann um die östliche Hausecke gegangen.

»Oh, du bist doch ein ungezogenes kleines Mädchen, daß du dir solche Geschichten ausdenkst«, sagte ich. »Was würde deine gute Mama im Himmel, die sich niemals einfach solche Geschichten ausgedacht hat, zu ihrer kleinen Rosamond sagen, wenn sie hören könnte – und ich glaube sie hört es auch –, wie du dir solche Geschichten ausdenkst!«

»Nein wirklich, Hester«, schluchzte meine Kleine, »ich lüge nicht, bestimmt nicht.«

»Erzähl mir nicht so etwas!« sagte ich sehr streng. »Ich bin deinen Fußspuren im Schnee nachgegangen; es waren nur deine Fußspuren da, und wenn du wirklich mit einem kleinen Mädchen Hand in Hand den Hügel hinaufgegangen wärest, meinst du nicht, seine Fußspuren hätten neben deinen sein müssen?«

»Es war aber wirklich so, liebe, liebe Hester«, sagte sie und weinte. »Und wenn sie auch nicht da waren, ich habe nie auf ihre Füße gesehen, aber sie hielt meine Hand ganz fest in ihrer, und es war sehr, sehr kalt. Wir gingen den Pfad zu den Fells hinauf bis zu den Stechpalmenbäumen, und da sah ich eine Dame sitzen, die weinte; aber als sie mich sah, hörte sie schnell auf zu weinen und lächelte sehr stolz und freundlich und nahm mich auf den Schoß und sang mich in den Schlaf; und das ist alles, Hester – aber das ist wirklich wahr; und meine liebe Mama weiß das auch«, sagte sie und weinte. Also dachte ich, das Kind spräche im Fieber und tat so, als würde ich ihr glauben, als sie ihre Geschichte noch einmal und immer wieder erzählte und immer wieder gleich. Schließlich klopfte Dorothy an die Tür mit Miss Rosamonds Frühstück und sagte mir, die beiden alten Damen seien unten im Eßzimmer und wollten mit mir sprechen. Sie waren beide schon am vergangenen Abend im Kinderschlafzimmer gewesen, aber erst nachdem Miss Rosamond schon geschlafen hatte; also hatten sie sie nur angesehen und mich nichts gefragt.

»Sie werden bestimmt mit mir schimpfen«, dachte ich bei mir, als ich durch die Galerie im Norden des Hauses ging. »Aber eigentlich«, dachte ich weiter und faßte Mut, »hatte ich sie doch bei ihnen gelassen; und sie sind schuld, daß sie sich davongeschlichen hat, ohne daß es jemand gemerkt hat.« Also ging ich tapfer hinein und erzählte meine Geschichte. Ich erzählte Miss Furnivall alles ganz laut und nah an ihrem Ohr, aber als ich das andere kleine Mädchen draußen im Schnee erwähnte, das Rosamond nach draußen gelockt und hinauf zu der schönen, stolzen Dame bei den Stechpalmenbäumen geführt hatte, da schlug sie die Hände über dem Kopf zusammen – ihre alten und faltigen Hände – und rief laut aus: »Oh, Himmel vergib! Sei gnädig!«

Mrs. Stark griff nach ihr, und zwar ziemlich rauh, dachte ich; aber sie beachtete Mrs. Stark nicht, sondern sprach in warnendem und zugleich herrischem Ton weiter.

»Hester! Halte sie von diesem Kind fern! Es wird sie in den Tod locken! Das böse Kind! Sage ihr, daß es ein böses, schlechtes Kind ist.« Dann schickte mich Mrs. Stark aus dem Zimmer, und ich war wirklich froh, daß ich gehen konnte; aber Miss Furnivall kreischte immer wieder »Oh, sei gnädig! Wirst du mir niemals vergeben! Es sind schon so viele Jahre vergangen –«

Ich war sehr unruhig in meinen Gedanken nach diesem Ereignis. Ich getraute mich nicht mehr, Miss Rosamond alleinzulassen, sei es Tag oder Nacht, denn ich hatte Angst, sie würde noch einmal verschwinden, wenn sie wieder etwas sehen würde; und auch ganz besonders, weil ich das Gefühl hatte, daß Miss Furnivall verrückt war, weil sie sich so seltsam verhielt, und ich fürchtete, dasselbe könnte auf die eine oder andere Art (die ja vielleicht in der Familie lag, wißt ihr) auch meinem Liebling drohen. Und der große Frost hörte die ganze Zeit über nicht auf; und immer wenn es etwas stürmischer war als sonst, hörten wir zwischen den Böen und durch das Blasen des Windes hindurch den alten Lord auf der großen Orgel spielen. Aber ob der alte Lord nun spielte oder nicht, wo auch immer Miss Rosamond hinging, ging ich mit ihr; denn meine Liebe zu ihr, der hübschen, hilflosen Waise, war stärker als meine Angst vor dem großen und schrecklichen Geräusch. Außerdem war es ja meine Aufgabe, sie fröhlich und vergnügt zu machen, wie es sich für ihr Alter gehörte. Also spielten wir miteinander und gingen hierhin und dorthin und überallhin, denn ich wagte es nie mehr, sie aus den Augen zu verlieren in jenem riesigen, unübersichtlichen Haus. Und so kam es, daß wir eines Nachmittags, nicht lange vor Weihnachten, miteinander auf dem Billardtisch in der großen Halle spielten (wir wußten zwar nicht, wie man das spielte, aber sie rollte so gern die glatten, elfenbeinfarbenen Kugeln mit ihren hübschen Händchen, und ich tat das gern, was sie gern tat); und ohne daß wir es so recht merkten, wurde es ganz langsam dunkel im Innern des Hauses, obwohl es draußen immer noch hell war, und ich dachte gerade daran, mit ihr zurück in die Kinderstube zu gehen, als sie plötzlich ausrief:

»Schau, Hester, schau! Da ist mein armes, kleines Mädchen draußen im Schnee!«

Ich drehte mich zu den langen, schmalen Fenstern um, und dort sah ich tatsächlich ein kleines Mädchen, jünger als meine Miss Rosamond – ganz unpassend angezogen, um in einer so bitterkalten Nacht draußen zu sein –, und es weinte und schlug gegen die Fensterscheiben, als wenn es hereingelassen werden wollte. Es schien zu schluchzen und zu jammern, bis Miss Rosamond es nicht mehr länger ertragen konnte und zur Tür eilte, um sie aufzumachen, als ganz plötzlich und ganz in unserer Nähe die große Orgel so laut und donnernd spielte, daß es mich erzittern ließ; und das ganz besonders, als ich bemerkte, daß ich sogar in der Stille des todkalten Wetters kein Geräusch von den kleinen, klopfenden Händen an der Fensterscheibe gehört hatte, obwohl das Phantomkind scheinbar seine ganze Kraft gebraucht hatte; und daß, obwohl ich es hatte jammern und weinen sehen, nicht das leiseste Geräusch davon an meine Ohren gedrungen war. Ob mir all das genau in diesem Augenblick auffiel, weiß ich nicht, so sehr hatte mich das laute Tönen der Orgel verschreckt; ich weiß nur, daß ich Miss Rosamond schnappte, bevor sie die Tür aufgemacht hatte, und daß ich sie auf den Arm nahm und forttrug, obwohl sie um sich trat und brüllte, bis wir in der großen, hellen Küche angekommen waren, wo Dorothy und Bessy mit dem Füllen von Pasteten beschäftigt waren.

»Was ist los mit der Kleinen?« rief Dorothy, als ich Miss Rosamond hereintrug, die schluchzte, als wenn ihr Herz brechen wollte.

»Sie will mich nicht die Tür aufmachen lassen, damit mein kleines Mädchen hereinkommen kann; und es wird sterben, wenn es die ganze Nacht draußen auf den Fells ist. Du grausame, böse Hester«, sagte sie und schlug mich, aber sie hätte mich auch kräftiger schlagen können, denn ich hatte die gräßliche Furcht auf Dorothys Gesicht gesehen, so daß mir das Blut in den Adern erstarrte.

»Verschließ die hintere Küchentür und verriegele sie gut«, sagte sie zu Bessy. Sonst sagte sie nichts; sie gab mir Rosinen und Mandeln, um Miss Rosamond zu beruhigen, aber sie schluchzte über das kleine Mädchen im Schnee und wollte nichts von den guten Dingen haben. Ich war dankbar, als sie sich im Bett in den Schlaf geweint hatte. Dann stahl ich mich in die Küche hinunter und sagte Dorothy, ich hätte es mir überlegt: Ich wollte meinen Liebling wieder zurück nach Applethwaite ins Haus meines Vaters bringen; dort konnten wir doch in Frieden leben, wenn wir bescheiden lebten. Ich sagte, ich hätte schon genug Angst gehabt durch das Orgelspielen des alten Lords; aber jetzt, wo ich selbst das kleine, weinende Kind gesehen hatte, das ganz anders als die Kinder aus der Umgebung gekleidet war, das schlug und klopfte, um hereingelassen zu werden, aber doch die ganze Zeit ohne Lärm oder auch nur ein Geräusch zu machen – mit der dunklen Wunde auf der rechten Schulter; und ich sagte auch, daß Miss Rosamond es wiedererkannt hatte als das Phantom, das sie fast in ihren Tod gelockt hatte (und Dorothy wußte, daß das wahr war); also ich könnte es nicht länger ertragen.

Ich sah, daß Dorothy ein oder zweimal ganz blaß wurde. Als ich fertig war, sagte sie, sie glaube nicht, daß ich Miss Rosamond so einfach würde mitnehmen können, denn sie sei ja das Mündel ihres Onkels und ich hätte keinerlei Rechte über sie. Und sie fragte mich, ob ich das Kind, das ich so liebte, verlassen würde, nur wegen irgendwelcher Geräusche und Gesichte, die mir ja nichts zuleide tun würden, und daß die anderen sich auch alle zu gegebener Zeit hätten daran gewöhnen müssen. Ich war außer mir und zitterte und sagte zu ihr, sie habe leicht reden, denn sie wisse ja schließlich, was diese Gesichte und Geräusche zu bedeuten hätten, die ja vielleicht etwas mit dem Geist-Kind zu tun gehabt hatten, als es noch lebte. Und ich überredete sie schließlich doch dazu, daß sie mir endlich alles erzählte, was sie wußte; und dann wünschte ich, sie hätte es mir nicht gesagt, denn jetzt fürchtete ich mich nur noch mehr als vorher.

Sie sagte, sie hätte die Geschichte von alten Nachbarn gehört, die noch lebten, als sie jung verheiratet war; damals kamen noch ab und zu Leute hierher, bevor das Haus in der Umgebung einen so schlechten Ruf bekommen hatte; vielleicht stimmte es, was man ihr erzählt hatte, vielleicht aber auch nicht.

Der alte Lord war Miss Furnivalls Vater gewesen – Miss Grace, wie Dorothy sie nannte, denn Miss Maude war die ältere Schwester und deshalb die rechtmäßige Miss Furnivall. Der alte Lord wurde verzehrt vor Stolz. Einen so stolzen Mann hat nie jemand gesehen oder auch nur von ihm gehört; und seine Töchter waren wie er. Keiner war gut genug, um sie zu heiraten, obwohl sie eine große Auswahl hatten, denn sie waren Schönheiten gewesen, wie ich ja auch schon selbst bei den Porträts gesehen hatte, die im großen Salon hingen. Aber, wie das alte Sprichwort sagt, »Hochmut kommt vor dem Fall«; und diese beiden stolzen Schönheiten verliebten sich in denselben Mann, der nicht mehr war als ein ausländischer Musiker und den ihr Vater aus London hierhergeholt hatte, um im Manor House mit ihm Musik zu machen. Denn über alle anderen Dinge und gleich nach seinem Stolz ging dem alten Lord die Musik. Er konnte auf fast jedem Instrument spielen, von dem je jemand gehört hat, und es war doch eine seltsame Sache, daß die Musik ihn nicht besänftigte; aber er war ein jähzorniger, harter alter Mann, und er hatte seiner armen Frau mit seiner Grausamkeit das Herz gebrochen, so sagte man. Er war verrückt nach Musik und gab viel Geld dafür aus. Also hatte er diesen Fremden kommen lassen, der so schön musizierte, daß es hieß, sogar die Vögel in den Bäumen hörten auf zu singen, um ihm zuzuhören. Und mit der Zeit hatte dieser fremde Mann so viel Einfluß auf den alten Lord bekommen, daß er es nicht anders wollte und er jedes Jahr wiederkommen mußte; und er war es auch, der die große Orgel aus Holland kommen und in der Eingangshalle aufbauen ließ, wo sie jetzt stand. Er lehrte den alten Lord, darauf zu spielen, und oft, wenn Lord Furnivall an nichts anderes als an seine schöne Orgel und seine schöne Musik dachte, wanderte der dunkle Fremde draußen durch die Wälder mit einer der beiden jungen Damen, einmal mit Miss Maude, dann wieder mit Miss Grace.

Miss Maude trug schließlich den Sieg davon und bekam den Preis; und er und sie heirateten ganz im geheimen, so daß es niemand wußte; und bevor er seinen nächsten jährlichen Besuch machte, wurde sie von einem kleinen Kind entbunden – in einem Bauernhaus im Moor, während ihr Vater und ihre Schwester dachten, sie sei fort und besuche die Rennen von Doncaster. Aber obwohl sie Ehefrau und Mutter war, wurde sie kein bißchen weicher, sondern blieb ebenso hochmütig und leidenschaftlich wie immer; vielleicht sogar noch mehr, denn sie war eifersüchtig auf Miss Grace, der ihr ausländischer Ehemann ziemlich viel den Hof machte – um sie die Wahrheit nicht bemerken zu lassen, wie er seiner Frau sagte. Aber Miss Grace triumphierte über Miss Maude, und Miss Maude wurde wilder und wilder, sowohl zu ihrem Mann als auch zu ihrer Schwester; und der Musiker – der ja leicht hinter sich lassen konnte, was ihm unangenehm war, indem er in fremde Länder reiste – verließ sie in diesem Sommer einen Monat früher als sonst und drohte beinahe, niemals wiederzukommen. Inzwischen blieb das kleine Mädchen in dem Bauernhaus, und seine Mutter ließ sich gewöhnlich ihr Pferd satteln und galoppierte wenigstens einmal in der Woche wild über die Hügel, um sie zu besuchen – denn wo sie liebte, da liebte sie auch, und wo sie haßte, da haßte sie. Und der alte Lord spielte immer weiter, er spielte auf seiner Orgel, und die Dienerschaft dachte, die süße Musik, die er mache, habe sein schreckliches Gemüt besänftigt, von dem (so sagte Dorothy) einige furchtbare Geschichten zu erzählen waren. Er wurde auch ein wenig gebrechlich und mußte mit einer Krücke gehen; und sein Sohn – das war der Vater des augenblicklichen Lord Furnivall – war bei der Armee in Amerika, und der andere Sohn fuhr zur See; also konnte Miss Maude so ziemlich tun, was sie wollte; und sie und Miss Grace gingen jeden Tag kälter und bitterer miteinander um, bis sie schließlich kaum noch je miteinander sprachen, außer wenn der alte Lord dabei war. Der fremde Musiker kam im nächsten Sommer noch einmal, aber das war sein letzter Besuch, denn sie machten ihm mit ihrer Eifersucht und ihrer Leidenschaftlichkeit das Leben so schwer, daß er es müde wurde und fortging und man nie wieder etwas von ihm gehört hat. Und Miss Maude, die immer gewollt hatte, daß ihre Heirat offiziell bekanntgegeben wurde, sobald ihr Vater tot war, führte jetzt das Leben einer verlassenen Frau – von der niemand wußte, daß sie verheiratet gewesen war, mit einem Kind, das sie nicht bei sich zu haben wagte, obwohl sie es abgöttisch liebte; denn sie lebte bei einem Vater, den sie fürchtete, und einer Schwester, die sie haßte. Als der nächste Sommer verging und der dunkle Fremde gar nicht kam, wurden sowohl Miss Maude als auch Miss Grace beide düster und traurig; sie wirkten verstört, obwohl sie immer noch so schön waren wie immer. Aber ganz langsam hellte sich Miss Maudes Stimmung wieder auf, denn der Vater wurde immer gebrechlicher und mehr denn je von seiner Musik in Anspruch genommen, und sie und Miss Grace lebten fast vollständig getrennt, denn sie hatten verschiedene Zimmer, die eine im Westflügel, die andere im Ostflügel – in jenen Zimmern, die jetzt verschlossen waren. Also dachte sie, sie könne ihr kleines Mädchen bei sich haben, und es brauche ja niemand zu wissen außer denjenigen, die es nicht wagten, darüber zu sprechen, und die glauben mußten, das sei das Mädchen von armen Leuten, das sie gern hatte. All dies, sagte Dorothy, war allgemein bekannt, aber was danach geschah, wußte niemand außer Miss Grace und Mrs. Stark, die auch damals schon ihre Zofe gewesen war und viel mehr eine Freundin für sie, als ihre Schwester es je gewesen war. Aber die Dienerschaft nahm an, aus Worten, die hier und da fielen, daß Miss Maude Miss Grace schließlich triumphierend eröffnet hatte, daß der dunkle Fremde ihr die ganze Zeit nur seine Liebe vorgespielt hatte – denn er sei ihr Ehemann; an diesem Tag verließ die Farbe für immer Miss Graces Wangen und Lippen, und man hörte oft, daß sie sagte, sie werde sich früher oder später rächen; und Mrs. Stark spionierte immer in den Ostzimmern herum.

An einem schrecklichen Abend kurz nachdem das neue Jahr begonnen hatte – der Schnee lag dick und tief, und die Flocken fielen stetig weiter, so viele, daß man kaum noch etwas erkennen konnte –, da hörte man einen großen, gewaltsamen Lärm und die Stimme des alten Lords, die alles andere übertönte, wobei er furchtbar fluchte und schimpfte – und das Weinen eines kleinen Kindes – und den stolzen Widerstand einer wütenden Frau – und das Geräusch eines Schlages – und eine tödliche Stille – und Weinen und Jammern, das langsam zwischen den Hügeln verschwand! Dann rief der alte Lord alle Bediensteten zusammen und sagte ihnen, indem er immer wieder schrecklich fluchte und ganz furchtbare Worte sagte, daß seine Tochter sich entehrt und er sie aus dem Haus gewiesen habe – sie und ihr Kind – und daß, wenn sie ihr je helfen sollten – oder ihr Nahrung geben – oder Unterschlupf –, er beten würde, daß sie niemals in den Himmel kämen. Und während der ganzen Zeit stand Miss Grace neben ihm, weiß und still wie ein Stein; und als er geendet hatte, seufzte sie ganz schwer, so als wolle sie sagen, ihre Arbeit habe sie vollbracht und sie habe ihr Ziel erreicht. Aber der alte Lord berührte seine Orgel nie wieder und starb im Laufe des kommenden Jahres, und das war auch kein Wunder! Denn an dem Morgen, der auf jene wilde und schreckliche Nacht folgte, hatten Schäfer, die den Hügel herunterkamen, Miss Maude gefunden, die wahnsinnig geworden war und lächelnd unter den Stechpalmenbäumen gesessen hatte mit einem toten Kind an ihrer Brust – das hatte eine furchtbare Wunde auf der rechten Schulter. »Aber daran ist es nicht gestorben«, sagte Dorothy. »Das waren der Frost und die Kälte, die es getötet haben – jedes wilde Tier war in seinem Bau, jedes Geschöpf in seinem Versteck –, aber das Kind und seine Mutter wurden aus dem Haus gewiesen und mußten über die Fells wandern! Und jetzt weißt du alles! Und ich frage mich, ob du jetzt weniger Angst hast als vorher.«

Ich war ängstlicher denn je, aber ich sagte es nicht. Ich wünschte, Miss Rosamond und ich wären für immer weg von diesem grauenhaften Haus; aber ich wollte sie nicht verlassen, und ich wagte es nicht, sie mit mir zu nehmen. Aber ich habe so gut auf sie aufgepaßt und sie bewacht! Wir verriegelten die Türen und machten die Fensterläden fest zu, lieber eine Stunde oder länger vor Einbruch der Dunkelheit, als daß wir sie zu lange offen gelassen hätten. Aber meine kleine Lady hörte immer noch das seltsame Kind weinen und jammern, und nichts von dem, was wir sagen oder tun konnten, hielt sie davon ab, zu ihm gehen zu wollen, um es wegen des grausamen Windes und Schnees hereinzulassen. Während dieser ganzen Zeit hielt ich mich fern von Miss Furnivall und Mrs. Stark, so gut es mir nur möglich war; denn ich hatte Angst vor ihnen – ich wußte, daß sie nichts Gutes um sich haben konnten mit ihren grauen, harten Gesichtern und ihren verträumten Augen, mit denen sie zurücksahen in jene schrecklichen Jahre, die jetzt vergangen waren. Aber selbst in meiner Angst empfand ich so etwas wie Mitleid – wenigstens für Miss Furnivall. Diejenigen, die schon im Grab liegen, können wohl kaum hoffnungsloser aussehen als der Ausdruck, den sie immer auf ihrem Gesicht hatte. Schließlich tat sie mir sogar so leid – denn sie sprach nie ein Wort, außer wenn man sie wirklich dazu drängte –, daß ich für sie betete; und ich lehrte Miss Rosamond, für jemanden zu beten, der eine Todsünde begangen hatte; aber oft, wenn sie zu diesen Worten kam, horchte sie, sprang auf von den Knien und sagte: »Ich höre mein kleines Mädchen jammern und ganz traurig weinen – Oh! Laß es herein, sonst muß es sterben!«

Eines Nachts, kurz nachdem das neue Jahr endlich gekommen war und der lange Winter sich verändert hatte, wie ich gehofft hatte, hörte ich die Klingel vom westlichen Salon dreimal läuten, was ein Signal für mich war. Ich wollte Miss Rosamond nicht allein lassen, denn sie schlief schon – und der alte Lord hatte heute wilder denn je auf der Orgel gespielt, und ich hatte Angst, meine Kleine könnte wach werden und das Geisterkind hören. – Daß sie sie nicht sehen konnte, wußte ich. Dafür hatte ich die Fenster zu gut verschlossen. Also nahm ich sie aus ihrem Bett und wickelte sie so in eine Decke, daß es ganz bequem war, und dann trug ich sie hinunter in den Salon, wo die alten Damen wie gewöhnlich an ihrer Stickerei saßen. Sie sahen auf, als ich hereinkam, und Mrs. Stark fragte mich ziemlich erstaunt, warum ich Miss Rosamond mit hierherbringe aus ihrem warmen Bett, und ich hatte geflüstert: »Weil ich Angst hatte, sie würde nach draußen gelockt, während ich fort bin, von dem wilden Kind im Schnee.« Da ließ sie mich schweigen (mit einem Blick auf Miss Furnivall) und sagte, Miss Furnivall wolle, daß ich einen Teil ihrer Arbeit wieder auftrenne, den sie falsch gemacht hatte und den sie beide nicht genau genug erkennen konnten, um ihn wieder aufzutrennen. Also legte ich meinen kleinen Liebling auf das Sofa und setzte mich neben sie auf einen Hocker und verhärtete mein Herz gegen die beiden, denn ich hörte den Wind heulen und blasen.

Miss Rosamond schlief fest weiter, obwohl der Wind so stark blies; und Miss Furnivall sagte kein einziges Wort und sah sich auch nicht um, als der Wind die Fenster schüttelte. Aber plötzlich stand sie aufrecht da und hielt eine Hand hoch, als wolle sie, daß wir auch horchten.

»Ich höre Stimmen!« sagte sie. »Ich höre schreckliche Schreie – ich höre die Stimme meines Vaters!«

Genau in diesem Augenblick erwachte meine Kleine mit einem plötzlichen Aufschrei: »Mein kleines Mädchen weint, o sie weint so sehr!« Und sie versuchte aufzustehen und zu ihr zu gehen, aber ihr Fuß verwickelte sich in der Decke, und ich fing sie auf, denn ich hatte angefangen, eine Gänsehaut zu bekommen wegen dieser Geräusche, die sie hörte, während wir keinen Laut vernahmen. Nach einer Minute oder zwei kamen aber die Geräusche, und sie wuchsen schnell an und erfüllten unsere Ohren. Wir hörten ebenfalls Stimmen und Schreie und nicht mehr den Winterwind, der ums Haus brauste. Mrs. Stark sah mich an und ich sie, aber wir wagten es nicht, zu sprechen. Plötzlich ging Miss Furnivall auf die Tür zu, hinaus in den Flur, durch den westlichen Vorraum und öffnete die Tür zur großen Eingangshalle. Mrs. Stark folgte, und ich wagte es nicht, zurückzubleiben, obwohl mein Herz vor lauter Angst fast zu schlagen aufhörte. In der Halle waren die Schreie lauter denn je; es schien, als kämen sie aus dem östlichen Flügel – immer näher und näher – gleich auf der anderen Seite der verschlossenen Türen – direkt dahinter. Dann sah ich, daß die Kerzen in dem großen bronzenen Leuchter alle zu brennen schienen, auch wenn es in der Halle kaum Licht gab, und daß ein Feuer in dem riesigen Kamin brannte, das keine Wärme spendete. Und ich schauderte so vor Furcht und hielt meinen Liebling noch enger an mich gedrückt. Aber als ich das tat, bebte die Tür zum Ostwinkel, und Rosamond versuchte, sich plötzlich wild von mir zu befreien und rief: »Hester! Ich muß gehen! Mein kleines Mädchen ist dort, ich höre es; es kommt! Hester, ich muß zu ihm!«

Ich drückte sie mit all meiner Kraft fest an mich, mit eisernem Willen hielt ich sie. Wenn ich gestorben wäre, hätten meine Hände sie trotzdem noch gehalten, so entschlossen war ich. Miss Furnivall stand da und horchte und achtete nicht auf meine Kleine, die schließlich auf dem Boden stand und die ich, jetzt auf den Knien, mit beiden Armen um die Schultern festhielt, während sie sich immer noch wehrte und loszukommen versuchte.

Plötzlich gab die Osttür mit einem donnernden Krachen nach, als wäre sie mit gewaltsamer Leidenschaft aufgebrochen worden, und in das breite, geheimnisvolle Licht, das hervorströmte, trat die Gestalt eines alten Mannes mit grauen Haaren und blitzenden Augen. Er trieb vor sich her mit vielen gefühllosen Gesten der Ablehnung eine streng aussehende und schöne Frau, an deren Kleid sich ein kleines Kind klammerte.

»O Hester, Hester!« rief Miss Rosamond. »Das ist die Dame! Die Dame unter den Stechpalmenbäumen; und mein kleines Mädchen ist bei ihr! Laß mich zu ihr gehen; sie ziehen mich zu sich hin. Ich fühle sie, ich fühle sie. Ich muß gehen!«

Und wieder versuchte sie krampfhaft, mir zu entkommen, aber ich hielt sie nur fester und fester, bis ich Angst hatte, ich könnte ihr weh tun; aber ich wollte lieber das, als sie zu diesen grauenhaften Gespenstern gehen lassen. Sie schritten weiter auf die große Eingangstür zu, vor der die Winde heulten und rüttelten, um sie für sich zu beanspruchen; aber bevor sie sie erreichten, drehte sich die Dame um, und ich konnte sehen daß sie dem alten Mann mit wildem und stolzem Trotz widersprach; aber dann schrak sie zurück – und dann warf sie wie wild und mitleiderweckend die Arme hoch, um ihr Kind – ihr kleines Kind – vor einem Schlag von seiner erhobenen Krücke zu retten.

Und Miss Rosamond wurde von einer Kraft erfaßt, die beinahe stärker war als meine, und sie wand sich und schluchzte (denn jetzt wurde das arme Kleine ohnmächtig).

»Sie wollen, daß ich mit ihnen auf die Fells gehe – sie ziehen mich zu sich her. Oh, mein kleines Mädchen! Ich würde ja kommen, aber die grausame, böse Hester hält mich ja so fest!« Aber als sie die erhobene Krücke sah, verlor sie das Bewußtsein, und ich dankte Gott dafür. Genau in diesem Augenblick, als der große alte Mann, dessen Haar um ihn her leuchtete wie im Schein eines Ofens, das kleine, zurückschreckende Kind schlagen wollte – da rief Miss Furnivall, die alte Frau an meiner Seite, laut aus: »O Vater! Vater! Verschone das kleine, unschuldige Kind!« Aber gerade in diesem Moment sah ich – sahen wir alle – ein weiteres Gespenst Gestalt annehmen und sich deutlich aus dem bläulichen, dunstigen Licht abheben, das die Halle erfüllte; wir hatten sie bis jetzt nicht gesehen, denn es war noch eine andere Dame, die neben dem alten Mann stand, auf ihrem Gesicht einen Blick voller unerbittlichen Hasses und triumphierender Verachtung. Diese Gestalt sah sehr, sehr schön aus, mit einem weichen, weißen Hut auf dem Kopf, der ihr bis dicht über die stolzen Brauen gezogen war, und mit roten, verächtlich geschürzten Lippen. Sie sah aus wie Miss Furnivall in ihrer Jugend; und die schrecklichen Gespenster bewegten sich weiter, unerachtet Miss Furnivalls wilder Bitte – und die erhobene Krücke fiel auf die rechte Schulter des kleinen Kindes, und die jüngere Schwester sah sie an mit steinernem, todernstem Ausdruck. Aber in diesem Augenblick verloschen der Leuchter und das Feuer, das keine Wärme spendete, und Miss Furnivall lag zu unseren Füßen, vom Schlag getroffen – zu Tode getroffen.

Ja! Sie trugen sie in dieser Nacht in ihr Bett, aus dem sie nie wieder aufstand; sie lag da, das Gesicht zur Wand gedreht und murmelte vor sich hin, wobei sie immer nur sagte: »Weh! Weh! Was in der Jugend getan wird, kann man im Alter nie mehr ungeschehen machen! Was in der Jugend getan wird, kann man im Alter nie mehr ungeschehen machen!«

Glámr

von S. Baring-Gould

Die folgende Geschichte stammt aus der Grettla, einer isländischen Saga, die im dreizehnten Jahrhundert entstand. Ein großer Teil ist historisch und auch durch andere Sagas überliefert. Das folgende Ereignis wurde erzählt, um zu erklären, warum der Verbannte Grettir lieber jedes andere Risiko einging, als eine Winternacht allein im Dunkeln zu verbringen.

Zu Beginn des elften Jahrhunderts stand ein Stück aufwärts im Tal der Schatten im nördlichen Island ein kleines Bauernhaus, das einem wackeren Bonden, das heißt Freibauern, namens Thorhall und seiner Frau gehörte. Der Bauer war kein wirklicher Anführer, aber er hatte genügend Beziehungen, daß man ihn als eine Respektsperson betrachtete; sein Ansehen wurde noch gestärkt, weil er der Besitzer großer Schafherden und eines ansehnlichen Ochsengespanns war. Thorhall hätte ein glücklicher Mann sein können, doch ein Umstand verhinderte das – auf seinen Schafweiden spukte es.

Kein Hirte wollte bei ihm bleiben; er bestach sie, er drohte ihnen, er flehte sie an – ohne Erfolg; ein Schafhirte nach dem anderen verließ seine Dienste, und die Lage der Dinge entwickelte sich derart, daß sich Thorhall entschloß, bei der nächsten jährlichen Ratsversammlung um Rat zu bitten. Thorhall sattelte seine Pferde, ordnete seine Traglasten, packte die Fußfesseln für die Pferde ein, ließ seine lange, isländische Peitsche knallen und trabte die Straße entlang; und er erreichte zur richtigen Zeit Thingvellir.

Zu jener Zeit war Skapti, Thorodds Sohn, der Gesetzgeber, und da ihn jeder für einen äußerst verständigen Mann hielt, der die besten Ratschläge erteilte, begab sich unser Freund aus dem Tal der Schatten direkt zu seiner Hütte.

»Das ist sicherlich eine schwierige Lage – große Schafherden zu besitzen und niemanden, der sich um sie kümmert«, sagte Skapti, knabberte an seinem Daumennagel und schüttelte seinen weißen Kopf – einen Kopf, der so voller Gesetze war wie der Kropf eines Schneehuhns mit Blaubeeren. »Also ich sage es dir – da du mich um Rat gefragt hast, werde ich dir zu einem Hirten verhelfen; er ist ein besonderes Original, ein Mann ohne großen Verstand, das steht fest, aber stark wie ein Stier.«

»Seine Klugheit ist mir egal, solange er nur die Schafe hüten kann«, antwortete Thorhall.

»Du kannst dich darauf verlassen, daß er das kann«, sagte Skapti. »Er ist ein stämmiger, kühner Bursche, ein Schwede aus Sylgsdale, falls du weißt, wo das ist.«

Zum Ende der Ratsversammlung, die in Island ›Thing‹ genannt wurde, befreiten sich zwei von Thorhalls grauweißen Pferden aus ihren Fußfesseln und liefen davon; und der gute Mann mußte selbst hinter ihnen herjagen, was beweist, wie wenig Bedienstete er hatte. Er überquerte den Sletha-asi, und wandte sich dann zu Armanns-fell hinüber, und gleich am Priesterwald begegnete er einem seltsam aussehenden Mann, der ein mit Reisig beladenes Pferd vor sich hertrieb. Der Kerl war hochgewachsen und kräftig. Sein Gesicht zog unfreiwillig Thorhalls Aufmerksamkeit auf sich. Die aschgrauen Augen waren groß und starr, sein breiter Mund war voller sehr weißer, vorstehender Zähne, und um seine niedere Stirn hingen Büschel von wirren, wolfsgrauen Haaren.

»Bitte, wie ist dein Name, guter Mann?« fragte der Bauer und zog die Zügel an.

»Glámr, wenn's beliebt«, erwiderte der Holzhauer.

Thorhall starrte ihn an und fragte dann nach einem Husten, wie Glámr das Holzsammeln gefalle.

»Nicht besonders«, war die Antwort. »Das Schäferleben ist mir lieber.«

»Willst du mit mir kommen?« fragte Thorhall; »Skapti hat dich mir überlassen, und ich brauche diesen Winter unbedingt einen Schäfer.«

»Wenn ich dir diene, dann nur unter der Voraussetzung, daß ich kommen und gehen kann, wann ich will. Ich sage dir, ich bin etwas eigensinnig, wenn die Dinge nicht nach meinem Willen laufen.«

»Dagegen habe ich nichts einzuwenden«, antwortete der Bonde. »Kann ich also auf deine Dienste rechnen?«

»Warte, du hast mir noch nicht gesagt, ob irgendwelche Nachteile mit der Sache verbunden sind.«

»Ich muß zugeben, daß es einen gibt«, sagte Thorhall; »es ist nämlich so, daß die Schafweiden verrufen sind wegen der Kobolde, die es dort gibt.«

»Pff! Ich bin kein Mann, der Angst vor Schatten hat«, lachte Glámr. »Also, hier meine Hand drauf; ich werde zu Beginn der Winternacht bei dir sein.«

Danach trennten sie sich, und der Bauer fand auch bald seine Pferde. Nachdem er Skapti für seinen Rat und seine Hilfe gedankt hatte, versammelte er seine Pferde und trottete nach Hause.

Der Sommer und dann der Herbst vergingen, aber kein Wort von dem neuen Schäfer erreichte das Tal der Schatten. Die Winterstürme fegten durch das enge Tal, trieben die Schneeflocken vor sich her und häuften sie in weißen Wehen an jeder Windung des Tals auf. Eis bildete sich an den flachen Stellen des Flusses, und die kleinen Bäche, die im Sommer die gerippten Steilhänge hinunterrieselten, waren jetzt in Eiszapfen verwandelt.

An einem stürmischen Abend erschreckte ein gewaltiges Schlagen gegen die Tür den ganzen Hof. Im nächsten Augenblick stand Glámr, hoch wie ein Troll, in der geräumigen Wohndiele des Hauses; seine wilden Augen glühten, sein graues Haar war vom Frost zusammengebacken, seine Zähne klapperten und schnappten vor Kälte, sein Gesicht wirkte blutrot im Schein des Feuers, das in der Mitte der Wohndiele schwelte. Thorhall sprang auf und begrüßte ihn freundlich, aber die Hausfrau war zu verängstigt, um herzlich sein zu können.

Wochen vergingen, und der neue Schäfer war täglich mit seiner Herde draußen auf den Mooren; seine laute und tiefe Stimme wurde oft vom Wind heruntergetragen, wenn er die Schafe zusammentrieb. Seine Gegenwart im Haus ließ immer eine bedrückte Stimmung aufkommen, und wenn er sprach, schauderten die Frauen, die ihre Abneigung gegen ihn offen aussprachen.

Es gab eine Kapelle neben dem Kuhstall, aber Glámr tat nie einen Schritt über die Schwelle; er haßte Psalmengesang, ganz offensichtlich war er kein eifriger Christ. Am Morgen des Christgeburtsfestes stand Glámr früh auf und verlangte nach Fleisch.

»Fleisch!« rief die Hausfrau aus; »kein Mensch, der sich Christ nennt, ißt heute Fleisch. Morgen ist der heilige Weihnachtstag, und heute fasten wir.«

»Alles Aberglaube!« brüllte Glámr. »So weit ich das sehe, sind die Menschen jetzt nicht besser, als sie es in der guten Heidenzeit waren. Bring mir Fleisch, und mach nicht noch mehr Lärm um die Sache.«

»Du kannst ziemlich sicher sein«, protestierte die gute Frau, »daß etwas Böses folgen wird, wenn die Regeln der Kirche nicht befolgt werden.«

Glámr knirschte mit den Zähnen und ballte die Fäuste. »Fleisch! Ich bekomme Fleisch, oder –« Ängstlich und zitternd gehorchte die arme Frau.

Der Tag war rauh und windig; Massen von grauem Nebel rollten vom arktischen Ozean herauf und hingen in großen Wolken über den Berggipfeln. Dann und wann fegte ein Schwaden gefrorenen Nebels, aus winzigen Eisstückchen bestehend, durch das enge Tal, so daß jeder Pfosten und Balken mit fedrigem Reif überzogen war. Als sich der Tag neigte, begann Schnee in Flocken so groß wie die Daunen der Eiderente zu fallen. Als eine kurze Windstille eintrat, hörte die Gruppe von Menschen, die sich zur ersten Weihnachtsmesse versammelte, deutlich den tieftönenden Ruf von Glámr hoch oben an den moorigen Abhängen. Die Dunkelheit kam, so finster wie in den Abgründen der Höhlen unter der Lava, die die Sonne nie sahen, und das Schneetreiben wurde immer dichter. Die Lichter aus den Fenstern der Kapelle strahlten weit in die Nacht hinaus, und jede Flocke leuchtete golden, die durch den Lichtschein schwebte. Die Glocke über dem Friedhofstor rief zum Abendgebet, und der Wind trug den Klang weit durchs Tal; vielleicht erreichte er das Ohr des Schäfers. Horch! Jemand vernahm ein fernes Geräusch oder Schreien – was es gewesen war, konnte er nicht sagen, denn der Wind klapperte und heulte an den Traufen der Kapelle und pfiff dann über den Friedhofszaun. Glámr war noch nicht zurückgekommen, als der Gottesdienst zu Ende war. Thorhall schlug vor, ihn zu suchen, aber niemand wollte ihn begleiten; und kein Wunder, denn das war eine Nacht, in der man nicht einmal einen Hund vor die Tür gejagt hätte! Außerdem lagen die Wege einen Fuß tief unter dem Schnee. Die Familie blieb die ganze Nacht wach und wartete, horchte und zitterte; aber Glámr kam nicht nach Hause. Schließlich brach der Tag bleich und trübe im Süden an. Die Wolken hingen tief wie große Tücher und waren prall von Schnee.

Bald stellten sie eine Gruppe zusammen, um den Vermißten zu suchen. Ein lautes Scharren führte sie auf die Höhe, und sie durchsuchten sorgfältig den Bergrücken zwischen den beiden Flüssen, die in Vatnsdalr zusammenfließen. Hier und dort fanden sie die zerstreuten Schafe, zitternd unter einem mit Eiszapfen behangenen Felsen stehend oder halb begraben unter einer Schneewehe. Doch keine Spur von dem Hirten. Ein totes Mutterschaf lag unter einer Klippe; es mußte im Dunkeln am Rand ausgerutscht und unten zerschmettert worden sein.

Dann wurde die ganze Gruppe um einen zertrampelten Platz in der Heide zusammengerufen, wo offensichtlich ein Todeskampf stattgefunden hatte, denn Erde und Steine waren aufgewühlt, und der Schnee war von großen Blutflecken bedeckt. Eine blutige Spur führte den Berg hinauf, und die Knechte folgten ihr, als sie ein Schrei, den ein Junge fast wie in Todesangst ausstieß, zurückrief. Hinter einem Felsen hatte er die Leiche des Hirten entdeckt; sie war bläulich verfärbt und zur Größe eines Ochsen angeschwollen. Sie lag mit ausgestreckten Armen auf dem Rücken. Der Schnee war von den aufgequollenen Händen im Todeskampf aufgewühlt, und die stieren, glasigen Augen starrten aus dem aschgrauen, nach oben gedrehten Gesicht an das neblige Himmelsgewölbe über ihm. Zwischen den violetten Lippen hing die Zunge heraus, die er sich mit seinen weißen Fängen in den Todeszuckungen durchgebissen hatte, und eine mißfarbige Flüssigkeit, die heruntergetropft war, hatte sich in einen Eiszapfen verwandelt.

Unter Mühen hoben sie den Toten auf eine Trage und trugen ihn bis an den Rand einer Schlucht, aber weiter konnten sie ihn nicht transportieren; sein Gewicht wurde immer größer und größer, die Träger schwankten unter ihrer Last, ihre Stirnen bedeckten sich mit Schweißtropfen; obwohl sie starke Männer waren, drückte sie das Gewicht zu Boden. Also ließen sie die Leiche oberhalb der Schlucht liegen und gingen zum Hof zurück. Am nächsten Tag hatten ihre Versuche, Glámrs aufgedunsenen Körper hochzuheben und in geweihten Boden zu bringen, genausowenig Erfolg. Am dritten Tag begleitete sie ein Priester hinauf, aber die Leiche war nicht mehr zu finden. Sie schickten nochmals einen Suchtrupp ohne den Priester aus, und bei dieser Gelegenheit entdeckten sie die Leiche wieder; also errichteten sie ein Hügelgrab über ihm.

Zwei Abende später kam plötzlich einer der Knechte, der die Kühe gehütet hatte, mit bleichem, entsetztem Gesicht in die große Wohndiele; er taumelte bis auf eine Bank und wurde dann ohnmächtig. Als er wieder zu sich kam, versicherte er allen, die um ihn herumstanden, er habe Glámr an sich vorbeigehen sehen, als er aus der Stalltür gekommen sei. Am folgenden Abend fanden sie einen jungen Hausdiener bewußtlos neben der Mauer des Gartens – der blieb fortan ein Idiot bis zu dem Tag, als er starb. Als nächstes sahen einige der Frauen ein Gesicht, das sie, obwohl es aufgebläht und mißfarbig war, als das von Glámr erkannten. Es beobachtete sie durch ein Fenster in der Vorratskammer. Im Zwielicht begegnete Thorhall selbst dem Toten. Er stand da und sah ihn finster an, unternahm jedoch keinen Versuch, seinem Herrn etwas zuleide zu tun. Doch danach hörte der Spuk nicht auf. Jede Nacht hörten sie schwere Schritte ums Haus gehen, und eine Hand glitt an den Wänden entlang, die manchmal auch durch die Fenster hereingestoßen wurde. In anderen Nächten ergriff der Tote Balken und zerbrach sie mit bloßen Händen. Als jedoch der Frühling kam, wurden die Störungen immer seltener, und als die Sonne ihre volle Kraft erlangt hatte, hörten sie ganz auf.

In jenem Sommer ankerte ein Schiff aus Norwegen in der nächsten Bucht. Thorhall besuchte es und traf an Bord einen Mann namens Thorgaut, der auf der Suche nach Arbeit war.

»Wie wäre es, wenn du mein Schafhirt würdest?« fragte ihn der Bonde.

»So eine Arbeit könnte mir sehr gefallen«, antwortete Thorgaut. »Ich bin so stark wie zwei normale Männer und dazu noch ein geschickter Bursche.«

»Ich werde dich nicht einstellen, ohne dich vor den schrecklichen Dingen zu warnen, die dir während der Winternacht begegnen könnten.«

»Sage mir bitte: Was sind das für Gefahren?«

»Geister und Kobolde«, antwortete der Bauer. »Und sie spielen mir übel mit, das sage ich dir.«

»Ich fürchte sie nicht«, antwortete Thorgaut. »Ich werde zur Schlachtzeit bei dir sein.«

Zur gegebenen Zeit erschien der Mann und wurde bald zu einem der Beliebtesten im Haus; er tobte mit den Kindern, kraulte die Mägde unter dem Kinn, half den anderen Knechten und erfreute die Hausfrau, indem er ihren Quark lobte. Er war ebenso beliebt, wie sein Vorgänger unbeliebt gewesen war. Er war auch ein Kerl, der sich vor nichts fürchtete, und machte keinen Hehl daraus, wie wenig er den Geist mochte. Einmal sprach er sogar die Hoffnung aus, ihm von Angesicht zu Angesicht gegenüberzustehen, woraufhin sein Herr ihn ernst ansah und seine Herrin sich schaudernd bekreuzigte. Als der Winter kam, begannen seltsame Erscheinungen und Geräusche die Leute zu beunruhigen, aber Thorgaut fürchtete sich nie vor ihnen. Er schlief nachts zu fest, um die Schritte vor der Tür zu hören, und war zu kurzsichtig, um oben am Berg das graue Scheusal ausmachen zu können, das im Zwielicht vor seinem Grabhügel auf und abging.

Schließlich kam der Heilige Abend, und Thorgaut zog wie üblich mit den Schafen hinaus.

»Paß auf dich auf, Mann«, warnte ihn der Bonde; »geh nicht in die Nähe der Klippe über der Schlucht, wo Glámr liegt.«

»Scht, mach dir keine Sorgen um mich. Ich werde bis zur Abendmesse zurück sein.«

»Gott gebe, daß es so sein wird«, seufzte die Hausfrau; »aber heute ist kein friedlicher Tag, das steht fest.«

Die Dämmerung kam: Ein wenig schwaches Licht hing noch im

Süden, ein heller Streifen am Himmel über der südlichen Heide. Weit drunten in den südlichen Ländern war es immer noch Tag, aber hier wurde es schnell dunkel, und die Leute kamen aus Vatnsdalr zum Abendgebet, um die Nacht willkommen zu heißen, in der Christus geboren wurde. Weihnachtsabend! Wie anders feierte man ihn bei den Angelsachsen! Dort rollte man ein großes Bündel Eschenreisig mit Fackeln und Leuchten durch die Wohndiele; die Verkleideten tanzten mit ihren fröhlich klingelnden Glöckchen; der Eberkopf, mit vergoldeten Hauern »geschmückt mit Stechpalm und Rosmarin«, wird zu einem Trompetentusch vom Haushofmeister hereingebracht.

Wie anders war es auch bei den Varangern, die sich in der mächtigen Kirche der Hagia Sophia, der ewigen Weisheit, zu dieser Stunde um den Thron des Herrschers versammelten. Draußen ist die Luft weich von ihrem Weg über den Bosporus, der schimmernd unter dem Sternenlicht liegt. Die Orangen- und Lorbeerblätter in den Palastgärten verbreiten in der Stille der Weihnacht immer noch ihren Duft.

Aber hier ist es anders. Der Wind ist scharf wie ein zweischneidiges Schwert; große Eisberge knirschen an der Küste, und das Wasser der Seen ist steinhart gefroren. Am Himmel flammt rot das Nordlicht, wirft lange Streifen bis in die Himmelsmitte hinauf und zerfließt dann plötzlich zu einem Meer aus blaßgrünem Licht. Die Leute aus der Gegend warten an der Kapellentür, aber kein Thorgaut ist zurückgekommen.

Sie finden ihn am nächsten Morgen auf dem Hügelgrab von Glámr ausgestreckt, sein Rückgrat, seine Beine und seine Arme sind gebrochen. Er wird in den Kirchhof gebracht und ein Kreuz über seinem Kopf errichtet. Er ruht in Frieden. Glámr tut das nicht; er wird wilder denn je. Niemand will jetzt mehr bei Thorhall bleiben, außer einem alten Kuhhirten, der immer schon der Familie gedient und vor langen Jahren seinen jetzigen Herrn auf den Knien geschaukelt hat.

»Das ganze Vieh wird fortlaufen, wenn ich gehe«, sagte er; »man soll nie von mir sagen können, daß ich Thorhall aus Angst vor einem Gespenst verlassen habe.«

Die Sache wurde immer schlimmer. Nebengebäude wurden

nachts aufgebrochen, und ihr Gebälk wurde heruntergerissen und zerstört; die Haustür wurde gewaltsam geschüttelt und große Stücke davon abgerissen; auch die Giebel des Hauses wurden heftig hin und hergedrückt.

Eines Morgens vor dem Morgengrauen ging der alte Mann in den Stall. Eine Stunde später stand auch seine Herrin auf, nahm ihre Milchkannen und folgte ihm. Als sie die Stalltür erreichte, drang ein gräßliches Geräusch aus dem Innern – das Brüllen des Viehs gemischt mit dem Klang einer tiefen, unirdischen Stimme –, und sie floh kreischend zurück zum Haus. Thorhall sprang aus dem Bett, griff sich eine Waffe und lief zum Kuhstall. Als er die Tür öffnete, fand er das Vieh, das sich gegenseitig aufspießte. Über die Steine, die die Ställe voneinander trennte, lag etwas hingestreckt. Thorhall ging näher heran, fühlte daran, betrachtete es genau; es war der Kuhhirt – absolut tot, seine Füße auf der einen Seite der Steinplatten, sein Kopf auf der anderen, sein Rückgrat zerbrochen. Der Bonde zog jetzt mit seiner Familie nach Tunga, einem anderen Hof etwas weiter unten im Tal, der ihm gehörte; es war zu gefährlich, in der Winternacht auf dem Spukhof zu leben, und erst als die Sonne im Hochzeitsgewand wieder aus ihrer Kammer hervorgekommen war und die Nacht mit ihren Erscheinungen zerstreut hatte, zogen sie zurück in das Tal der Schatten. Im Laufe des Winters hatte aber die Gesundheit seiner kleinen Tochter unter den vielen Ängsten gelitten. Sie wurde jeden Tag blasser; mit den Herbstblumen ging sie dahin und wurde in die Erde des Kirchhofs gesenkt, bevor die ersten Schneefälle ein jungfräuliches Leichentuch über ihr kleines Grab deckten.

Zu jener Zeit war Grettir – ein Held von großem Ruhm, der aus dem Norden der Insel stammte – in Island, und da der Spuk dieses Tals in der ganzen Gegend zum Tagesgespräch gehörte, entschied er, sich diese Angelegenheit einmal selbst anzusehen. Also rüstete sich Grettir für einen Ritt durch die Kälte und kam nach einiger Zeit an die Tür von Thorhalls Hof, wo er um ein Nachtlager bat.

»Tja, also –«, der Bonde räusperte sich – »vielleicht weißt du nicht –«

»Ich weiß das alles ganz genau. Ich will mir diesen Troll einmal ansehen.«

»Aber dein Pferd wird dabei sicher sterben.«

»Das Risiko gehe ich ein. Ich muß Glámr treffen und der Sache ein Ende machen.«

»Ich freue mich wirklich, dich zu sehen«, sagte der Bauer; »aber wenn dir etwas zustößt, mache mich nicht dafür verantwortlich.«

»Keine Sorge, guter Mann.«

Also schüttelten sie sich die Hände, das Pferd wurde im stärksten Stall untergebracht. Thorhall bewirtete Grettir, so gut er konnte, und als der Besucher schließlich müde war, legten sich alle nieder.

Die Nacht verging schnell, und kein Geräusch deutete auf die Gegenwart eines ruhelosen Geistes hin. Außerdem fanden sie das Pferd am nächsten Morgen in unverändert gutem Zustand wieder vor, während es gerade genußvoll sein Heu fraß.

»Das hätte ich nicht gedacht!« rief der Bauer freudig aus. »Nun, wo ist der Sattel? Wir legen ihn auf und dann auf Wiedersehen und eine gute Reise.«

»Auf Wiedersehen!« äffte ihn Grettir nach. »Ich werde noch eine Nacht bleiben.«

»Ich rate dir wirklich davon ab«, sagte Thorhall eindringlich. »Wenn dir irgend etwas zustoßen sollte, würden mich alle deine Verwandten sicher dafür verantwortlich machen.«

»Ich habe mich entschlossen zu bleiben«, sagte Grettir und sah ihn so trotzig an, daß Thorhall ihm nicht mehr widersprach.

In der kommenden Nacht war alles ruhig; kein Geräusch weckte Grettir aus dem Schlaf. Am nächsten Morgen ging er mit dem Bauern zum Stall. Die starke Holztür war zerbrochen und eingetreten worden. Sie stiegen darüber hinweg; Grettir rief sein Pferd, aber kein Wiehern ertönte wie sonst als Antwort.

»Ich fürchte –« begann Thorhall. Grettir sprang mit einem Satz hinein und fand das arme Tier tot und mit gebrochenem Hals.

»Nun«, sagte Thorhall schnell, »ich habe ein ordentliches Pferd – einen Schecken – unten in Tunga, ich werde nur ein paar Stunden brauchen, um es zu holen; dein Sattel ist noch da, denke ich, und dann hast du gerade noch genug Zeit, nach –«

»Ich bleibe noch eine Nacht hier«, unterbrach ihn Grettir.

»Ich flehe dich an zu gehen«, sagte Thorhall.

»Mein Pferd wurde erschlagen!«

»Aber ich werde dir ein anderes dafür geben.«

»Freund«, antwortete Grettir und drehte sich so heftig um, daß der Bauer erschreckt einen Satz rückwärts machte, »kein Mann hat mir je etwas zuleide getan, ohne das zu bereuen. Nun, dein Dämonenhirte ist für den Tod meines Pferdes verantwortlich. Ich werde ihm eine Lektion erteilen müssen.«

»Das wäre wirklich gut!« brummte Thorhall. »Aber kein Sterblicher darf ihm begegnen. Ziehe in Frieden wieder fort, und laß dich von mir für das entschädigen, was geschehen ist.«

»Ich muß mein Pferd rächen.«

»Ein sturer Mann wird seinen Kopf durchsetzen! Aber wenn du deinen Kopf gegen eine Steinmauer schlägst, ärgere dich nicht, wenn du dir dabei den Schädel einrennst.«

Die Nacht kam; Grettir aß ein herzhaftes Abendessen und war recht fröhlich; nicht so Thorhall, der von bösen Vorahnungen geplagt wurde. Zur Schlafenszeit kroch er in seinen Alkoven, der, wie es bei isländischen Häusern üblich ist, zur Wohndiele hin offen war wie die Koje in einer Kajüte. Grettir jedoch war entschlossen, wach zu bleiben; also warf er sich auf eine Bank, die Füße gegen die hohe Lehne gedrückt, den Rücken an Thorhalls Bettverschalung gelehnt; dann wickelte er ein Ende seines Pelzmantels um seine Füße, das andere um seinen Kopf, so daß die Halsöffnung direkt vor seinem Gesicht war und er dadurch die große Diele übersehen konnte.

Ein Feuer brannte auf dem Herd, ein flackernder Haufen roter Glut, dann und wann flammte ein Zweig auf und knackte, so daß Grettir etwas von den Balken erkennen konnte, während er seine Augen durch die Geheimnisse des rauchgeschwärzten Daches wandern ließ. Der Wind pfiff leise über das Haus hinweg. Die Fenster im Dach, die mit Schafhaut verschlossen waren, ließen ab und zu etwas kränkliches, gelbes Licht vom Vollmond herein, der auch durch den Rauchabzug im First einen Strahl von reinem Silber hereinschickte. Draußen fing ein Hund an zu heulen; die Katze, die lange friedlich am Feuer gesessen hatte, stand auf, machte einen Buckel, sträubte den Schwanz und verschwand dann pfeilschnell hinter einigen Truhen in einer Ecke. Die Tür nach draußen war in einem traurigen Zustand. Das Gespenst hatte sie so zugerichtet, daß sie nur noch von Weidenruten zusammengehalten wurde und der Mond durch die Ritzen schien. Tröstlich plätscherte der noch nicht zugefrorene Fluß durch sein Kiesbett, auf seinem Weg um den flachen Hügel, auf dem der Hof stand. Grettir hörte das Atmen der schlafenden Frauen in der Kammer nebenan und das Seufzen der Hausfrau, als sie sich im Bett umdrehte.

Knirsch! Knirsch! – Das ist nur der gefrorene Torf auf dem Dach, der vor Frost knackt. Der Wind legt sich völlig. Horch! Ein schwerer Schritt, unter dem der Schnee nachgibt. Jeder Schritt dringt direkt bis zu Grettirs Herz vor. Ein Knacken auf dem Torf über seinem Kopf! Bei allen Heiligen im Paradies! Das Ungeheuer geht über das Dach. Einen Augenblick lang ist die Rauchabzugsöffnung völlig dunkel: Glámr schaut herunter; das Leuchten der roten Glut spiegelt sich in den glanzlosen Augen. Dann blickt der Mond wieder mit seinem süßen Licht herein, und der Schritt Glámrs bewegt sich hörbar ans andere Ende des Dachs über der langen Wohndiele. Ein dumpfer Schlag – er ist heruntergesprungen. Grettir spürt, wie das Brett hinter seinem Rücken bebt, denn Thorhall ist wach und liegt zitternd in seinem Bett. Die Schritte gehen um das Haus herum, dann hört man an dem Krachen von Holz, daß das Wesen ein paar der Türen der Nebengebäude einbricht. Aber scheinbar wird er dessen bald müde, denn sein Schritt nähert sich eindeutig dem Haupteingang. Der Mond wird von einer dünnen Wolke verschleiert, und in dem undeutlichen Licht glaubt Grettir zwei dunkle Hände zu sehen, die über der Tür hereingeschoben werden. Seine Vorstellung bestätigt sich, denn mit einem lauten Knacken bricht ein langes Stück von einem Brett ab und etwas Licht strömt herein. Kracks – kracks! Noch ein Stück gibt nach, und die Öffnung wird größer. Dann rutschen die Weidenzweige aus ihrer nur noch losen Verankerung, und ein dunkler Arm reißt sie büschelweise heraus und wirft sie weg. Die Tür wird jetzt noch von einem Querbalken zugehalten, an dem ein Riegel angebracht ist, der in eine steinerne Nut im Rahmen ragt. Gegen das graue Licht erkennt Grettir deutlich, wie sich eine riesige Gestalt über den Balken wuchtet. Krach! er zersplittert, und der Rest der Tür fällt in Stücken auf den Boden.

»O heiliger Himmel!« ruft der Bonde aus.

Stetig kommt der Mann näher, dann steht er mitten in der Wohndiele, und das Feuer beleuchtet ihn. Ein grauenhafter Anblick; die hochgewachsene Gestalt verzerrt vom Grabeszerfall, die Nase abgefallen, die unruhigen, leeren Augen mit dem Blick des Todes darauf, das fahlgelbe Fleisch mit den grünen Massen der Fäulnis daran, das wolfsgraue Haar und der Bart sind im Grab gewachsen und hängen völlig verfilzt über Schultern und Brust herab; auch die Fingernägel sind gewachsen. Es ist ein ekelhafter Anblick – ein Ding, bei dem es einen schaudert und das man nicht ansehen sollte.

Bewegungslos, ohne auch nur einen kleinen Muskel zu rühren, hielten Thorhall und Grettir den Atem an.

Glámrs lebloser Blick wanderte jetzt durch den ganzen Raum und ruhte schließlich auf dem pelzigen Bündel auf der Bank. Vorsichtig trat er darauf zu. Grettir spürte, wie er am unteren Mantelzipfel herumtastete und dann daran zog. Der Mantel gab nicht nach. Noch ein Ruck; Grettir hielt seine Füße fest gegen die Lehne gedrückt, so daß das Fell nicht heruntergezogen werden konnte. Der Untote schien verwirrt, zog und ruckte jetzt an dem oberen Zipfel. Grettir hielt sich an der Bank und dem Bettrand fest, so daß er sich nicht von der Stelle bewegte. Der Mantel zerriß in zwei Teile, der Tote stolperte rückwärts, die eine Hälfte in den Händen, und starrte sie verwundert an. Bevor er das Stück untersucht hatte, sprang Grettir auf die Füße, beugte den Körper vor und warf seine Arme um die Leiche, wobei er Glámr den Kopf gegen die Brust rammte, in dem Versuch, ihn nach hinten zu beugen und ihm das Rückgrat zu brechen. Eine vergebliche Mühe! Zwei Hände landeten mit teuflischer Kraft auf Grettirs Armen und rissen sie los. Grettir schlang sie wieder um den Toten, da schlossen sich dessen Arme um ihn und begannen, ihn mitzuschleifen. Der tapfere Mann klammerte sich mit den Füßen an Bänke und Pfosten, aber die Kraft des Geistes war größer; Pfosten gaben nach, lange Bänke wurden von ihren Plätzen gewuchtet, und die Kämpfer kamen jeden Augenblick der Tür näher. Indem er sich heftig losriß, schlang Grettir seine Arme um einen der niedrigen Dachbalken. Er wurde von den Füßen gerissen; die betäubend starken

Arme packten ihn in der Mitte und rissen an ihm; jede Sehne in seiner Brust wurde gespannt, und der Zug unter seinen Schultern wurde ungeheuer, seine Muskeln standen in harten Knoten hervor. Trotzdem hielt er sich weiter fest; seine Finger waren blutleer; sein Puls klopfte wild in den Schläfen; sein Atem drang pfeifend durch seine gespannten Nüstern. Während der ganzen Zeit schnitten die Nägel des toten Mannes in seine Seite, und Grettir konnte spüren, wie sie sich, Messern ähnlich, zwischen seine Rippen bohrten. Dann gaben seine Hände plötzlich nach, und das Ungeheuer trug ihn schwankend zum Eingang, stolperte krachend über die Teile der Tür hinweg. So hart ihr Kampf im Innern des Hauses auch gewesen war, wußte Grettir doch, daß er draußen noch härter werden würde, also nahm er seine ganze restliche Kraft zusammen für einen letzten verzweifelten Versuch, freizukommen. Die Tür war mit einem Riegel in einer Nut geschlossen gewesen. Diese Nut war aus einem Steinblock gehauen, der die eine Seite des Türrahmens bildete, und auf der anderen Seite war ein ähnlicher Steinblock, in den die Angeln getrieben waren. Als die Kämpfenden sich der Öffnung näherten, stemmte Grettir beide Füße gegen die Steinpfosten und hielt Glámr um die Mitte umklammert. Jetzt war er im Vorteil. Die Tote wand sich in seinen Armen, trieb seine Krallen in Grettirs Rücken und riß ihm große Streifen Fleisch heraus, aber der steinerne Rahmen hielt stand.

»Jetzt«, dachte Grettir, »kann ich ihm den Rücken brechen«, und indem er ihm den Kopf unter das Kinn rammte, so daß der graue Bart seine Augen bedeckte, drückte er Glámrs Gesicht von sich weg, und sein Rücken wurde gebogen wie eine Haselrute.

»Wenn ich nur meinen Griff halten kann«, dachte Grettir und versuchte, nach Thorhall zu rufen, aber seine Stimme wurde von den Haaren der Leiche gedämpft.

Plötzlich gab einer oder beide Türpfosten nach. Die Gabelbalken, die den Giebel hielten, krachten herunter, rissen andere Balken und Sparren mit sich aus ihren Lagern; gefrorene Erdklumpen rasselten vom Dach herab und schlugen unten dumpf im Schnee auf. Glámr fiel auf den Rücken und Grettir fiel mit ihm zu Boden. Der Mond war voll; große, weiße Wolken jagten über den Himmel, und wenn sie vor die leuchtende Scheibe glitten, schaute sie mit einem braunen Halo durch sie hindurch. Doch die Schneekappe auf dem Jorundarfell schimmerte wie ein Planet; dann wurde der weiße Bergrücken erleuchtet, das Licht wanderte den Abhang herunter, die helle Scheibe trat wieder hinter dem Schleier hervor und beleuchtete in diesem Augenblick voll das Gesicht des Untoten. Grettirs Kraft verließ ihn langsam, seine Hände bebten im Schnee, und er wußte, daß er sich nicht lange würde halten können, bevor er mit seinem Gesicht auf das des Toten fiel, Auge auf Auge, Mund auf Mund. Die Augen der Leiche waren starr auf ihn gerichtet, erleuchtet vom kalten Glanz des Mondes. Sein Kopf schwankte, als sein Herz einen heißen Strom in sein Gehirn schickte. Dann sagte eine Stimme von den kalten Lippen:

»Du warst wahnsinnig, daß du versucht hast, dich mit mir zu messen. Jetzt vernimm, daß von nun an das Unglück dein ständiger Begleiter sein wird; daß deine Kraft nie größer sein wird als jetzt und daß dich in der Nacht meine Augen anstarren werden aus der Dunkelheit bis zum Tage deines Todes, so daß du es vor lauter Grauen nicht wirst ertragen können, allein zu sein.«

Grettir bemerkte in diesem Augenblick, daß sein Dolch bei dem Sturz aus der Scheide gerutscht war und jetzt direkt neben seiner Hand lag. Das Schwindelgefühl, das ihn bedrückt hatte schwand, er packte den Griff des Dolches und durchtrennte mit einem Schnitt die Gurgel des Untoten. Dann kniete er sich ihm auf die Brust und schnitt mit dem Dolch weiter, bis der Kopf abgetrennt war.

Thorhall erschien jetzt, das Gesicht bleich vor Angst, aber als er sah, wie der Kampf ausgegangen war, half er Grettir erfreut, die Leiche auf einen Haufen Reisig zu rollen, das als Brennmaterial für den Winter gesammelt worden war. Sie legten Feuer daran, und bald sahen die Leute weit unten in den Tälern erschreckt die Flammen des Scheiterhaufens und fragten sich, was wohl wieder Furchtbares im oberen Teil des Tals der Schatten geschehen sein mochte.

Am nächsten Tag brachten sie die verkohlten Knochen an einen Platz weit weg von den Siedlungen der Menschen und begruben sie dort.

Doch was Glámr vorausgesagt hatte, trat wirklich ein. Nie mehr wagte es Grettir später, im Dunkeln allein zu sein.

Pollock und der Porroh

von H. G. Wells

Es war in einem sumpfigen Dorf an der Lagune hinter der Turner-Halbinsel, wo sich Pollocks erste Begegnung mit dem Porroh ereignete. Die Frauen dieses Landes sind berühmt für ihr gutes Aussehen – sie sind Gallinas mit einer Spur von europäischem Blut darin, das zurückgeht auf die Zeiten von Vasco da Gama und der englischen Sklavenhändler, und auch der Porroh hatte möglicherweise eine Spur von kaukasischem Blut, das seine Züge mitprägte. Komische Vorstellung, daß ein paar von uns entfernte Verwandte haben, die auf der Sherboro-Insel Menschenfresser sind oder Überfälle mit den Sofas unternehmen. Auf jeden Fall erstach der Porroh die Frau mit einem direkten Stich ins Herz, als wäre er einfach ein Italiener niederer Herkunft, und Pollock verfehlte er auch nur knapp. Aber Pollock, der seinen Revolver benutzte, um den blitzartigen Stich zu parieren, der auf seinen Oberarm gezielt gewesen war, ließ den eisernen Dolch zur Seite fliegen, feuerte und traf den Mann in die Hand.

Er schoß noch einmal und verfehlte ihn, aber ein Fenster fiel dadurch plötzlich aus der Wand der Hütte. Der Porroh bückte sich in der Tür und sah unter seinem Arm hindurch Pollock an. Pollock sah sein umgekehrtes Gesicht kurz im Sonnenlicht, dann war der Engländer allein, ihm war übel, und er zitterte vor Aufregung im Zwielicht der Hütte. Es war alles in weniger Zeit passiert, als man braucht, um darüber zu lesen.

Die Frau war wirklich tot, und nachdem er das überprüft hatte, ging Pollock zum Eingang der Hütte und sah hinaus. Draußen lag alles in grellem Licht. Ein halbes Dutzend von den Trägern der Expedition standen in einer Gruppe neben den grünen Hütten, die sie bewohnten, und starrten zu ihm herüber, wobei sie sich fragten, was die Schüsse wohl zu bedeuten hatten. Hinter der kleinen Gruppe Männer lag der breite Streifen von schwarzem, stinkendem Schlamm am Ufer des Flusses, der durch die Lagune floß, ein grüner Teppich aus den Stengeln von Papyrus und Wassergras und dahinter das bleifarbene Wasser. Die Mangroven jenseits der Strömung am anderen Ufer waren undeutlich durch die blaue Hitze zu erkennen. Aus dem Dorf, dessen Zaun über dem Rohrgras gerade noch zu erkennen war, hörte er keine Anzeichen von Aufregung.

Pollock kam vorsichtig aus der Hütte und ging auf den Fluß zu, wobei er sich immer wieder umwandte. Aber der Porroh war verschwunden. Pollock hielt seinen Revolver nervös und verkrampft in der Hand.

Einer seiner Männer kam auf ihn zu und deutete unterwegs auf die Büsche hinter der Hütte, in denen der Porroh verschwunden war. Pollock war irgendwie seltsam überzeugt, daß er sich total zum Narren gemacht hatte; er war verärgert und wütend darüber, wie sich die Sache entwickelt hatte. Und dann würde er es auch noch Waterhouse sagen müssen – dem moralischen, vorbildlichen, vorsichtigen Waterhouse –, der die Sache garantiert ziemlich ernst nehmen würde. Pollock fluchte kräftig über sein Pech, über Waterhouse und besonders über die afrikanische Westküste. Er hatte die Expedition unglaublich satt. Und während der ganzen Zeit spukte noch untergründig der ungewisse Zweifel durch sein Hirn, an welcher Stelle des sichtbaren Horizonts genau der Porroh wohl sein mochte.

Es mag vielleicht ziemlich schockierend sein, aber der Mord, der gerade geschehen war, machte ihm überhaupt nichts aus. Er hatte in den letzten drei Monaten am Kittam-Fluß im Kielwasser der Sofa-Kavallerie so viel Brutalität gesehen, so viele tote Frauen, niedergebrannte Hütten, trocknende Skelette, daß seine Sinne abgestumpft waren. Was ihn eigentlich beunruhigte, war die Überzeugung, daß diese Sache jetzt erst wirklich anfing.

Er schleuderte dem Schwarzen einen wilden Fluch entgegen, der es wagte, ihn etwas fragen zu wollen, und ging in das Zelt unter den Orangenbäumen, in dem Waterhouse lag. Dabei fühlte er sich ärgerlicherweise wie ein Junge auf dem Weg ins Arbeitszimmer des Schuldirektors.

Waterhouse schlief noch unter dem Einfluß der letzten Dosis Beruhigungsmittel, und Pollock setzte sich neben ihn auf eine Packkiste, zündete sich seine Pfeife an und wartete darauf, daß Waterhouse wach wurde. Er war umgeben von Gefäßen und Waffen, die Waterhouse vom Volk der Mendi mitgebracht hatte und die er für die Fahrt im Kanu nach Sulyma umpackte.

Jetzt wurde Waterhouse wach, und nachdem er sich prüfend gestreckt hatte, entschied er sich, daß es ihm wieder gutging. Pollock holte ihm Tee. Bei dem Tee beschrieb Pollock ihm die Ereignisse des Nachmittags, nachdem er erst einmal eine Weile um die Sache herumgeredet hatte. Waterhouse nahm die Sache sogar noch ernster, als Pollock erwartet hatte. Er fand es nicht nur unangenehm, sondern er schimpfte und beleidigte ihn.

»Sie sind einer von diesen Scheißkerlen, die glauben, ein Schwarzer sei kein Mensch«, sagte er. »Ich kann nicht einen Tag lang krank sein, ohne daß Sie wieder irgendeinen verfluchten Blödsinn machen. Das ist jetzt schon das dritte Mal im Laufe eines Monats, daß Sie mit einem Eingeborenen aneinandergeraten, und diesmal können Sie sichergehen, daß er sich rächt. Auch noch ein Porroh! Die sind sowieso schon nicht gut auf Sie zu sprechen wegen diesem Götterbild, auf das Sie Ihren dämlichen Namen geschrieben haben. Und sie sind die rachsüchtigsten Teufel auf Erden! Mit Ihnen schämt man sich wirklich der Zivilisation. Wenn ich mir je wieder so einen gemeinen, dummen jungen Flegel wie Sie an den Hals hänge –«

»Immer langsam jetzt«, knurrte Pollock in einem Ton, der Waterhouse stets zum Schweigen brachte. »Immer langsam.«

Das machte Waterhouse wirklich sprachlos. Er sprang auf. »Hören Sie, Pollock«, sagte er, nachdem er mühsam seinen Atem unter Kontrolle bekommen hatte. »Sie werden jetzt nach Hause fahren. Ich will Sie hier nicht mehr sehen. Ich bin Ihretwegen auch so schon krank genug –«

»Jetzt halten Sie mal die Luft an«, erwiderte Pollock und starrte vor sich auf den Boden. »Ich gehe gern und jederzeit.«

Waterhouse beruhigte sich langsam wieder. Er setzte sich auf den Campinghocker. »Sehr gut«, sagte er. »Sie wissen, daß ich keinen Ärger will, Pollock; aber es ist wirklich ausgesprochen ärgerlich, wenn einem wegen so etwas die Pläne durchkreuzt werden. Ich werde Sie bis Sulyma begleiten und Sie sicher an Bord –«

»Nicht nötig«, sagte Pollock. »Ich komme auch allein zurück. Von hier aus.«

»Aber da kommen Sie nicht weit«, sagte Waterhouse. »Sie haben diese Porroh-Sache noch nicht verstanden.«

»Woher sollte *ich* denn wissen, daß sie einem Porroh gehörte?« sagte Pollock bitter.

»Tja, aber so war es nun mal«, sagte Waterhouse, »und Sie können die Sache jetzt nicht mehr ungeschehen machen. Gehen Sie ruhig allein! Ich frage mich, was sie wohl mit Ihnen machen werden. Sie scheinen nicht zu verstehen, daß dieser Porroh-Hokus-Pokus das Land hier regiert; er ist Gesetz, Religion, Verfassung, Medizin, Magie – sie ernennen die Stammesoberhäupter. Die Inquisition hätte zu ihren besten Zeiten diesen Kerlen nicht das Wasser reichen können. Er wird wahrscheinlich Awajale, das Stammesoberhaupt hier, auf uns ansetzen. Wir können von Glück sagen, daß unsere Träger Mendis sind. Wir werden unsere kleine Siedlung hier etwas verlegen müssen – Ihretwegen, Sie verdammter Kerl! Und Sie verfehlen ihn auch noch!«

Er dachte nach, und seine Gedanken schienen unangenehm zu sein. Dann stand er auf und nahm sein Gewehr. »Ich würde eine Weile in der Nähe bleiben, wenn ich Sie wäre«, sagte er über die Schulter, während er nach draußen ging. »Ich werde versuchen, herauszufinden, wie die Sache steht.«

Pollock blieb im Zelt sitzen und grübelte. »Ich war für ein Leben in der Zivilisation bestimmt«, sagte er bedauernd zu sich, während er sich seine Pfeife stopfte. »Je eher ich nach London oder Paris zurückkomme, desto besser für mich.«

Sein Blick fiel auf die versiegelte Kiste, in die Waterhouse die federlosen Giftpfeile gepackt hatte, die sie im Land der Mendi gekauft hatten. »Ich wünschte, ich hätte den Kerl an einer lebenswichtigen Stelle getroffen«, sagte Pollock wütend.

Waterhouse kam nach ziemlich langer Zeit zurück. Er war nicht besonders redselig, obwohl Pollock ihm haufenweise Fragen stellte. Es sah so aus, als wäre der Porroh ein wichtiges Mitglied ihrer geheimnisvollen Gesellschaft. Die Leute im Dorf waren interessiert, aber nicht bedrohlich. Zweifellos war dieser Medizinmann im Busch verschwunden. Er war ein großer Medizinmann. »Natürlich hat er etwas vor«, sagte Waterhouse und verstummte.

»Aber was kann er denn tun?« fragte Pollock unbeeindruckt.

»Ich muß sie hier rauskriegen. Irgendwas ist da faul, sonst wäre es nicht so ruhig«, sagte Waterhouse nach einer kurzen Pause. Pollock wollte wissen, was denn faul sein könnte. »Ein Tanz in einem Kreis aus Schädeln«, sagte Waterhouse, »etwas Stinkendes, das er in einem Kupferkessel zusammenbraut.« Pollock wollte Genaueres erfahren. Waterhouse blieb vage, und Pollock drang weiter in ihn. Schließlich verlor Waterhouse die Geduld. »Wie, zum Teufel, soll *ich* das denn wissen?« rief er nach Pollocks zwanzigster Frage, was der Porroh denn schon tun könnte. »Er hat spontan versucht, Sie in der Hütte umzubringen. *Jetzt*, denke ich, wird er etwas Ausgefeilteres versuchen. Aber Sie werden das noch früh genug merken. Ich will Sie nicht noch mehr beunruhigen. Wahrscheinlich ist das alles Blödsinn.«

Am Abend, als sie an ihrem Feuer saßen, wollte Pollock Waterhouse noch einmal auf das Thema der Porroh-Methoden bringen. »Gehen Sie lieber schlafen«, sagte Waterhouse, als er Pollocks Absicht erkannte; »wir brechen morgen ziemlich früh auf. Sie sollten dann wirklich Ihre Nerven unter Kontrolle haben.«

»Aber was wird er tun?«

»Keine Ahnung. Sie sind ein vielseitiges Volk. Sie kennen eine Menge seltsamer Tricks. Sie sollten lieber versuchen, mal mit diesem kupferfarbenen Teufel Shakespear zu reden.«

Es gab einen Blitz und ein lautes Krachen aus der Dunkelheit hinter den Hütten, und eine Lehmkugel zischte dicht an Pollocks Kopf vorbei. Das war nun wirklich deutlich genug. Die Schwarzen und die Mischlinge, die gähnend an ihrem Feuer gesessen hatten, sprangen auf, und irgend jemand schoß ins Dunkel.

»Sie sollten besser in eine der Hütten gehen«, sagte Waterhouse ruhig, der immer noch unbewegt dasaß.

Pollock stand vom Feuer auf und zog seinen Revolver. Vor einem Kampf fürchtete er sich auf jeden Fall nicht. Aber ein Mann im Dunkeln ist am besten geschützt. Als ihm klarwurde, wie vernünftig Waterhouses Rat war, ging Pollock ins Zelt und legte sich hin.

Das bißchen Schlaf, das er finden konnte, war von Träumen gestört, verschiedene Träume, aber hauptsächlich solche, in denen er das Gesicht des Porroh sah, verkehrt herum, so wie er aus der Hütte gegangen war und unter seinem Arm hervorgesehen hatte. Es war doch seltsam, daß dieser vorübergehende Eindruck sich so fest in Pollocks Gedächtnis eingegraben hatte. Außerdem wurde er von seltsamen Schmerzen in den Gliedern geplagt.

Im weißen Dunst des frühen Morgens, während sie die Kanus beluden, steckte plötzlich ein stachliger Pfeil zitternd im Boden direkt neben Pollocks Fuß. Die Boys durchsuchten routinemäßig das Dickicht, ohne jedoch jemanden zu fangen.

Nach diesen beiden Ereignissen hatten die Teilnehmer an der Expedition die Tendenz, Pollock allein zu lassen, und Pollock hatte, zum ersten Mal in seinem Leben, das Bedürfnis, sich unter die Schwarzen zu mischen. Waterhouse nahm das eine Kanu, und Pollock, trotz seines freundlichen Bedürfnisses, sich mit Waterhouse zu unterhalten, mußte das andere nehmen. Er saß ganz allein vorn im Kanu und hatte die größten Schwierigkeiten, die Männer – die ihn nicht besonders liebten – dazu zu bringen, daß sie das Kanu in der Mitte des Flusses hielten, deutliche hundert Meter oder mehr von jedem Ufer entfernt. Er brachte allerdings Shakespear, den Mischling aus Freetown, dazu, sich in sein Ende des Kanus zu setzen und ihm etwas von den Porrohs zu erzählen, was Shakespear, dem es nicht gelungen war, sich von Pollock fernzuhalten, sofort mit beträchtlichem Genuß und Offenheit tat.

Der Tag verging. Das Kanu glitt schnell durch das Wasserband der Lagune, zwischen treibenden Wasserfeigen, umgestürzten Bäumen, Papyruspflanzen und Palmwein hindurch, dabei lag links der dunkle Mangrovensumpf, durch den man ab und zu die brüllende Brandung des Atlantiks hören konnte. Shakespear erzählte ihm, in seinem weichen, verschwommenen Englisch, davon, wie die Porrohs Verwünschungen aussprechen konnten; wie Männer unter ihrer Bosheit langsam vergingen; wie sie Träume und Teufel schicken konnten; wie sie die Söhne der Ljibu gequält und getötet hatten; wie sie einen weißen Händler aus Sulyma entführt hatten, der einen von ihnen schlecht behandelt hatte, und wie sein Körper aussah, als man ihn fand. Und Pollock verfluchte nach jeder dieser Geschichten schweigend den Mangel an missionarischem Eifer, der solche Dinge zuließ, und die schwerfällige britische Regierung, die dieses dunkle Heidenland Sierra Leone regierte. Am Abend kamen sie zum Kasi-See und sorgten dafür, daß eine Gruppe von Krokodilen hastig die Insel verließ, auf der die Expedition für diese Nacht ihr Lager aufschlagen wollte.

Am nächsten Tag erreichten sie Sulyma und rochen die Meeresbrise; aber Pollock mußte hier fünf Tage bleiben, bevor er weiter nach Freetown kam. Waterhouse, der auf dem Standpunkt stand, Pollock sei hier vergleichsweise sicher und im Einflußbereich von Freetown, ließ ihn dort und ging mit der Expedition zurück nach Gbemma, und Pollock freundete sich schnell mit Perera an, dem einzigen in Sulyma niedergelassenen weißen Händler. Er freundete sich sogar so sehr mit ihm an, daß er ihn überallhin begleitete. Perera war ein kleiner portugiesischer Jude, der in England gelebt hatte, und für ihn war die Freundlichkeit des Engländers ein großes Kompliment.

Zwei Tage lang geschah nichts Ungewöhnliches; die meiste Zeit spielten Pollock und Perera Napoleon – das einzige Spiel, das sie beide kannten –, und Pollock machte Schulden. Dann, am zweiten Abend, wurde Pollock unangenehm deutlich gemacht, daß der Porroh in Sulyma angekommen war, denn eine Kugel aus gefeiltem Eisen riß ihm eine Fleischwunde in die Schulter. Es war ein Schuß aus großer Entfernung gewesen, und das Geschoß hatte kaum noch Kraft, als es ihn traf. Trotzdem brachte es seine Botschaft ganz klar zum Ausdruck. Pollock saß die ganze Nacht mit dem Revolver in der Hand wach in seiner Hängematte und vertraute sich am nächsten Morgen – wenigstens zum Teil – dem Portugiesen an.

Perera nahm die Sache sehr ernst. Er kannte die hiesigen Gebräuche ziemlich genau. »Das ist eine persönliche Angelegenheit, müssen Sie wissen. Das ist Rache. Und natürlich muß er sich beeilen, weil Sie das Land verlassen wollen. Keiner der Eingeborenen oder Mischlinge wird sich besonders in die Sache einmischen – außer Sie machen es ihnen schmackhaft. Wenn Sie ihm unerwartet begegnen, können Sie ihn vielleicht erschießen – aber er Sie auch.

Und dann ist da – die teuflische Magie«, fuhr Perera fort. »Natürlich glaube ich nicht daran – Aberglauben; aber trotzdem ist es nicht schön, sich vorzustellen, daß, egal wo man hingeht, irgendwo ein schwarzer Mann eine mondhelle Nacht damit verbringt, um ein Feuer zu tanzen und einem schlechte Träume zu schicken – hatten Sie schon schlechte Träume?«

»Ziemlich schlechte«, sagte Pollock. »Ich sehe immer wieder den Kopf dieses Kerls, der mich verkehrt herum angrinst und mir alle seine Zähne zeigt, so wie er es auch in der Hütte getan hat. Dann kommt er ganz nahe heran und geht wieder ganz weit weg, und dann kommt er wieder zurück. Das ist nichts, wovor man eigentlich Angst hat, aber im Schlaf bin ich dadurch wie gelähmt vor Angst. Seltsame Dinge – diese Träume. Ich weiß die ganze Zeit, daß es ein Traum ist, und kann doch nicht wach werden.«

»Wahrscheinlich ist das alles nur Einbildung«, sagte Perera. »Meine Nigger sagen noch, daß Porrohs einem auch Schlangen schicken können. Haben Sie in letzter Zeit öfter Schlangen gesehen?«

»Nur eine. Ich habe sie heute morgen auf dem Boden neben meiner Hängematte umgebracht. Ich wäre fast draufgetreten, als ich aufstand.«

»Aha!« sagte Perera, und dann fügte er beruhigend hinzu: »Natürlich ist das nur ein – Zufall gewesen. Trotzdem würde ich meine Augen offen halten. Dann sind da noch die Schmerzen in den Knochen.«

»Ich dachte, die kämen von der schlechten, feuchten Luft hier.«

»Wahrscheinlich tun sie das auch. Wann haben sie angefangen?«

Da fiel Pollock ein, daß er sie in der Nacht nach dem Kampf in der Hütte zum ersten Mal gespürt hatte. »Meiner Meinung nach will er Sie nicht umbringen«, sagte Perera – »wenigstens noch nicht. Ich habe gehört, daß es ihnen darum geht, den Mann mit ihren Verwünschungen zu ängstigen und zu beunruhigen, auch mit ihren knapp verfehlten Schüssen und rheumatischen Schmerzen und bösen Träumen und all dem, bis ihm das Leben unerträglich wird. Aber wissen Sie, das ist natürlich alles Gerede. Machen Sie sich keine Gedanken darüber – ich frage mich nur, was er als nächstes tun wird.«

»*Ich* muß als nächstes etwas tun«, sagte Pollock und starrte düster die speckigen Karten an, die Perera auf den Tisch legte. »Es ist unter meiner Würde, daß man mir folgt, auf mich schießt und in dieser Weise belästigt. Ich frage mich, ob Porroh-Hokus-Pokus einem auch beim Kartenspielen Pech bringt.«

Er sah Perera mißtrauisch an.

»Halte ich für ziemlich wahrscheinlich«, sagte Perera warm und mischte. »Sie sind schon tolle Leute.«

An diesem Nachmittag tötete Pollock zwei Schlangen in seiner Hängematte, und es gab auch plötzlich viel mehr rote Ameisen in seiner Umgebung. Diese beiden ärgerlichen Umstände machten ihn wütend und brachten ihn dazu, mit einem Draufgänger der Mendi über ein Geschäft zu reden, den er vorher schon einmal dazu befragt hatte. Der Mendi zeigte Pollock einen kleinen eisernen Dolch und demonstrierte ihm, welche Stelle am Hals man durchschneiden mußte. Pollock schauderte, versprach dem Mendi aber als Gegenleistung für bestimmte Dinge eine doppelläufige Flinte mit verziertem Schloß.

Am Abend, als Pollock und Perera beim Kartenspiel saßen, kam der Mendi durch die Tür herein und trug etwas in einem blutgetränkten Stück Eingeborenenstoff.

»Nicht hier!« sagte Pollock sehr hastig. »Nicht hier!«

Aber er war nicht schnell genug, um den Mann, der möglichst schnell mit Pollock ins Geschäft kommen wollte, davon abzuhalten, sein Tuch aufzumachen und den Kopf des Porroh auf den Tisch zu werfen. Von da rollte er auf den Boden, wobei er eine rote Spur auf den Karten hinterließ, und in eine Ecke des Zimmers, wo er verkehrt herum liegen blieb und Pollock fest anstarrte.

Perera sprang auf, als das Ding zwischen die Karten fiel und begann in seiner Aufregung Portugiesisch zu reden. Der Mendi verbeugte sich mit dem roten Tuch in der Hand. »Die Flinte!« sagte er. Pollock starrte noch einmal den Kopf in der Ecke an. Das Gesicht hatte genau denselben Ausdruck wie in seinen Träumen. Irgend etwas schien in seinem Gehirn zuzuschnappen, als er es betrachtete.

Dann fand Perera seine englischen Worte wieder. »Sie haben ihn umbringen lassen?« fragte er. »Sie haben ihn nicht selbst umgebracht?«

»Warum sollte ich?« sagte Pollock.

»Aber jetzt kann er ihn nicht mehr wegnehmen!«

»Jetzt kann er *wen* nicht mehr wegnehmen?« fragte Pollock.

»Und die ganzen Karten sind ruiniert.«

»Was meinen Sie eigentlich mit ›wegnehmen‹?« sagte Pollock.

»Sie müssen mir ein neues Spiel aus Freetown schicken. Dort kann man sie kaufen.«

»Aber – ›wegnehmen‹?«

»Das ist nur Aberglaube. Ich vergaß. Die Nigger sagen, daß die Zauberer – und er war ein Zauberer –, aber das ist Blödsinn ... Sie müssen den Porroh dazu bringen, ihn wegzunehmen, oder ihn selbst töten – es ist wirklich sehr dumm.«

Pollock fluchte tonlos und starrte immer noch den Kopf in der Ecke an.

»Ich kann diesen glotzenden Blick nicht ertragen«, sagte er. Dann lief er plötzlich zu dem Ding und trat dagegen. Es rollte ein paar Meter weiter und blieb schließlich in derselben Stellung wie vorher liegen, wobei es ihn auch wieder ansah.

»Er ist häßlich«, sagte der Portugiese. »Sehr häßlich. Sie machen das in ihrem Gesicht mit kleinen Messern.«

Pollock hätte den Kopf noch einmal getreten, aber der Mendi berührte ihn am Arm. »Die Flinte?« fragte er und betrachtete den Kopf nervös.

»Zwei – wenn du dieses eklige Ding mitnimmst«, sagte Pollock.

Der Mendi schüttelte den Kopf und gab zu verstehen, er wolle nur eine Flinte und die jetzt, und dafür würde er ihm sehr dankbar sein. Pollock stellte fest, daß er weder freundlich noch unfreundlich bei ihm Erfolg hatte. Perera hatte eine Flinte zu verkaufen (bei einem Gewinn von dreihundert Prozent), und der Mann verschwand sofort damit. Dann wurden Pollocks Blicke gegen seinen Willen wieder von dem Ding auf dem Boden angezogen.

»Es ist doch komisch, daß sein Kopf immer verkehrt herum

bleibt«, sagte Perera mit einem unbehaglichen Lachen. »Sein Gehirn muß schwer sein wie das Gewicht in den kleinen Spielzeugfiguren, die man ab und zu sieht, die durch das Blei in ihrem Innern immer aufrecht bleiben. Sie werden ihn mitnehmen, wenn Sie gleich gehen. Sie können ihn eigentlich auch jetzt sofort wegbringen. Die Karten sind ohnehin kaputt. In Freetown gibt es einen Mann, der sie verkauft. Das Zimmer ist jetzt wirklich in einem widerlichen Zustand. Sie hätten ihn selbst umbringen sollen.«

Pollock riß sich zusammen, ging hinüber und hob den Kopf auf. Er wollte ihn an dem Lampenhaken mitten an der Decke in seinem Zimmer aufhängen und sofort ein Grab dafür ausheben. Er bildete sich ein, er hätte ihn an den Haaren aufgehängt, aber er mußte sich getäuscht haben, denn als er zurückkam, um ihn zu holen, hing er am Hals – verkehrt herum.

Er begrub ihn vor Sonnenuntergang an der Nordseite des Schuppens, in dem er wohnte, so daß er nach Einbruch der Dunkelheit nicht an dem Grab vorbeigehen mußte, wenn er von Perera kam. Bevor er sich schlafen legte, tötete er zwei Schlangen. Als die Nacht am dunkelsten war, schreckte er aus dem Schlaf und hörte ein tapsendes Geräusch und ein Scharren auf dem Fußboden. Er setzte sich lautlos auf und griff unter das Kopfkissen nach seinem Revolver. Ein dunkles Knurren ertönte, und Pollock schoß auf das Geräusch. Ein Jaulen ertönte, und etwas Dunkles bewegte sich schnell über das undeutliche Blau in der Tür. »Ein Hund!« sagte Pollock und legte sich wieder schlafen.

Am frühen Morgen wurde er mit einem seltsamen Gefühl von Unruhe wieder wach. Die schwachen Schmerzen in seinen Knochen waren wieder da. Eine Weile lag er da und beobachtete die roten Ameisen, die über die Zimmerdecke krabbelten, und dann, als es heller wurde, schaute er über den Rand seiner Hängematte und sah etwas Dunkles auf dem Boden liegen. Er zuckte so heftig zusammen, daß er aus der Hängematte kippte.

Jetzt lag er also etwa einen Meter neben dem Kopf des Porrohs. Der Hund hatte ihn wieder ausgegraben, und die Nase war schlimm zugerichtet. Durch einen seltsamen Zufall lag er immer noch verkehrt herum und hatte noch denselben teuflischen Ausdruck in den umgekehrten Augen.

Pollock saß wie gelähmt da und starrte das gräßliche Ding eine Weile lang an. Dann stand er auf und ging darum herum – in einem großen Bogen – und aus der Hütte. Das klare Licht des Sonnenaufgangs, die lebendige Bewegung der Pflanzen im Atem der ersterbenden Brise und das leere Grab mit den Spuren der Hundepfoten milderte das Gewicht auf seinem Geist ein wenig.

Er erzählte Perera von der Sache, als wenn es ein Scherz wäre – ein Scherz für Leute mit starken Nerven. »Sie hätten den Hund nicht verscheuchen sollen«, sagte Perera mit schlecht gespieltem Vergnügen.

Die nächsten zwei Tage, bis der Dampfer kam, verbrachte Pollock damit, seinen Besitz wirkungsvoller loszuwerden. Er überwand seine Abneigung dagegen, das Ding anzufassen, nahm es, ging damit hinunter an die Flußmündung und warf es ins Meer, aber wie durch ein Wunder entkam es den Krokodilen und wurde von der Flut ein kleines Stück flußaufwärts auf den Schlamm gespült, wo es ein kluger Arabermischling fand, der dann versuchte, es Pollock und Perera als Kuriosität zu verkaufen, als es gerade dunkel wurde. Der Eingeborene stand im kurzen Zwielicht da und machte immer tiefere und tiefere Angebote und schließlich, nachdem er wegen der offensichtlichen Furcht dieser beiden klugen weißen Männer vor dem Ding selbst etwas ängstlich geworden war, verschwand er, und als er an Pollocks Schuppen vorüberkam, warf er seinen Fund hinein, wo ihn Pollock am nächsten Morgen entdeckte.

Jetzt wurde Pollock fast wild. Er wollte das Ding verbrennen. Er ging gleich beim Morgengrauen los und hatte einen großen Haufen trockenes Gestrüpp zusammengetragen, noch bevor die Hitze des Tages begann. Er wurde dabei durch das Tuten des kleinen Raddampfers von Monrovia nach Bathurst unterbrochen, der durch die Hafeneinfahrt hereinkam. »Dem Himmel sei Dank!« sagte Pollock mit unendlicher Frömmigkeit, als ihm die Bedeutung des Geräusches zu Bewußtsein kam. Mit zitternden Händen entzündete er hastig seinen Holzstoß, warf den Kopf darauf und ging fort, um seinen Klappkoffer zu packen und sich von Perera zu verabschieden.

An diesem Nachmittag sah Pollock mit unheimlicher Erleichterung den flachen, sumpfigen Strand von Sulyma in der Ferne immer kleiner werden. Die Öffnung in der langen weißen Strandlinie wurde enger und enger. Sie schien sich zu verschließen und ihn von seinen Sorgen loszulösen. Das Gefühl von Furcht und Unruhe wurde Stück für Stück kleiner. In Sulyma war der Glaube an die Bosheit und die Magie der Porrohs riesig gewesen, durchdringend, bedrohlich, furchterregend. Nun wurde aber deutlich, daß der Bereich der Porrohs nur eine kleine Gegend umfaßte, ein kleines, schwarzes Band zwischen dem Meer und dem blauen, umwölkten Hochland der Mendi.

»Adieu, Porroh!« sagte Pollock. »Adieu – bestimmt nicht auf Wiedersehen.«

Der Kapitän des Dampfers kam und lehnte sich über die Reling neben ihn und wünschte ihm einen guten Abend. Er spuckte als Zeichen seiner wohlwollenden Entspannung in den Schaum des Kielwassers.

»Diesmal hab' ich was wirklich Komisches am Strand gefunden«, sagte der Kapitän. »So 'n Ding hab' ich auf dieser Seite der Welt noch nie gesehn.«

»Was ist es denn?« sagte Pollock.

»Eingemachter Kopf«, sagte der Kapitän.

»*Was?*« sagte Pollock.

»Kopf – geräuchert. Kopf von so 'nem Porroh, ganz verziert mit Messerschnitten. Nanu! Was'n los? Nix? Ich hätt' Sie nich' für so nervös gehalten. Ganz grün im Gesicht. Na aber! Sie sind 'n schlechter Seemann. Alles klar, hm? Mann, Sie sind aber komisch geworden. Na ja, also der Kopf, von dem ich Ihnen erzählt hab', is' schon 'ne tolle Sache. Ich hab' ihn zusammen mit 'n paar Schlangen in 'nem Glas mit Alkohol in meiner Kabine, das ich für solche Sachen hab', und ich will mich hängen lassen, wenn er nich' verkehrt rum drinschwimmt. Na, aber!«

Pollock hatte einen unartikulierten Schrei ausgestoßen und sich mit den Händen in die Haare gegriffen. Er lief mit dem nur undeutlichen Gedanken, ins Meer zu springen, auf die Verkleidung der Antriebsräder zu, dann wurde ihm seine Lage bewußt, und er wandte sich wieder dem Kapitän zu.

»Mensch!« sagte der Kapitän. »Mein lieber Mann, halt mir den vom Leib! Bleiben Sie da stehen! Keinen Schritt näher, Mister! Was 'n los mit Ihnen? Sind Sie verrückt?«

Pollock legte sich die Hand an den Kopf. Das war nicht so einfach zu erklären. »Ich glaube, manchmal macht es mich fast verrückt«, sagte er. »Ein Schmerz, hier an dieser Stelle. Kommt ganz plötzlich. Ich hoffe, Sie verzeihen mir.«

Er war weiß im Gesicht und schwitzte. Plötzlich wurde ihm klar, wie groß die Gefahr sein würde, daß jemand seine geistige Normalität anzweifelte. Er bemühte sich, das Vertrauen des Kapitäns zurückzugewinnen, indem er seine mitfühlenden Fragen beantwortete, Vorschläge entgegennahm, sogar einen Löffel voll guten Brandy schluckte, und als diese Sache erledigt war, indem er ein paar freundliche Fragen an den Kapitän bezüglich seiner privaten Kuriositätensammlung richtete. Der Kapitän beschrieb den Kopf ganz genau. Während der ganzen Zeit mußte Pollock gewaltsam die unsinnige Einbildung verdrängen, das Schiff sei durchsichtig wie Glas und er sähe deutlich das umgekehrte Gesicht aus der Kabine unter seinen Füßen zu ihm heraufstarren.

Auf dem Dampfer ging es Pollock fast schlechter als in Sulyma. Den ganzen Tag mußte er sich zur Ruhe zwingen und meinte, die drohende Gegenwart des schrecklichen Kopfes zu spüren, der seine Gedanken fast völlig beanspruchte. Nachts kehrte sein alter Alptraum zurück, bis er sich mit ungeheurer Anstrengung zwang, wachzuwerden, starr vor Angst und mit dem Schreckgespenst eines heiseren Schreis in der Kehle.

Er ließ den wirklichen Kopf in Bathurst zurück, wo er das Schiff nach Teneriffa bestieg, aber nicht seine Träume oder den dumpfen Schmerz in seinen Knochen. In Teneriffa stieg er auf ein großes Schiff um, aber der Kopf folgte ihm. Er spielte Glücksspiele, versuchte es mit Schach, er las sogar Bücher; und er wußte, wie gefährlich Alkohol war. Doch wann immer ein runder, schwarzer Gegenstand oder Schatten in seine Nähe kam, suchte er nach dem Kopf und – sah ihn. Er wußte genau, daß es seine verräterische Einbildung war, und doch schien es ihm manchmal, als wären das Schiff, auf dem er fuhr, die anderen Passagiere, die Seeleute, das weite Meer Elemente eines dünnen, durchsichtigen Trugbildes, das, sie kaum verschleiernd, zwischen ihm und einer gräßlichen

Wirklichkeit hing. Dann war der Porroh, der sein teuflisches Gesicht durch jenen Vorhang streckte, der einzige wirkliche und unleugbare Gegenstand. An diesem Punkt stand er dann auf, berührte Dinge, schmeckte etwas, kaute auf etwas, verbrannte sich die Hand mit einem Streichholz oder stach sich mit einer Nadel.

So erreichte Pollock England im finsteren und schweigenden Kampf mit seiner erregten Einbildung. Er verließ das Schiff in Southampton und fuhr vom Waterloo-Bahnhof in einem Taxi direkt zu seiner Bank in Cornhill. Dort hatte er eine geschäftliche Besprechung mit dem Manager in einem Privatraum; und während der ganzen Zeit hing der Kopf wie ein Raumschmuck unter dem schwarzen Marmorkaminsims und tropfte auf das Kamingitter.

»Ein hübscher Farn«, sagte der Manager, der seiner Blickrichtung folgte. »Aber er läßt das Kamingitter verrosten.«

»Sehr«, sagte Pollock. »Ein *sehr* hübscher Farn. Er erinnert mich an etwas. Können Sie mir einen Arzt für Nervenkrankheiten empfehlen? Ich habe eine kleine – wie nennt man das – Halluzination.«

Der Kopf lachte wild, schauderhaft. Pollock war erstaunt, daß der Manager das nicht bemerkte. Aber sein Gegenüber starrte nur in sein Gesicht.

Mit der Adresse eines Nervenarztes kam Pollock bald wieder aus der Bank in Cornhill. Er fand keine Droschke in der Nähe, also ging er auf der Westseite der Straße hügelabwärts und versuchte, als er gegenüber vom Mansion House war, über die Straße zu gehen. Selbst für einen eingefleischten Londoner ist es schwierig, auf die andere Straßenseite zu gelangen; Droschken, Lastkarren, Kutschen, Postwagen und Omnibusse fahren in einem unaufhörlichen Strom vorbei; für jeden, der direkt aus den malariaschweren Einsamkeiten von Sierra Leone kommt, ist das ein kochendes, verwirrendes Durcheinander. Aber wenn ein umgekehrter Kopf plötzlich wie ein Gummiball dahergehüpft kommt und einem zwischen die Beine rollt, einer, der sogar noch deutliche Blutspuren hinterläßt, wo immer er den Boden berührt, dann kann man kaum noch hoffen, einem Unfall zu entgehen. Pollock hob wie unter Zwang seine Füße, um ihm auszuweichen, dann trat er wütend dagegen. Dann traf ihn etwas gewaltsam am Rücken, und ein heißer Schmerz lief seinen Arm hinauf.

Die Deichsel von einem Omnibus hatte ihn gerammt, und drei Finger seiner linken Hand waren unter dem Huf eines der Pferde zerquetscht worden – zufällig genau die Finger, die er auch dem Porroh abgeschossen hatte. Sie zogen ihn zwischen den Beinen des Pferdes hervor und fanden die Adresse des Arztes in seiner zerdrückten Hand.

Ein paar Tage lang waren Pollocks Sinne voll von dem süßen, erdrückenden Geruch des Chloroforms, voller Operationen, die ihm keine Schmerzen bereiteten, erfüllt vom Still-Liegen und davon, mit Nahrung und Getränken versorgt zu werden. Dann bekam er leichtes Fieber und wurde sehr durstig, und sein alter Alptraum kam wieder. Erst als er wieder da war, bemerkte er, daß er einen Tag lang ohne ihn geschlafen hatte.

»Wenn mein Schädel anstatt meiner Finger zerquetscht worden wäre, dann wäre vielleicht alles vorbei gewesen«, sagte Pollock und starrte nachdenklich das dunkle Kissen an, das diesmal die Form des Kopfes angenommen hatte.

Pollock erzählte dem Arzt bei der ersten Gelegenheit von seinem nervlichen Problem. Er wußte ganz genau, daß er wahnsinnig werden würde, wenn ihn nicht irgend etwas rettete. Er erklärte, er habe in Dahomey eine Enthauptung gesehen und werde von einem der Köpfe verfolgt. Natürlich lag ihm nichts daran, die Wahrheit zu sagen. Der Arzt machte ein ernstes Gesicht.

Dann sagte er zögernd: »Haben Sie als Kind eine sehr intensive religiöse Erziehung gehabt?«

»Eigentlich nicht«, sagte Pollock.

Ein Schatten flog über das Gesicht des Arztes. »Ich weiß nicht, ob Sie schon von den Wunderheilungen gehört haben – vielleicht sind sie ja auch gar keine Wunder –, die in Lourdes geschehen.«

»Ich fürchte, eine Heilung durch den Glauben wäre wohl kaum das Richtige für mich«, sagte Pollock mit einem Blick auf das dunkle Kissen.

Der Kopf verzog seine narbigen Züge zu einer gräßlichen Grimasse. Der Arzt versuchte es von einer anderen Seite. »Das ist alles Einbildung«, sagte er mit plötzlich harter Stimme. »Genau der richtige Fall für Heilung durch den Glauben. Ihr Nervensystem ist angegriffen, Sie sind in diesem unklaren Stadium der Gesundheit, in dem die Kobolde am leichtesten kommen. Der starke Eindruck war zuviel für Sie. Ich werde Ihnen eine Arznei verschreiben, die Ihr Nervensystem stärken wird – besonders Ihr Gehirn. Und Sie müssen Sport treiben.«

»Ich bin wirklich kein Fall für Heilung durch den Glauben«, sagte Pollock.

»Und daher brauchen Sie neue Kraft. Gehen Sie in eine Gegend mit Reizklima – Schottland, die Alpen –«

»Jericho, von mir aus«, sagte Pollock, »wohin auch Naaman ging.«

Dennoch, sobald seine Finger es wieder zuließen, versuchte Pollock, den Rat des Arztes zu befolgen. Es war November. Er versuchte es mit Fußball, aber für Pollock bestand das Spiel darin, einen wildgewordenen, umgekehrten Kopf über das Spielfeld zu treten. Er war kein besonders guter Fußballer. Er trat blind darauflos, mit einer Art von Grauen, und als sie ihn ins Tor stellten und der Ball auf ihn zugeflogen kam, schrie er plötzlich gellend auf und sprang zur Seite. Die unehrenhaften Angelegenheiten, die ihn aus England fort und in die Tropen getrieben hatten, erlaubten ihm sowieso nur, mit Männern zusammenzukommen, und jetzt führte sein zunehmend seltsames Verhalten dazu, daß ihn auch seine männlichen Freunde mieden. Die Sache beschränkte sich nicht mehr nur auf seine Augen; das Ding plapperte ihn an, sprach mit ihm. Eine furchtbare Angst ergriff ihn, daß irgendwann, wenn er die Erscheinung sah, sie sich nicht mehr wie bisher als ein Möbelstück herausstellte, wenn er sie in die Hand nahm, sondern daß sich das Ding dann auch wie ein echter abgetrennter Kopf *anfühlen* würde. Wenn er allein war, beschimpfte er das Ding, verfluchte es, flehte es an; ein oder zweimal sprach er es trotz seiner harten Selbstkontrolle sogar in Gegenwart anderer an. Er spürte das wachsende Mißtrauen in den Augen der Leute, die ihn beobachteten – seiner Vermieterin, des Hausmädchens, seines Biensteten.

Eines Tages Anfang Dezember besuchte ihn sein Vetter Arnhold – sein nächster Verwandter – und horchte ihn aus, beobachtete ihn, sah sein eingefallenes, gelbes Gesicht mit prüfendem Blick. Und Pollock kam es vor, als wäre der Hut, den sein Vetter in der Hand hatte, gar kein Hut, sondern ein Gorgonenhaupt, das ihn verkehrt herum anstarrte und mit seinen Augen seinen gesunden Verstand bekämpfte. Er war jedoch noch stark genug, die Sache durchzustehen. Er nahm sich ein Fahrrad und fuhr über die gefrorene Straße von Wandsworth nach Kingston, da rollte das Ding plötzlich neben ihm und hinterließ eine dunkle Spur. Er biß die Zähne zusammen und fuhr schneller. Dann plötzlich, als er den Hügel herunter auf Richmond Park zukam, rollte die Erscheinung vor ihm und unter sein Rad, und das geschah so schnell, daß er keine Zeit zum Denken hatte, und weil er das Lenkrad zur Seite drehte, um dem Ding auszuweichen, wurde er gewaltsam gegen einen Steinhaufen geworfen und brach sich das linke Handgelenk.

Das Ende kam am Weihnachtsmorgen. Die ganze Nacht hatte er Fieber gehabt, der Verband umgab sein Handgelenk wie ein Band aus Feuer, seine Träume waren lebhafter und schrecklicher denn je. In dem kalten, farblosen, undeutlichen Licht, das vor dem Sonnenaufgang erschien, setzte er sich in seinem Bett auf und sah den Kopf auf der Konsole, statt der bronzenen Kanne, die dort während der Nacht gestanden hatte.

»Ich weiß, daß das eine Bronzekanne ist«, sagte er mit einem eiskalten Zweifel im Herzen. Er stand langsam zitternd auf und ging mit erhobener Hand auf die Kanne zu. Schließlich, nachdem er eine Ewigkeit gezögert hatte, berührten seine Finger die gemusterte Wange des Kopfes. Er zog sie krampfhaft zurück. Er hatte das letzte Stadium erreicht. Sein Gefühlssinn hatte ihn getäuscht.

Zitternd, gegen das Bett stolpernd, barfuß gegen seine Schuhe tretend und während eine dunkle Verwirrung wie ein Strudel um ihn herbrauste, tastete er sich bis zu seinem Toilettentisch, nahm sein Rasiermesser aus der Schublade und setzte sich, das Messer in der Hand, wieder auf das Bett. Im Spiegel sah er sein Gesicht, farblos, verstört, voll der endgültigen Bitterkeit der Verzweiflung.

Er betrachtete in schneller Folge die Ereignisse in der kurzen Geschichte seiner Erfahrungen. Sein erbärmliches Zuhause, seine noch erbärmlichere Schulzeit, die Jahre seines gemeinen Lebens, die er seitdem gelebt hatte – eine Handlung der egoistischen Ehrlosigkeit ging der anderen voran; jetzt war das alles klar und mitleidlos, all seine schmierigen Narrheiten hier im kalten Licht des Morgengrauens. Er kam zu der Hütte, zu dem Kampf mit dem Porroh, zu seinem Rückzug den Fluß hinunter nach Sulyma, zu dem gedungenen Mendi und seinem roten Päckchen, zu seinen wilden Versuchen, den Kopf zu zerstören, zum Wachstum seiner Halluzination. Es war eine Halluzination! Er *wußte*, daß es so war. Eine reine Halluzination. Einen Augenblick lang klammerte er sich an die Hoffnung. Er sah fort vom Spiegel und zu der Konsole, und der umgekehrte Kopf grinste ihn an und schnitt ihm Gesichter. Mit den steifen Fingern seiner verbundenen Hand fühlte er an seinem Hals nach dem Puls in seinen Arterien. Der Morgen war sehr kalt, die stählerne Schneide fühlte sich wie Eis an.

Die unheimliche Frau

anonym

Mein Bruder Oswald und ich waren schon lange Waisen. Unseren Eltern – aus guter Gesellschaft, aber ohne nennenswerten Besitz – war es gelungen, uns ein recht vernünftiges Leben zu sichern. Ich war Offizier in der indischen Armee, mein Bruder Rechtsanwalt. Dann starben sie und hinterließen uns nur ihren Segen.

Wir hatten außer uns keinen näheren Angehörigen mehr – keine Schwester, keine Liebste, keine Frau –, und unsere Zuneigung zueinander war groß. Genaugenommen waren wir alles füreinander, denn unsere einzigen Verwandten waren Cicely Mostyn, eine Cousine, die in Schottland lebte, und ein exzentrischer, reicher, alter Onkel, der Junggeselle war, das gegenwärtige Oberhaupt der Tregethans und Eigentümer von Holme Grange in North Wales, das schon seit Jahrhunderten im Besitz unserer Familie war.

Nachdem ich erzählt habe, daß Onkel Jaffrey reich, alt und ein Junggeselle war, muß ich noch hinzufügen, daß wir Neffen ihn mit sehr viel Respekt behandelten und mit Ehrfurcht ebenso wie mit Neugierde den eisernen Tresor betrachteten, der, wie uns bei unseren Besuchen auf Holme Grange unser werter Verwandter mit kehligem Lachen versicherte, seinen Letzten Willen und sein Testament enthielt.

»Mein Vermögen *muß* an einen von euch fallen – an einen«, schloß er jedesmal. »Wollt ihr nicht wissen, an wen? Ihr werdet euch bestimmt schlagen und beißen. Ihr seid wahre Tregethans. Es tut mir nur leid, daß ich sterbe, weil ich das dann nicht miterleben kann.«

Vergeblich versuchten wir herauszufinden, welchen von uns beiden er bevorzugte. Wenn wir nicht geglaubt hätten, daß sein Stolz das verhinderte, hätten wir vielleicht gefürchtet, daß er seine Güter einem Krankenhaus vermachen und uns ohne jeden Schilling zurücklassen würde.

Auf jeden Fall bekamen wir nie einen Penny von ihm, solange er lebte, sondern schlugen uns, so gut wir konnten, durch – ich mit meinem Sold, Oswald mit seinen juristischen Fällen, bis wir die freudige – ja, ich bekenne, daß wir sie so empfanden – Nachricht bekamen, daß Onkel Jaffrey plötzlich in seinem Bett gestorben war.

Doch kaum hatte der alte Mann seinen letzten Atemzug getan, zeigte sich schon seine Exzentrizität und seine Abneigung gegen seine Angehörigen. Nur Oswald und ich sollten seinem Begräbnis beiwohnen; keine Frau durfte anwesend sein, und sein Sarg sollte über der Erde bleiben bis Mitternacht am Weihnachtstag, zu welchem Zeitpunkt er dann in die Familiengruft gesenkt werden sollte. Im Anschluß daran ordnete er auch noch unausweichlich an, daß sein Testament nicht geöffnet oder gelesen werden durfte, bevor nicht genau zwölf Monate – auf die Stunde genau – nach diesem Datum verstrichen waren, zu welchem Ereignis dann ein Ball gegeben werden sollte, zu dem alle Edelleute der Nachbarschaft eingeladen werden sollten. In der Zwischenzeit mußte Holme Grange geschlossen werden, und nur die alte Haushälterin, die von Kindheit an im Dienst der Tregethans gestanden hatte, würde es versorgen. Einen Monat vor dem entsprechenden Datum jedoch sollten Oswald, ich und unsere Cousine Cicely dort einziehen.

Für uninformierte Ohren klang diese letzte Auflage ziemlich einfach, aber für diejenigen, die die alten Überlieferungen unserer Familie kannten, steckte darin eine tiefere Bedeutung; denn diese Überlieferungen besagten, daß keine zwei Tregethans, nachdem sie zu Frauen oder Männern geworden waren, unter dem Dach von Holme Grange zusammenleben konnten, ohne daß daraus ernsthafte Streitigkeiten erwuchsen, was in den vergangenen Jahrhunderten immer lebenslange Feindschaft oder den Tod zur Folge gehabt hatte. Die ältesten Einwohner kannten dies noch als den »Fluch der Tregethans«.

Oswald und ich hatten, da wir uns unserer engen Bindung aneinander bewußt waren, oft über diese alten Schauergeschichten gelacht, und während das bewußte Weihnachtsfest näherrückte, schrieben wir uns, daß, wenn schon Streit aufkommen würde, das dann zwischen uns und Cicely Mostyn sein müßte, an die wir uns als ein kläräugiges, hellhäutiges, goldenhaariges Mädel von sechs Jahren erinnerten, das uns als »rauhe Kerle« bezeichnet und immer hohe Bestechungssummen gefordert hatte – in Form von Früchten und Süßigkeiten –, bevor sie sich einverstanden erklärte, sich küssen zu lassen.

An einem trostlosen, winterlichen Novemberabend, als ich gerade aus Indien zurück war, fuhr ich im Expreßzug durch die englischen Grafschaften nach Wales. Die vorgeschriebene Zeit war vergangen, und ich eilte zu dem Rendezvous, das der tote Onkel für die Lebenden arrangiert hatte.

Im Laufe des Tages war viel Schnee gefallen – so viel, daß wir oft kaum vorankamen und ein oder zweimal sogar die Feuer der Lok ausgelöscht zu werden drohten. Bäume und Hecken waren schwerbeladen, aber der November hatte den Schnee mit einer dicken Nebelschicht dem Blick entzogen, die andauern würde, bis der Dezember oder der scharfe Nordwind kam.

Am Bahnhof wartete die Kutsche auf mich, um mich nach Holme Grange zu bringen, das vier Meilen entfernt lag. Die Pferde und der Kutscher waren fett von der langen Untätigkeit und kamen so langsam auf den schneeverwehten Landstraßen voran, bis – überall Nebel, der Schnee glitzerte nur ab und zu hindurch, und der Wind pfiff über die kahlen Hugel – ich glaubte, Holme Grange würde überhaupt nicht mehr in Sicht kommen. Ich kannte die Kurve, von der aus man es normalerweise sah, aber diesmal waren wir schon mehr als die Hälfte der Eichenallee hinaufgefahren, bevor es in der dumpfen, grauen Dämmerung auftauchte.

Es war ein riesiges, rotes Ziegelgebäude in so etwas Ähnlichem wie elisabethanischem Stil, mit hier und da einem seltsamen neueren Anbau. Das Dach hatte spitze Giebel und exzentrische Schornsteine, und über dem Ganzen erhob sich ein Glockenturm.

Die Glocke war noch da, obwohl das Seil schon lange abgefault war, und wenn die kräftigen Stürme von den Hügeln herunterbrausten, schwang sie knirschend hin und her, und gelegentlich schlug der Klöppel gegen die rostigen Seiten und erzeugte dabei einen tiefen, hohlen, dröhnenden Klang, der in der dunklen Jahreszeit besonders geisterhaft wirkte.

Die Empfangszimmer waren auf der Frontseite – die gemütlicheren auf der Rückseite. Als die Kutsche die Auffahrt herauffuhr, unterbrach so kein Licht die riesige, düstere Fassade, um mich willkommen zu heißen, und das Klopfen des Dieners hallte leidvoll durch die Halle im Innern des Hauses.

Doch schon im nächsten Augenblick erstrahlten viele Lichter, und als sich die Tür öffnete, stand da in einer tiefen Verbeugung die alte Haushälterin, um mich zu empfangen.

»So seid Ihr also der erste in diesem alten Haus, Master Frank? Ihr seid der erste und seid willkommen!« bemerkte sie und – nachdem ich ihre ausgestreckten Hände herzlich geschüttelt hatte – nahm eine Lampe von dem Diener, mit der sie mir den Weg ins Haus beleuchtete. »Mr. Oswald kommt mit dem letzten Zug heute abend, und Miss Cicely kommt erst morgen.«

Wir durchquerten einen langen, hohen Flur; und das Licht, das unsere Schatten in geisterhafter Größe an die vom Alter dunklen Wände warf, erzeugte für mich, der ich seit langem zum ersten Mal wieder hier war, einen ehrfurchtheischenden, frostigen Eindruck vom Haus meiner Vorfahren. In dem Haus herrschte auch, da es so lange unbewohnt gewesen war, ein feuchter, muffiger Geruch, der mir durchs Blut kroch wie der Nebel draußen.

»Wir hatten eine eintönige Zeit hier, Master Frank, und ich bin froh, daß sie vorüber ist und daß wieder die Stimmen von Tregethans in den alten Zimmern erklingen sollen. Ich habe Euch alles so bequem gemacht, wie ich konnte.«

Während sie das sagte, öffnete sie weit eine Tür, die zum Eßzimmer führte – die Decke war niedrig, die Wände mit Eichenpaneelen verkleidet, die das prächtige Feuer aus großen Scheiten reflektierten, das in dem geräumigen Kamin prasselte, und auf dem Tisch in der Mitte brannte hell eine Lampe.

Dieser Anblick, so ganz anders als in den vorherigen Räumen, tat mir wohl wie Wein einem Menschen wohltut, der in Ohnmacht zu fallen droht. Und indem ich eintrat, rief ich: »Ach, das sieht wirklich aus wie ein Heim! Nun, meine liebe alte Freundin, kommt und erzählt mir, was es Neues gibt; wir haben schon lange kein Schwätzchen mehr miteinander gehalten.«

»Immer noch derselbe, immer noch derselbe, Master Frank«, erwiderte die Haushälterin gerührt – »immer bereit, einer alten Frau zu schmeicheln, indem Ihr ihrem Geplapper zuhört. Aber gut, ich werde Eure Bitte erfüllen. Tja, denn dies Haus gehörte ja Euren Vorfahren und muß Euch interessieren. Hier ist der Glühwein, und jetzt nehmt Platz, Master Frank, und wärmt Euch auf, ich will mich hierhin setzen.«

Wir setzten uns beide, und die alte Dame schwatzte vor sich hin.

Jetzt rüttelte der Wind, der inzwischen zum Sturm angewachsen war, an den Fensterscheiben, und der Nebel begann sich langsam zu heben – aber nicht ohne Kampf, denn es wurde immer wieder heller und gleich darauf wieder dunkler.

»Ich denke, Oswald wird wohl kaum riskieren, heute abend noch auf der Straße zu sein«, bemerkte ich plötzlich. »Dieser Wind ist der reinste Sturm; und ich glaube, ich habe auch schon ein paar Schneeflocken gesehen.«

»Vielleicht wird er über Nacht in Llandudyn bleiben; und vermutlich ist das auch besser, selbst wenn wir hier auf Holme Grange solchen Stürmen keine Beachtung schenken. Wir sind an sie gewöhnt, und das Haus ist stark genug, ihrer Gewalt standzuhalten«, erwiderte die Haushälterin. Dann, mit einem Husten, als wolle sie das Thema jetzt lieber fallenlassen, erzählte sie weiter von irgendeiner häuslichen Angelegenheit, die ich durch die Gedanken an meinen Bruder unterbrochen hatte.

Eine weitere Stunde verging. Die Hausuhr hatte zehn geschlagen, und teils wegen der Wärme des Feuers, teils wegen der langweiligen Erzählungen meiner Gesellschafterin nickte ich in meinem Sessel ein. Plötzlich weckte mich ein scharfer, spitzer Schrei.

Ich sah schnell auf, und meine Überraschung wurde zu Schreck, als mein Blick auf die Haushälterin fiel.

Sie saß aufrecht in ihrem Stuhl, starr wie tot, den Kopf halb über die Schulter dem Fenster zugewandt, das Gesicht von leichenhafter Farbe, die Lippen geöffnet, die grauen Augen weit und eine Hand erhoben, als wolle sie die Aufmerksamkeit auf etwas lenken.

Ihre Stellung zeugte von intensivem Horchen; ihr Gesichtsausdruck verriet unglaubliches Grauen.

War sie wahnsinnig geworden?

Ich sah sie verwundert an. War das ein Fall von Katalepsie? Sollte ich sie ansprechen? Sollte ich Hilfe holen?

Bevor ich mich entscheiden konnte, sprang sie mit wachsendem Grauen auf; dann eilte sie zu mir, als ich ebenfalls aufstand, hielt sich in Todesangst an mir fest, das Gesicht immer noch dem großen, zurückgesetzten, vergitterten Fenster zugewandt, und rief: »Oh, Master Frank, habt Ihr das nicht gehört? Der Himmel steh uns bei! Hört, hört doch! Da – da ist es! Ach, Leid über das Haus Tregethan! Blut – Blut wird wieder seine Schwelle beflecken!«

Ich stand völlig verwirrt da. Was meinte die alte Frau? Hatte sie wirklich den Verstand verloren? Sie zitterte wie Espenlaub.

»Meine gute Mrs. Lloyd«, rief ich aus, »Was ist denn los, um Himmels willen?«

»Los? Was, Ihr seid ein Tregethan und könnt das nicht hören?« fragte sie und hob ihr weißes Gesicht zu mir hoch. »Da – da, es kommt noch einmal! Hört doch!«

Ich gehorchte instinktiv und lehnte mich dabei vor.

Da ertönte wirklich ein ungewöhnlicher Laut im Sturm – ein seltsames, fließendes, unheimliches Kreischen – das sich mit dem Sturm vermischte, falls dieser ihn nicht doch selbst hervorrief.

»Ich höre schon, was Ihr meint«, sagte ich, »aber es ist nur der Wind in den Hügeln. Der Sturm ist furchtbar.«

Sie schüttelte mit einem Lächeln den Kopf.

»Wind?« wiederholte sie. »Nein, nein; ich lebe jetzt schon so lange zwischen den Hügeln und habe schon so viele Stürme gehört, daß ich den Unterschied zwischen ihnen und diesem Schrei kenne. Ich sage Euch: Wenn man ihn hört, kommt Böses und Blutvergießen über die Tregethans. Ich bin jetzt siebzig, aber diesen Schrei habe ich erst einmal gehört. Das war vor Eurer Geburt, Master Frank. Seine Warnung hat sich bestätigt.«

»Meint Ihr«, fragte ich beeindruckt, und ohne es so recht zu wollen, indem ich etwas von ihrer Furcht angesteckt wurde und meine Stimme zu einem Flüstern senkte, »den Streit zwischen meinem Vater und Onkel Jaffrey?«

»Ja. Er endete mit einem dummen, kindischen Duell in der Pflanzung. Trotzdem wurde Blut vergossen. Aber dem Himmel sei Dank, damals wurde das Leben verschont. Ach, horcht! Es kommt; drei-, dreimal – und näher, immer näher!« rief die alte Frau und rang verzweifelt die Hände. »Der Herr sei bei uns! Vielleicht wird *sie* kommen; dann ist das Leid wirklich groß!«

»Sie – wer?« fragte ich.

»Die unheimliche Frau.«

Trotz der Wirkung, die diese seltsame Szene auf mich machte, konnte ich ein Lächeln nicht verhindern; aber es verschwand schnell wieder. Die Haushälterin war zum Tisch gegangen und hatte die Lampe gelöscht; dann kam sie zurück und kniete sich geduckt auf den Teppich zu meinen Füßen, als brauche sie Schutz; daraufhin streckte sie ihre alte, faltige Hand in Richtung des Fensters aus und sagte mit einem leisen, furchterregenden Flüstern: »Seht, Master Frank, seht zum Fenster. Wendet Euren Blick nicht vom Fenster ab, wenn Ihr sie sehen wollt, denn die Frau mit den toten Augen geht vorüber wie ein Blitz. Wartet.«

Von ihrem seltsamen Verhalten angesteckt, so als müsse mein Wille dem ihren gehorchen, befolgte ich ihre Anweisung.

Eine Totenstille herrschte im Zimmer, das nur vom Licht des Feuers erhellt wurde, und sein Flackern warf groteske Gestalten an die dunkle Wandtäfelung und verlieh den Bildern meiner Ahnen Bewegung, die daran hingen, und schickte helle, bewegliche Blitze auf das breite Fenstergitter, hinter dem nur noch die Dunkelheit war und der heulende Wind.

Ich hielt meine Augen fest auf das Fenster gerichtet. Ich schien keinen eigenen Willen mehr zu haben. Ich stand unter einem Bann. Minuten erschienen wie Stunden, bezeichnet durch die schnellen Atemzüge der alten Haushälterin zu meinen Füßen.

Während ich schaute, wurde der Schleier der Dunkelheit plötzlich durchbrochen, und – ja – ich schwöre es – aus der Dunkelheit strömte die fließende Gestalt einer Frau hervor, ihre Kleider, die von dumpfer, rotbrauner Farbe waren, klebten regennaß an ihrem Körper; ihr langes, rotes Haar floß über ihre teilweise nackten Schultern. Ihr Gesicht war dem Zimmer – uns – zugewandt.

Was für ein Gesicht! – Kalt, farblos, todesweiß wie auch die farblosen Lippen – mit zwei dunklen, großen, grauenhaften Augen, die glühten, wie von einem unirdischen Schrecken geweitet – verbunden mit einem bösartigen Triumph. Was noch grauenhafter war: Die Augen waren starr wie der Tod, glotzend, als stammten sie aus dem Gesicht einer Leiche – ein Gesicht, das auch dem Stärksten das Blut in den Adern hätte gefrieren lassen können – und das Gehirn des Schwächsten ruinieren.

Die Haushälterin kreischte laut und begrub ihr Gesicht in den Händen, während ich mit einem Ausruf der Furcht in meinen Sessel zurücksank.

Das Ganze war nach wenigen Sekunden vorüber. Die unheimliche Frau mit den toten Augen war tatsächlich vorübergehuscht, aber bevor sie verschwand, hatte ihre lange, knochige, schmale Hand auf *mich* gedeutet, und zitternd wie von einem Schüttelfrost erbebte ich unter ihrem eisigen Starren.

Die in sich zusammenfallenden Holzstücke im Kamin ließen mich aufschrecken, und verärgert sowohl über mich selbst als auch über die Haushälterin sprang ich auf und rief: »Was für einen Narren habt Ihr aus mir gemacht, Mrs. Lloyd, indem Ihr mir diese alten Geschichten erzähltet! Wenn man solche Geschichten hört, können einem die eigenen Gedanken alles vorgaukeln. Ich bitte Euch, wir wollen die Lampe wieder anzünden.«

Sie sah mich fest an, als sie ruhig wieder aufstand.

»Ihr habt es *gesehen*, Master Frank«, sagte sie. »Böses wird kommen. Der Himmel gebe, daß es Euch nicht trifft.«

»Unsinn!« gab ich ungeduldig zurück. »Ich könnte schwören, daß Ihr im Hügelland aufgewachsen seid. Ich habe so lange in eine Richtung gestarrt, daß sich die ganze Luft mit Gespenstern bevölkern könnte, und meine Augen schmerzen, als würden sie zerspringen. Womit kann ich Licht machen?«

»Bitte, Master Frank« – und sie legte ihre Hand nachdrücklich auf meinen Arm, als ich mich zum Feuer beugte – »versprecht mir, keiner Seele davon zu erzählen. Das wird bestimmt besser sein.«

»Erzählen? Nein, sicher nicht, meine liebe alte Dame. Ich werde nicht versuchen, mich zum Gespött zu machen.« Dann fügte ich hinzu: »Ich glaube, Euer Glühwein war zu gehaltvoll, und seine Dämpfe haben seltsame Visionen erzeugt.«

Mrs. Lloyd schüttelte den Kopf.

»Ihr versucht, Euch selbst etwas vorzumachen, Master Frank. Ihr möchtet es gern *nicht* glauben; aber denkt an meine Worte: Noch bevor das Jahr zu Ende geht, werdet Ihr einen Grund bekommen, Euch an diesen Abend zu erinnern. Horcht! Euer Bruder ist angekommen.«

Kutschenräder knirschten auf der Auffahrt. Ich ergriff die Lampe und eilte zur Tür.

Sie war schon geöffnet worden, als ich sie erreichte.

Oswald kam die breite Treppe herauf, um ihn her fiel der Schnee.

»Mein lieber Oswald!« rief ich und stürmte auf ihn zu. »Schön, daß du da bist, alter Knabe!«

»Ja«, lachte er. »Wie eine gewisse Gestalt, wenn sie ihre unterirdischen Gefilde verläßt – in einem richtigen Wirbelwind.«

Er streckte seine Hand aus. Als ich sie in die meine nahm, ließ die Glocke auf dem Turm einen langen, klingenden Ton erschallen, der mit traurigem Widerhall zu den Hügeln hinüberdrang, sich dort brach und verschwand.

Ich konnte ein Schaudern nicht unterdrücken, das das bei mir hervorrief. Dieses Ereignis schien etwas Bedrohliches zum Ausdruck zu bringen. Als ich mich umwandte, um Oswald in das Eßzimmer zu begleiten, traf mein Blick auf das Gesicht der Haushälterin. Es war aschfahl. Auch ihr war der eisige Klang der Glocke im Turm aufgefallen.

Ich stellte fest, daß sich Oswald sehr verändert hatte; seine Studien und der harte Kampf um einen ordentlichen Lebensstil schienen in sein Wesen eingegraben. Zwei Falten waren zwischen seinen Augenbrauen und seiner Stirn entstanden, so daß er dadurch noch intellektueller aussah. Der schmale Mund wirkte ernster als früher, und seine dunklen Augen waren weniger heiter, mit einem nach innen gekehrten Blick, als wäre er schweigend in Gedanken versunken. Dieser Ausdruck verlor sich jedoch, während wir uns über unsere Vergangenheit, Gegenwart und Zukunft unterhielten und uns dabei des köstlichen Abendessens erfreuten, das die Haushälterin für uns zubereitet hatte, die im Laufe dieses Abends allerdings nicht mehr wiederkam.

Es war spät geworden, als wir uns trennten, und kurz darauf schlief ich fest, denn ich war erschöpft von der langen Reise.

Gegen Morgen, als mein Schlaf leichter wurde, beunruhigte mich ein seltsamer Traum. Er schien in schnellen Folgen über mich zu kommen – nichts war zusammenhängend. Ich war nur sicher, daß Oswald und die unheimliche Frau darin eine Rolle spielten.

Einmal versuchte ich, mir einen Weg über eine kahle Einöde zu erkämpfen – gegen den Wind und den Regen, die mir voll ins Gesicht schlugen. Und doch zögerte ich nie. Es schien mir absolut notwendig, daß ich vorankam, obwohl sich meine Füße anfühlten, als wären sie mit Blei beschwert. Plötzlich lag ein Fluß vor mir; es gab keine andere Möglichkeit, ans andere Ufer zu gelangen, als ihn zu durchschwimmen. Ich stürzte mich hinein. Das Wasser drückte so warm und schwer gegen meine Glieder, daß ich mich nur unter großen Schwierigkeiten bewegen konnte. Dann trat der Mond hinter den Wolken hervor, und mit einem Schrei des Grauens sah ich, daß der Fluß aus Blut war und Oswald mich mit blassem Gesicht und dunklen, haßerfüllten Augen vom Ufer her teuflisch ansah.

Ich stolperte aus dem Fluß, mir war übel und schwindelig. Mein Bruder war verschwunden, aber ich hastete weiter. Dann ertönte ein schreckliches Rauschen von Wasser in meinen Ohren; wieder waren Oswald und die unheimliche Frau mit den toten Augen da; aber ein Nebel umhüllte das, was geschah. Als ich erwachte, konnte ich mich an nichts erinnern. Es fiel mir nur auf, daß ich schweißgebadet war und zur Hälfte aus dem Bett hing, mein Kopf nur ein paar Zentimeter über dem Boden und das, obwohl das Wasser in den Karaffen und Kannen in meinem Zimmer gefroren war.

Als ich die Augen öffnete, zitterte ich am ganzen Körper, wie jemand, der in Panik geraten ist. Schnell deckte ich mich wieder zu, legte mich bequemer hin, zog meine Kleider dicht um mich und rief: »Schreckliche alte Haushälterin, die einen solchen Alptraum bei mir bewirkt hat! Wovon habe ich nur geträumt?«

Aber alle meine Versuche, mich zu erinnern, waren vergeblich. Während des Morgens – nein, noch Tage danach – verfolgte mich der Traum und brachte eine undeutliche Furcht mit sich, aber im gleichen Moment wurde das Bild stets undeutlich, eine Wolke umgab es, so daß es wirkte wie eine Reflektion in einem beschlagenen Spiegel.

Bis zum kommenden Morgen war der Nebel von dem starken Sturm vertrieben worden, der sich, stolz über seinen Sieg, zu einer leisen, schnurrenden Brise verringert hatte, und die Sonne schien mit einer Wärme, die an die süßduftenden abgefallenen Blätter des Herbstes erinnerte. Es war genau der richtige Tag für die Ankunft von Jugend und Schönheit. Cicely Mostyn sollte an diesem Morgen eintreffen, begleitet von Mrs. Bruce, einer ältlichen Verwandten väterlicherseits.

Oswald und ich waren auf die Terrasse gegangen, um die beiden zu erwarten, aber durch irgendeinen Irrtum versäumten die Damen den Wagen, der sie vom Bahnhof abholen sollte. Sie hatten eine Droschke genommen und waren am Parktor ausgestiegen, um die Auffahrt zu Fuß heraufzugehen. Wir sahen Cicely Mostyn zum ersten Mal, als sie – während wir uns sorglos unterhielten, die Zigarre im Mund, und warteten, daß die Kutschenräder zu hören sein würden – plötzlich aus dem Schatten unter den Eichen heraustrat ins volle Sonnenlicht, nur wenige Schritte von der Terrasse entfernt. Mrs. Bruce stützte sich auf ihren Arm.

War dies das gezierte, nüchterne »Mädel mit dem flachsblonden Haar«, mit dem Oswald und ich Erinnerungen an so manches kindliche Ereignis verbanden? Diese junge, schöne Frau, ihre glatten Wangen mit Grübchen wie ein Sommerbach, die jetzt plötzlich stehenblieb und uns halb scheu, halb neugierig betrachtete?

Ach, Cissy, Cissy! Das war der Augenblick für mich, den ein Mann niemals vergißt, wie lange auch immer sein Leben währen mag. Es war die Freude des Himmels, zusammengefaßt in einer wundervollen, irdischen Sekunde.

Cicely Mostyn war von mittlerer Größe und nur achtzehn Jahre alt. Ihre Gestalt war schlank und anmutig, jede Bewegung, jede Haltung enthüllte einen neuen Aspekt ihrer Grazie. Ihre Haut war durchscheinend und klar, an den Wangen natürlich getönt von einem zarten Rosenrot. Ihre Augen waren dunkel, geschwungen, heiter und doch sanft; ihr Mund ein Schatz des Cupido – voller Lächeln und Männerfallen; ihr Haar glich Fäden von hellstem, glänzendem Gold. Aber warum sie beschreiben? Es soll reichen, wenn ich sage, daß von diesem Augenblick an Cicely Mostyn für mich die ganze Welt bedeutete.

Ich konnte meinen Blick nicht von ihr wenden, nicht einmal, um zu sehen, welche Wirkung ihr Liebreiz auf Oswald ausübte; Seite an Seite traten wir vor, um unsere Cousine zu begrüßen.

Cicely war dick in Pelze gehüllt; ihr Gesicht schaute unter einem koketten Hut hervor, der mit blauen Bändern geschmückt war, und wenn sie sprach, hatte sie die angenehmste Andeutung von schottischem Akzent, die man sich vorstellen kann. Gewinnend und doch schüchtern erwiderte sie unseren Gruß und stellte dann ihre Begleiterin vor.

Mrs. Bruce war untersetzt und strahlte eine matronenhafte Würde aus; ihr Haar war weich und grau, ihre Augen strahlend und vergnügt, und ihr Gesicht lächelte über die unschuldigen Narrheiten der Jugend, als hätten die vergangenen Jahre sie doch nicht ganz vergessen lassen, daß sie selbst einmal jung gewesen war. Sie war eine freundliche Beraterin und Freundin.

Angesichts so angenehmer Gesellschaft in Holme Grange ist es wohl kaum nötig, hinzuzufügen, daß die Tage schnell vergingen. Wir unterhielten uns, wir spielten, wir sangen, gingen spazieren, ritten, fuhren mit der Kutsche und gingen eislaufen, wenn das Wetter es erlaubte. Weihnachten rückte immer näher – das Weihnachten, das an den Tag bringen würde, wem Holme Grange gehören sollte; und so wie jeder Augenblick der Gegenwart zur Vergangenheit wurde, so wurde meine Liebe größer.

Ich gab mir keine Mühe, meine Leidenschaft zu verbergen. Sie war so offen, wie es mir die natürliche Schüchternheit, die ein Mann, der wirklich liebt, in Gegenwart seiner Angebeteten empfindet, nur erlaubte, besonders wenn noch andere Personen dabei waren. Was mir jedoch meine versagende Zunge nicht zu äußern gestattete, überließ ich vertrauensvoll meinen Augen und Händen. Die einen sprachen Bände in glühenden Blicken, die anderen in bebenden Berührungen.

Es gab jedoch einen Umstand, der mir beträchtliches Unbehagen bereitete. Ich hatte das Gefühl – nein, mehr als ein Gefühl –, daß

Oswald und ich Rivalen waren, daß auch er Cicely Mostyn liebte. Seine Gemütsart war der meinen entgegengesetzt. Je tiefer er empfand, desto ernster und stiller wurde er. Das war es, was meinen Verdacht erregte. Ich wußte, daß er, wenn er liebte, das mit all der geheimen Intensität eines sorgfältigen, ziemlich morbiden Gehirns tat, das es gewohnt war, zu grübeln – zu grübeln sowohl über Freuden als auch über Leiden. Ich war mir auch bewußt, daß die Eifersucht einen bedeutsamen Anteil am Charakter meines Bruders hatte.

Ich ging völlig in meiner Liebe zu Cicely auf und bemerkte deshalb nicht sofort, daß wir Rivalen waren; und dann, als ich mir überlegte, wie wahrscheinlich das war, kam mir plötzlich ein Gedanke.

Hatte Onkel Jaffrey von der überragenden Schönheit unserer Cousine gewußt? Hatte er, in seiner Abneigung gegen die Kinder seines Bruders, diesen Monat unseres zwingenden Zusammenseins hier geplant, in der Hoffnung, wir würden dadurch zu Feinden werden? Hatte er Frauen nicht gehaßt? Hieß es nicht, eine Frau sei die Ursache für jenes Duell in der Pflanzung gewesen – und hatte womöglich Onkel Jaffrey die Wunde, die er dabei davongetragen hatte, unserem Vater niemals verziehen?

Ich habe schon gesagt, daß ich Oswald sehr liebte; es mag wohl Leute geben, die, da sie an die Großzügigkeit starker Zuneigung glauben, wenn sie diese Geschichte als Roman schreiben würden, mich vielleicht – wegen meines Gefühls meinem Bruder gegenüber – als einen Mann schildern würden, der versucht, seine Leidenschaft zu Cicely zu überwinden. Aber *ich* glaube nicht an die Großzügigkeit der Liebe. Wenn man sie genau untersucht, ist sie im Gegenteil eines der selbstsüchtigsten Gefühle, das es gibt. Es umfängt uns vollständig mit seinem Einfluß; und ich wäre lieber gestorben, als Cicely aufzugeben – auch nicht für Oswald.

Es war sogar so, daß ich infolge meines Verdachtes unsere Cousine noch offener hofierte, in der Hoffnung, wenn ich der erste sei, würde mir das das Recht geben, ihn zum Rückzug zu bewegen. Man könnte hier darauf hinweisen, daß die Dame selbst ja die beste Person gewesen wäre, um die Sache zu entscheiden. Nun, das weiß ich; und sie hatte sich entschieden. Ja; auch wenn kein Wort darüber gefallen war, auch wenn sie mich mit ihrer Fröhlichkeit eher auf Distanz hielt, als ich versuchte, das Thema anzusprechen, spürte ich doch instinktiv, daß Cicely meine Liebe erwiderte.

Schließlich wurde es Weihnachten – jenes ereignisreiche Weihnachten. Es hatte für mich deutlich an Bedeutung verloren, es schien mich kaum zu interessieren, ob ich einen vollen Anteil oder gar nichts vom Reichtum meines Onkels erbte, wenn ich mir nur Cicely zur Frau gewinnen konnte; und ich entschloß mich, daß an diesem Abend, der so viel entscheiden sollte, auch dies entschieden werden mußte.

Gemäß Onkel Jaffreys einzigartigem Letzten Willen waren Einladungen an alle Edelleute der Nachbarschaft ergangen, der Ballsaal von Holme Grange war voller Menschen, und seine alten Wände hallten wider von den erhebenden Klängen der Musik und dem silbernen Lachen der Frauen. Jedes Fenster war voller Licht und warf einen hellen Schein auf den Schnee, der die Landschaft bedeckte, bis, in einem bestimmten Abstand vom Haus, die Dunkelheit und die Fichten schließlich alles verschluckten.

Wenn man das alte Gebäude betrachtete, das länger als ein Jahr ohne Bewohner und dumpf dagestanden hatte, dachte man an einen verzweifelten alten Menschen, der plötzlich wieder mit jugendlicher Kraft erfüllt worden war. Die Fensterrahmen blinzelten unter ihren schweren Efeubrauen hervor; Heiterkeit durchströmte die Nachtluft; alles schien voller Fröhlichkeit. Es würde wirklich ein frohes Weihnachten werden.

Selbst Oswald schien von der allgemeinen frohen Stimmung angesteckt zu sein, die diese Feiertage immer mit sich bringen. In den vergangenen Tagen war er viel in seinem eigenen Zimmer gewesen, hatte in Gesellschaft geschwiegen und war nachdenklich gewesen, und wenn man ihn ansprach, hatte er nur kurze Antworten gegeben – besonders wenn ich sein Gesprächspartner war. Als ich ihn nach dem Grund dafür fragte, gab er an, seine Gedanken seien mit einem schweren Fall beschäftigt, in dem es um einen Bereich alter Gesetze ginge, mit dessen Beherrschung er nicht nur den Fall gewinnen, sondern auch einen guten Namen in seinem Beruf bekommen könne.

An diesem Tag jedoch war sein Verhalten völlig verändert. Er lachte und scherzte mit allen, allerdings in erregter Stimmung; er hing an Cicelys Röcken, wohin auch immer sie ging.

Verdammter Oswald! Will er sie ganz für sich haben? rief ich in Gedanken etwas verärgert. Dann fügte ich mitfühlend hinzu: Armer Kerl, liebt er sie nicht auch – und das ohne Hoffnung? Armer Oswald! Denn so sicher, als wenn ihre süßen Lippen es ausgesprochen hätten – ich weiß, daß Cicely mir gehört!

Aber egal wie sicher ein Liebender sich seiner Geliebten auch sein mag, so wird er es doch niemals gern sehen, wenn sein Rivale, und sei es auch erfolglos, ihre ganze Aufmerksamkeit in Anspruch nimmt. Ich freute mich über meine Entschlossenheit, ihr heute Abend meine Liebe zu erklären und einen Heiratsantrag zu machen; denn wenn unsere Verlobung erst einmal eine beschlossene Sache war, konnte mir niemand mehr den Platz an ihrer Seite streitig machen. Der Abend hatte einen Stimmungshöhepunkt erreicht, als ich Cicely aus dem Ballsaal führte, indem ich vorgab, ihr die Nordlichter zeigen zu wollen, die glitzernd über den Himmel blitzten. Als wir durch das Vorzimmer gingen, wickelte ich eine große dicke Decke um Cicely und bestand darauf, daß sie ihre kleinen Füße in einem Paar warmer Schneestiefel versteckte.

Nachdem ich dann die Glastüren geöffnet hatte, standen wir zusammen auf der Terrasse und sahen den Tanzenden zu. Ich kann nicht behaupten, daß ich viel von ihnen sah, denn mein Herz klopfte mir bis zum Hals, mein Gehirn fühlte sich wirr an, und ich konnte nicht so leicht sprechen wie sonst. Ich hatte Angst, mich ihr zu erklären, und fürchtete, wir könnten unterbrochen werden. Also behauptete ich, wir könnten die Nordlichter von der Anhöhe auf der anderen Seite der Pflanzung noch viel besser sehen, zog ihre kleine Hand über meinen Arm und führte sie den Pfad hinunter, der gründlich von Schnee befreit worden war. Ich bilde mir nicht im geringsten ein, daß sie das mit dem besseren Ausblick glaubte. Ich denke, sie ahnte meine Absicht, denn sie konnte mir nicht mehr in die Augen sehen. Sie zitterte ein kleines bißchen, und ich würde sagen, ihre wenigen Äußerungen waren nicht allzu tiefsinnig.

Auf der anderen Seite der Pflanzung blieben wir stehen und betrachteten die beweglichen Lichtsäulen am Himmel, wie wir es beabsichtigt hatten; aber Cicelys kleiner Kopf lehnte jetzt vertrauensvoll an meiner Schulter, und mein Arm lag um ihre Taille. Sie sah zum Himmel; ich zog es vor, die Spiegelung in ihren Augen zu betrachten. Ich hatte ihr unter den Fichten meine Liebe gestanden und war nicht zurückgewiesen worden. In diesem Augenblick waren Cicely und ich die glücklichsten Menschen auf der Welt.

Ich weiß nicht, ob es jedem Mann so geht wie mir, aber immer wenn ich mein Gesicht nah dem Gesicht einer schönen Frau spüre, zieht so etwas wie eine magnetische Kraft meine Lippen zu den ihren. Ich vermute, das sind die Adhäsionskräfte. Im Fall meiner Braut sah ich keinen Grund, diesen Impuls zu unterdrücken; also beugte ich mich ein wenig herab, und schon war es geschehen.

Sie entzog sich mir sofort, und ihr Gesicht mit den Grübchen strahlte von Heiterkeit und Erröten.

»Schämt Euch, mein Herr!« rief sie, »für eine solche Unverschämtheit müßt Ihr bestraft werden. Also bleibt Ihr hier, und ich gehe schon zum Haus zurück; ich möchte um nichts in der Welt gesehen werden, wie ich mit einem solchen Ungeheuer das Haus betrete. Und rührt Euch für mindestens fünf Minuten nicht vom Fleck.«

Sie drohte mir energisch mit ihrem hübschen Finger, ließ ihren Blick über mich wandern, und dann verschwand ihre anmutige Gestalt hinter den Bäumen.

Danach habe ich Cicely Mostyn nicht mehr lebend gesehen!

Entschlossen, ihr zu gehorchen und ihr zu beweisen, wie ernst ich jedes ihrer Worte nahm, wartete ich und bewegte mich tatsächlich nicht von der Stelle. So gehorsam wie ein Anbeter nahm ich meine Uhr heraus, um die Minuten zu zählen. Was für eine Fülle erhabenen Glücks erfüllte mein Sein, meine Adern tanzten; meine Schläfen pulsierten. Ich träumte davon, daß ich Cicely gleich im Ballsaal wiedersehen würde, wünschte mir, ihre Wangen würden sich röten, wenn sich unsere Blicke trafen und sie sich an den gestohlenen Kuß erinnerte.

Unsere Begegnung in meiner Phantasie ließ mich unsere augenblickliche Trennung vergessen.

Meine Augen waren immer noch auf die Uhr gerichtet, deren Zeiger inzwischen unbemerkt über zehn Minuten weitergewandert waren. Ihr süßes Gesicht schwebte zwischen mir und der Uhr – da wurde die Stille der Weihnachtsnacht von einem fürchterlichen Schrei zerrissen.

O Himmel! Ich erkannte Cicelys Stimme! Im nächsten Augenblick flog ich in diese Richtung. Das Geräusch kam nicht von dem Pfad, über den wir gegangen waren, sondern von einer Stelle zwischen den Bäumen. Sie war ohne Zweifel auf ihrem Weg zum Haus in die falsche Richtung gegangen.

»Cicely! Cicely!« rief ich, während ich rannte; aber ich bekam keine Antwort. Ich suchte auf den Wegen, unter den Büschen; ich rief immer wieder ihren Namen – keine Spur, kein Geräusch. Konnte es sein, daß ich mich getäuscht hatte? Ich hatte angefangen, das zu glauben, als ich auf eine kleine Lichtung kam, wo ich auf dem weißen Schnee, der zerwühlt war wie von ruhelos sich bewegenden Füßen, einen dunklen, roten Fleck sah! Es war Blut!

Meine Gedanken rasten; mein Herz wurde ganz krank von einer Furcht, die ich nicht genauer zu erforschen wagte. Ich suchte nach anderen Spuren. O Himmel, hilf! Ich fand sie. Ich fand sie, verlor sie wieder, fand sie wieder, bis ich auf die große Schneefläche unterhalb des Hauses hinaustrat. Hier waren die Spuren deutlicher zu erkennen, aber ich brauchte sie nicht mehr als Führung.

Ein Gegenstand, der auf dem weißen Boden innerhalb des gleißenden Lichts aus den Fenstern des Ballsaals lag, zog sofort meine Aufmerksamkeit auf sich. Mit einem Herzen, so frostig wie die Eiszapfen auf den Bäumen um mich her, lief ich hinüber, dann sank ich mit einem großen Schrei daneben auf die Knie.

Es war Cicely Mostyn – meine Liebste – mein Herz – *tot*! Sie lag mit dem Gesicht und der Brust im Schnee, einer ihrer schlanken Arme war gegen das Haus hin ausgestreckt, so als sei sie gefallen, während sie gerade um Hilfe bitten wollte. Der dunkle, rote Fleck umgab sie; und als ich sie mit leidenschaftlichen Worten zu mir umdrehte und die Decke zurückfiel, sah ich ihren purpurnen Lebensstrom aus einer furchtbaren Wunde quellen, die ihren weichen, weißen Hals verschandelte.

Ich schrie noch einmal um Hilfe, und dieses Mal so laut, daß keine Musik meine Stimme übertönen konnte. Aber ungeduldig in meiner Wut sprang ich auf und schlug vor den Augen der entsetzten Gäste mit meinen geballten Fäusten gegen die Scheiben der Glastüren.

Ich brauche wohl nicht ausführlich von der kommenden Szene zu berichten, in der sich die Heiterkeit so schnell in Trauer verwandelte. Schnell berichtete ich, was vorgefallen war; wir schickten um Hilfe, und die entsetzten Gäste, alle in ihren strahlenden festlichen Gewändern, versammelten sich um uns und warteten. Eine Verwandlung war in mir vorgegangen. Ich wütete nicht mehr. Ich sprach nicht einmal. Mit einem dumpfen, steinernen Ausdruck von Grauen auf dem Gesicht stand ich da – und starrte mit verschränkten Armen auf die schöne Leiche zu meinen Füßen. Die Nacht war um uns, die dunklen Fichten schlossen uns ein wie ein Leichentuch. Licht drang nur aus dem mit Stechpalmenzweigen geschmückten Ballsaal, es fiel in gelben Strahlen auf die Tote, auf mich, auf die Gäste und die auf einer Seite zusammengedrängten, entsetzten Bediensteten mit der alten Haushälterin vor sich.

Sie hatten einmal versucht, die Tote zu bewegen, aber mit einer Wildheit, die sie erschreckte, hatte ich ihnen jede Berührung untersagt. Ein Arzt war unterwegs, aber ich wußte, daß meine Liebste schon tot gewesen war, bevor ich sie erreicht hatte.

Plötzlich sah ich auf und bemerkte gar nicht, wie alle vor meinem wilden, verstörten Gesichtsausdruck zurückschraken.

»Mein Bruder«, sagte ich rauh, denn meine Lippen fühlten sich an, als wären sie zusammengeklebt. »Wo ist Oswald?«

Es gab einen Moment der Stille, dann sah ich, wie einer der Bediensteten, es war ein Stallbursche, einem anderen etwas zuflüsterte.

»Tritt vor!« rief ich in einem Ton aus, der keine Verweigerung duldete. »Sage mir – wo ist Oswald Tregethan?«

Jetzt errieten sie, was ich von Anfang an gewußt hatte – daß mein Bruder der Mörder war!

In offensichtlicher Verwirrung gehorchte der Stallbursche, aber er zögerte zu sprechen. Ich trat einen Schritt vor und packte ihn an der Gurgel. In meinem Zorn über sein Schweigen hätte ich ihn töten können.

»Sprich, du Hund!« schrie ich, »oder, beim Himmel, diese Nacht wird zwei Morde statt einem erleben!«

Aus Angst um seine eigene Sicherheit sprach er; und ich erfuhr, daß Oswald vor etwa einer Viertelstunde mit furchterfülltem, aschfahlem Gesicht in den Stall gestürmt war, befohlen hatte, ein Pferd zu satteln, und mit halsbrecherischer Geschwindigkeit in der Dunkelheit in Richtung auf die Hügel zu verschwunden war.

Was zwischen ihm und Cicely geschehen war, erfuhr ich nie; aber ich vermute, er war ihr begegnet und hatte ihr seine Liebe gestanden, und als er abgewiesen wurde und erfuhr, daß ich der erfolgreiche Bewerber gewesen war, hatte er ihr in einem Augenblick der eifersüchtigen, enttäuschten Leidenschaft jenen Todesstreich versetzt.

Meine Lippen wurden immer schmaler, während ich zuhörte, aber als der Mann schwieg, sagte ich, indem ich ihn ruhig losließ: »Geh sofort und sattele das schnellste Pferd für mich.«

Er gehorchte, und ich wollte ihm gerade folgen, als die alte Haushälterin sich in den Schnee fallen ließ, meine Knie umklammerte und rief: »Nein, nein Master Frank; Euer Gesicht ist furchtbar anzusehen. Das darf nicht geschehen – es darf nicht – es ist schon genug Blut vergossen worden heute nacht. Es war Schicksal, weder er noch Ihr hättet es verhindern können. Denkt an die unheimliche Frau der Tregethans! Wartet! – Wartet wenigstens bis zum Morgen!«

Ich blieb nicht, um ihr zu antworten. Ich stieß sie zur Seite und eilte zu den Ställen. Auf Bitten der Haushälterin versuchten einige der Gäste, mich zum Bleiben zu bewegen; aber der Gesichtsausdruck, mit dem ich mich zu ihnen umdrehte, ließ sie zurückschrecken.

Nachdem ich beim Satteln des Pferdes geholfen hatte, führte ich es aus dem Stall. Ich nahm eine Stallaterne und verfolgte zu Fuß Oswalds Spuren bis zur Straße. Wie der Stallbursche gesagt hatte, hatte er sich den Hügeln zugewandt. Ich warf die Laterne weg, sprang in den Sattel, grub meine Sporen tief in die Flanken des Pferdes und folgte ihm. Es war ein blinder – ein schrecklicher Ritt; aber ich zögerte nicht ein einziges Mal. Ich segnete den Mond, als er aufging. Ich verfluchte die dunklen, eilenden Wolken, die er mit sich brachte. Ich verfluchte den Schnee, der verhinderte, daß ich Oswald von weitem hörte.

Eine Stunde verging, und ich ritt immer noch weiter, jetzt durch das Hügelland. Ich dachte nie darüber nach, daß ich mich vielleicht getäuscht haben könnte – ich *wußte*, daß ich recht hatte! Es war seltsam, daß das Land, durch das ich ritt – sogar das Ereignis selbst, mir scheinbar schon vor langer Zeit begegnet war – in jener Vergangenheit, die in einem anderen Leben zu liegen schien, in einer anderen Welt vor unserer Geburt, und dies war nur eine mechanische Wiederholung desselben Ereignisses. Was war das? Dieses Geräusch in der Stille? Die Hufe seines Pferdes? Nein, es war nur das Rauschen von Wasser. Ich näherte mich einem Wildbach oder Wasserfall zwischen den Hügeln; es gab hier viele. Ich hörte es schon von weitem, und ich näherte mich ihm. Würde ich meinen Bruder je einholen?

Ja.

In dem Augenblick, als ich mir im Geiste diese Frage gestellt hatte, gaben die Wolken plötzlich den Mond frei, und fünfzig Schritte vor mir, auf demselben Weg, ritt Oswald.

Ich stieß einen Freudenschrei aus, der in seiner Wildheit teuflisch klang, und trieb mein Pferd noch schneller voran. Mein Bruder hörte mich – er drehte sich einmal zu mir um – und beschleunigte dann ebenfalls seinen Ritt. Ich schaudere jetzt bei dem Gedanken an die Befriedigung, die ich damals empfand, als ich bemerkte, daß sein Pferd schwankte und tatsächlich schon völlig überanstrengt war, aber ich *mußte* ihn einholen – nichts würde mich davon abhalten!

Der Weg stieg steil an, denn er führte über einen Hügel hinweg, und so kam ich Oswald rasch näher. Das Rauschen des Wassers klang jetzt sehr nah, aber das interessierte mich nicht. »Wo er hingeht«, dachte ich, »kann ich auch hingehen!« Obwohl sich während jeder Sekunde der Abstand zwischen uns verringerte, war er mir doch noch weit genug voraus, um die Kuppe des Hügels vor mir zu erreichen und dahinter zu verschwinden.

Das machte mich wild. Als ich ihn nicht mehr sehen konnte, fürchtete ich, er würde mir entkommen. Ich erreichte kurz darauf die Höhe. Oswald war keine zwanzig Meter vor mir. Ich schrie triumphierend auf und galoppierte weiter.

Der Weg, von niedrigem Gebüsch gesäumt, verlief jetzt gerade und endete nach nicht ganz vierzig Schritten in einer einfachen Brücke, die den Wasserfall überspannte, den ich gehört hatte und an dessen Verlauf ich mich jetzt erinnerte: Er stürzte von großer Höhe zwischen zwei Hügeln herunter, sein Bett bestand aus rohen Steinen und riesigen Felsmassen.

Eine neue Angst ergriff mich. Ich wußte, wie brüchig diese Brücken im Hügelland waren, und mir kam der Gedanke, Oswald könne sie vielleicht, wenn er die andere Seite erreicht hatte, aus ihrer Verankerung lösen, und dann wäre mir jede weitere Verfolgung unmöglich.

Indem ich mein Pferd mit der Peitsche, mit Worten und mit den Händen antrieb, war ich finster entschlossen, das zu verhindern. Noch einen Augenblick weiter, und ich war dicht hinter ihm – so dicht, daß er meinen Atem gehört haben muß, so wie ich seinen hörte. Er sah kurz zurück. Himmel, vergib mir! Aber selbst wenn ich hundert Jahre alt werde, werde ich niemals dieses weiße, grauenerfüllte, angstvolle Gesicht vergessen. Aber in diesem Moment fühlte ich kein Mitleid.

»Mörder!« schrie ich. »Attentäter!«

Dann wurde ich von der alten Liebe zwischen uns überschwemmt – die Liebe unserer Kinderjahre und Jugend, als wir noch alles füreinander gewesen waren; und ich schrie wild: »Oswald! Bruder! Komm zurück!«

Woher kam die plötzliche Umkehrung meines Gefühls? Ich werde es erklären. Als ich die anklagenden Worte aussprach, hatte Oswald, mit einem Aufschrei und durch einen schnellen Druck seiner Knie, sein erschöpftes Pferd dazu gebracht, einen Sprung nach vorn zu machen. Er gelangte auf die Brücke. Die wacklige grobe Konstruktion bebte unter dem plötzlichen Ansturm, aber es hätte vielleicht keine Gefahr bestanden, wenn nicht das überanstrengte Tier gestolpert und mit seinem ganzen Gewicht gegen einen dünnen Balken gestürzt wäre, der als Geländer diente. Ich sah, wie sich der Balken bog und splitterte – Pferd und Reiter hingen hilflos über dem Abgrund!

Es gab einen furchtbaren Augenblick, der mir erschien wie Jahre von verdichteter Todesangst; Oswald, der seine Gefahr erkannte, versuchte mutig, dagegen anzukämpfen, aber in dem Moment, als ich nach vorn sprang, um ihm zu helfen, stürzte die Brücke ein, und ich sah die Gestalt meines Bruders, die sich in einer wirren Masse mit dem Pferd zu verbinden schien, hinunter in das wirbelnde Wasser stürzen. Er warf die Arme hoch, gab aber keinen Laut von sich. Der Schrei, der zwischen den Hügeln widerhallte, stammte von meinen Lippen. Und *mein* Schrei verband sich mit *noch einem*. Ja, durch die Luft über mir drang dieser traurige, klagende und doch irre Schrei, den ich am Abend meiner Ankunft auf Holme Grange gehört hatte.

Mein Blut erstarrte zu Eis. Ich sah auf, als ich mein Pferd auf der Hinterhand wendete, um mich vor dem Schicksal zu bewahren, das meinen Bruder ereilt hatte. Und da war sie, schwebte über uns und über dem Wasser, die unheimliche Frau mit den toten Augen.

Ihre furchterfüllten, weiten Pupillen waren auf mich gerichtet. Der knochige Arm und die Hand waren ausgestreckt in die Richtung, in der mein Bruder verschwunden war. Dann wußte ich, wo ich das alles schon gesehen hatte. Es war der Inhalt meines Traums gewesen.

An mehr erinnere ich mich nicht. Zwei Stunden später wurde ich in einem Zustand von Bewußtlosigkeit, der in einem Gehirnfieber endete, neben meinem Pferd gefunden – in gefährlicher Nähe zu dem Abgrund am Wasserfall; nur durch ein Wunder war ich dem Tod entkommen. Die Körper meines armen Bruders und seines Pferdes wurden leblos zwischen den Felsen gefunden.

Das Projekt Höllenhund

von Ron Goulart

I

Der mechanische Wächter rollte durch den neunten Stock des Plaza Hotels und schwang seinen elektrischen Gummiknüppel. »Es ist Zeit«, sagte er und stieß hier und da die Leute in den Plastikfeldbetten an.

Das Licht des Morgengrauens zeigte sich schwach vor den vergitterten Fenstern. Es regnete immer noch kräftig.

Ein schmaler, hagerer Mann setzte sich auf und rieb sich das Gesicht mit schorfigen Händen. »Ich habe noch eine Stunde, du dämliche Konservenbüchse.« Er zeigte auf den tickenden Zähler neben seinem Feldbett.

Der Wachroboter des Übernachtungsheims rollte weiter und bohrte seinen Stock in Schläfer, deren Zähler abgelaufen waren. »Es ist Zeit. Aufstehen.« Er blieb wieder neben einem Feldbett stehen. »Los raus, Kumpel.« Er wiederholte das zweimal, bevor er nach seinem Schockknüppel griff, um damit den fetten Mann zu bearbeiten, der flach auf der zerwühlten Wärmedecke ausgebreitet lag. Aus dem Bett nebenan sagte ein Schwarzer in einem zerschlissenen Trainingsanzug: »Das ist einer für den Kadaverdienst, Wächter.«

»Es ist Zeit«, sagte der mechanische Wächter noch einmal und schüttelte den fetten Mann an den Schultern. »Aufstehen.«

Der Schwarze gähnte, stellte die Füße auf den Boden und sagte: »Herzprobleme vermutlich.«

Zwei Feldbetten links von dem Toten wurde Thad McIntosh

wach. Er schüttelte den Kopf von einer Seite zur anderen und schluckte schwer in der dicken, nach Moschus riechenden Luft des Übernachtungsheims. Thad war achtundzwanzig, lang und schlaksig. Im Augenblick hatte er etwa fünfzehn Pfund Untergewicht, einen Dreitagebart und eine schorfige Narbe auf der Stirn. Er trug im Moment ein paar dünne Trainingshosen und einen Mantel aus den Beständen vom brasilianischen Krieg 2018. Er rieb sich die verklebten Augen und sagte zu dem mechanischen Rausschmeißer: »Der Typ ist tot, laß ihn in Ruhe.«

Der Neger grinste Thad an. »Freut mich, daß du mir zustimmst, was die Diagnose bei diesem steifen Zustand betrifft. Warst du 'n Arzt?«

»Nee.« Thad band seine Allwetterschuhe los, die er sich während der Nacht um den Hals gehängt hatte.

»Ich schon. Interessante Geschichte, wie ich in Ungnade gefallen bin.«

»Das ist immer so.« Thad zog seine Schuhe an und gähnte.

»Nein, ich habe nicht schon immer auf Manhattan gelebt.«

»Dieser Mann ist verstorben«, verkündete der mechanische Wächter.

Thad strich sich mit einer Hand durch seine struppigen dunklen Haare und zuckte jedesmal zusammen, wenn er einen schorfigen Kratzer oder eine Beule berührte.

Der schmale, hagere Mann setzte sich noch einmal auf. »Mein Gott, ich kann's nicht leiden, wenn die Leute rings um mich rum sterben«, beklagte er sich, als Thad an ihm vorbeiging.

»Dann bist du auf der falschen Insel«, sagte Thad.

»Wer von uns konnte sich das schon aussuchen?«

Die Aufzüge des Plaza funktionierten immer noch nicht. Thad ging über die Treppe. Nach drei Stockwerken stellte er fest, daß er schnaufte und seine Lunge pfeifende Geräusche von sich gab. Er blieb auf einem Treppenabsatz stehen und atmete langsam und bedächtig. Als er abwesend in seine Jackentasche griff, entdeckte er darin ein silbernes Zwanzigdollarstück. Auf jeden Fall genug für ein Frühstück. Er konnte sich nicht erinnern, woher er das Geld hatte. Er hatte geglaubt, er hätte seine letzten zehn Dollar in den Zähler seines Bettes gesteckt.

Die Nachtwächter waren am Ende ihrer Schicht und übergaben ihre Betäubungsgewehre den drei Männern der Morgenschicht. Lagerfeuer schwelten überall im Central Park, ihr Rauch vermischte sich mit dem grauen Regen und dem dünnen Licht dieser Novembermorgendämmerung.

»Vielleicht hätte ich doch letzte Nacht im Park schlafen sollen«, sagte sich Thad. »Dann hätte ich jetzt dreißig Eier statt zwanzig.«

Ein Zweimedienschiff des Kadaverdienstes segelte durch den schweren Regen herab, um an einem der Eingänge des Parks zu landen. Es zog die Flügel ein, rollte durch die nackten Wiesen und zwischen den kahlen Bäumen hindurch, um die Leute einzusammeln, die dort in der vergangenen Nacht gestorben waren.

»Wenn ich's mir richtig überlege«, dachte Thad, »bin ich doch froh, daß ich's nicht getan habe.«

Der Zeitungsroboter, der in der Nähe des kaputten Springbrunnens gegenüber vom Plaza immer Zeitungen verkauft hatte, lag auf dem Rücken, seine Geldschachtel war aufgebrochen, und die Alarmglocke klingelte immer noch schwach. Thad blieb genau so lange stehen, um nachzusehen, ob der Plünderer nicht irgendwelches Kleingeld vergessen hatte, und ging dann weiter.

Noch ein KD-Zweimedienschiff flog dicht über ihn hinweg. Es segelte langsam weiter bis zur Fifth Avenue, wo es ein nächtliches Scharmützel zwischen zwei Banden gegeben hatte.

Es regnete immer weiter, kalt und kräftig. Als Thad bei Alfies Kneipe vorbeiging, sagte der verbeulte, alte Chefroboter vor der Tür: »Soviel du essen kannst, Mann. Für nur fünfzehn Mäuse.«

Thad ging langsamer. Das Kneipenessen war nicht so übel, und fünfzehn Dollar war kein schlechter Preis für ein Frühstück, auch wenn »soviel du essen kannst« wahrscheinlich bedeutete, daß es eine zweite Scheibe Sojatoast und ein Extraglas Ersatz-Saft gab. Thad ging hinein.

Der vertraute Geruch von altem Holz und Urin. Eines von den Kneipenfenstern aus Buntglas war noch ganz und warf wäßrige Kaleidoskopmuster auf die kahlen Plastiktische aus Noryl. Ungefähr ein halbes Dutzend abgerissener Leute saßen herum. Der Duft nach Ahornsirup wurde aus den Duftventilen unter der Balkendecke verströmt.

Thad ging nach hinten zu der Theke, wo die Essensausgabe war. Ein riesiger, kopfloser Roboter mit sechs silbernen Armen herrschte über das Essen. »Pfannkuchen, Würstchen und Schokoladenkekse«, bestellte Thad.

»Laß mal dein Geld sehen«, sagte eine Stimme aus dem Lautsprechergitter in dem riesigen Bauch des Roboters.

»Hier.« Thad hielt sein Silberstück hoch und faßte es fest zwischen Daumen und Zeigefinger.

Eine silberne Handfläche streckte sich zu Thad aus. »Hier rein.« Ein Schlitz in der Mitte der Hand leuchtete auf.

»Frühstück kostet nur fünfzehn Dollar, oder? Ich kriege noch fünf Dollar raus.«

»Du kriegst es Kumpel. Komm rüber damit.«

Thad steckte die Münze in den Schlitz, und die Hand wurde zurückgezogen. Er wartete ein paar Sekunden, bevor er fragte: »Wo sind meine fünf Dollar?«

»Du hast Pfannkuchen, Würstchen und Schokoladenkekse bestellt«, sagte die Sprecheinheit. »Willst du sie aus Soja oder aus Tang gemacht?«

»Ich will meine fünf Eier.«

»Ich würde Soja empfehlen.«

»Scheiße.« Thad legte seine Hände auf die Kante der Metalltheke, die ihn von dem großen Serviermechanismus trennte. »Du gibst mir jetzt sofort mein Geld raus und... autsch!« Ein Stromstoß floß zischend durch die Theke. Thad riß seine Hände weg und biß die Zähne zusammen. Es war ihm etwas schwindlig, und er schien sein linkes Bein nicht völlig unter Kontrolle zu haben.

Während er noch schwankend vor dem großen Roboter stand, packten zwei menschliche Hände seine Arme. »Wir haben hier was gegen Unruhestifter, Mann. Kann ja sein, daß Manhattan zu neunundneunzig Prozent von Schwindlern und Schnorrern bewohnt wird, aber Alfie's Kneipe versucht trotzdem, ihren Stil zu wahren.«

»Gib mir mein Geld.«

»Die Geschichte kennen wir auch schon«, sagte der große grauhaarige Mann, der ihn gepackt hatte. »Und jetzt raus mit dir, und treib dich bloß nicht noch mal hier rum.«

»Verdammter Dreck, du wirst mich nicht um zwanzig Mäuse bescheißen.«

»Los, raus.« Der große Mann schubste Thad zur Tür und stieß ihn in den regenerfüllten Morgen hinaus.

Thad taumelte seitwärts über das löchrige Pflaster, stolperte über den Bordstein und fiel auf ein Knie in den Rinnstein. Er verzog das Gesicht zu einer Grimasse, seine Nasenflügel blähten sich. »Das sind meine letzten zwanzig.«

Ein sauber rasierter, blonder junger Mann stand jetzt vor dem Eingang der Kneipe. »Moment mal«, sagte er.

»Bist du noch so 'n Scheiß-Rausschmeißer?«

»Ich habe mit dieser Sache absolut nichts zu tun«, versicherte ihm der blonde junge Mann. »Aber vielleicht kann ich dir helfen.« Er legte Thad eine Hand an die Brust. »Du bist doch Thad McIntosh, oder?«

Thad blinzelte und nickte dann. »Ja. Aber ich kenne dich nicht, oder doch?«

»Ich rekrutiere Leute für einen –«

»Nee«, sagte Thad und schüttelte den Kopf. »Ich will keinen Job. Ich hatte schon mal einen, plus Frau und Haus in Westchester. Das war damals, äh . . . 2027. Drei lange Jahre ist's her. Davon will ich jetzt absolut nichts mehr wissen.«

»Hier geht es nur um einen Teilzeitjob«, erklärte der junge Mann. »Höchstens ein paar Stunden Arbeit pro Woche. Wir bezahlen dir zweihundert Dollar.«

»Zweihundert Dollar?« Thad machte einen Schritt zurück auf die nasse Straße. »Und was muß ich dafür tun?«

»Nur ein paar Stunden Arbeit. Arbeit in deinem Spezialgebiet.«

»Ich war in der Buchhaltung bei Verlock-Tronik. Redest du von Arbeit in so 'ner Art Werbung?«

»Mehr oder weniger.« Der blonde junge Mann steckte eine Hand in eine Innentasche seines wasserdichten Regencapes. »Hier sind zwanzig Dollar. Soviel hast du doch verloren, oder?«

Thad griff nach dem Silberstück. »Genau.«

»Betrachte das als einen Vorausbonus für gute Arbeit.«

Aus derselben Innentasche holte er eine blaue Fax-Karte. »Weißt du, wo die Ruine der Bibliothek ist?«

»Zweiundvierzigste und Fünfte? Ich hab' da schon öfter geschlafen.«

»Genau gegenüber ist ein mit Brettern vernagelter Doughnut-Laden. Diese Karte gibst du Mr. Ferber, der dort drin ist. Er ist zuständig für Personal und Einstellung.«

Thad steckte die Karte in die Tasche. »Woher weißt du, daß ich nicht einfach deine zwanzig Eier nehme und dann abhaue?«

»Ich weiß genug von dir – ich glaube nicht, daß du das tun wirst«, antwortete der junge Mann. »Außerdem kann ich dich immer wiederfinden.«

»Wie kannst du –«

»Geh jetzt besser. Mr. Ferber wird schon scharf darauf sein, dich zu sehen.«

»O. K.«, sagte Thad. »O. K., und danke.« Er ging los in den Regen in Richtung auf die Zweiundvierzigste Straße.

II

In dem Laden regnete es durch die Decke. Es tropfte durch gezackte Risse in der niedrigen, gelbbraunen Decke – Wasser zischte an den verstaubten Befestigungen für das Lampenkabel entlang. Der unebene Wärmeboden glitzerte von kleinen Wasserpfützen. Thad schüttelte sich zweimal, ging durch den kleinen Raum und blieb vor der Theke an der Wand stehen. Hinter der Theke war niemand, aber eine zerbeulte, altmodische Sicherheitsbox stand auf der Kante eines Schranks.

»Mr. Ferber, bitte«, sagte Thad und hielt der Maschine die blaue Fax-Karte entgegen.

»Warte, bis du dran bist«, erwiderte die würfelförmige, schwarze Sicherheitsbox.

Im Zimmer waren noch vier andere Männer, alle älter als Thad. Es gab drei Schalensessel mit wackligen Beinen. Der vierte Mann saß auf dem nassen Fußboden und hatte seine Beine gerade vor sich ausgestreckt.

Thad sagte zu der Maschine: »Ich dachte, Ferber will mich unbedingt –«

»Nimm eine Nummer und warte, bis du dran bist.«

Thad sah ein Stück Papier mit einer Zahl aus einem Schlitz in der Sicherheitsbox kommen. Er nahm es.

Der Mann auf dem Boden meinte: »Du kannst 'ne Tasse Synkaf haben, wenn du willst. Beim Warten.«

Thad wandte sich noch einmal der Maschine zu. »Kann ich eine Tasse –«

Ein Plastikbecher schob sich aus der Rückseite der Sicherheitsbox und wurde aus einem verchromten Hahn gefüllt. »Mit den besten Empfehlungen des Hauses.«

Der Synkaf war lauwarm, obwohl einer seiner Inhaltsstoffe bewirkte, daß Dampf daraus aufstieg. Thad trug ihn vorsichtig hinüber zu einem der vernagelten Fenster und trank einen Schluck. »Um was für 'nen Job geht's hier eigentlich genau?« fragte er den Mann auf dem Boden.

Der Mann war zweiundvierzig und grauhaarig. Er hatte zwei frische Schnitte auf der Oberlippe, und seine Zähne waren nicht die eigenen. »Weiß nicht genau«, sagte er. »Soll wohl etwas Grips erfordern. Ich hatte mal welchen. Vielleicht immer noch. War früher ein Heim-Buch-Maschinen-Reparatur-Mann und ...«

Thad hockte sich neben den Mann und hörte nicht mehr zu. Das war eine Angewohnheit, die er sich gegen Ende seines ersten Jahres auf Manhattan zu eigen gemacht hatte. Er trank den lauen Kunstkaffee und schloß halb die Augen. Nach fast zwei Stunden wurde seine Zahl aufgerufen.

Thad streckte sich und ging in das Zimmer nebenan. Es war etwas größer, aber genauso staubig und feucht. Ein Mann mit Sommersprossen und langer Jacke mit Nadelstreifen saß auf einem aufblasbaren Sessel und hatte ein Diktiergerät auf dem Schoß. »Mr. Ferber?« fragte Thad.

Der Mann mit den Sommersprossen sah auf. »Die Tür da drüben rechts.« Als Thad an ihm vorbeiging, fragte der Mann: »Wie viele von den widerlichen Kerlen sind noch da draußen?«

Thad sagte: »Ich bin der letzte.«

»Ah, wunderbar, hervorragend.« Der Mann mit den Sommersprossen warf das Diktiergerät auf den Boden. Er rieb sich den Nacken und sagte: »Diese Art von Theater ist immer derart langweilig, daß... tja, also die Tür da drüben rechts.«

Thad ging durch die bezeichnete Tür in das nächste staubige, regengeschädigte Zimmer. Ein kurzer, stämmiger Mann ging auf dem nackten Fußboden auf und ab, die Hände hatte er hinter den Rücken gelegt. »Wie fühlen Sie sich, McIntosh?«

»Hungrig«, antwortete Thad. »Um was für einen Job geht's hier eigentlich?«

»Es geht um einen hundsblöden Job«, sagte der kurze, dunkle Mann. »Ich bin Crosby Rich.«

»Ach, ja?«

»Sie kennen mich nicht, aber außerhalb von Manhattan kennen mich eine ganze Menge Leute«, sagte Rich und ging immer noch auf und ab. »Deswegen mußten wir diese ganzen dämlichen Spielchen mit Ihnen spielen. Wollen Sie vielleicht ein Sandwich? Ich habe ein halbes Dutzend mitgebracht.«

»Sicher.« Thad sah zu, wie Rich seine stämmige Hand in einen künstlichen Weidenkorb streckte, der auf dem Boden stand. »Soll das heißen, daß Sie überhaupt kein Interesse daran haben, irgendeinen von diesen anderen Typen einzustellen?«

»Nein, ich will niemanden einstellen. Außer Ihnen, McIntosh«, sagte Rich. »Wie wär's mit Meeresgehacktem auf Hirsebrot?«

»Mir ist alles recht.«

»Wann haben Sie das letztemal was gegessen?«

»Gestern mittag.«

»Hier.« Rich warf ihm das in Plastik eingewickelte Sandwich zu. »Ich habe ja schon viele Leute absteigen sehen, McIntosh, aber ich weiß wirklich –«

»Reden Sie über den Job.« Thad wickelte das Sandwich aus und biß hinein. »Vorträge kriege ich sowieso überall gehalten.«

Der stämmige Mann streckte die Hand noch einmal in den Korb. »Oh, das war das letzte. Habe ich wirklich schon fünf Sandwiches verdrückt, während ich auf Sie gewartet habe? Ich muß doch besser aufpassen«, sagte er. »Ich gehöre zur Oppositions-Partei, McIntosh, und arbeite für sie als eine Art Störenfried.«

Thad nickte und aß weiter.

»Wir glauben, daß weder die Republikanisch-Demokratische Partei noch die Demokratisch-Republikanische Partei besonders viel für unser Land tun können. Die RDs können scheinbar seit

Antritt ihrer Regierung nicht verhindern, daß es Krieg gegen die Südamerikanische Staatenorganisation geben wird. Wir sind auf dem besten Wege dorthin«, sagte Rich. »Sie waren ein eingetragenes Mitglied der OP.«

»Damals«, sagte Thad kauend. »Früher.«

»Also haben Sie vermutlich in manchen Beziehungen ähnliche Vorstellungen wie wir. Sie verfolgen zweifellos dieselben Ziele, die wir –«

»Führt dieses Gespräch dazu, wofür Sie mir die zweihundert Dollar bezahlen wollen?«

Rich seufzte durch Nase und Mund gleichzeitig. »Erweckt das Ihre Neugierde denn überhaupt nicht, McIntosh? Wir machen dieses ganze Theater, um unauffällig und in Ruhe Kontakt zu Ihnen aufzunehmen – fragen Sie sich denn nicht, warum?«

»Nicht besonders«, sagte Thad und kaute den letzten Bissen von seinem Sandwich. »Stimmt es, daß Sie sonst nichts mehr zu essen haben? Ich sag' Ihnen was, Rich, wenn man erst mal eine Weile auf Manhattan gelebt hat, lernt man, sein Dasein nur in sehr kurze Zeitabschnitte einzuteilen. Um wirklich neugierig zu sein, muß man sich sein Leben als etwas vorstellen, was ein Stück weit in alle Richtungen reicht.«

»Ich kann trotzdem nicht verstehen, warum Sie alles aufgegeben haben«, sagte Rich. »Sie waren in einem –«

»Ich hatte eben die Nase voll davon.« Thad steckte seine Hände in die Taschen seiner Jacke und lehnte sich mit einem Ellenbogen an die staubbedeckte Wand. »Was haben Sie denn nun vor, Rich? Hoffen Sie, mich rehabilitieren zu können?«

»Ja«, gab Rich zu.

»Mich wieder auf meine Füße stellen – genau dahin, wo ich war?«

Der Störenfried der OP schüttelte den dunklen Kopf. »Überhaupt nicht. Ehrlich gesagt ist mir das scheißegal, McIntosh. Oh, es würde mich schon interessieren, aber ich bin nicht hergekommen, um Ihnen einen Gefallen zu tun. Ich bin hier, um herauszufinden, ob Sie mir einen tun können. Und damit das klappt, müßten Sie für eine Weile aufhören, ein Schnorrer zu sein.«

»Nur für eine Weile? Nicht ständig?«

»Wenn Sie den Job erledigt haben, können Sie wieder herkommen und sich so lange in der Gosse wälzen, wie Sie Lust haben.«

»Und dafür kriege ich zweihundert Dollar?«

»Nein, dafür kriegen Sie fünfzigtausend Dollar«, sagte Rich, »für den Anfang wenigstens. Und wenn Sie die Sache durchziehen, werden Sie wenigstens noch mal fünfhunderttausend bekommen.«

Thad richtete sich auf und strich sich mit beiden Händen durch sein wirres Haar. »Eine halbe Million? Das ist nicht schlecht«, sagte er dann. »Aber das hört sich so an, als ob das Ganze nicht einfach nur die paar Stunden dauern würde, von denen Ihr Mann auf der Straße gesprochen hat.«

»Es könnte dabei um den Rest Ihres Lebens gehen.«

»Wollen Sie damit sagen, daß der Rest meines Lebens möglicherweise nicht mehr sehr lang sein wird, falls ich für Sie arbeite?«

»Ja, diese Möglichkeit besteht. Der Plan, den wir im Sinn haben, könnte vielleicht nicht klappen.«

Thad kratzte sich sein stoppeliges Kinn und sagte: »Na gut, was wollen Sie, was soll ich tun?«

»Im wesentlichen«, erwiderte der stämmige Rich, »sollen Sie herausfinden, worum es bei einer Sache geht, die Projekt Höllenhund heißt.«

»Und wie genau soll ich das machen?« fragte Thad.

»Indem Sie jemand anderer werden.«

III

Der olivgrüne Luftkreuzer stieg über den Regen auf und flog in die helle Nachmittagssonne hinaus. Rich saß auf dem Pilotensitz und sagte: »Ich bin froh, daß Sie zugestimmt haben, McIntosh. Das erspart mir, nach den anderen sieben möglichen Männern zu suchen. Sie waren der einzige im Osten. Ein anderer ist drüben in dem, was von Flint, Michigan, übriggeblieben ist, aber wir nehmen an, daß die Seuche ihn vielleicht zu einer Art Idiot gemacht hat. Und die anderen sind über die ganze Landkarte verteilt.«

»Ich habe den Job noch nicht angenommen.« Thad war an den Beifahrersitz geschnallt und trank eine Tasse Synkaf – er war wenigstens heiß. »Ich habe mich einverstanden erklärt, mit Ihnen nach Westchester zu kommen, um die Angelegenheit im einzelnen zu besprechen. Und solange Sie mir nur dafür fünfhundert Dollar bezahlen, bin ich weiter dabei.«

»Schauen Sie, da unten links. Wir fliegen über Ihr altes Haus... Nein, schon zu spät. Verpaßt.«

Thad hatte nicht einmal den Kopf gedreht. »Wie kommt es, daß an der Seite auf Ihrem Kreuzer steht ›Olexo & Balungi, Para-Rechtsanwälte‹ und nicht ›Oppositions-Partei‹?«

»Wenn irgend jemand herausfände, was wir vorhaben, würden sie mich wahrscheinlich umbringen, bevor ich irgendwas dagegen unternehmen könnte.«

»Aha.« Thad trank noch einen Schluck von seinem künstlichen Getränk. »Würden Sie mich da auch miteinschließen?«

»Sie ganz besonders.«

»Ist dieses Projekt Höllenhund denn so wichtig?«

»Es sieht so aus«, erwiderte Rich. »Wir haben in diesem Jahr fünf OP-Leute verloren. Bis jetzt ist alles, was wir wissen, der Name der Operation und die Tatsache, daß es irgendeine neue Art von Waffe ist, die im Augenblick von einem der Unternehmen der Walbrook Enterprises entwickelt wird.«

»Es hat Sie fünf Leute gekostet, nur das herauszufinden«, sagte Thad, »und ich allein soll den ganzen Rest der Geschichte aufdekken und mit dem Leben davonkommen?«

Es bildeten sich neue Falten auf Richs niedriger, dunkler Stirn. »Ich kann Ihnen nicht garantieren, daß Sie mit dem Leben davonkommen«, sagte er. »Aber wenn Sie mich fragen, leben Sie jetzt ja auch nicht, McIntosh. Tja, ich habe Erkundigungen über Sie eingezogen. IQ von 185, eine Hirnpotentialziffer von... Na gut, ich hatte versprochen, keine Vorträge zu halten.«

Er streckte eine kurzfingerige Hand aus und gab ein Landungsschema in die Automatik ein. »Aber ein Mann mit Ihren Fähigkeiten! Ich kann immer noch nicht verstehen, warum Sie –«

»Ich hatte die Nase voll.« Thad lehnte sich noch weiter in seinem Sitz zurück. »Und irgendwie habe ich das Gefühl, daß ich von Ihrem Job auch jeden Augenblick die Nase voll haben werde.«

Der olivgrüne Kreuzer segelte durch den klaren Sonnenschein

nach unten, bremste ab und glitt über die Spitzen von dekorativen künstlichen Allwetterfichten dahin. »Westchester Country Club Nr. 26«, sagte Rich, als der Kreuzer über eine rosa gepflasterte Landfläche einschwenkte.

»Die werden mich nie reinlassen.«

»Der Club ist vorübergehend geschlossen. OP gebraucht ihn als Treffpunkt, bis die Regierung dahinterkommt. Dann gehen wir wieder woanders hin.«

Der Kreuzer setzte mit zwei sachten Hopsern auf und kam zum Stillstand. Der Sitz gab Thad frei. Er fragte: »Wie ist es mit etwas zu essen? Gibt es hier irgendeinen, der für uns kocht?«

Rich sprang aus dem Kreuzer. »Die Servomechs arbeiten alle einwandfrei«, sagte er. »Was ist heute, Dienstag?«

»Ja, ich glaube, warum?«

»Dienstags gibt es mexikanisch-amerikanisches Essen. Jeder Tag ist anders, so sind sie eingestellt. Mögen Sie –?«

»Ich war in den letzten Jahren nicht mehr sehr heikel.«

Zwei junge Männer, die locker dastanden und ihre Betäubungsgewehre übergehängt hatten, nickten Rich aus dem Innern des Hauptraumes des Country-Clubs zu.

»Irgendwelche Schwierigkeiten?« fragte er und trat ein.

»Nichts«, sagte einer von ihnen. »Dr. Rosenfeld hat angerufen und gesagt, daß er eine Stunde später kommen wird.«

»Aha.« Rich führte Thad über eine gewundene, pastellfarbene Rampe hinauf.

Thad fragte: »Wer ist Dr. Rosenfeld?«

»Ihr Hausarzt.«

»Und zu welchem Haus oder welcher Familie gehört er? Ich hab' noch nie von ihm gehört.«

Rich steckte Daumen und kleinen Finger in das Fingerabdruckschloß einer Tür. Die Tür glitt zur Seite. »Ich werde Sie gleich in einem der Eßzimmer instruieren. Ich denke, das wird das Richtige für Sie sein.«

»Machen Sie keine Scherze darüber, daß ich Hunger habe«, meinte Thad, als er dem untersetzten OP-Störenfried in einen blasenförmigen Raum folgte. »Wenn ich nicht hungrig gewesen wäre, wäre ich überhaupt nicht zu Ihnen gekommen.«

»Dann hätten wir zu Ihnen gehen müssen«, versicherte ihm Rich. »Auf die eine oder andere unauffällige Art.«

Er ging zu einem langen weißen Tisch am anderen Ende des Raums hinüber. Es war der einzige rechteckige Tisch in einem Zimmer voller runder Tische. Alle Fenster in dem großen Raum waren abgedunkelt. »Setzen Sie sich, wir wollen anfangen.«

Thad setzte sich in einen Blechstuhl zwei Stühle neben Rich, und ohne lange zu warten, daß man es ihm erlaubte, bestellte er sich mit Hilfe der Eingabetastatur an seinem Platz etwas zu essen. »Soll ich für Sie auch etwas bestellen?«

Nach kurzem Zögern antwortete Rich: »Jetzt nicht, danke. Drehen Sie sich etwas zur Seite, so daß Sie die Monitorschirme erkennen können, die wir hier drüben an die Wand gehängt haben.«

Thad folgte der Anweisung. Der zweite von fünf Schirmen in einer Reihe zeigte den schlammfarbenen Ausschnitt eines Farbfilms von einem jungen Mann, der grinste, und dabei gegen die Brüstung von irgendeiner Art von Meeresfahrzeug gelehnt dastand. Der junge Mann war schlank und hager und war in Größe und Körperbau ungefähr so wie Thad.

»Kommt er Ihnen bekannt vor?« fragte Rich.

»Sieht entfernt so aus wie ich. Wer ist das?«

»Robert B. Walbrook.«

»Das muß schon ein älterer Streifen sein. Robert Walbrook ist etwas über fünfzig. War er wenigstens, als ich zum letzten Mal Nachrichten gesehen habe.«

Rich drückte auf eine andere Taste an der Fernbedienung. Das Bild blieb bei einer lächelnden Großaufnahme stehen. »Das ist Robert Bruce Walbrook I«, erklärte er. »Dieser Film ist vor einundfünfzig Jahren, also 1979 entstanden. Das ist der St. Clair-See.«

»Wo?«

»Der war früher bei Detroit«, sagte der OP-Mann.

»Von Detroit habe ich gehört. Wir verloren Detroit... wann war das? ... ungefähr vor sechs Jahren, als die Seuche ausbrach.«

»Vor acht Jahren.«

»Ich habe den Anschluß verloren.« Thad zeigte auf das lächelnde Bild auf dem Monitorschirm. »Das heißt also, dieser Walbrook wäre heute ungefähr achtzig?«

»Nein«, antwortete Rich. »Er wäre in seinen späten Zwanzigern.«

»Wie macht er das?«

»Robert Walbrook lag im Jahr 1980 im Sterben. Er hatte Leukämie. Die Familie entschloß sich, mit Roberts Zustimmung, ein neues Verfahren anzuwenden, das Walbrook Enterprises damals entwickelt hatte. Genaugenommen war Robert erst das dritte Versuchssubjekt.«

»Was haben sie gemacht? Ihn eingefroren? Das war damals eine große Sache, oder?«

»Das Walbrook-Verfahren war wesentlich ausgereifter«, sagte Rich. »Es bestand darin, das Subjekt in eine Art von verzögertem Leben zu versetzen, während es noch lebte. Walbrook Enterprises hielt den Vorgang für etwas, das der Kryptobiose ähnlich war, eine Kryptobiose, die auch bei menschlichen Individuen funktionierte. Das Ganze lief tatsächlich recht gut, aber es kostete so unglaublich viel Geld, daß es nie ein Erfolg wurde.«

»Kryptobiose. Das ist der Zustand, in den sich einige der niedrigeren Lebensformen versetzen können, eine Art von langdauerndem Winterschlaf.«

»Mehr oder weniger. Ich wußte nicht, daß Sie schon davon gehört hatten.«

»Bei einem Mann mit meinem Gehirnpotential?«

Rich sprach weiter: »Da lag er dann also, Robert B. Walbrook I, der jüngste von drei Brüdern, die zusammen das ganze Walbrook-Unternehmen gegründet hatten. Er lag im Aufbewahrungsgewölbe eines Gebäudes in einem der Bezirke von Detroit, die vor jedem Volksaufstand sicher sind. Genauer gesagt war das Ganze in Grosse Pointe.«

»Als dieser experimentelle Seuchenvirus aus den Flint-Untersuchungslaboratorien entkam, wurden Detroit und seine Umgebung doch ziemlich ausgerottet.«

Thads mexikanisch-amerikanisches Essen war gerade durch einen Schlitz im Eßtisch heraufgekommen. Er nahm das Noryl-Plastikbesteck und fing an zu essen.

»Aus diesem Grund will die OP auch versuchen, was wir versuchen werden«, sagte Rich. »Damals starben etwas mehr als zweieinhalb Millionen Leute, drei Wochen waren dort bürgerkriegsähnliche Zustände, in denen von den Menschen, die die Seuche nicht sofort umbrachte, geplündert und zerstört wurde, was noch da war.«

Thad schluckte einen Bissen herunter und sagte: »Die Gewölbe, in denen Robert aufbewahrt wurde... sind sie zerstört worden?«

»Dem Erdboden gleichgemacht. Die zwei Dutzend Menschen, die dort aufbewahrt worden waren, wurden später nie wieder erwähnt.«

»Also weiß keiner, was mit Robert passiert ist?«

»Keiner, den wir hätten ausmachen können, und auf jeden Fall keiner aus der Walbrook-Familie.«

Thad legte seine Gabel hin und lehnte sich zurück. »Und vor vier Jahren gelang uns endlich die Heilung von Leukämie.«

»Genau. Wenn also Robert Walbrooks Körper überlebt hätte, wäre es jetzt möglich, ihn wiederzubeleben und zu heilen.«

»Würde die Familie das wirklich wollen?«

»Nicht alle, aber so wie die Wiederbelebungsgesetze im Augenblick aussehen, würden sie es tun müssen«, erwiderte Rich. »Einige der jüngeren Familienmitglieder wären wahrscheinlich dagegen. Ganz besonders ein Kerl namens Lon Walbrook, Großneffe von Robert I, der gerade versucht, etwas mehr Macht zu bekommen. Wenn nämlich Robert I auftaucht, wird er faktisch immer noch einer der Chefs der Unternehmensgruppe sein.«

Thad rubbelte an seinem zottigen Haar. »Also Ihr Typen von der Oppositions-Partei wollt versuchen, den ganzen reichen, mächtigen Walbrook-Clan auf ihrem vierhundert Hektar großen befestigten Landsitz davon zu überzeugen, daß ich ihr lange verloren geglaubter Sohn bin?« Er lachte und verschränkte beide Hände über dem Kopf. »Irgend so ein dahergelaufener Kerl, der von den Toten auferstanden ist. Scheiße. Das wird niemals klappen. Sie würden herausfinden, daß ich kein...«

»Natürlich, wenn man bedenkt, wie Sie im Augenblick aussehen. Ein abgerissener Tippelbruder aus Manhattan. Schon Ihr Geruch würde die Sache ruinieren.«

Immer noch lachend, machte sich Thad wieder an sein Essen. »Wenn ich hiermit fertig bin, können Sie mir meine fünfhundert

Scheine geben und mich wieder zurückbringen zu meinen heruntergekommenen Zeitgenossen.«

Rich setzte sich in den Stuhl direkt neben Thad. »Wir werden Sie bearbeiten, bevor Sie einen der Walbrooks zu Gesicht bekommen, McIntosh«, sagte er. »Schon die Arbeit an Ihrem Körper wird Wochen brauchen, zum Beispiel wegen der Operationen.«

»Operationen?«

»Gesichtszüge, Fingerabdrücke«, erklärte Rich. »Wir müssen ein paar fast völlig narrensichere Linsen auf Ihre Augen verpflanzen, um die Augenhintergrundstruktur zu fälschen. An Gehirnstrom-Mustern können wir nichts machen. Aber wir sind nicht sicher, ob je jemand die von Robert I aufgezeichnet und darüber eine Akte angelegt hat. Dann ist da noch –«

»Warum haben Sie sich gerade mich ausgesucht?«

»Das haben unsere Computer gemacht, mit Infomaterial, das wir aus der Nationalen Datenbank besorgt haben. Wie ich Ihnen schon gesagt habe, sind Sie einer von etwa einem halben Dutzend in Frage kommender Männer, Leute, die in Körperbau und Gesichtsstruktur so ähnlich aussehen wie Robert I.«

Thad wischte seinen Teller mit einem Stück Tortilla aus Ersatzmais ab. »Kann ich noch mehr zu essen bestellen?«

»Nur keine Hemmungen«, sagte Rich und sah zur Seite. »Es ist so, McIntosh: Wir haben eine ganze Menge Gründe, anzunehmen, daß diese Höllenhund-Geschichte eine ziemlich scheußliche Waffe ist. Und Warren Parkinson wird noch drei Jahre im Amt sein.«

»Wer?« Thad bestellte sich gerade noch eine zweite Mahlzeit.

»Parkinson, der Präsident der Vereinigten Staaten«, sagte Rich. »Wissen Sie, er hat zwei Nervenzusammenbrüche erlitten, seit er sein Amt angetreten hat. Möglicherweise ist er in einem noch schlechteren Zustand, als alle glauben. Wir können auf keinen Fall so eine Sache wie diese Höllenhund-Waffe in die Hände eines Mannes gelangen lassen, der so instabil wie Warren Parkinson ist.«

»Vielleicht ist das Projekt Höllenhund etwas Harmloses«, sagte Thad. »Walbrook Enterprises produziert einen Haufen Zeug.«

»Es ist eine Waffe, und die ist bestimmt nicht harmlos.«

Thads zweite Mahlzeit kam aus der Öffnung im Tisch. »Wie lange würde es dauern, aus mir ein vernünftiges Ebenbild von Robert Walbrook I zu machen?«

»Mindestens zwei Monate, wenn alles gutgeht. Wir können Ihnen eine Menge Hintergrundinformation eingeben, während Sie schlafen.«

»Sie werden mir einen bequemen Platz zum Schlafen zur Verfügung stellen«, fragte Thad, »und ordentlich zu essen?«

»Bestimmt. Und wir werden Sie auch wieder rehabilitieren.«

»Das ist unwahrscheinlich«, sagte Thad. »Aber der Winter ist eben doch nicht mehr so weit entfernt. Diese Angelegenheit würde die meisten meiner Winterprobleme lösen.«

Rich sagte: »Vielleicht sind Sie doch das Leben da drüben leid, McIntosh. Vielleicht möchten Sie...«

»Keine Vorträge, keine Predigten.« Nachdem er einen Augenblick schweigend gekaut hatte, fragte Thad: »Angenommen, ich lege Sie rein. Haben Sie keine Angst, ich könnte die Sache irgendeinem erzählen?«

»Falls Sie sich gegen die Sache der OP entscheiden«, sagte ihm Rich, »würden Sie sich an nichts mehr von dem erinnern, was heute geschehen ist. Wir haben ein Mittel dafür.«

»Das dachte ich mir«, sagte Thad. »Angenommen, die Walbrooks erkennen mich nicht an, angenommen, sie durchschauen meine große Maskerade? Bekomme ich mein Geld trotzdem?«

»Wenn Sie überleben, ja.«

»Wie erklären wir, wo Robert... wo ich während all der Jahre gewesen bin, seit die Seuche zugeschlagen hat?«

»Wir haben uns dafür eine relativ plausible Geschichte ausgedacht. Wir werden sie Ihnen erzählen, und zwar ausführlich.«

Thad zuckte mit einer Schulter und sagte: »O. K. Ich werde es versuchen. Ich denke, für mich ist es sowieso egal, wie ich weitermache. Ist ja klar. Also gut, wann fangen wir an?«

»Jetzt«, sagte Rich.

IV

Dr. Barney Rosenfeld nahm seine Hände von den Kontrollvorrichtungen des Landfahrzeugs und verschränkte sie auf seinem ergrauenden Kopf. »Sie werden – Sie werden von jetzt an auf sich selbst gestellt sein, mein Freund«, sagte er. »Die Geräusch – die Geräuschsensoren werden auf uns gerichtet sein, sobald wir durch das – das Tor gefahren sind.« Er war ein leicht übergewichtiger Mann von sechsunddreißig, und sein sandfarbenes Haar war mit Grau gesprenkelt.

Thad nickte und sagte nichts. Er hatte sich inzwischen schon an die Art des Doktors, sich beim Sprechen zu wiederholen, gewöhnt. Direkt vor ihnen erhoben sich steinerne Mauern, die aus genau den großen, schwarzen Felsenstücken zusammengesetzt war, wie man sie immer noch überall hier in Connecticut fand. Nur diese Mauer war höher, mindestens zehn Fuß hoch. Schwere Tore, die aus echtem Schmiedeeisen bestanden, versperrten ihnen den Zugang zum Landgut der Walbrooks. Thad spürte, daß direkt hinter den Toren ein unsichtbarer Schutzschild stand. Der leichte Schnee, der durch die Nachmittagsluft rieselte, zerschmolz, wenn er in die Nähe des Tors fiel.

»Ich habe in der Motorhaube eine Identifikationsplakette installiert«, erklärte der Doktor. »Sie – sie lesen sie jetzt.«

»Sie?«

Rosenfeld deutete mit dem Kopf in Richtung Mauer. »Die Sicherheitsroboter.«

Draußen ertönte ein tiefes, scharrendes Geräusch, und die Metalltore öffneten sich langsam nach innen. Das Landfahrzeug machte einen Satz und rollte ein wenig nach links, bevor es sich geradeaus in Bewegung setzte.

»Sie – sie haben jetzt die Steuerung des Wagens übernommen«, erklärte der Hausarzt der Walbrooks.

Das Landfahrzeug rollte langsam über die schwarze Straße. Der Schutzschild war nicht mehr da. Als der Wagen etwa fünfhundert Meter weit gefahren war, blieb er plötzlich stehen.

»Strecken – strecken Sie eine Hand aus dem Fenster, mein Freund«, riet ihm Rosenfeld.

Die Wagenfenster senkten sich automatisch. Jetzt standen Roboter auf beiden Seiten des Fahrzeugs. Sie waren so groß wie ein Mensch und graubraun.

»Hand bitte«, forderte der auf Thads Seite. Auf seinen Wangen, Schultern und Brustplatten lag feiner Schneestaub. Seine Metallhand war eiskalt.

Ein kleiner Kegel schob sich mit einem rauhen Klicken aus der Handfläche des Roboters. Ein kleines blaues Licht am Ende des Kegels glitt über Thads Fingerspitzen. Der Roboter ließ ihn los und sagte: »In Ordnung.«

Einen Augenblick später wiederholte der Roboter auf Dr. Rosenfelds Seite dasselbe und sagte dieselben Worte. Die Wagenfenster schlossen sich wieder, und das Fahrzeug rollte weiter.

»Das – das war eine Untersuchung unserer Finger – unserer Fingerabdrücke, mein Freund«, sagte der Doktor.

»Habe ich mir gedacht.«

Dr. Rosenfeld hatte seine Hände wieder auf seinen Kopf gelegt. »Sie – sie haben es gern, wenn sie die Hände der Leute sehen.«

Thad kratzte sich gerade mit seinen veränderten Fingerspitzen im Schritt. »Ich denke, ich werde an meinem alten Heim ein paar Veränderungen durchsetzen müssen«, sagte er. »In den vergangenen fünzig Jahren ist es scheinbar mit Johnny nicht besser geworden, er ist immer noch ein Umstandskrämer.« Dieses Wort war damals vor fünfzig Jahren ziemlich geläufig gewesen.

»Sie – Sie können doch nicht so...« Dr. Rosenfeld schwieg, als er sich erinnerte, wen Thad jetzt darstellte. »Ja, mein Freund, Sie können sicher mit J. P. darüber reden. Allerdings ist die Welt nun einmal nicht wesentlich besser – besser geworden, seit Sie das letzte Mal gelebt haben, wie ich Ihnen schon sagte. Heutzutage braucht man sogar noch mehr Sicherheitsvorkehrungen.«

»Ich schätze, Johnny steckt immer noch bis zum Hals in Arbeit für die Regierung«, sagte Thad.

»Ich – ich denke schon, ja«, antwortete Rosenfeld und beobachtete Thad durch leicht verengte Augen. »Aber ich bin nur einer von mehreren – mehreren Hausärzten, und ich kenne keine Familiengeheimnisse.«

Nachdem der Landwagen zwei flache Hügel hinaufgefahren

war, kamen die Gebäude in Sicht – ein Komplex von sechs riesigen, weißen, salzfaßförmigen Häusern, die mit durchsichtigen Tunneln verbunden waren. Hinter den Häusern erstreckten sich viele Hektar mit echten Bäumen, Ahorn und Birken, die jetzt in dem kühlen Licht alle kahl und dünn wirkten.

»Mir scheint, Johnny hat ziemlich ausgebaut«, sagte Thad. »Zu meiner Zeit kamen wir mit nur einem Haus aus, dem ganz links, und mit etwa dreißig Hektar Land.«

»Fünfzig Jahre mit nichts – nichts als Erfolg können –«

»Aus was sind diese neuen Salzfässer gebaut?«

»Walbrook-Ersatzholz, nehme ich an.«

»Seit meiner Zeit«, sagte Thad, »sind wirklich eine ganze Menge neue Produke dazugekommen, die ich noch kennenlernen muß.«

Ihr Wagen bewegte sich von der Straße herunter auf einen großen, runden Platz neben dem kompakten Haus, an das Thad vorgab, sich zu erinnern.

Zwei Roboter, diesmal verchromt, halfen ihnen aus dem Wagen. »Haus eins bitte«, sagte der Roboter, der Thads Arm ergriffen hatte.

»Es war jetzt eigentlich vorgesehen, daß wir hineingebracht werden, um – um Ihren Bruder zu sehen«, sagte Dr. Rosenfeld.

»Darauf freue ich mich.« Thad ließ sich zur Tür des ersten Hauses führen.

Im Foyer des riesigen, weißen Hauses stand ein großer blonder Mann. »Sie sind der angebliche Walbrook, oder?«

»Sie gehören aber nicht zur Familie.« Thad wandte sich dem Doktor zu. »Ich dachte, Johnny würde mich gleich sehen wollen.«

»Dies ist«, sagte Dr. Rosenfeld, »– ist Mr. Gunder, Angestellter der Regierung der Vereinigten Staaten.«

»Agent Lyle Gunder«, präzisierte der große Mann, »bei der Total Security Agency. Ich diene als Mittelsmann zwischen Walbrook Enterprises und der Regierung. Ich überprüfe Leute.« Er trat auf Thad zu. »Bevor Sie weiter hereinkommen, werde ich Sie ein paar Tests unterziehen.«

»Was – was soll das alles?« fragte der Doktor. »Ich habe doch –«

»Der Alte selbst hat es angeordnet.« Gunder nickte Thad zu.

»Sie müssen mit mir zu Haus zwei gehen. Ach übrigens, was war als Kind Ihr Lieblingsgemüse?«

»Kürbis.« Thad begann in dem weißen Raum herumzugehen. »Die ganzen Bilder sind weg.«

»Wie hieß Ihr Lieblingsspielzeugtier, als Sie drei Jahre alt waren?« fragte der Agent von TSA.

»Doggie«, sagte Thad.

»Welches Knie haben Sie sich –«

»Laß dich nicht von ihnen kleinkriegen, Onkel.« Ein großer, lächelnder junger Mann kam durch eine Seitentür herein. Er war ungefähr in Thads Alter und sah so ähnlich aus wie Thad – wie der veränderte, überarbeitete Thad. Aber er war dicker, und die obere Hälfte seines Gesichts sah anders aus. »Ich glaube an dich. Einfach so, denn ich bin ja erst auf die Welt gekommen, als sie dich schon längst auf Eis gelegt hatten.«

»Es war kein Eis«, verbesserte ihn Dr. Rosenfeld.

»Ich weiß, Doc«, sagte der junge Mann. »Ich bin Lon Walbrook, Onkel.« Er faßte Thad an beiden Schultern. »Der Sohn von Bob II. Du erinnerst dich doch an meinen Vater, oder?«

»Ein schattenhaftes Bild von einem kleinen Jungen«, sagte Thad. »Er lutschte immer an den Spitzen von Filzstiften.«

»Das hört sich wirklich ganz nach Paps an, Onkel. Nur daß er jetzt nicht mehr ganz so schattenhaft ist«, sagte Lon. »Er ist in den letzten paar Jahren wirklich ein Mann geworden. Er ist unten in Südamer-«

»Hören Sie auf, diesen angeblichen Onkel an sich zu drücken«, sagte Gunder. »Ich muß ihn sofort mit ins Labor nehmen.«

»Behandelt man so die lebenden Toten, Gunny?« sagte Lon und trat einen Schritt zurück, während Gunder Thad zu einer anderen Tür führte. »Ich seh dich später wieder oben bei J. P., Onkel. Ich fürchte, du wirst feststellen, daß sich der arme Opa nicht so gut gehalten hat wie du.«

»Ich hatte auch mehr Ruhe«, sagte Thad.

Lon lachte. »Ich sehe schon, meinen Sinn für Humor habe ich von dir geerbt, Onkel.«

»Welches war Ihr bestes Fach in der Vorschule?« fragte der riesige Gunder. Er öffnete die Tür und ging hindurch.

»Federball.« Thad folgte dem TSA-Mann durch einen orangefarbenen Plastikröhrengang.

Dr. Rosenfeld schloß von hinten auf und sagte: »Ich – ich würde immer noch verdammt gern wissen, warum Sie –«

Gunder schob die Tür am Ende der Röhre auf. »Warum, zum Teufel, sind Sie hier?«

Als Thad in den gewölbten Vorraum von Haus zwei trat, sah er einen schlaksigen Mann mit sandfarbenem Haar unentschlossen von der gegenüberliegenden Seite des Zimmers zu ihm herüberlächeln.

Der Mann hielt einen dicken Kunststoffordner dicht an seine Brust gedrückt. »Hallo«, sagte er quer durch den hallenden Raum hindurch. »Hallo, ich... äh... tja, also, hallo, Vater.«

Thad grinste und ging hinüber zu dem unentschlossenen Mann. »Du mußt mein Junge sein, mein Sohn Alex.« Er streckte dem fünfundfünfzigjährigen Alex Walbrook die Hand hin.

»Tja, also, ja, der bin ich, Vater.« Er schob den Ordner hoch. Dann rutschte er ihm weg und fiel klatschend auf den Boden, wobei die Mikrokarten, die darin gewesen waren, überallhin verstreut wurden. »Entschuldige... äh... diese Sache ist doch wirklich ziemlich eigenartig, findest du nicht? Meinen eigenen Vater nach so vielen Jahren zu treffen... und... äh... jetzt bis du da und jünger als ich.« Er bückte sich nach den hinuntergefallenen Sachen.

Thad ergriff seine Hand und schüttelte sie. »Schön, dich zu sehen, Alex. Du hast dich prima entwickelt.«

»Äh... oh... ich weiß wirklich nicht, Vater«, sagte der Sohn von Robert I. »Wenn du hier gewesen wärest... äh... hätte ich vielleicht...«

»Sammeln Sie doch bitte die Sachen auf«, sagte Gunder und kam zu ihnen. »Warum treiben Sie sich überhaupt hier herum?«

Auf den Knien liegend, antwortete Alex: »Tja, also, Lyle, ich war... ich war im Archiv.«

»Hier in Haus zwei ist eine ungeheure Menge von Informationen untergebracht«, sagte Dr. Rosenfeld. »Mehrere – mehrere Aktenräume da hinten am Ende des blauen Korri –«

»Genug geschwatzt«, sagte Gunder. »Ich will diesen Mann jetzt mit mir hier hineinnehmen, wo wir ihn wirklich genau untersuchen können. Fingerabdrücke, Augenhintergrundmuster und so weiter.«

Alex stand etwas ungeschickt auf und ließ die meisten der kleinen Karteikarten auf dem Plastikmosaikboden liegen. »Tja, also... äh... freut mich, daß du wieder da bist, Vater.«

»Ich freue mich auch.« Thad klopfte dem schlaksigen Mann auf die Schulter.

»Bewahrt euch euer Geknutsche für später auf, bis wir sicher herausgefunden haben, wer dieser Kerl hier wirklich ist.«

»Sie... äh sollten sich daran erinnern, Gunder, daß ich schließlich auch... äh... zur Familie der Walbrooks gehöre.«

»Äh... oh... äh... wirklich?« meinte der TSA-Agent grinsend.

Thad griff nach Gunders Arm und drückte ihn. »Machen wir uns an die Tests.«

»Ich finde diese Sache überflüssig«, sagte Dr. Rosenfeld und folgte den beiden zu der breiten, gelben Tür der Testräume.

Während der nächsten Stunde wurde Thad von sechs Maschinen, zwei Robotern, drei menschlichen Labortechnikern und einem negerfarbenen Androiden untersucht. Danach bat Gunder ihn, in einer Nische abseits des enorm großen, grauen, metallenen Testlabors zu warten.

»Das ist ja ein ganz schöner Aufwand«, bemerkte Thad, als Gunder die Falttür schloß. »Haben Sie das alles gebaut, nur um mich in die Mangel zu nehmen?«

»Wir können hier eine ganze Menge Sachen machen.« Die blaue Falttür schloß sich fest.

Thad lümmelte sich in einen luftgefüllten Sessel und betrachtete die graue, schmucklose Decke. Er rieb sich das nackte Hinterteil.

Ungefähr zehn Minuten später kam Gunder zurück. »Kommen Sie mal heraus, Mann.«

Thad trottete barfuß zurück in das große Zimmer und folgte Gunder um verschiedene Maschinen herum.

»Zeigen Sie diesem Ding hier noch einmal Ihre Hände«, sagte Gunder und deutete mit einem Daumen auf die große, tankförmige Maschine, die vorher Thads Fingerabdrücke und Handlinien untersucht hatte.

Thad schluckte und streckte beide Hände in die Öffnungen auf Taillenhöhe. Er hoffte, die Leute der Oppositions-Partei hatten wirklich so gut gearbeitet, wie Crosby Rich behauptet hatte.

Der Tank surrte, summte und gab schließlich irgendwo an seinem hinteren Ende ein leise pfeifendes Geräusch von sich.

»Nun?« fragte Gunder.

»Perfekte Übereinstimmung«, sagte der Sprachrost der Maschine. »Dieser Mann und Robert Walbrook haben identische Fingerabdrücke.«

Mit fest zusammengepreßten Lippen atmete Gunder tief ein. »Warum wolltest du ihn denn dann noch einmal untersuchen?«

»Also, genaugenommen hat er wirklich eine faszinierende Lebenslinie. Ich würde voraussagen, daß er –«

»Oh, so eine Scheiße.« Gunder riß Thads Hände aus der Maschine.

»Habe ich bestanden?« grinste Thad.

Gunder drehte ihm den Rücken zu und sammelte Thads Kleidung von einem neben ihm stehenden Stuhl auf. »Bis jetzt schon, Mann. Bis jetzt, aber ich habe noch viele andere Tests für Sie im Sinn.« Er warf Thad die Kleider zu. »Manche davon werden Sie nicht einmal bemerken.«

»Socke«, sagte Thad.

»Was?«

»Sie haben eine von meinen Socken auf dem Stuhl da drüben liegenlassen.«

Gunder schnaubte und ging weg.

V

Thad, Lon und Dr. Rosenfeld bewegten sich durch Ersatzglastunnel und Salzfaßhäuser und kamen schließlich in Haus sechs an.

Ein molliger, rosafarbener Mann, dessen rechter Arm aus Aluminium war, erwartete sie auf dem Treppenabsatz im zweiten Stock, wo er sich fast unhörbar auf dem dicken Flor des Teppichs bewegte. »Ich bin Badjett, Sir«, sagte er zu Thad.

Lon fragte: »Badj, wollen Sie den verlorenen Sohn nicht umarmen?«

»Ich bin erst Anfang Fünfzig, Mr. Lon«, antwortete Badjett. »Also hatte ich nie das Vergnügen, Mr. Robert I zu dienen. Bitte hier entlang, mein Herr.«

Lon folgte ihnen. »Wir werden alle Opa besuchen.«

Badjett zog die linke Augenbraue hoch. Er blieb vor einer echt eichenen Tür stehen und steckte einen Metallfinger in das Schlüsselloch. Die Tür schwang nach innen auf.

Die erste Person, die Thad sah, war nicht der alte John Phillipps Walbrook, sondern ein schlankes, junges Mädchen. Sie stand neben einem hohen Fenster, eine junge Frau mit langem, schwarzen Haar. Der Schein der untergehenden Sonne auf dem Schnee draußen tauchte sie in ein blaues Licht. Als sie sich umdrehte, um Thad anzusehen, konnte er sie nicht deutlich erkennen, und doch wußte er, daß sie etwas Besonderes an sich hatte. Die Art ihrer Haltung, die Art, wie sie auf ihn zukam.

»Onkel Robert«, sagte sie mit ihrer sanften Stimme. »Wir sind alle wirklich froh, daß du wieder zu uns zurückgekommen bist.« Sie war ungefähr vierundzwanzig und sehr hübsch – auf eine stille, zarte Art.

»Heute Gesellschaftsmanieren, Schwesterlein?« lachte Lon. »Das ist meine Schwester Jean-Anne, Onkel. Wie heißt du denn zur Zeit, Schwesterchen? Hast du dich wieder für Walbrook entschieden?« Er klopfte Thad auf die Schulter. »Du hast Glück. Ich bin heute nicht zu den Walbrook Enterprises gefahren, um dich zu begrüßen, und meine Schwester kommt gerade zwischen zwei Ehen einmal vorbei. Wirklich schade, daß Vater nicht rechtzeitig aus Südamerika zurückkommen konnte.«

»Komm bitte mit, Onkel Robert«, sagte die hübsche junge Frau. »Großvater möchte dich wirklich sehr gern sehen.«

»Das ist ihr damenhaftes Benehmen, Onkel«, sagte Lon. »Sie führt wirklich jeden an der Nase herum, bis er –«

Thad griff nach Lons Arm genau über dem Ellenbogen und drückte ihn. »Ich schlage vor, du solltest dich in Gegenwart deines Ahnherren lieber eines respektvollen Schweigens bemüßigen.«

In einem Sessel vor einem leeren Kamin saß ein alter Mann in den Achtzigern mit krummem Rücken. Er beugte sich weit vor und hielt seine beiden Hände fest um die Lehnen seines weichen, schwarzen Sessels geschlossen. »Wir haben es leider immer noch nicht geschafft, ein Mittel gegen das Altern zu finden«, sagte er zu Thad. »Ich besitze ein ganzes Laboratorium voller Halbidioten, total überbezahlter Halbidioten, die nur an diesem Problem arbeiten.«

Lon sagte: »Die Arbeit für die Rüstung wirft eben mehr ab.«

»Jetzt haben wir sogar schon Halbidioten in der Familie«, sagte J. P. Walbrook.

»Freut mich, dich wiederzusehen, Johnny«, sagte Thad zu dem alten Mann hinunter.

»Meinst du wirklich?« Der alte Mann betrachtete Thads Gesicht genau. »Wenn ich nur... na ja. Nun bist du also wieder da, Bob. Tut mir leid, daß ich dir heute diese Tests aufgezwungen habe, aber... Dr. Rosenfeld hat uns zwar vom größten Teil deiner Geschichte genau berichtet, und ich habe sie natürlich auch gründlich von meinen Sicherheitsleuten überprüfen lassen. Trotzdem würde ich die Einzelheiten gern von dir selbst hören.«

»Dr. Rosenfeld weiß mehr als ich«, fing Thad an. »Offensichtlich – ich weiß allerdings noch nicht genau, wie – wurde ich wach, als während des Aufstands die Gewölbe in Grosse Pointe zerstört wurden. Ich habe das Gefühl, da waren auch noch ein paar andere Leute im Tiefschlaf, die mit mir wach wurden.« Er schüttelte den Kopf, der jetzt wirklich eine sehr gute Kopie des echten Robert I war. »Von dem Augenblick an bin ich bis vor ein paar Monaten... na ja, ich weiß es eben nicht mehr so genau. Ich muß wohl von einem Ort zum anderen umhergeirrt sein, ohne zu wissen, wer ich bin.«

»Ja«, sagte der alte Mann, »das hatten wir immer befürchtet. Die Lagerung hat also doch einen Einfluß auf die Gehirnzellen.«

»Glücklicherweise nur vorübergehend«, sagte Dr. Rosenfeld von seinem Platz hinter dem großen schwarzen Sessel des alten Mannes. »Vor fünf Monaten begann er, sich daran zu erinnern, wer er war, und –«

»Ich bin zu einem Arzt gegangen«, sagte Thad. »Ich lebte damals in einem Ghetto, das früher Cleveland, Ohio, gewesen ist, und hatte plötzlich kurze Lichtblicke, und kleine Stücke meiner Erinnerung kamen zurück. Ich kannte einen Arzt, der bei den heruntergekommenen Menschen dort arbeitete, ein Mann, dem ich anvertrauen konnte, was ich anfangs nur für eine einfache Art von Einbildung hielt.«

»Glücklicherweise«, sagte der Doktor, »kannte ich diesen Arzt.«

»Die ganzen Konventionen, über die Sie sich dabei hinweggesetzt haben, scheinen sich doch noch auszuzahlen, Doc.«

»Dieser Kollege nahm Kontakt mit mir auf«, fuhr Rosenfeld fort. »Ich fing erst mit einigen Nachforschungen an und ging schließlich selbst nach Cleveland. Zuerst habe ich es keinem aus der Familie gesagt. Ich wollte möglichst sicher sein, daß dieser junge Mann tatsächlich Robert B. Walbrook I ist. Wie Sie ja wissen, Mr. Walbrook, habe ich zunächst zahlreiche Tests durchgeführt, bevor ich überhaupt...«

»Ja, ich habe die ganzen Unterlagen gesehen, Rosenfeld«, unterbrach ihn J. P. »Und was war mit der Leukämie, Bob?«

»Du erinnerst dich, daß wir nicht so genau wußten, welche Nebenwirkungen der Scheintod-Vorgang haben würde, Johnny«, sagte Thad. »Die Leukämie scheint völlig verschwunden zu sein.«

»Das stimmt, wie ich Ihnen auch berichtet habe«, erinnerte der Arzt.

»Was für eine Sache«, meinte Lon, »ein Wunder! Und wir sind nicht einmal sicher, ob Walbrook Enterprises wirklich etwas damit zu tun hatte.«

»Du und deine Schwester, ihr könnt jetzt gehen«, befahl der alte Mann mit langsamer Stimme. »Sie auch, Doktor.«

Als die drei dann gegangen waren, setzte sich Thad auf den Boden vor den Kamin. Das war eine typische Robert-I-Haltung.

Der alte Mann beobachtete ihn weiter. Schließlich sagte er: »Du kannst deine alten Zimmer im ersten Haus wieder haben.« Er streckte seine Hand aus. »Willkommen zu Hause, Bob.«

VI

Es dauerte zwei Tage, bis Thad die erste Gelegenheit zum Schnüffeln bekam. Es war an Heiligabend, und alle schienen beschäftigt. Aus dem Fenster eines seiner Zimmer im alten Haus konnte er den Schnee immer dichter durch das Dunkel fallen sehen, herumgewirbelt von einem kräftigen Wind. Er verließ seinen wassergefüllten, durchsichtigen Sessel und eilte durch das Zimmer.

Im Flur war alles still. Er drückte sich schnell seitwärts durch die Tür hinaus. Bisher hatte noch nichts von dem Material, das man ihm zum Durcharbeiten gegeben hatte, in irgendeiner Form das Projekt Höllenhund erwähnt. Heute hatte er nur Mikrokarten und Bänder bekommen, die die pharmazeutischen Abteilungen von Walbrook betrafen.

Da sie ihm offensichtlich kein Verteidigungs- und Rüstungsmaterial bringen wollten, entschloß sich Thad, selbst danach zu suchen. Er kam unbehelligt hinunter ins Foyer. Hier konnte er die Küchenroboter hören, die lachten und klapperten und Witze mit dem importierten französischen Chefandroiden machten.

Thad ging durch den Röhrengang, der zu Haus zwei führte. Er hatte gesehen, daß Gunder im Morgengrauen mit einem der Familienkreuzer gestartet war, also würde er sich keine Gedanken über den bulligen Agenten der TSA machen müssen.

Der blaue Flur, der zu den Aktenzimmern führte, war schwach erleuchtet von hängenden Schlaufen von Lichtbändern. Weihnachtsmusik ertönte aus den kleinen Lautsprechern, die im Fußboden eingelassen waren.

»Sehr festlich«, sagte Thad. Er stieß eine Tür auf, die die Bezeichnung »Aktenraum A« trug.

Er war lang und schmal und roch nach Metall. Zwei der Wände bestanden aus mit Metalltüren versehenen würfelförmigen Kästen. An der Hinterwand stand eine Reihe von Maschinen, um die Akten aufzufinden, und sechs vierbeinige Mikro-Lesegeräte.

Thad war von der OP unterwiesen worden, wie alle diese Maschinen funktionierten. Er entdeckte den Kasten mit dem Hauptindex, der in die Wand hinter den Auffindegeräten eingebaut war. Er hockte sich hin, denn die Steuertastatur war ziemlich weit unten angebracht, und untersuchte die Vorderseite des Kastens. »Das Höllenhund-Material ist vielleicht nicht in diesem Raum untergebracht«, dachte er, »aber ich müßte es wenigstens schaffen, herauszufinden, wo es ist.«

Er streckte gerade die Hand nach den Tasten aus, als ihn etwas im Nacken berührte.

»An Heiligabend sollte man aber eigentlich nicht arbeiten.«

Es war Jean-Anne, dunkel und hübsch, die herzlich ihre Hand ausstreckte. Er grinste zu ihr hinauf. »Du bewegst dich ja wirklich sehr bedachtsam und leise.«

»Ich denke ja. Ich habe von meinem Zimmer aus gesehen, wie du in diese Richtung gegangen bist«, sagte sie. »Ich wollte dich einladen, beim Schmücken des Weihnachtsbaums zuzusehen.«

»Sind denn nicht um diese Zeit alle Bäume schon geschmückt?«

»Wir warten mit dem im Wohnzimmer hier in Haus zwei immer bis zu diesem Abend«, sagte die junge Frau. »Es ist ein alter Brauch der Familie.«

»Relativ alt«, sagte Thad und begann, sich aufzurichten.

Jean-Anne legte eine Hand unter seinen Arm. »Laß mich dir helfen, Onkel Robert.«

»He«, sagte Thad, »auch wenn ich vor fast achtzig Jahren geboren worden bin, bin ich eigentlich nicht so schwach.«

Das junge Mädchen ließ los und lächelte. »Aber trotzdem bist du eben mein Großonkel«, sagte sie. »Ich kann nicht anders, als mir einen Großonkel als ehrwürdigen alten Herrn vorzustellen. Das kommt durch die lebenslange Konditionierung.«

»Ich bin vermutlich einer der wenigen jugendlichen Großonkel, die es gibt«, gab Thad zu, als sie den Aktenraum verließen.

»Übrigens spricht es sich langsam herum, daß du hier bist«, sagte Jean-Anne. »Verschiedene Leute von den Vereinigten Nachrichtensendern, von der *Fair Presse* und von *Time Life* haben vorn am Tor nach dir gefragt.«

»Und sind alle abgewiesen worden?«

»Ja, natürlich. Großvater kann sämtliche Arten von Interviews nicht ausstehen, und du ... na ja, er meint, mit dir müßte man noch besonders vorsichtig umgehen.«

Das Wohnzimmer war nur durch die Kugeln von schwachorangenem Licht erleuchtet, die hoch oben unter der kuppelförmigen Decke hingen. Mitten im Zimmer stand ein zwei Meter hoher Weihnachtsbaum, und sein Fichtenduft erfüllte den Raum.

Thad fragte: »Einer von unseren?«

»Ja, ein Walbrook-Ersatzholz-Langzeitbaum«, antwortete die junge Frau. »Man merkt es am Geruch, er ist zu fichtenhaft, um echt zu sein.«

»Ich habe bisher noch nichts über unsere Holzunternehmungen gesehen. Und ich kann auch nichts über die Rüstungs...«

In der hinteren Ecke des Zimmers erklangen Weihnachtslieder. Drei faßförmige, brusthohe Roboter sirrten durch den Raum und stellten sich um den Baum herum auf. Einer der Roboter trug einen Korb mit Lametta, der zweite lange, gewundene Bänder aus echt wirkenden Stechpalmenblättern und der dritte einen Karton mit Ersatzglas-Glühbirnen.

»Ich dachte, wir würden ihn selbst schmücken«, sagte Thad.

»Nein, Großvater meinte immer, Kinder würden bei Beschäftigungen wie dieser zu wild und laut werden«, sagte die junge Frau. »Also ließ er diese Servos bauen, um das zu tun. Sie gehören, seit ich mich erinnern kann, zur Familie. Wir können uns da drüben auf das Sofa setzen und zuschauen.«

»Vorsichtig, vorsichtig Kinder«, warnte sie einer der Roboter, als sie am Weihnachtsbaum vorbeigingen. »Geht nicht zu nah daran, nicht anfassen.«

»Wirklich sehr erbaulich.« Thad setzte sich bequem auf ein durchsichtiges Sofa, das mit blaugetöntem Wasser gefüllt war und in dem ruhelos tropische Fische herumschwammen. »Wie lange bist du schon bei der Familie?«

»Dieses Mal?« Sie setzte sich dicht neben ihn, beide Knie eng zusammengedrückt, so daß sie auf ihn wiesen. »So ungefähr sechs Monate. Ich heirate immer mal wieder und komme dann später nach Hause zurück.« Sie verschränkte die Arme unter ihren kleinen Brüsten. »Ziemlich langweilige Geschichte. Erzähl mir von... wie war das, so viele Jahre zu schlafen?«

»Lametta zum Schluß«, sagte einer der Roboter und fing an, die Stechpalmenbänder in den nach Fichten duftenden Baum zu hängen.

»Es war eben einfach genauso«, sagte Thad, »so wie schlafen.«

»Hast du geträumt?«

Thad dachte nach. »Nein«, sagte er schließlich.

Jean-Anne legte ihre Arme ganz dicht um sich herum. »Wie schrecklich. Das *ist* ja tatsächlich so, als wäre man tot.«

»Das Nächstbeste«, antwortete er und grinste. »Hast du viel mit den verschiedenen Familienunternehmen zu tun?«

»Ich? Och, etwas, aber ich –«

»Ähäm.« Badjett war leise ins Zimmer gekommen. Er hüstelte noch einmal, wobei er mit seiner glänzenden Metallhand den Mund bedeckte. »Wir haben erfahren, daß Mr. Robert II bald ankommen wird.«

»Gut«, sagte das junge Mädchen. »Das ist ja schön, wenn Paps zu Weihnachten zu Hause ist. Sonst ist er auch während der Feiertage fast immer irgendwo unterwegs.«

Badjetts rosafarbenes Gesicht hatte sich Thad zugewandt. »Mr. John schlägt vor, daß Sie sich in einer halben Stunde in Haus sechs zu ihm begeben, weil dort eine geschäftliche Besprechung stattfinden wird, Sir. Mr. Lon und Mr. Robert II, der gerade von seiner Südamerikareise gekommen ist, werden auch daran teilnehmen.«

»Wird mein Sohn denn nicht auch dabeisein, Badjett?«

»Mr. Alex wird zu diesen Besprechungen nicht sehr oft eingeladen, Sir«, erklärte Badjett. »Seine unruhige Art geht Mr. John manchmal auf die Nerven.«

»Ich verstehe«, sagte Thad zu dem engelsrosa Butler. »In Ordnung. Ich werde auch kommen.«

Etwas mehr als eine halbe Stunde später war er dann im Arbeitszimmer von J. P. Walbrook. Ein Feuer brannte im Kamin. Man erkannte noch deutlich das Walbrook-Monogramm auf den Pseudoholzscheiten. Der alte Mann saß genauso da wie beim letzten Mal. Thad hatte gesehen, wie er sich an den Armlehnen seines Sessels festklammerte, als habe er Angst, er könne sonst vielleicht herauskippen und auf den Boden fallen.

Lon, mit einer dampfenden Tasse Rumgrog in der Hand, ging vor den hohen Fenstern auf und ab. »Paps kommt für die Feiertage nach Hause, Onkel«, sagte er, als Thad hereinkam. »Das wird eine besonders festliche Sache. Vielleicht können wir einen der Roboter dazu kriegen, ihn mit Mistelzweigen zu behängen.« Er lugte durch das Fenster in die Dunkelheit hinaus. »Sieht aus wie die festlichen roten und grünen Lichter seines Luftkreuzers, was da gerade landet.«

J. P. fragte: »Wie kommst du mit den Materialien voran, Bob?«

»Wenn man bedenkt, daß ich fünfzig Jahre nachzuholen habe, nicht schlecht«, antwortete Thad. »Ich habe allerdings noch nichts über unsere Rüstungsunternehmen gelesen. Und da das ein so beträchtlicher Teil der –«

»Wir werden dich bald über diesen Aspekt informieren«, versprach ihm der alte Mann. »Vielleicht werden wir auch heute abend schon einiges besprechen, was unsere Arbeit für die Regierung betrifft.«

»Jetzt, da du wieder im Schoße der Familie bist, Onkel, kannst du uns vielleicht dabei helfen, Opa davon abzubringen, daß er die Besprechungen immer direkt vor dem Abendessen abhält«, sagte Lon.

»Früher haben sie immer vor dem Frühstück stattgefunden«, sagte Thad und erinnerte sich in diesem Augenblick an etwas, das er im Laufe der zahlreichen Tage gelernt hatte, während die Leute der OP ihn in Arbeit hatten.

Lon schlürfte geräuschvoll an seiner Tasse. »Nur damit ich heute abend den Plumpudding nicht versäume.«

Die Tür öffnete sich. Ein großer, dünner Mann mit Glatze und etwas gebeugter Haltung trat ins Zimmer. Er war noch damit beschäftigt, seine Allwetter-Flugjacke abzuschütteln. »Guten Abend, Vater.«

»Ich denke, du hast die gute Nachricht schon erfahren«, sagte der alte Mann. »Wir haben nach all den Jahren Bob wiedergefunden.«

Der Mann mit der Glatze trat drei Schritte auf Thad zu. »Dieser Mann kann nicht Robert Walbrook I sein«, sagte er.

VII

Der alte Mann war aus seinem Sessel aufgestanden und ging langsam und etwas wacklig im Zimmer auf und ab. Thad war nicht mehr da. Er blieb neben den hohen Fenstern stehen und streckte eine knotige Hand aus, um das Glas zu berühren. »Die Winter werden jedes Jahr kälter«, sagte er. »Was hast du damit gemeint, Robert?«

Sein glatzköpfiger Sohn zögerte. »Ich habe nur einen Augenblick die Beherrschung verloren, Vater.« Er stand da, leicht gebeugt, den Rücken dem Kamin zugewandt. »Du weißt schon, die Anstrengung des Flugs, die Anspannung durch die Feiertage... ich habe einfach das erste gesagt, was mir in den Sinn kam, als ich ihn sah.«

»Du warst noch ein kleiner Junge, als wir Bob wegbringen mußten«, erinnerte ihn J. P. Dann drehte er sich langsam um. »Hör auf, mit der Tasse an deine Zähne zu klappern, Lon.«

»Tut mir leid, Opa.« Lon hatte sich in den Sessel des alten Mannes gesetzt und lag seitwärts darin, wobei seine Beine über eine Armlehne baumelten. »Familienstreitigkeiten beunruhigen mich immer so.«

»Warum sagst du, er sei nicht Bob?« fragte der alte Mann seinen Sohn.

Robert II legte sich eine Handfläche an die Stirn und strich mit ihr dann über seinen Kopf. »Ich weiß es nicht genau, Vater. Er hat so etwas... ich bin mir nicht sicher, aber ich hatte beim ersten Blick das Gefühl, daß er... na, eben kein Walbrook ist.«

»Er hat nicht unser reinrassiges Aussehen, nicht wahr, Paps?«

»Ja, so etwas Ähnliches meine ich wirklich.«

J. P. hustete trocken. »Du glaubst doch wohl nicht, daß ich ihn habe hierherkommen lassen, ohne die ganze Angelegenheit vorher genau zu überprüfen, oder?«

»Nein, ich weiß schon, was für Untersuchungen ihr gemacht habt«, antwortete Robert II. »Ich habe mir alle Memos und Videogramme angesehen, die du mir geschickt hast, Vater.«

Der Kopf des alten Mannes wackelte auf und ab, während er den wirbelnden Schnee betrachtete. »Er hält jeder Überprüfung stand.

Wir haben die Geschichte genau untersucht, und sie scheint wirklich wahr zu sein – sein Umherstreifen, die Zeit in Cleveland. Und Dr. Rosenfeld hat eine Unzahl von Tests mit ihm gemacht, bevor er ihn zu uns gebracht hat. Fingerabdrücke, Augenhintergrundmuster... alles stimmt überein.«

Robert II sagte: »Behauptet Dr. Rosenfeld.«

»Dieser Klotz von Gunder hat auch noch zahlreiche Tests gemacht«, erzählte ihm der alte Mann, »das heißt, zusätzlich zu den unabhängigen Untersuchungen, die ich selbst veranlaßt habe.«

»Man kann viele Dinge fälschen«, sagte Robert II. »Der größte Teil von Onkel Roberts genauen medizinischen Berichten ist verlorengegangen, so wie es aussieht. Also haben wir keinen wirklichen Beweis.«

J. P. blieb stur. »Es ist aber viel schwieriger, seine Erinnerungen und Verhaltensweisen zu fälschen, die Art, wie er geht und spricht. Es ist alles genau so, wie ich mich an ihn erinnere.«

»Deine Erinnerung ist fünfzig Jahre alt, Vater. Sie stammt aus dem letzten Jahrhundert.«

»Du wirst, falls du je ein ähnliches Alter wie ich erreichst, Robert, feststellen, daß die Erinnerungen an die frühen Phasen des Lebens eher klarer als schwächer werden, wenn man sich dem Ende seines Lebens nähert.«

Robert II rieb sich noch einmal über den kahlen Kopf. »Du möchtest gern, daß er es ist«, sagte er. »Du hast ihn in all den Jahren vermißt... während er in dem Gewölbe war und später, als wir ihn für tot gehalten haben.«

»Ja, ich habe Bob vermißt«, gab J. P. zu. »Es gibt nicht mehr viele Menschen wie ihn. Aber, Robert, ich habe nie nach meinem Gefühl etwas entschieden oder beurteilt. Dieser Mann ist mein Bruder und –«

»Das heißt, du willst ihn vollständig einweihen, Opa«, sagte Lon, »und dir von ihm bei allen möglichen Sachen helfen lassen.«

»Ja, das will ich«, bestätigte der alte Mann. »Und das finde ich auch richtig so. So hatten Bob und ich uns entschieden, als er sich entschloß, sich konservieren zu lassen. Und auch das Gesetz hält es in dieser Form für richtig.«

Robert II sagte: »Sicher, Vater. Aber wir wollen vorsichtig

sein... Wir müssen absolut sichergehen, daß er Robert B. Walbrook I ist.«

»Ich bin sicher.«

»Lyle Gunder macht noch seinen speziellen Test, bei dem er alle Möglichkeiten der Total Security Agency einsetzt, Vater. Wir verlieren nichts, wenn wir auf ihre Ergebnisse warten.«

»Was meinst du damit, warten?«

»Ich denke, Paps meint, wir können Onkel ja inzwischen noch ein paar andere fette Sachen nahelegen«, schlug Lon vor. »Aber wir sollten noch etwas damit warten, bis wir ihm alle Familiengeheimnisse preisgeben.«

»Ja, das stimmt«, sagte Robert II. »Ich glaube, so würden wir das Problem wirklich genau richtig angehen, Vater.«

»Ich betrachte Bobs Rückkehr nicht als Problem.« Der alte Mann drückte seine Finger an das dunkle Glas des Fensters. »Aber es ist gut, Robert. Wir werden, um dir einen Gefallen zu tun, etwas vorsichtiger sein, als wir es bisher waren.«

»Danke, Vater.«

VIII

Sie versuchten erst zwei Tage später, Thad umzubringen.

Gleich nach dem Essen war Thad in seinen Zimmern in Haus eins und arbeitete in dem kleinen Nebenzimmer, das früher einmal Robert Walbrook I gehört hatte. Der alte J. P. hatte ihn, ebenso wie Robert II, mit noch mehr Unterlagen versehen. Es waren mehrere Kartons von Mikrokarten, Bündeln von Fax-Kopien, aber nach wie vor nichts über Höllenhund. Plötzlich ging sein Fernsehgerät im Wohnzimmer von allein an. »Meine Damen und Herren, der Präsident der Vereinigten Staaten.«

»Meine Freunde«, sagte Warren Parkinson mit seiner nervösen Stimme, »es gibt keinen Grund zur Aufregung. Ich wollte eigentlich nur – nun, ich spreche eben ab und zu gern zum amerikanischen Volk. Und als Präsident dieses Landes, und natürlich auch als Oberbefehlshaber der Streitkräfte habe ich ja auch das Recht dazu. Ich meine, ich kann hier erscheinen und mein Volk begrüßen, wann immer ich möchte. Nun, also... es gibt eine Sache, die mich wirklich beunruhigt. Ich höre immer wieder, daß über meinen Gesundheitszustand gesprochen wird ... wie nannte mich doch gleich Mr. Reisberson von unserem angesehenen *Washington Post Star*? ›Ein nervöses Zucken im Weißen Haus‹, sagte er, glaube ich ...«

Thad ging ins Wohnzimmer und versuchte, das Fernsehgerät abzuschalten, aber das war nicht möglich.

»Ich meine«, fuhr Parkinson fort und leckte sich über die Lippen, »erst letzte Woche bin ich vollständig – ich meine richtig von Kopf bis Fuß – untersucht worden. Ich bin – und jetzt zitiere ich den obersten Inspekteur des Sanitätswesens – in einwandfreiem Zustand. Sehen Sie her, ich habe Ihnen sogar Kopien von meinen Röntgenbildern, EKGs und Hirnstromaufzeichnungen mitgebracht. Nun, zugegebenermaßen zeigt mein altes Hirn eine leichte ...«

Thads Telefon klingelte. »Hallo?«

Die dunkle, hübsche Jean-Anne zeigte sich auf dem kleinen viereckigen Bildschirm. »Hast du Lust, mit mir spazierenzugehen, Onkel? Oder interessiert dich der Präsident zu sehr?«

»Ich glaube, ein Spaziergang wäre genau das Richtige, mein Kind.«

»Oh, spreche ich immer noch mit dir, als wenn du so altehrwürdig wärest? Entschuldige. Wir treffen uns in fünf Minuten hinter Haus zwei.«

Auf seinem Weg nach unten begegnete Thad Alex Walbrook auf der Treppe.

»Oh ... äh ... hallo, Vater«, sagte der schlaksige Mann und versuchte zu lächeln. Er hatte die Arme voll mit Bündeln von Fax-Memos, die ordentlich zusammengebunden waren. »Ich bin nur ... äh ... gekommen, um mit dir zu reden.«

»Worüber, Alex?«

Der Sohn von Robert I zuckte mit seinen schmalen Schultern. »Nichts ... äh ... Wichtiges. Ich kann warten, wenn du –«

»Ich habe Jean-Anne versprochen, mit ihr spazierenzugehen«, sagte Thad. »Komm doch später wieder bei mir vorbei.«

»Ja, gern«, sagte Alex. »Ich sehe dich ja kaum. Sie lassen mich an vielen der Besprechungen auf oberster Ebene nicht teilnehmen, weißt du. Und sie... äh... sie werden dich...« Er verwandelte den Satz in ein Husten und machte den Mund wieder zu.

»Sie werden mich was?«

»Ich sollte nicht darüber reden, aber... du bist schließlich mein Vater«, sagte der schlaksige Alex leise. »Ich sollte dies eigentlich... äh... gar nicht wissen, aber manche Dinge finde ich eben doch heraus. Sie haben beschlossen, dich aus den wichtigsten Dingen herauszuhalten, bis... äh... bis alle einverstanden sind.«

Thad grinste. »Dann teilen die anderen also Gunders Meinung über mich?«

»Ich nicht, Vater«, sagte Alex. »Aber ich habe Angst... nun, du wirst jetzt zu Jean-Anne gehen wollen. Bist du sicher, daß es dir nichts... äh... ausmacht, wenn ich später noch bei dir vorbeikomme?«

»Es stört mich überhaupt nicht«, versicherte ihm Thad.

Jean-Anne war schon draußen. Sie trug einen Allwetter-Wanderanzug in Schwarz und Scharlachrot und eine kleine scharlachrote Mütze auf dem Kopf. »Ich möchte gern durch die Wälder zu den Hügeln dort drüben hinaufgehen.«

»Ich denke, das schaffe ich schon.«

»Also, dann wollen wir gehen, Onkel.« Sie nahm seine Hand und führte ihn weg von den Salzfaßhäusern.

Der Tag war kalt und klar, und das schwache Sonnenlicht färbte den Schnee blaßgelb. »Unser Präsident war heute besonders unruhig«, stellte Thad fest.

»Du warst lange nicht hier. Er war beinahe gelassen im Vergleich zu –«

»Ich bin etwas beunruhigt durch die Tatsache, daß wir so viele Dinge für die Regierung machen«, sagte Thad. »Wenn so ein Typ wie Parkinson am Ruder sitzt... Übrigens habe ich immer noch nicht viel von den Rüstungsunterlagen der Walbrook Enterprises gesehen.«

»Du sollst nicht –« begann Jean-Anne. Sie nahm ihre Hand aus der seinen und berührte ihre Wange mit den Fingerspitzen.

»Ich soll nichts erfahren?«

Das junge Mädchen sah zur Seite. »Würdest du mir erlauben, taktvoll das Thema zu wechseln, Onkel? Tut mir leid.«

»Natürlich«, sagte Thad. Seit er hier war, hatte er immer öfter den Gedanken gehabt, vielleicht von der jungen Frau Informationen bekommen zu können. Das würde der Oppositions-Partei vielleicht nicht gefallen, aber der Gedanke war nun einmal da. Er fing an, über andere Dinge zu sprechen.

Als sie schon zehn Minuten zwischen den Eichen und Ahornbäumen hindurchgegangen waren, ertönte rechts neben ihnen ein knirschendes Geräusch.

»Mach dir darüber keine Gedanken«, sagte Jean-Anne, als sie bemerkte, daß er in die Richtung sah. »Wahrscheinlich ist es Chambers sechsundzwanzig.«

»Und wer ist das?«

»Es könnte auch Chambers fünfundzwanzig sein. Großvater hat zwei von ihnen hier in diesem Teil des Waldes stationiert«, erklärte sie. »Roboter, das kannst du dir ja denken. Eigentlich haben sie wirklich noch etwas Altertümliches an sich, sie sind nämlich Wildhüter. Sie haben die Aufgabe, sich um die wilden Tiere zu kümmern und Wilddiebe abzuhalten.«

»Gibt es hier viele Wilddiebe?«

»Nicht, solange ich mich erinnern kann. Hauptsächlich kümmern sich Chambers fünfundzwanzig und Chambers sechsundzwanzig darum, im Winter die Eichhörnchen und die Vögel zu füttern. Ab und zu erschießen sie auch eine Ratte.«

Das Knirschen wurde lauter. Im selben Augenblick fühlte sich Thads Rücken seltsam an, so als zeichne jemand ein großes X zwischen seine Schulterblätter. Er sah über seine Schulter. »Runter!« schrie er und stieß Jean-Anne zur Seite in den Schnee.

Der erste Schuß des großen Roboters verfehlte Thad und trennte zischend die trockene Rinde von einem dunklen Eichenstamm.

Thad lag am Boden und rollte schnell im Schnee weiter.

Der Roboter hatte ein Sprenggewehr, das in seinen rechten Arm eingebaut war. Die Waffe knackte noch einmal. Einen halben Meter neben Thad schmolz der Schnee, und dicke Tropfen kochenden Wassers spritzten bis zu ihm.

Er rollte weiter, stand dann auf und machte einen großen Satz hinter eine andere dicke Eiche.

»Hör auf, Chambers!« weinte Jean-Anne.

Tief gebückt rannte Thad zwischen den Bäumen hindurch und lief einen Kreis durch den harschigen Schnee. Er schlich sich hinter den großen, langsamen Mechanismus. Der Roboter trug nur einen dicken, roten Umhang über seinem verchromten Körper, sonst nichts. Und aus irgendeinem Grund waren auch ein Paar Ohrenschützer auf seinen dicken Kopf gesetzt.

Thad kletterte ein kleines Stück auf einen Baum direkt hinter dem Ding.

Der Wildhüter mußte das gehört haben. Er begann langsam, sich umzudrehen. Thad segelte durch die Luft auf die Maschine zu. Seine beiden Füße, die in dicken Stiefeln steckten, trafen krachend auf den harten Metallrücken des Roboters.

Es ertönte ein ungeheuer lauter, klingender Schlag. Die Hand mit dem Gewehr feuerte noch einmal, brannte in der Nähe einen Busch an und schleuderte heißen Schnee in die Höhe. Dann schwankte der große Wildhüter und kippte schließlich nach vorn.

Thad stürzte sich auf den Kopf des Mechanismus und sprang mit aller Kraft immer wieder darauf. Ein Knirschen und Krachen ertönte unter seinen Stiefeln.

Chambers, welcher auch immer dieser nun sein mochte, schlug einmal mit den Armen um sich. Ein Geruch von brennendem Plastik strömte dampfend aus seinen Ohren.

»Onkel Robert«, sagte Jean-Anne, »du kannst aufhören. Er ist... tot, oder wie immer man das bei Maschinen nennen mag.«

Thad hatte den glänzenden Kopf des Roboters tief in den harten Schnee gerammt. Er trat zurück und zur Seite und wischte sich über das Gesicht. »Behaupte nicht, dieser dämliche Blechkasten hätte mich für einen Wilderer gehalten.«

»Ich verstehe nicht, was passiert ist.« Sie kniete immer noch dort im Schnee, wo er sie hingestoßen hatte, und hielt ihm eine schlanke Hand entgegen.

Er stand da und beobachtete sie ein paar Sekunden lang, bevor er ihr schließlich auf die Beine half. »Irgend jemand«, sagte er.

»Was?« Sie klopfte sich den Schnee von der Kleidung.

Thad schüttelte den Kopf und sagte: »Wahrscheinlich eine Fehlfunktion. Ja, ich bin sicher, es wird sich herausstellen, daß das der

Grund war. Ich glaube, wir gehen besser ins Haus, bevor der andere es womöglich auch noch versucht.«

»Der andere?«

»Du hast doch gesagt, es wären zwei. Fünfundzwanzig und sechsundzwanzig. Welcher von den beiden war das hier?«

Jean-Anne sah zu dem umgefallenen Mechanismus hinüber. »Das kann ich jetzt nicht mehr sehen«, sagte sie.

IX

Der paramedizinische Roboter gab Thad seine Kleider zurück. Er schüttelte verneinend seinen kugelförmigen Kopf, bevor er aus dem weißen Metallraum rollte.

»Beugen Sie sich noch etwas weiter vor«, meinte Dr. Rosenfeld. »Hm, ja, alles – alles scheint wirklich – wirklich in Ordnung zu sein, Mr. Walbrook.«

»Sie hätten mir bestimmt kein Mikrofon da einpflanzen können, ohne daß ich es gemerkt hätte.« Thad zog sich wieder an.

»Sie – Sie sollten nichts von Bedeutung sagen, bevor ich Ihnen nicht das Stichwort gegeben habe«, erinnerte ihn der grauhaarige Arzt. »Ja, Mr. Walbrook, Sie sind in einwandfreier Verfassung. Das ist das Stichwort.« Er streifte den Ersatzhaut-Handschuh ab und ging durch das Zimmer, um den Wandreiniger seine Hände bearbeiten zu lassen. »Und seien Sie nicht so selbstbewußt darüber, wo und wo – wo nicht sie in der Lage sind, eine Wanze an Ihnen oder Ihren Kleidern zu verstecken. Offensichtlich – offensichtlich verdächtigt Sie jemand draußen auf dem Landsitz.«

»O. K., wir können jetzt reden.« Der kurze, stämmige Crosby Rich von der Oppositions-Partei kam in den Untersuchungsraum, damit beschäftigt, einen aus Tang hergestellten Berliner zu essen.

»Ich werde mich jetzt um meine anderen Patienten kümmern.«

Als Dr. Rosenfeld draußen im Flur war, sagte Rich: »Er ist ein Idiot. Also sie haben versucht, Sie umzulegen, oder wie?«

»Genau.« Thad schloß seine lange Jacke.

»Rosenfeld hat gesagt, Sie hätten Erfolg gehabt mit Ihrem Versuch, die Walbrooks zu täuschen«, sagte Rich. »Wie sollen wir die Angelegenheit Ihrer Meinung nach jetzt weiter betreiben?«

»Augenblick«, sagte Thad. »Wenn mich jemand verdächtigt, nicht der wirkliche Robert zu sein, warum beschuldigt er mich nicht einfach des Betrugs? Demaskiert mich in der Öffentlichkeit, vor dem alten J. P.?«

»Wenn sie Sie für einen Spion halten, wollen sie Sie vielleicht schnell und dauerhaft loswerden«, sagte Rich. »Ich bin mir da nicht so sicher.«

»Es wäre auch möglich, daß es Walbrooks gibt, die rein persönliche Gründe haben, wegen derer sie mich loswerden wollen.«

»Sie haben in dem Bericht, den Rosenfeld herausgeschmuggelt hat, behauptet, Robert II hätte Ihnen vorgeworfen, ein Betrüger zu sein.«

Thad saß in einem weißen Metallstuhl und sagte: »Ja, das hat er schon. Aber ich habe den Eindruck, der alte Mann hat ihm diese Idee ausgeredet.«

»Robert II hätte es gern, wenn Sie ein Betrüger wären«, sagte der kleine, dunkle OP-Mann. »Bevor Sie aufgekreuzt sind, gab es schließlich nur noch einen schwachen, alten Idioten zwischen ihm und der Macht über das ganze Unternehmen.«

Thad sagte: »Und dieser Total-Security-Mann, Gunder, überprüft mich auch immer noch.«

»Wir wissen von Gunder. Bis jetzt halten alle Teile des gefälschten Hintergrundes, den wir für Sie angelegt haben, noch dicht.« Er biß ärgerlich in den Tangberliner. »Aber eine Sache ist da noch. Gunder hat es geschafft, sich einige der alten medizinischen Berichte des echten Robert I zu besorgen. Darunter befindet sich auch eine Aufzeichnung der Gehirnströme.«

Thad schob seine Zunge unter seine Oberlippe und erzeugte ein ploppendes Geräusch. »Dann sollte ich da wohl so schnell wie möglich raus.«

»Vielleicht können wir Gunder noch ein wenig ablenken. Aber etwas Tempo könnte der Sache nicht schaden«, sagte Rich. »Haben Sie noch nichts über das Projekt Höllenhund gefunden?«

»Nicht einmal der Name wurde irgendwo erwähnt«, antwortete Thad. »Alex hat mir zu verstehen gegeben, daß es eine Absprache gibt, die meisten geheimen Dinge von mir fernzuhalten, bis sie mich endgültig identifiziert haben.«

»Das heißt also, sie haben Sie doch noch nicht vollständig angenommen.«

»Der alte Mann schon. Robert II bemüht sich, mich schlechtzumachen, denke ich«, sagte Thad. »Alex nennt mich ›Vater‹.«

Rich aß den Berliner auf. »Ich esse diese Dinger nur, wenn ich unter Druck stehe.« Er ging zu einer der kahlen Metallwände und lehnte sich mit dem Rücken dagegen. »Rosenfeld hat mir erzählt, daß das junge Mädchen bei Ihnen war, als der Wildhüter versucht hat, Sie umzulegen. Hat sie vielleicht was damit zu tun?«

»Nein«, antwortete Thad.

»Sicher?«

»Sie hätte selbst dabei draufgehen können. Die verdammte Maschine schoß in alle Richtungen um sich.«

Rich beobachtete ihn ein paar Sekunden lang. »Vergessen Sie bitte nicht, daß Jean-Anne Ihre Großnichte ist.«

»Ich weiß, wer sie ist.«

»Mit all Ihren Lieben die Feiertage zu verbringen hat Sie in mildere Stimmung versetzt, McIntosh«, sagte Rich. »Sie sind nicht mehr der kernige Schurke, den ich vor ein paar Monaten aus den Tiefen von Manhattan gezogen habe.«

»Sie haben aus mir einen Bobby mit sanftem Gemüt gemacht.« Thad verließ seinen Stuhl und ging hinüber zu dem kleinen OP-Mann. »Sie brauchen sich keine Sorgen zu machen, daß meine Urteilsfähigkeit vielleicht untergraben wird, Rich.«

»Schon gut, schon gut.« Rich hielt dem näherkommenden Thad seine Handflächen entgegen. »Gehen Sie jetzt zurück auf den Landsitz, und schaffen Sie uns ein paar Ergebnisse. Sie könnten –«

»Ich weiß schon, was Sie meinen«, unterbrach ihn Thad. »Ich könnte vielleicht wirklich nicht mehr allzuviel Zeit haben.«

Rich nickte und wiederholte: »Sie haben möglicherweise nicht mehr allzuviel Zeit. Wir sind uns nicht sicher, was Lyle Gunder und seine Total-Security-Jungs vielleicht noch auftreiben. Und außerdem …«

»Könnte jemand da draußen noch einmal versuchen, mich umzubringen.«

X

Der zweite Versuch kam am nächsten Tag. Am frühen Nachmittag klopfte Badjett mit seiner Aluminiumfaust diskret an die Tür von Thads Arbeitszimmer.

»Verzeihung, Sir. Mr. John wünscht, daß Sie zu ihm kommen.«

Thad schob ein noch ungeöffnetes Bündel Mikrofilme zur Seite und stand auf. »Sicher, geht in Ordnung.«

Badjett trat ein und hielt ihm eine Allwetter-Wanderjacke hin. »Ich denke, dies wäre wohl das Richtige, Mr. Robert I.«

»Das Richtige wofür?«

»Da heute ein so milder Tag ist, war Mr. John in der Stimmung, einige Zeit im Freien zu verbringen, Sir.«

»Ich wußte gar nicht, daß Johnny je nach draußen geht, wo er die Temperatur ja nicht unter Kontrolle hat.« Er erlaubte dem Butler, ihm in den Mantel zu helfen. »Wo finde ich ihn?«

»Er wird Sie beim Schneefahrzeug-Schuppen erwarten«, erwiderte Badjett. »Gehe ich recht in der Annahme, daß Sie wissen, wo das ist?«

Thad grinste. »Ja, ich weiß. Gleich neben unserem Privatsee.«

Thad ging die Treppe hinunter und machte dabei die Jacke zu. Aber anstatt direkt nach draußen zu gehen, verschwand er in dem Verbindungstunnel. »Der alte J. P. muß doch irgendwas zum Thema Höllenhund in seinem Arbeitszimmer haben«, sagte er sich, während er durch den getönten Tunnel trabte. »Jetzt ist eine gute Gelegenheit, einmal nachzusehen.«

Thad durchquerte Haus zwei und die Hälfte des meerblau getönten, durchsichtigen Tunnels, der die Verbindung zu Haus drei darstellte.

Dann begann ein lautes Klopfen an der Außenwand des Tunnels.

Thad ging langsamer und sah nach links.

Alex war dort draußen, auf seinem Gesicht lag ein gehemmtes Lächeln. »Vater«, sagte er.

Thad konnte ihn zwar nicht hören, konnte aber von seinen Lippen ablesen, was Alex sagte. »Ja, was ist?«

»J. P. wartet... äh... dort unten auf dich.« Er zeigte mit einer behandschuhten Hand hinter sich. »Ich... äh... bin ihm gerade begegnet, und er... äh... hat mich gebeten, nachzusehen, wo du bleibst.« Alex' Atem erzeugte zerfranste Wölkchen jenseits der Tunnelwand.

»Ich dachte, er wollte mich in seinem Arbeitszimmer treffen.« Thad kehrte zu Haus zwei zurück und ging von da aus nach draußen ins Freie. Alex war inzwischen verschwunden.

Der Schnee unter Thads Füßen war weich und leicht schlammfarben. Die Sonne fühlte sich warm an in der dunstigen Nachmittagsluft. Neben dem aus rotem Ersatzholz gebauten Schuppen mit dem spitzen Giebel stand der alte Mann allein, gebeugt und mit einer knotigen Hand gegen die Schuppentür gestützt.

»Ich habe schon mein Fahrzeug aufwärmen lassen«, sagte J. P. »Wenn du mir hineinhilfst, Bob, können wir eine kleine Fahrt machen.«

Das Fahrzeug hatte schmale Noryl-Skier an der Unterseite und war so groß wie ein kleiner Landwagen. Es hatte zwei Passagiersitze, die beide offen und unbedeckt waren. »Mir scheint, das stammt auch aus unserer eigenen Produktion«, sagte Thad, während er dem alten Mann in den hinteren Sitz half. »Wohin?«

»Keine spezielle Richtung, Bob.« Der alte Mann schnallte sich an. »Ich mag einfach das Gefühl von schneller Bewegung und dem Fahrtwind.«

Thad setzte sich auf den Fahrersitz und steuerte den Schneewagen aus dem schattigen Schuppen. Dann fuhr er mit einigem Abstand an dem breiten, zugefrorenen See entlang.

»Ich wollte mit dir reden, Bob.«

»In Ordnung, fang an.«

»Du hast vielleicht das Gefühl gehabt, daß ich dich nicht wirklich annehme oder dir nicht traue«, sagte der alte Mann, »aber versuch doch bitte zu verstehen, daß das nicht daran liegt, daß ich –«

Das ganze hintere Ende des Schneefahrzeugs explodierte. Plastiksplitter, verdrehte Metallteile und Stücke der massiven Maschine wirbelten durch die Luft. Die Lenkung schien sich aus Thads Gewalt zu befreien, während der Rest des Fahrzeugs den Abhang hinunter auf den gefrorenen See zu rutschte.

Thad packte den Verschluß an seinem Sicherheitsgurt, riß ihn auf, stieg auf seinen Sitz und sprang in den Schnee. Er fiel auf seinen linken Ellenbogen und sein linkes Knie. Sein Fußgelenk gab nach, als er das erste Mal aufzustehen versuchte.

Nach drei vergeblichen Versuchen stand er schließlich wieder aufrecht. Er drehte sich um und rannte auf den See zu.

Das Schneefahrzeug hing in der Luft zwischen dem schneebedeckten Boden und dem See. Seine Rückseite war fast vollständig verschwunden bis auf ein schwarzes, rußiges Anhängsel, von dem Schwaden von dunklem bläulichen Rauch aufstiegen. Der alte Mann, immer noch angeschnallt, hing ziemlich weit zur linken Seite hinüber.

Das Fahrzeug fiel auf das Eis, prallte zweimal ab und schlitterte dann in wirren Bögen weiter. Das von der Sonne erwärmte Eis ächzte und begann langsam zu brechen.

Thad ließ sich auf den Bauch fallen und schob sich auf den vereisten See hinaus.

Das Schneefahrzeug wurde jetzt langsamer. Ungefähr zehn Meter vom Ufer entfernt kam es dann schließlich völlig zum Stehen.

Thad erreichte das Ding und zog sich vorsichtig an den Gleitern hoch.

J. P. lebte, aber ein Stück des explodierenden Wagens hatte eine große Wunde in seinen Hinterkopf gerissen.

Thad befreite ihn von dem Sicherheitsgurt und zerrte den alten Mann aus dem Fahrzeug.

Das Eis brach noch weiter und erzeugte dabei ein lautes, knirschendes Geräusch.

Wieder flach liegend, zog Thad J. P. zurück zu dem weißen Ufer.

»Ich«, murmelte der alte Mann, »ich – verstehe nicht.«

»Was verstehst du nicht?«

»Der Wildhüter«, sagte er. »Der Wildhüter... hatte eine Fehlfunktion. Und jetzt das Schneefahrzeug Das ist nicht... typisch für Walbrook-Produkte. Überhaupt nicht. Ich –« Er wurde bewußtlos, als Thad ihn sicher vom Eis gezogen hatte.

XI

»Bist du schon mal hier gewesen, Onkel?«

Thad saß an einem Fenster des privaten Walbrook-Autojet. Draußen war es früher Morgen. »Damals im zwanzigsten Jahrhundert«, antwortete er. »Damals hieß es natürlich noch nicht New Rio.«

»Die ganzen Befreiungskriege hier haben diesem Teil von Brasilien so ziemlich den Garaus gemacht«, sagte Lon. »New Rio haben sie dann auf die Ruinen gebaut, womit sie bewiesen haben, daß wir doch alle noch Hoffnung haben. Stimmt's, Schwesterlein?«

Jean-Anne, die in dem Sitz neben Thad saß, sagte: »Ich fange an daran zu zweifeln, ob das auf dich auch noch zutrifft.«

Lon lachte. »Du warst doch schon mal in New Rio, oder, Schwesterlein? Auf deiner ersten Hochzeitsreise, soweit ich mich erinnere, oder war es die zweite? Warst du in der Verfassung, etwas von –«

»Geh, setz dich wieder zu deinem Roboter«, sagte Thad.

»Laß dich nicht von unseren geschwisterlichen Neckereien durcheinanderbringen, Onkel.« Lon trottete wieder über den dikken Teppich des Flugzeuges davon zu der Tür, durch die er gerade gekommen war. »Ich bin nur gekommen, um euch zu sagen, daß wir in einer Viertelstunde auf dem Walbrook-Landeplatz landen werden. Schau nicht so sauer, Schwesterlein.«

»Ich habe«, sagte Jean-Anne zu Thad, »gemischte Gefühle, was diese Tour betrifft, Onkel.«

»Freut mich, daß du auch dabei bist. Ein Woche allein mit Lon in Brasilien zu sein –«

»Oh, ich bin auch gern mit dir zusammen«, sie lächelte ein leises Lächeln. »Lon hat nur so eine Art... nun ja, ich kann mir schon denken, wieso Großvater wollte, daß ich dich begleite.«

»Wahrscheinlich sollst du so eine Art Leibwächter für mich sein«, sagte Thad und betrachtete das Profil der jungen Frau.

»Ja, er war wirklich besorgt seit dem Unfall mit dem Schneefahrzeug letzte Woche.« Sie verschränkte die Hände und legte sie über ihr eines Knie. »Ich weiß, daß sie nichts gefunden haben an dem Schneefahrzeug und an Chambers sechsundzwanzig.«

»Also war es Chambers sechsundzwanzig und nicht fünfundzwanzig.«

»Ja«, sagte sie und runzelte die Stirn. »Mach dich nicht darüber lustig. Ich mache mir auch Sorgen. Du hättest ums Leben kommen können – zweimal. Und beim letzten Mal auch Großvater.«

»Diese beiden Unfälle haben ein positives Ergebnis gehabt«, erzählte Thad der jungen Frau. »Johnny hat mich endlich doch noch in alles eingeweiht.«

»Ja, er war froh, daß du ihm das Leben gerettet hast. Er ist dir dankbar, und er wird sie nicht –« sie hielt inne und sagte dann: »Ich weiß nicht, ob dir das gefallen wird, was du hier unten kennenlernst.«

»Ich muß alles kennen, was Walbrook Enterprises macht, auch dieses... wie heißt es noch mal?... Projekt Höllenhund.«

»Ja, so heißt es.«

»Worum handelt es sich dabei?«

»Das wirst du dann ja sehen, wenn wir zu dem Laborkomplex am Rand von New Rio kommen«, sagte Jean-Anne. »Können wir jetzt bitte über etwas anderes reden?«

»Sport, Literatur, Theater? Ich hinke meiner Zeit immer noch fünfzig Jahre hinterher, aber –«

Das junge Mädchen legte ihre Hand auf seine. »Ich erzähle dir, wie mein letzter Aufenthalt in New Rio gewesen ist.«

Ein breites Band von gepflegten Gärten erstreckte sich zwischen dem Laborkomplex und dem Rand des riesigen Einbahn-Gewölbes, das sich zum Schutz darüber spannte. Hier herrschten die leuchtenden Farben des Dschungels vor: intensivgrüne Palmen, scharlachrote Blüten, große Ranken einer Purpurwinde. Gelbe Schmetterlinge flatterten hoch darüber hinweg.

Lon lachte und streckte die Arme in die Luft. »So was wie hier würde ich ein Stück schönes Leben nennen, Onkel.«

Die Augen auf die in der Ferne liegenden Gruppen von Gebäuden, die den Walbrook-Laborkomplex bildeten, gerichtet, sagte Thad: »Es ist auf jeden Fall grüner als Connecticut. Also: Wann sehen wir uns den Höllenhund an?« Sie waren jetzt schon seit fast einer halben Stunde hier, und Lon hatte sie nur auf dem Gelände herumgeführt.

»Immer mit der Ruhe, Onkel«, sagte Lon. »Das Leben in Südamerika hat eine andere Geschwindigkeit. Ich wette, Schwesterlein, du hast sogar festgestellt, daß es länger dauert, einen –«

»Ich würde genauso gern reingehen.« Jean-Anne hatte Thads Arm ergriffen.

»Wenn es soweit ist«, sagte ihr Bruder und lachte in sich hinein. »Ich dachte, wir könnten hier draußen noch eine kleine Erfrischung nehmen.« Er schnippte mit den Fingern.

Hinter ihnen raschelte etwas.

Thad wirbelte herum und schüttelte mit einer Bewegung die junge Frau ab.

Es war ein silbriger Servierroboter, der mit einem Tablett auf sie zurollte. Der Roboter hatte einen schwarzen Schnurrbart.

»Der Schnurrbart war meine Idee«, sagte Lon. »Gibt ihm einen südlichen Touch, Onkel.«

»Sehr kultiviert.«

»Dies ist echter Kaffee.« Lon nahm zwei Tassen von dem Tablett und gab sie Thad und Jean-Anne. »Er ist in Brasilien immer noch legal. Tut mir leid, daß ich dir nichts Härteres anbieten kann, Schwesterlein.«

»Du bist ja ziemlich überdreht«, sagte das dunkle, junge Mädchen. »Was hast du –?«

»Nichts, Schwesterlein, ehrlich. Ich finde New Rio einfach nur aufregend.« Er nahm die dritte Tasse und ließ den Roboter gehen. »Mach weiter, Joaquim.« Er machte eine schiebende Bewegung mit der Hand. »Kommt, Leute, versucht diesen wirklich echten Kaffee.« Als sie es taten, nickte er erfreut.

Jean-Anne runzelte die Stirn. Sie ging bis zum Rand des moosigen Weges und schob ein paar hohe, gelbe Farnblätter zur Seite. »Lon, diese Labortiere müssen weggelaufen sein.«

»Ach, ja?«

Auf einer kleinen Lichtung drängten sich drei Schimpansen an einem Baumstumpf zusammen.

»Wahrscheinlich sind sie nur zur Dekoration.« Lon schlürfte von seinem Kaffee.

»Nein, sind sie nicht. Schau doch, sie haben Identifikationsschildchen an ihren Fußgelenken.«

»Hm.« Lon machte Thad ein Zeichen. »Was meinst du dazu, Onkel? Sind das Labortiere oder nicht?«

Thad trat zu den anderen. »Sie sehen verängstigt aus.«

»Wie kann irgendwer, und sei er auch nur ein Schimpanse, hier in diesem Paradies Angst haben?« fragte Lon und lachte.

Die Schimpansen wurden jetzt unruhig. Sie klammerten sich eng aneinander und wichen zu einem Baumstamm zurück.

»Das Problem mit ihnen ist«, sagte Lon, »daß sie wissen, was mit ihren Artgenossen passiert ist. Also werden wir keine klare Überraschungsreaktion sehen. Aber...«

Thad spürte, daß etwas näherkam, aber er sah und hörte nichts. Dann sah er einen Augenblick lang drei kleine Lichtstreifen über die Lichtung sausen.

Die Schimpansen ließen sich los und kletterten den Baum hinauf.

Einer schaffte es immerhin bis zum ersten Ast. Er gab einen keckernden Schrei von sich und fiel nach unten, wobei er die Arme um seinen Leib schlang. Er starb mitten in der Luft.

Die beiden anderen Schimpansen fielen auch herunter. Sie zuckten nur noch wenige Sekunden, entleerten sich und starben.

»Oh, verdammt, Lon.« Jean-Anne schlug ihn mit einer geballten Faust. »Wie gemein.« Sie drehte sich um und rannte von ihnen weg.

Thad nickte zu den toten Schimpansen hinüber. »Was hat das bewirkt?«

Lon antwortete: »Was denn schon? Der Höllenhund.«

XII

Der mittelgroße Mann hielt das Ding zwischen Daumen und Zeigefinger. »Ich bin zu recht stolz darauf, mein Junge«, sagte er zu Thad.

Sie standen alle in einem ovalen Raum tief im Innern des Laborkomplexes. Die Wände hatten dasselbe weiche Blau wie Dr. E. Jack Nallys einteiliger Laboranzug.

Thad trat ein paar Schritte auf den schwarzen Arzt zu. »Das ist also der Höllenhund.«

Jean-Anne lehnte bleich an einem Labortisch. »Das ist doch einer von drei verschiedenen Typen, oder?«

»Sehr gut, meine Liebe«, sagte Dr. Nally. »Sie zeigen im Augenblick ein deutlich ausgeprägteres Wissen über unsere Tätigkeit als beim letzten Mal.«

»Sie befindet sich gerade in einer zwischenehelichen Phase, Prof«, sagte Lon. »Jetzt hat sie mehr Zeit, das andere Ende ihres Körpers zu gebrauchen.«

Thads Augen verengten sich, während er die kleinen, kupferfarbenen Objekte in der Hand des Laboratoriumsdirektors betrachtete. »Sieht aus wie eine Stechmücke.«

»Ja, nicht wahr?« stimmte ihm Dr. Nally zu. »Wie eine harmlose kleine Stechmücke.« Er ließ das winzige Ding in seine rosafarbene Handfläche rollen und schloß die Finger darüber. »Und doch ist es eine der tödlichsten gegen Menschen gerichteten Waffen, die je entwickelt wurde, wenn ich das selbst so sagen darf.«

»Wie funktioniert es?«

»Dieses spezielle Modell richtet sich nach der Körperwärme«, erklärte der liebenswürdige Dr. Nally. »Bei der Demonstration, die Sie vorher draußen gesehen haben, mein Junge, hatten wir ein paar Veränderungen vorgenommen, um sicherzugehen, daß er sich nur die Affen aussucht.«

Jean-Anne sagte: »Das war ja wirklich sehr rücksichtsvoll.«

»Sei nicht so mißmutig, Schwesterlein. Wir hatten etwas in den Kaffee getan, um uns vorübergehende Immunität gegen dieses Modell zu verleihen.«

Dr. Nally warf einen Höllenhund hoch und fing ihn wieder auf. »Was Sie hier sehen, mein Junge, ist die perfekte, mikrominiaturisierte, gegen Menschen gerichtete Waffe«, sagte er zu Thad. »Dieses spezielle Modell, um das noch einmal zu wiederholen, sucht sich seine Opfer nach ihrer Körperwärme und spritzt ihnen dann eine tödliche Dosis von einem schnellwirkenden Nervengift. Der Tod erfolgt gewöhnlich innerhalb von fünfzehn Sekunden.«

»Es tötet mit einem Stich«, sagte Thad.

»So ähnlich wie ein Stich, aber wesentlich tödlicher«, erwiderte der schwarze Nally. »Bei diesem neuen Modell haben wir eine Effektivität von circa fünfundachtzig Prozent beim Töten.«

»He, das ist ja fünfzehn Prozent besser als das frühere Modell, Prof.«

»Ja«, lächelte der Laborchef. »Ich bin sicher, das wird das Multi-Pentagon in Washington mehr als zufriedenstellen. Sie hatten schon fast das letzte Modell angenommen, als ich sie dazu brachte, den Vertrag noch einmal neu auszuhandeln und noch eine Viertelmilliarde lockerzumachen. Ich denke, jeder, der etwas damit zu tun hatte, wird zugeben müssen, daß es das wert war, mehr als wert.«

Thad fragte: »Ist dieser Höllenhund nur zum Gebrauch auf dem Schlachtfeld gedacht?«

Dr. Nallys Augen sahen kurz in Lons Richtung, bevor er antwortete. »Dieser hier schon, ja. Und unsere eigenen Militärs werden natürlich dagegen immun gemacht. Ich habe ein kleines Antiraketen-Schutzgerät, ein aufzusprühendes Abwehrmittel und ein einzunehmendes Abwehrmittel.«

»Damit hatte ich unseren Kaffee gewürzt, Onkel«, sagte Lon.

»Kann ich auch die Anti-Höllenhund-Mittel sehen?« fragte Thad.

»Später, ja. Ich denke, das Antiraketen-Schutzgerät bietet die größte Sicherheit, ist aber auch teurer«, sagte der schwarze Wissenschaftler. »Das werde ich Ihnen später zu demonstrieren versuchen. Nun könnte natürlich ein Feind auch selbst ein Gegenmittel entwickeln. Aber in Kriegen, wie wir sie in den letzten Jahren geführt haben, waren die Feinde gewöhnlich einfache, ungebildete Männer. Es ist nicht sehr wahrscheinlich, daß sie etwas entwickeln könnten, was uns hemmt. Und falls sie oder ihre Verbündeten es doch tun, können wir immer noch –«

»Es gibt auch noch andere Arten von Höllenhund?« fragte Thad.

»Ja, mein Junge.«

»Wie unterscheiden sie sich?«

Lon sagte: »Warte bis heute abend, Onkel. Ich arrangiere noch eine kleine Demonstration für dich und mein liebes Schwesterlein, drüben in unseren Turmbüros im Zentrum von New Rio. Glaubst du, du wirst noch so lange warten können?«

»Ich werd's schon schaffen«, sagte Thad.

Thad kam eine Stunde nach Sonnenuntergang in das Turmzimmer. Der Himmel über New Rio war ein dunkelblaues Stilleben, die Lichter der riesigen Stadt begannen gerade erst anzugehen. New Rio war eine auf zahlreichen Ebenen gebaute Multilevel-Stadt, deren Gebäude durch eine Vielzahl von Rampen in allen Höhen miteinander verbunden waren. Die Lichter dieser sich windenden, spiralförmigen Rampen gingen an und aus und waren in weichen Pastellfarben getönt. Politische Parolen leuchteten an den Seiten von Regierungsgebäuden.

»Wer war Ihre Töpfer-Lehrerin in der fünften Klasse?«

Thad sah, wie Lyle Gunder, der große blonde Agent der Total Security, sich in einem Mosaiksessel in einer dunklen Ecke des Büros von Walbrook Enterprises schaukelte. »Miss Cooper«, antwortete er.

»Aha!« Gunder sprang aus seinem Sessel auf. »Jetzt habe ich Sie, das war Miss Santos.«

»Nur am Anfang des Schuljahres. Miss Santos ist mit einem Töpfer durchgegangen.«

Gunder sank wieder zurück in seinen gefliesten Schaukelsessel. »Stimmt tatsächlich«, gab er zu. »Freuen Sie sich, solange Sie es noch können. Ich habe jetzt die vollständige medizinische Akte von Robert B. Walbrook I, von der wir ursprünglich glaubten, sie sei verlorengegangen, als Detroit und Umgebung zerstört wurden. Sie wird uns nach New Rio gefaxt. Da werden Sie sich ein paar kleinen –«

»Verschieben Sie die Inquisition noch eine Weile, Gunny.« Lon stand neben einem langen Blechschreibtisch mit einem Fernsehapparat darauf.

»Warum dieser Test im Halbdunkel?« fragte ihn Thad.

»Wir folgen nur Opas Wünschen«, lächelte Lon. »Er möchte, daß wir dich in alles einweihen, Onkel.«

»Das ist ein großer Fehler von seiten des Alten«, grunzte Gunder aus seinem Sessel herüber. »Welches war Ihr Lieblingsbuch, als Sie zehn Jahre alt waren?«

»Die Tiere des Tarzan.« Thad beugte seinen Kopf zu dem Fernsehgerät herunter. »Ist das eine Privatsendung, Lon?«

Lon lachte. »Darauf kannst du wetten, Onkel. Sehr privat.«

Gunder stolzierte zur Tür. »Ich werde drüben im TSA-Gebäude zuschauen. Unser eigener Kameraspion ist auch mit dabei. Sagen Sie nicht, ich hätte Sie nicht gewarnt.« Er ließ die beiden in dem düsteren Zimmer zurück.

Thad fragte: »Kommt Jean-Anne auch?«

»Mein Schwesterlein meint, sie sei immer noch ganz durcheinander von Doc Nallys kleinem Affentest heute nachmittag«, sagte Lon. »Wenn du mich fragst, glaube ich, daß sie sich aus ihren Zimmern im Zombador Hotel schleicht und eine Kneipentour macht. Sie hat eine besondere Vorliebe für primitive Kneipen und –«

»Was soll ich hier sehen?«

»Den nächsten Höllenhund-Test«, erwiderte Lon. »Aber von einem anderen Modell.«

»Ich habe heute nachmittag gehört«, sagte Thad, »daß es mehr als eine Version von dem Ding gibt. Wie unterscheidet sich dieser hier von dem anderen?«

Lon faßte an die Seite des Empfangsgerätes. »Er ist viel fortgeschrittener, Onkel.«

Ein Bild entstand auf dem Bildschirm. Es zeigte einen öffentlichen Platz, der sich langsam mit Menschen füllte.

»Das ist drüben im Arbeiterviertel von New Rio«, erklärte Lon. »Unser Mann wird in ein paar Minuten bei einer Versammlung auf der Straße sprechen. Allerdings haben diese südamerikanischen Idioten eine ziemlich lockere Einstellung, was das Einhalten von Terminen betrifft.« Er nahm ein Blatt Faxpapier in die Hand. »Doc Nally und ich haben uns vorgenommen, diese Typen hier der Reihe nach zu erledigen, so wie sie auf dieser Liste stehen.«

»Was für eine Liste?«

Lon ließ das Papier lächelnd in eine Schublade des Blechschreibtisches fallen. »Wir haben die Namen von einem Dutzend Männern, von denen die meisten zu einer Organisation des linken Flügels gehören oder dessen verdächtigt werden, die sie Südamerikanische Staaten-Organisation nennen. Zwei von ihnen sind hier in Brasilien, einer ist in Peru ... und so weiter. Gunders Leute haben die Liste zusammengestellt, und unser geliebter Präsident Parkinson hat die letzte Version gebilligt und uns sein Einverständnis für die ganze Feldstudie hier gegeben.«

Thad ging zu dem Schreibtisch hinüber. »Warte mal«, sagte er, »ich habe langsam –«

»Stimmt, Onkel. Walbrook Enterprises ist jetzt auch im Killer-Geschäft.«

»Wer, zum Teufel, hat dem denn zugestimmt?«

»Opa, Paps und ich«, eröffnete ihm Lon lächelnd. »Du bist damals, als wir die ganze Sache aufgebaut und entschieden haben, ja noch durch die Wildnis gewandert, Onkel.«

»Johnny würde niemals...«

»Natürlich würde er«, sagte Lon. »Wir reden hier über ein Zwei- oder Dreimilliarden-Dollar-Geschäft. Ah ja, da ist Quartel. Er steht ganz oben auf der Liste und wird als für die Interessen der Vereinigten Staaten in Lateinamerika sehr schädlich betrachtet.«

»Ich werde dich nicht –«

»Es ist schon viel zu spät, um noch etwas aufzuhalten, Onkel.«

Der Bildschirm zeigte jetzt etwa dreihundert Menschen auf dem Platz. Sie winkten und jubelten, als ein gedrungener Mann von ungefähr fünfzig Jahren auf die Ladefläche eines flachen Lasters gehoben wurde. Er grüßte sie und hielt dabei beide Hände hoch über dem Kopf.

»Der gute Höllenhund müßte in ein paar Minuten bei ihm sein«, sagte Lon. »Einer von den TSA-Leuten sollte ihn loslassen, sobald Quartel auftaucht.«

Thad schüttelte den Kopf. Er fragte: »Woher wißt ihr, daß er ihn finden wird? Genau ihn?«

»Dieses Modell ist wesentlich weiter entwickelt als die Schlachtfeld-Version«, sagte Lon. »Man kann ihn so einstellen, daß er eine spezielle Person verfolgt. Das wird ihm beigebracht, indem man ihm eine große Menge an Informationsmaterial eingibt, einschließlich Gehirnstrommuster und ähnlichem. Das führt dann auf jeden Fall dazu, daß es nur eine Person auf der Welt gibt, die genau auf das Bild paßt, das dem kleinen Höllenhund eingegeben worden ist. Und er gibt nicht auf, bis er diese Person gefunden hat.«

Thad sagte nichts. Er stützte seine Fäuste auf die Tischkante und beugte sich zu dem kleinen Bildschirm hinüber. Quartel sprach jetzt zu der Menge.

»Insgesamt gesehen wird diese Version des Höllenhundes Walbrook Enterprises wesentlich mehr einbringen als der militärische«, führte Lon weiter aus. »Manchmal vergehen sechs Monate oder sogar ein Jahr, ohne daß wir einen regelrechten Krieg führen, aber unbeliebte Politiker gibt es immer. Du bist genau im richtigen Augenblick von den Toten wiederauferstanden, Onkel. Walbrook Enterprises ist einmal mehr auf einem aufsteigenden ... Achtung, jetzt ist es soweit!«

Quartels Körper zitterte. Er klappte zusammen, die Arme um den Körper gelegt, mit einem tonlosen Schrei. Dann kippte er vom Lastwagen und verschwand in der Menge.

»Genau wie die Schimpansen«, sagte Lon.

XIII

Jean-Anne ging dicht an der Kante der meerblauen Rampe entlang. Unter ihr lag eine verwirrende Vielfalt von Wegen im Raum. In dem nachtschwarzen Himmel über dem höchsten der Hochhaustürme explodierten Feuerwerkskörper. Große Spritzer von Gelb, Scharlachrot und Gold. »Sie feiern gar nichts. Der augenblicklichc Präsident von Brasilien liebt einfach Feuerwerk. Es wird jeden Abend um dieselbe Zeit abgeschossen«, sagte sie. »Warum wolltest du mit mir draußen spazierengehen, Onkel?«

Thad sagte neben ihr: »Hier draußen ist es etwas schwieriger, uns abzuhören. Laß uns weitergehen.«

»Warum hast du denn Angst, man könnte uns abhören, Onkel?«

Thad sagte: »Vor allem aus einem Grund: Ich bin nämlich nicht dein Onkel.«

Sie wandte ihm ihr Gesicht zu. »Nein, ich habe es auch nicht geglaubt.«

»Wirklich nicht?«

»Du bist ziemlich gut, und ich weiß, daß du Großvater und die anderen überzeugt hast«, sagte das junge Mädchen, »aber du bist eben einfach kein Walbrook. Ich spüre, daß du nicht die innere Kälte und Rücksichtslosigkeit hast, die wir Walbrooks alle mit uns herumtragen.«

»Selbst du?«

»Ich ganz besonders«, sagte sie. »Lon hat recht, was mich betrifft. Ich bin wirklich eine gemeine und zerstörerische –«

»Ich bin da anderer Meinung«, sagte Thad, »und was das betrifft, werden wir später Genaueres besprechen. Aber im Augenblick, Jean-Anne, gibt es noch etwas, was ich mit dir...«

»Heute abend war noch so ein Test, nicht wahr?« fragte sie. »Ich weiß, daß es diesmal noch furchtbarer gewesen sein muß als die Angelegenheit heute nachmittag... wegen der Art, mit der Lon meinte, ich dürfe es auf keinen Fall versäumen.«

»Ja, es war wirklich noch schlimmer. Sie machen die Tests jetzt mit Menschen.«

»Menschen?« Sie ging langsamer und nahm seinen Arm.

»Heute abend war es ein Mann namens Quartel. Er wurde...«

»Ja, ich habe es in den Nachrichten gehört. Sie haben gesagt, es sei ein Herzanfall gewesen.«

»Es war ein Höllenhund. Eine Version, die in der Lage ist, einzelne Menschen ausfindig zu machen.«

»Vater und Lon«, sagte sie. »Sie... ich weiß es nicht. Ich wußte eigentlich nicht... nicht alles über dieses Projekt Höllenhund, bis heute.«

»Lon hat eine Liste mit noch elf weiteren Namen von Menschen, die sie damit liquidieren wollen«, sagte Thad. »Ich werde mir die Liste holen. Und dann muß ich diese ganzen Informationen den Leuten zukommen lassen, für die ich arbeite.«

Jean-Anne fragte: »Wer sind sie?«

»Die Oppositions-Partei«, antwortete er.

Die junge Frau nickte langsam. »Ja, gar kein so schlechter Verein.« Sie bewegte ihre Hand an seinem Arm abwärts und nahm seine Hand. »Warum gestehst du mir das alles – nein, das ist nicht das richtige Wort... warum vertraust du mir das alles an?«

»Weil ich jetzt meine Robert Walbrook I-Identität aufgeben und schnell aus Brasilien herauskommen muß.«

Jean-Anne sagte: »Das hättest du auch tun können, ohne mich noch einmal zu treffen.«

»Also gut: Ich mag dich, Jean-Anne«, sagte er. »Ich möchte –«

»Wie willst du aus New Rio heraus und wegkommen?«

»Ich werde einen unserer Leute hier unten ansprechen, damit er mich herausschafft.«

»Tu das nicht«, sagte sie. »Ich werde dich in die Staaten zurückbringen. Ich kann draußen auf dem Familienflugplatz einen Luftkreuzer nehmen und –«

»Nein, das ist zu unsicher.«

»Ich möchte es aber tun«, sagte sie. »Oder traust du mir nicht?«

»Doch, ich traue dir.«

»Also werden wir es so machen«, sagte die dunkelhaarige Jean-Anne. »Wie lange wirst du brauchen?«

»Gib mir zwei Stunden.«

»Prima«, sagte sie. »Ich werde nicht packen, denn weiß der Himmel, wer mein Hotel bewacht. Ich werde unauffällig zum Flugplatz verschwinden. Wir treffen uns in Hangar sechs.« Sie blieb stehen. »Ich glaube, es ist akzeptabel, wenn eine Nichte ihren Großonkel in der Öffentlichkeit küßt.«

Der schwarze Dr. Nally gab einen verdrießlichen Laut von sich. »Ich kann nicht sagen, mein Junge, daß ich dir völlig zustimme.«

»Sie brauchen mir nicht zuzustimmen, Prof.« Lon saß an einem langen, gebrochenweißen Labortisch. »Sie arbeiten für Walbrook Enterprises, und das bin ich.«

»Ich dachte, wir würden uns an die autorisierte Liste halten.«

»Mit diesem bringen wir sie auf ein volles Dutzend«, sagte Lon. »Ich habe gerade die korrekten medizinischen Berichte von meinem lieben Onkel bekommen, und das war wirklich nicht einfach. Sie müssen mir jetzt nur noch dabei helfen, diesen Höllenhund zu programmieren.«

»Ich kann unmöglich –«

»Sie werden, oder Sie finden sich draußen auf der Straße wieder. Wir brauchen Sie ab jetzt ja eigentlich nicht mehr.«

»Wenn ich Ihnen helfe, mein Junge«, sagte Dr. Nally, »erwarte ich –«

»Ich werde Sie auf die Liste der besonders verdienstvollen Leute setzen«, versicherte Lon ihm. Er lachte still in sich hinein. »Wenn wir mit dieser Sache fertig sind, möchte ich, daß Sie eine Stunde warten, bevor Sie das Ding aktivieren.«

»Sie brauchen sich doch bestimmt keine Sorgen über ein Alibi zu machen.«

»Nein, nein. Aber ich will in der Nähe sein, wenn sich dieser Kleine auf meinen Onkel stürzt. Ich habe noch nie von nahem gesehen, wie sie funktionieren.«

»Ah so«, sagte der schwarze Wissenschaftler. »Ja, das könnte interessant sein. Dann geben Sie sich aber auch Mühe, alles ganz genau zu beobachten.«

»Sie können darauf wetten, daß ich das tue«, sagte Lon. »Also, an die Arbeit, Prof.«

XIV

Die Roboter ließen Thad ohne Schwierigkeiten hinein. Er trat in einen Aufzug und wurde bis in das Turmbüro hinaufgebracht. Das Feuerwerk im klaren, schwarzen Nachthimmel war immer noch im Gange. Eine riesige brasilianische Flagge, bestehend aus farbigen Feuerkugeln, wehte über den Hochhäusern von New Rio.

Das Blau, Weiß und Grün der Flagge spiegelte sich in der Oberfläche des Blechschreibtisches, als Thad herantrat. Die Liste lag in der Schublade, in die Lon sie am Nachmittag hatte fallen lassen.

Thad machte eine Kopie mit Lons tragbarem Kopiergerät, das an einer Ecke des Schreibtisches stand. Er faltete das dünne Papier und steckte es in eine Innentasche, als er das sanfte Rauschen des Aufzugs hörte, der jemanden heraufbrachte.

Ein privater Ausgang befand sich auf der anderen Seite des Zimmers. Er war nur von innen zu öffnen. Thad rannte hinüber und lief in die Nacht hinaus. Die schmale Rampe, die den Turm mit dem nächstliegenden Weg verband, war blaßorange gefärbt.

Am Nachthimmel explodierte ein patriotisches Bild.

Thad rannte los.

»Stehenbleiben!« schrie Lyle Gunder hinter ihm her.

Thad bremste und wandte sich dem näherkommenden Agenten der Total Security zu. »Marisue McClean«, sagte er.

Gunder zielte mit einem Betäubungsgewehr auf ihn. »Was?«

»So hieß das Mädchen, in das ich mich damals in der zweiten Klasse verliebt habe«, sagte Thad. »Es ist mir gerade eingefallen.«

»Was haben Sie hier oben gemacht?«

»Mir gehört der Laden, erinnern Sie sich?«

Gunder sagte: »Wenn Sie Robert B. Walbrook I wären, dann schon. Aber wir wissen doch beide, daß Sie das nicht sind.«

»Ach ja, wirklich?«

Der große blonde Mann grunzte. »Wir werden es verdammt bald wissen«, sagte er und schob sein Gewehr bis auf ein paar Zentimeter an Thads Brust heran. »Der medizinische Bericht von Walbrook I ist angekommen. Wenn es Ihnen nichts ausmacht, wäre es mir recht, wenn Sie mit mir zum hiesigen Labor der TSA kommen würden, um noch ein paar einfache Tests zu machen.«

»Das wird das erste sein, was ich morgen früh tue«, sagte Thad.

»Es wird genau das sein, was Sie jetzt sofort tun!« Gunder schubste ihn mit dem Betäubungsgewehr vorwärts.

Thad ließ sich auf die Rampe fallen. Und dann rammte er seinen Kopf dem großen Agenten genau zwischen die Beine.

»Auu!« Die Waffe fiel aus Gunders Faust.

Sie war leicht genug, um den unsichtbaren Kraftschild zu durchbrechen, der die Rampe umgab. Wirbelnd fiel sie nach unten und glitzerte in verschiedenen Farben, wenn sie im Fall von den unterschiedlichen bunten Lichtstrahlen getroffen wurde. Sie fiel immer tiefer und tiefer zwischen den einander überschneidenden Rampen hindurch.

»Hurensohn!« sagte Gunder nach vorn gekrümmt.

Thad traf ihn noch zweimal, während er mit ihm kämpfte, wie er es in seinen Jahren auf Manhattan gelernt hatte. Dann schlug er noch einmal zu.

Die Knie des großen Agenten landeten auf der Oberfläche der Rampe. Er schwankte und sank auf die Seite. Er traf hart auf den unsichtbaren Schirm, und das schleuderte ihn in die andere Richtung. Er fiel nach links, und sein Körper krümmte sich langsam.

Thad ließ ihn liegen und rannte wieder los.

Dr. Nally gähnte. Er schüttelte den Kopf und sah blinzelnd auf den winzigen Höllenhund auf dem weißen Tisch vor sich. Dann sah er mit gerunzelter Stirn auf. Er schnupperte und wandte sich zur Auslaßöffnung der Klimaanlage über seinem Kopf.

Dann sank sein Kopf auf den Tisch.

Nach ungefähr dreißig Sekunden betrat eine Gestalt mit einer Gasmaske der Walbrook Enterprises den Raum.

Die Gestalt schob den zusammengesunkenen und schnarchenden schwarzen Doktor zur Seite und begann, einige Veränderungen an dem Höllenhund vorzunehmen, wobei sie Werkzeug benutzte, das sie aus einer flachen, braunen Aktentasche holte.

Ein paar Augenblicke später holte die Gestalt ein zweites Höllenhund-Geschoß aus der Tasche. Auch dieses kleine Geschoß wurde bearbeitet.

Als Dr. Nally zwanzig Minuten später erwachte, lag wieder nur noch ein einziger Höllenhund auf dem Tisch vor ihm. Er hörte auf seiner Stimmuhr, wie spät es war. Nachdem sie ihm die Uhrzeit genannte hatte, sagte er: »Ich scheine offensichtlich nicht genug Antischlafpillen zu nehmen. Ich muß die Dosis erhöhen.«

Er nahm das winzige Geschoß, trug es zu einem Fenster und ließ es frei.

XV

Es fing an zu regnen, einen warmen, langsamen Regen. Lon trat unter die Plyomarkise des Cafés und bohrte dem kleinen, untersetzten Brasilianer seinen Finger in den Bauch. »Was meinst du damit, du Null?«

»Tut mir sehr leid, Señor«, entschuldigte sich der Mann. »Ich habe sie aus den Augen verloren.«

»Wie ich Ihnen schon sagte, Señor, verschwand sie irgendwie aus dem Passaro-Grande-Club auf der dreiundzwanzigsten Ebene«, erklärte der Mann von der Sicherheitsabteilung von Walbrook Enterprises. »Das war vor fast einer Stunde. Ich bin hierher zurückgekommen, um von hier aus ihr Hotel zu beobachten.« Er hatte dichte, struppige Augenbrauen, die er jetzt hochzog. »Vielleicht ist sie bei ihrem ehrenwerten Onkel, Señor Rob –«

»Nein, ist sie nicht. Das heißt, ich weiß nicht, ob sie bei ihm ist oder nicht. Ihr Kumpel, der meinen Onkel beobachtet hat, ist genauso gut wie Sie. Er hat ihn verloren.«

»Das tut mir wirklich leid, Señor.«

Lon trat wieder in den warmen Regen hinaus. Es war schon länger als eine Stunde her, daß er die Walbrook-Enterprises-Laboratorien verlassen hatte. Jetzt war der kleine Höllenhund auf jeden Fall schon unterwegs und auf der Suche nach seinem Ziel. »Verflucht, ich wollte doch dabeisein.«

Trotz des Wetters ging das Feuerwerk weiter. Der Himmel über den verworrenen, sich überlagernden Rampen war voller verwischter, bunter Feuerblumen.

Lon entschloß sich, zum Passaro Grande hinaufzugehen und selbst nachzufragen. Vielleicht konnte er etwas herausfinden, was diese Null vom Sicherheitsdienst nicht erfahren hatte.

Er ging an einer Reihe von Straßenverkäufern entlang, einem Stand, der Lebenslang-Blumen verkaufte, einem Kaffee-Karren und einer fetten Frau, die geschmuggeltes Zuckerrohr feilbot.

Ein paar Meter hinter dem letzten Straßenverkäufer wurde Lon langsamer. Ein wirklich eigenartiges Gefühl entwickelte sich in seinen Schultern und an seinem Hinterkopf. Er sah mit gerunzelter Stirn über seine Schulter zurück.

»O mein Gott!« sagte er.

Er konnte wirklich sehen, wie das Ding auf ihn zukam. So klein es auch sein mochte, er sah es durch den weich fallenden Regen fliegen.

Er fing an zu rennen. »Dieser verdammte Nally.«

Lon hatte den Eindruck, als könnte er den Höllenhund sogar hören.

Plötzlich rutschte er auf einem regennassen Stück der Rampe aus. Er fiel hin. »Dieser verdammte Nally hat mich reingelegt...«

Er rappelte sich auf und rannte wieder los.

Aber der Höllenhund hatte ihn schon fast erreicht.

Lon machte einen Sprung und versuchte, von der Rampe herunterzukommen. Der unsichtbare Kraftschutzschild hielt ihn auf. »O mein Gott, mein Gott!« Er versuchte, die unsichtbare Wand hinaufzuklettern.

Dort erwischte er ihn schließlich. Einen Meter über dem Boden, die Hände um nichts geklammert. Lon stürzte auf die Rampe, und der Regen fiel auf ihn herab.

Im schwarzen Himmel blühten noch mehr Blumen auf.

XVI

Das Lufttaxi hielt an und blieb schwebend etwas mehr als einen Meter über dem Boden stehen. »Würde es Ihnen etwas ausmachen, hinauszuspringen, Señor?« fragte der Fahrer Thad. »Noch näher möchte ich eigentlich an den ganzen Dreck nicht herangehen.«

»Ich bin es gewöhnt.« Thad bezahlte das Fahrgeld und machte sich daran, aus der Bodenklappe zu springen. Er hielt sich an der Kante der Öffnung fest, schaukelte ein paarmal hin und her und ließ dann los. Er landete auf einem Stück Ersatzholz zwischen zwei aus Schrottstücken gebauten Verschlägen.

»Sie wollen doch nicht, daß ich warte, oder?«

»Nein, ich werde auf dem Rückweg ein anderes Taxi nehmen.« Thad war sicher, daß man ihm hierher, in das Slumviertel jenseits des erhöht gebauten Teils der Stadt von New Rio, nicht gefolgt war. Trotzdem war es sicherer, das Taxi nicht da oben wartend hängen zu lassen.

»Na, dann viel Glück, Señor.« Das Fahrzeug verschwand nach oben durch den Regen.

Der Verschlag links von Thad bestand aus den Seitenteilen von alten Kühlschränken und hatte ein zusätzliches Dach, das von einem übriggebliebenen Panzer aus dem Krieg stammte. Außerdem waren noch schiefe Kartons und die Türen von verschrotteten Lufttaxis daran. Ein einbeiniger Mann urinierte gegen die Wand.

Thad ging wie ein Seiltänzer auf dem Brett entlang und sprang dann auf ein zerbeultes Stück von einem Flugzeugflügel, das als Verbindungsteil zu den nächsten Verschlägen diente.

Schlamm spritzte auf, als er landete. Eine völlig vom Wasser aufgeweichte tote Ratte lag neben dem Flügel. Thad ging weiter zwischen den Tausenden von aneinandergebauten Hütten und Verschlägen hindurch. Der Regen zerrte an ihm, so daß er sich an einem Zaun aus Ersatzholzbruchstücken festhalten mußte. Weiter vorn, jenseits einer Brücke aus großen Sojadosen-Deckeln, stand der Verschlag, zu dem er wollte. Er war aus den Teilen von drei kaputten Roboter-Musikboxen gebaut, die noch überzogen waren mit Streifen in silbernen und goldenen Farbtönen und mit

Kreisen aus grünem und scharlachrotem Licht. Das Dach war ein Stück von einer Chromröhre.

Thad klopfte an die Tür direkt über dem Lautsprechergitter. Nach einem Augenblick wurde die Tür nur einen Spaltbreit geöffnet. »Was haben Sie mir zu sagen?«

»*Otenta chavenas do chá tepido*«, sagte Thad in die düstere Hütte hinein.

»Ich glaube, das ist die Parole.«

»Was könnte es denn wohl sonst sein?« Er schob sich an ihr vorbei in den Schrottverschlag. »Wo ist das Telefon?«

Die alte Frau, die die Tür geöffnet hatte, hielt eine glänzende neue Sprengpistole in der Hand. »Sagen Sie mir die Parole lieber noch einmal.«

»*Otenta chavenas do chá tepido.*«

»Ja, das ist sie.« Nachdem sie die Waffe in den Gürtel gesteckt hatte, der um ihr einteiliges Kleid geschlungen war, ging die hagere Frau durch das Zimmer und stampfte mit einem nackten Fuß auf ein Stück Chrom. »Was halten Sie übrigens von diesem Verschlag?«

»Vielleicht ein wenig grell.«

»Das paßt zu mir.« Sie hob ein Stück Fußbodenabdeckung hoch und holte ein Videofon heraus. »Das einzige, was ich hier nicht leiden kann, sind die Ratten. Sie haben mein letztes Telefon aufgefressen oder es zumindest in ihren Bau geschleppt. Oder in ihr Nest. Wie nennt man –«

»Könnten Sie bitte draußen warten, während ich telefoniere?«

»Sie können in meiner Anwesenheit reden. Ich habe eine Erlaubnis auf höchster Ebene von der Oppositionspartei bekommen.«

Thad nahm das Spezialtelefon in die Hand und wählte die Nummer, die Crosby Rich ihm gegeben hatte. Im nächsten Moment erschien das Gesicht des untersetzten Mannes auf dem Bildschirm. »Ich habe was für Sie«, sagte Thad zu ihm.

Die alte Frau hockte in einer Ecke und jagte mit dem Daumen Küchenschaben.

»Gut, denn hier ist auch eine blöde Sache passiert, und ich bin nicht sicher, was das bedeutet.«

»Was?«

»Sagen Sie mir zuerst, was Sie haben.«

Thad erzählte Rich, was er über das Projekt Höllenhund herausgefunden hatte.

Der Unruhestifter der OP sagte: »Kleine schnucklige Geschosse, was? Das ist ja eine Hurenidee.«

Die Frau räusperte sich.

»Sie haben hier unten schon einen Höllenhund eingesetzt«, sprach Thad weiter. »Falls Sie schon was vom Tod eines Typen namens Quartel gehört haben – das war der Höllenhund, der ihn erwischt hat. Und sie haben sich noch elf andere Ziele ausgesucht.« Er nahm die Liste heraus, die er kopiert hatte und las Rich die Namen vor. »Sie müssen das alles veröffentlichen. Das sollte ihnen den Wind aus den Segeln nehmen, bis die ganze Sache hier praktisch verhindert werden kann.«

»Gibt es nicht... Sie haben doch gesagt, es gäbe eine Abwehrvorrichtung gegen den Höllenhund.«

»Ja, aber die habe ich nicht. Sie haben das Zeug draußen in den Laboratorien von Walbrook Enterprises gelagert.«

Rich hatte ein Brötchen aus Tang in die Hand genommen und wollte gerade hineinbeißen. »He, mir fällt gerade ein«, sagte er und ließ das Brötchen wieder sinken, »vielleicht hat diese blöde Sache, die hier passiert ist, auch was damit zu tun.«

»Sie haben's mir noch nicht erzählt.«

»Dr. Rosenfeld ist verschwunden, ist schon fast einen ganzen Tag weg«, sagte Rich. »Als wir sein Büro unter die Lupe genommen haben, haben wir festgestellt, daß jemand die –«

»Die medizinischen Berichte geklaut hat?« fragte Thad, und seine Hand verkrampfte sich um den Hörer des Videofons.

»Genau. Wissen Sie –«

»Um Himmels willen! Sie wollen einen von diesen Höllenhunden auf mich ansetzen.«

»Ich dachte, Sie haben so eine Art Gegenmittel getrunken?«

»Dieses Zeug zum Einnehmen wirkt nur eine oder zwei Stunden.«

»Tja, das könnte einfach –«

Thad hängte ein, wirbelte herum und rannte zur Tür.

»Schlechte Nachrichten?« fragte die alte Frau, als er sich wieder nach draußen in den Regen und den Schlamm stürzte.

Die Tür der Pillenbar schnappte auf, und ein fetter Mann in einem knautschigen Touristenanzug kam herausgetorkelt. Er stolperte und fiel mit einem Knie in ein mit Wasser gefülltes Schlagloch. In den Taschen seines Anzugs klapperte es, ein bierflaschenbraunes Gefäß voller Kapseln rollte heraus und hopste und rollte dann die regennasse Straße entlang.

Thad hatte den Rand des Armenviertels erreicht und war in der Straße mit den speziellen Bars, die das höhergelegene Zentrum New Rios direkt umgaben. Er schlug noch einmal auf den Rufknopf auf dem Lufttaxikasten, der an die Norylvorderseite der Bar geschraubt war. Es waren jetzt schon elf Minuten vergangen, seit er mit Crosby Rich gesprochen hatte.

»Komm her, komm her«, sagte der fette Mann zu der wegrollenden Pillenflasche.

Thad drehte sich um und eilte zu dem Mann hinüber. »Ich helfe Ihnen.« Er hob das Gefäß auf und legte es in die fleischige Handfläche. »Kann ich Ihnen vielleicht zu Ihrem Fahrzeug helfen?«

»Das wäre wirklich eine nette Geste, Sir«, sagte der fette Tourist, indem er sich aufrichtete. »Ich sehe an Ihrer Erscheinung, daß Sie kein Taschendieb oder –«

»Wo ist es?«

»Wo ist es?« Während er nachdachte, machte der fette Mann abwesend die Pillenflasche auf und schüttelte sich zwei orangeschwarze Kapseln in die Hand. »Das ist ein Vorkriegs-Antibiotikum. Das kriegt man in den Staaten nicht. Damit fühle ich mich ringsum gut.«

»Ist es ein Landwagen oder ein Luftkreuzer?«

»Ja, natürlich eins von beiden«, antwortete der verwirrte Pillenliebhaber. »Hier ist die Marke dafür, gleich hier.« Er griff in seine Manteltasche, und kleine Fläschchen und Schachteln purzelten heraus und fielen auf die nasse Straße.

Schon dreizehn Minuten vergangen. Thad betrachtete sorgfältig die Nacht in seiner Umgebung. Er sah nur schwere Regentropfen. Kein Anzeichen für ein winziges Höllenhund-Geschoß. Er steckte seine eigene Hand in die Tasche des Mannes. Dann fand er die runde Plastikmarke. »Warten Sie hier, ich hole das Fahrzeug.«

Auf Händen und Knien sammelte der fette Mann seine verstreuten Pillen auf. »Ich werde eine Handvoll von den Blauen hier nehmen, während ich auf Ihre Rückkehr warte, Sir. Die sind genau richtig für Erkältungen und Fieber, falls ich mich –«

Der Mann hatte einen schwarz-silbernen Luftkreuzer gemietet. Er stand im obersten Stockwerk eines fünfstöckigen automatischen Parkhausturms gleich um die Ecke von der Bar. Die Marke erlaubte Thad, bis ins oberste Stockwerk zu fahren. Er stieg in den Kreuzer, startete ihn und flog in die Dunkelheit hinaus. Fünfzehn Minuten waren vergangen.

Der Wachmann kratzte sich mit drei silbernen und zwei lebenden Fingern an der Platinseite seines Kopfes. »Das ist mir sehr peinlich, Señor Walbrook«, sagte er. Er stand in der Tür des Hauptgebäudes der Walbrook-Enterprises-Laboratorien und sah zu Thad hinaus.

Der Nachtregen fiel in Strömen und prasselte durch die Zweige und Blätter in den Schmuckgärten. »Es ist wichtig, daß ich hereinkomme«, sagte Thad. Zweiundzwanzig Minuten.

»Das ist mir klar, und ich weiß auch, daß Sie jetzt einer der obersten Männer bei Walbrook Enterprises sind«, sagte der Wachmann. Er rieb mit seiner kupfernen Hand die mit Locken bewachsene Seite seines Kopfes. »Es ist nur so, Señor, daß ich nicht ermächtigt bin, Sie hereinzulassen. Ich bin sicher, daß das nur ein Versehen von irgend jemandem ist, aber ich –«

Thad holte aus und schlug den Mann zweimal auf sein Kinn. Er hatte sich einen Punkt ausgesucht, wo es noch aus Fleisch und Blut bestand.

Der Wachmann seufzte. Sein echtes Auge und sein Plastikauge aus Noryl schlossen sich gleichzeitig, als er zusammenbrach.

Thad nahm dem Mann die Schlüssel und Einlaßmarken ab, noch bevor er in seine endgültige Position zusammengesunken war.

Der Raum mit den Anti-Höllenhund-Materialien befand sich am anderen Ende des Gebäudes, so weit Thad sich erinnern konnte.

Er war schon fast da, als eine Tür aufglitt. Dr. E. Jack Nally trat in den Flur und gähnte.

»Huch«, sagte er, als er Thad sah. »Also, Mr. Walbrook, ich versichere Ihnen, ich hatte absolut nichts mit der Sache zu –«

Thad stieß ihn zur Seite. Der Anti-Höllenhund-Raum war noch drei Türen weiter. Neunundzwanzig Minuten.

»Um Himmels willen!« rief Dr. Nally hinter ihm aus. »Da kommt er!«

Thad rannte los und sah dabei über seine Schulter zurück. Ein kleiner kupferner Blitz schien durch den düsteren Gang gemächlich auf ihn zuzufliegen.

Thad erreichte die Tür und sprang ins Zimmer. Die schwere Tür müßte ihn aufhalten. Was hatte Nally noch gesagt, wie die verdammten Dinger in Innenräumen funktionierten? Würde er draußen auf ihn warten oder irgendwie versuchen, hier hereinzukommen?

Er spurtete zu dem Wandschrank, in dem das Anti-Höllenhundspray aufbewahrt wurde und riß die Tür auf. Der Schrank war leer.

Thad atmete schnell einmal tief ein und fing dann an, das Zimmer zu durchsuchen.

»Da haben wir's ja«, sagte er laut.

Das Gefäß stand auf einem kleinen Tisch in der Ecke. Er schnappte es sich und sprühte sich großzügig mit dem Abwehrmittel ein. Als nächstes holte er aus einem anderen Schrank das medaillonförmige Abwehrgerät, das Nally ihnen am Nachmittag gezeigt hatte. Thad hängte es sich um den Hals und schaltete es an.

Ein leises, klingendes Geräusch ertönte über ihm. Thad schaute hinauf und sah, daß etwas aus der Öffnung der Klimaanlage kam. Es war der Höllenhund.

Er stürzte sich direkt auf ihn zu.

Thad duckte sich zur Seite.

Das kleine Geschoß schwenkte etwas ab und fiel weiter auf ihn zu.

Einen halben Meter vor seinem Gesicht hielt es an und schwebte schwankend auf der Stelle. Dann fiel es plötzlich auf den Boden.

Thad streichelte abwesend den Talisman, der an seinem Hals

hing, und machte einen großen Bogen um den Höllenhund. Schließlich trat er wieder in den Vorraum.

Dr. Nally stand immer noch dort. »Wie beeinflußt diese Sache denn jetzt meine weitere Zukunft bei Walbrook Enterprises?« fragte er.

XVII

Die Tür von Hangar sechs stand halb offen, und bleiches, gelbes Licht fiel aus dem schildkrötenförmigen Gebäude wie ausgegossen auf den Flugplatz. Große Regentropfen leuchteten gelb, während sie durch den Lichtstreifen fielen.

Jean-Anne zögerte auf der Schwelle und spähte vorsichtig in den Hangar. Zwei braune Luftkreuzer standen da, aber es gab kein Anzeichen für irgendein Flugplatzpersonal, sei es ein Mensch oder ein Roboter. Sie befeuchtete mit der Zunge die Lippen und ging dann in das Gebäude hinein.

»Ich schätze, ich werde mich auf meine eigenen Mechanikerfähigkeiten verlassen müssen, um eins von den Dingern startklar zu machen«, sagte das dunkelhaarige junge Mädchen laut.

»Das... äh... wird nicht nötig sein. Ich werde mich um die... äh... technischen Einzelheiten kümmern, Jean-Anne.«

»Onkel Alex.« Das junge Mädchen drehte sich um.

Der schlaksige Mann stand hinter ihr, gleich links neben dem Eingang. Er hielt eine olivgrüne Sprengpistole in seiner rechten Hand. »Geh bitte in den zweiten Kreuzer, den... äh... da drüben an der Wand.«

»Was machst du denn in New Rio?« Sie bewegte sich nicht.

»Ich kümmere mich um meine Interessen«, erwiderte Alex und lächelte sein unpassendes Lächeln. »Soviel dein Vater und... äh... der alte J. P. wissen, bringe ich ein paar unwichtige... äh... Informationen zu verschiedenen... äh... südamerikanischen Zweigstellen.«

»Na prima«, sagte Jean-Anne. »Und warum drückst du dich mit einer Waffe hier in diesem Hangar herum?«

»Geh jetzt in den Kreuzer«, befahl Alex. »Ich will, daß du da drin bist.«

»Warum wußtest du, daß ich kommen würde?«

»Oh, ich... äh... bin ziemlich gut darin, Sachen herauszufinden«, erzählte Alex. »Das ist einer der Vorzüge, wenn man optisch uninteressant ist. Schnell jetzt, hinein.«

Jean-Anne ging zu dem Luftkreuzer, den er ihr gezeigt hatte, und kletterte hinauf in die Passagierkabine. »Was hast du eigentlich genau vor?«

»Noch einen... äh... Unfall.«

Sie ließ sich in einen der Sitze fallen. »Du meinst, du warst derjenige, der versucht hat, uns mit diesem verdammten Wildhüter-Roboter umzubringen?«

»Ich kann... äh... ziemlich gut mit mechanischen Sachen umgehen«, antwortete er, »auch wenn dein lieber Vater es nie für nötig hielt, das zu bemerken. Ja, ich habe den Roboter umgebaut, damit er euch töten sollte. Und ich habe auch an dem Schneefahrzeug gebastelt.«

»Was allerdings beides nicht so ganz funktioniert hat«, sagte die junge Frau. »Das ist wirklich typisch für dich, Onkel Alex.«

Er stellte sich so in der Kabine auf, daß er den Vordereingang des Hangars beobachten konnte. »Der kleine... äh... Luftkreuzerunfall heute abend wird funktionieren«, sagte der schlaksige Mann. »Genau wie der Unfall mit Lon.«

»Lon? Was hast du mit Lon gemacht?«

»Ich... äh... habe eigentlich selbst nichts gemacht«, sagte Alex. »Es ist mir gelungen, den Höllenhund etwas umzuarbeiten.« Er lachte dünn. »Ich muß zugeben... äh... daß ich dabei ein wenig Ironie entwickelt habe.«

»Du hast ihm einen Höllenhund hinterhergeschickt?«

»Das ist genau die Stelle, wo... äh... es komisch wird. Weißt du, Lon hatte vor, den Höllenhund auf Robert I anzuwenden«, sagte er. »Wir sind doch wirklich eine wunderbare Familie, nicht wahr?«

Das junge Mädchen krampfte die Hände zusammen. »Warum machst –« Sie vollendete den Satz nicht.

»Ja?«

»Ich wollte dich fragen, warum du solche Dinge machst, aber ich glaube, ich weiß es schon.«

»Ja, ich möchte nur ... äh ... die ganze Sache unter meine Kontrolle bekommen«, antwortete ihr Onkel. »Das war schon all die vergangenen Jahre ... äh ... mein Ziel. Ich war geduldig, aber die Rückkehr von Robert I hat mich gezwungen, etwas ... äh ... früher zu handeln, als ich eigentlich vorgehabt hatte.«

»Ich dachte, du warst glücklich, daß dein Vater wieder da war?«

»Mein Vater ist tot«, sagte Alex. »Einst, vor vielen Jahren, da wäre ich ... äh ... glücklich gewesen, wenn er wiedergekommen wäre. Aber er hat mich zu lange dortgelassen, zu lange allein mit den anderen.«

»Aber er lebt doch«, sagte das junge Mädchen.

»Nein, Robert Walbrook I ist tot. Er ist schon seit acht Jahren tot, und nicht nur scheintot. Als die Seuche in Detroit ausbrach, habe ich darin ... äh ... eine Möglichkeit gesehen, mich der völligen Beherrschung von Walbrook Enterprises einen Schritt näher zu bringen. Ich schickte ... äh ... immunisierte Agenten in das Chaos, während noch die Seuche und der Bürgerkrieg tobten. Sie stellten absolut sicher, daß keiner von den Körpern in dem Lagergewölbe übrigblieb.«

»Du hast deinen eigenen Vater einfach umbringen lassen?«

»Er hat mich ja auch mit ihnen allein zurückgelassen«, sagte Alex. »Ja, ich kann tun, was immer ich tun muß. Ich weiß, was ... äh ... ihr alle von mir denkt. Aber jetzt ... äh ... schon sehr bald wird das nicht mehr von Bedeutung sein. Ich wollte eigentlich noch etwas länger warten. Aber es bestand die Gefahr, daß dieser Eindringling von Gunder oder sonst jemandem entlarvt werden würde. Dann ... äh ... wäre das wirkliche Schicksal meines verstorbenen Vaters ... äh ... ans Licht gekommen.«

Jean-Anne atmete seufzend aus. »Du hast diesen Luftkreuzer präpariert?«

»Ja, er wird dich hinaufbringen, und dann ... äh ... explodieren. Und dann bleibt nur noch ein schwacher alter Mann und dein Vater zwischen –«

»Was meinst du damit, er wird *mich* hinaufbringen? Wo ist –?«

»Um diese Zeit sicher schon tot, denke ich«, erwiderte Alex. »Ich habe ihm einen zweiten Höllenhund hinterhergeschickt und seine medizinischen Berichte dazu verwendet, ihn zu füttern.«

»Du hast ihn auch umgebracht?«

Er holte aus und schlug den Kolben seiner Waffe gegen Jean-Annes Schläfe.

»Und jetzt den Hangar ganz aufmachen, damit die liebe Jean-Anne ihren Flug antreten kann«, sagte Alex. Er stieg rückwärts aus dem braunen Kreuzer.

Etwas packte ihn an den Füßen und riß ihn plötzlich herunter. Dann wurde ihm die Pistole aus der Hand geschlagen.

»Armer Alex«, sagte Thad, griff sich den Arm des Mannes und drehte ihn ihm auf den Rücken. »Du hast wieder versagt.«

»Habe ich dich nicht umgebracht?«

»Nicht ganz, nein.«

»Wie bist du hier hereingekommen?« fragte Alex.

»Durch die Hintertür.«

»Du hast vermutet, daß... äh... ich hier sein würde?«

»Nein«, sagte Thad. »Aber angesichts der Tatsache, wie die Dinge in letzter Zeit gelaufen sind, hatte ich mich entschlossen, vorsichtig zu sein.«

Jean-Anne wurde wach und fragte: »Lebst du noch?«

»Ja, ich bin dem Höllenhund entkommen.«

»Werde ich explodieren?«

»Nein«, sagte Thad. »Wir sitzen im anderen Kreuzer.«

Sie rutschte in ihrem Sitz etwas zur Seite und rieb sich den Hals. »Wo ist Onkel Alex?«

»Flach auf dem Rücken unten im Hangar.«

Sie sah in die Dunkelheit, durch die sie flogen. »Wo gehen wir hin?«

»Zurück in die Vereinigten Staaten.«

»Willst du Onkel Alex nicht einsperren lassen oder so was?«

»Ich glaube, das Wichtigste ist erst einmal, aus Brasilien herauszukommen.«

»Ist Lon tot?«

»Ich weiß es nicht. Nach allem, was ich gehört habe, als ich unter dem Kreuzer lauschte, denke ich, daß er wohl tot sein muß.«

Sie legte ihre Arme fest um ihren Körper. »Onkel Alex hatte schon recht, wir sind wirklich eine wunderbare Familie.«

»Ein paar der Familienmitglieder sind schon in Ordnung.«

Die junge Frau fragte: »Was wirst du jetzt tun?«

»Mit dem Typ von der Oppositionspartei reden, der mich engagiert hat, und ihm noch die restlichen Informationen geben, die ich habe.«

»Das wird in den Walbrook Enterprises und der Verwaltung von Parkinson für geschäftige Zeiten sorgen«, sagte Jean-Anne. »Und was dann?«

»Du meinst, was ich dann mache?«

»Ja.«

»Ich bin mir nicht sicher.«

»Was hast du getan, bevor du mein Großonkel geworden bist?«

»Ich habe auf Manhattan gelebt.«

»Oh«, sagte sie und drehte sich um, um ihn anzusehen. »Du hast doch wohl nicht vor, wieder dahin zurückzugehen, oder?«

Thad schüttelte den Kopf. »Nein, habe ich nicht«, sagte er. »Vielleicht werde ich mal sehen, was die OP sonst noch für Jobs anzubieten hat.«

Sie lächelte. »Gut. Wie ist dein richtiger Name?«

»Thad McIntosh.«

»Kein schlechter Name«, sagte Jean-Anne. »Kannst du jetzt dein eigenes Gesicht zurückbekommen?«

»Das haben sie wenigstens behauptet.«

»Das möchte ich gern sehen.«

»O. K.«, versprach er ihr.

Der Turm von Wolverden

von Grant Allen

I

Maisie Llewelyn war bisher noch nie nach Wolverden gebeten worden; deshalb war sie nicht wenig entzückt, als Mrs. West sie einlud. Wolverden Hall, eines der schönsten elisabethanischen Herrenhäuser in Kent, war von Colonel West, dem berühmten Millionär aus Südaustralien, gekauft und in angemessenem Stil (so nannte es der Einrichter) ausgestattet worden. Der Colonel hatte ungenannt große Reichtümer dafür ausgegeben, die er auf dem Rücken von zehntausend Schafen und genauso vielen Landsleuten verdient hatte; und jetzt war Wolverden Hall, wenn nicht das schönste, so doch das prächtigste Herrenhaus in der Umgebung von London.

Mrs. West wartete am Bahnhof, um Maisie abzuholen. Ihr Haus war zwar schon voller Weihnachtsgäste, aber Mrs. West war ein Vorbild an würdevoller, altmodischer Höflichkeit. Sie hätte es sich mit einer geringeren Entschuldigung als einem königlichen Befehl, nach Windsor zu kommen, nicht nehmen lassen, jeden ihrer Gäste selbst abzuholen. Sie küßte Maisie auf beide Wangen – sie hatte Maisie immer schon gerngehabt –, und indem sie es zwei arroganten, jungen Aristokraten (mit gepudertem Haar und blaugoldener Livree) überließ, ihr Gepäck mit Hilfe ihrer Eingebung zu finden, rauschte sie mit Maisie durch die Tür zu der gehorsam wartenden Kutsche.

Die Fahrt durch die Allee hinauf nach Wolverden Hall fand Maisie ziemlich eindrucksvoll. Selbst in ihrem blattlosen winterlichen Zustand sahen die großen Linden sehr würdevoll aus, und das efeubewachsene Herrenhaus am Ende der Allee mit seinen Sprossenfenstern, einer von Inigo Jones erbauten Vorhalle und mit den von Kletterpflanzen bewachsenen Giebeln war ein so malerisches Gebäude wie die Häuser auf den Zeichnungen von Mr. Abbey. Wenn Arthur Hume jetzt auch noch auf dem Fest hätte dabeisein können, dann wäre Maisies Freude vollständig gewesen. Aber warum jetzt so viel an Arthur Hume denken, wenn sie eigentlich nicht einmal wußte, ob er sich etwas aus ihr machte?

Maisie Llewelyn war ein großes, schlankes Mädchen mit vollem schwarzen Haar und ätherischen Gesichtszügen, wie es einer Frau aus der Familie der Llewelyn ap Iorwerth wohl anstand – so ein Mädchen, wie es keiner von uns mehr als nur interessant genannt hätte, bis Rossetti und Burne-Jones uns einen Blick dafür gaben, daß diese Art von Frauen eine Schönheit besitzt, die tiefer reicht als alltäglicher weiß-rosa Liebreiz. Besonders ihre Augen waren von einer leuchtenden Tiefe, die fast übermenschlich wirkte, und ihre Finger und Fingernägel wirkten seltsam transparent in ihrer wächsernen Weichheit.

»Es macht Ihnen doch nichts aus, daß ich Sie in einem Zimmer im Erdgeschoß im neuen Flügel untergebracht habe, meine Liebe, oder?« fragte Mrs. West, als sie Maisie persönlich zu dem Zimmer brachte, das sie für sie ausgewählt hatte. »Wissen Sie, das Haus ist so ungewöhnlich voll wegen dieser Tableaux, der lebenden Bilder, die wir veranstalten werden.«

Maisie sah sich im Erdgeschoß des neuen Flügels mit Augen voll stummen Erstaunens um. Wenn *dies* eine Unterbringung war, für die Mrs. West glaubte, sich entschuldigen zu müssen, dann fragte sich Maisie, wie wohl jene besseren Zimmer aussehen mochten, die sie jenen Gästen überließ, die sie damit zu ehren beliebte. Ihr Zimmer war groß und erlesen eingerichtet, auf dem Fußboden lag der weichste und flauschigste Orientteppich, den Maisies Füße je berührt, und vor dem Fenster hingen die zartesten Vorhänge, die ihre Augen je gesehen hatten. Es stimmte schon, die Fenster reichten bis zum Boden und führten direkt nach draußen, auf einer Ebene, die eigentlich das Erdgeschoß darstellte, aber da die ihr in ganzer Breite vorgelagerte italienische Terrasse mit ihrer kunstvollen Balustrade und den großen Steinkugeln darauf ein ganzes Stück höher gelegen war als der noch weiter abfallende Garten, befand sich ihr Zimmer sozusagen im ersten Stock. Genaugenommen gefiel Maisie sogar das ungewohnte Gefühl von Raum und Freiheit, das durch den ohne weiteres möglichen Zugang zu der Welt draußen entstand; und da die Fenster mit großen, verschließbaren Fensterläden sicher geschlossen werden konnten, hatte sie keine dieses Gefühl von Freiheit schmälernde Angst, es könne vielleicht ein nächtlicher Einbrecher versuchen, ihr ihr kleines Perlenhalsband oder ihre Amethystbrosche zu stehlen, anstatt seine ganze Aufmerksamkeit Mrs. Wests berühmter Diamantentiara zuzuwenden.

Sie ging ohne Scheu zum Fenster. Sie liebte die Natur. Der Blick, den sie über die Landschaft zu ihren Füßen hatte, war weit und vielseitig. Eine dunstige Hügelkette lag hinter der anderen im sachten Dezembernebel und dehnte sich mehr und mehr in die Weite, bis sich fern im Süden, halb unsichtbar im Dunst, die Ebenen von Sussex ausbreiteten. Die Dorfkirche war, wie so oft bei den alten Herrenhäusern der Lords, auf dem Gelände in der Nähe des Hauses gebaut und stand direkt nebenan. Sie war, so sagte ihre Gastgeberin, in der Zeit Edwards erbaut worden, aber unter dem Chor befanden sich noch Teile eines alten angelsächsischen Gebäudes. Das einzige, was das Auge beleidigte, war der neue, weiße Turm, der erst kürzlich restauriert (oder besser gesagt wiederaufgebaut) worden war. Sein Weiß bildete einen schmerzlichen Kontrast zu dem lichtgrauen Gestein und den verfallenden Kragsteinen von Haupt- und Querschiff.

»Wie bedauerlich, daß er so verdorben worden ist!« rief Maisie aus, während sie zum Turm hinübersah. Da sie direkt aus einem Pfarrhaus in Merioneth in Wales stammte, hatte sie sozusagen ein angeborenes Interesse an allem, was Kirchen betraf.

»Oh, meine Liebe!« rief Mrs. West aus, »*bitte* sagen Sie das nicht zum Colonel, ich flehe Sie an. Selbst wenn Sie das Wort ›verdorben‹ in seiner Nähe nur flüstern würden, könnte das seine Verdauung ruinieren. Er hat so viel Geld ausgegeben, die Grundmauern zu sichern und die Skulptur zu erneuern, die auf dem alten Turm stand, den wir haben abbrechen lassen, es bricht ihm das

Herz, wenn das jemandem nicht zusagt. Denn *manche* Leute haben so eine absurde Abneigung gegen jede vernünftige Restaurierung, müssen Sie wissen.«

»Oh, ich bitte Sie, das kann man doch nicht einmal Restaurierung nennen«, sagte Maisie mit der Offenheit einer Zwanzigjährigen und dem besonderen Interesse der Tochter eines Altertumsforschers. »Das ist eigentlich nur ein Wiederaufbau.«

»Das mag schon sein«, antwortete Mrs. West. »Aber wenn Sie das glauben, lassen Sie es sich in Wolverden nicht anmerken.«

Ein Feuer von demonstrativ wohlhabender Größe brannte hell im Kamin; aber der Tag war mild, kaum kälter als im Herbst. Maisie empfand das Zimmer als ziemlich ungemütlich und heiß. Sie öffnete die Fenstertüren und trat auf die Terrasse hinaus. Mrs. West folgte ihr. Sie gingen eine Weile lang auf der breiten, kiesbedeckten Fläche auf und ab – Maisie hatte ihren Reisemantel und ihren Hut noch nicht abgelegt –, und dann wanderten sie, ohne sich dessen so recht bewußt zu werden, auf das Kirchentor zu. Der Kirchhof war, um die Grabsteine zu verbergen, mit einem Zaun umgeben, und war voller seltsamer alter Grabmonumente mit Engelchen mit abgebrochenen Nasen, von denen manche schon aus verhältnismäßig frühen Epochen stammten. Der Säulengang mit den behauenen Nischen, die von puritanischen Händen der Heiligen beraubt worden waren, wirkte immer noch vielfältig und prächtig mit seinen aus dem Stein gehauenen Verzierungen. Auf einer Steinbank in dem Säulengang saß eine alte Frau. Sie stand nicht auf, als sich die Dame aus dem Herrenhaus näherte, sondern murmelte und grummelte weiter in einem mißmutigen Unterton vor sich hin. Dennoch bemerkte Maisie, daß in dem Augenblick, als sie sich näherte, ein seltsames Licht in den Augen der alten Frau aufleuchtete und daß sie ihren Blick fest auf sie gerichtet hatte. Ein schwaches Schaudern wie von Erkennen schien gleich einem Blitz durch ihren gebeugten Körper zu gehen. Maisie wußte nicht warum, aber sie empfand eine undeutliche Angst vor der Berührung durch den Blick der Alten.

»Es ist eine wunderschöne alte Kirche!« sagte Maisie und sah zu dem gotischen Dreiblatt über dem Säulengang hinauf – »nur der Turm nicht.«

»Wir *mußten* ihn erneuern«, antwortete Mrs. West entschuldigend – Mrs. Wests Haltung zum Leben war eine einzige Rechtfertigung, so als spüre sie, daß sie kein Recht darauf hatte, so viel mehr Geld zu besitzen als ihre Mitmenschen. »Er wäre eingestürzt, wenn wir nichts unternommen hätten, um ihn zu stützen. Er war wirklich in einem äußerst gefährlichen und kritischen Zustand.«

»Lügen! Lügen! Lügen!« brach es plötzlich aus der alten Frau hervor, allerdings mit seltsam leiser Stimme, so als spräche sie mit sich selbst. »Er wäre *nicht* eingestürzt. Er wäre niemals eingestürzt, wenn sie ihn nicht zerstört hätten. Und selbst da – ich war dabei, als sie ihn abgerissen haben –, jeder Stein klebte am anderen, wie mit Armen und Händen und Beinen und Klauen, bis sie sie auseinandergesprengt haben, gewaltsam, mit ihrem neumodischen Zeug – ich weiß nicht, wie es heißt – Dynamit oder so. Und sie haben das alles nur wegen der Prahlerei eines einzelnen Mannes getan!«

»Gehen wir hier weg, meine Liebe«, flüsterte Mrs. West. Aber Maisie zögerte. »Der Turm von Wolverden ist dreifach gesichert worden«, fuhr die alte Frau in einem singenden Tremolo fort. »Er wurde dreifach gesichert mit den Seelen von drei Jungfrauen gegen jeden Ansturm von Mensch oder Teufel. Beim Grundstein wurde er gegen Erdbeben und Zerfall gesichert. Er wurde an der Spitze gegen Donner und Blitz gesichert. Er wurde in der Mitte gegen Sturm und Krieg gesichert. Und er hätte noch tausend Jahre stehen können, wenn nicht ein böser Mann seine prahlerische Hand gegen ihn erhoben hätte. Denn so lautet der alte Spruch:

Dreifach gesichert durch Menschenseelen,
Wird der Turm von Wolverden niemals vergehen;
Dreifach gesichert mit Jungfrauenblut,
Werden tausend Jahre mit Feuern und Flut
Erleben, daß er steht wie am Anfang so gut.«

Sie hielt einen Augenblick inne, dann erhob sie eine knochige Hand gegen die neuen Steine und fuhr mit derselben Stimme, aber mit bösartiger Inbrunst fort:

»Eintausend Jahre der Turm schon stand,
Bis er niedergerissen von böser Hand,
von böser Hand in böser Nacht.
Dreifach gesichert mit Zaubermacht,
Wird fallen der Turm in Wulfheres Acht.«

Sie ging wackelig davon, als sie zu Ende gesprochen hatte, und setzte sich auf die Kante einer verfallenen Gruft auf dem Kirchhof, wobei sie immer noch Maisie Llewelyn mit einem eigenartigen und neugierigen Blick betrachtete, fast wie der Blick, den eine Hungernde auf das Essen im Fenster eines Ladens wirft.

»Wer ist sie?« fragte Maisie und trat fast ängstlich einen Schritt zurück.

»Ach, das ist die alte Bessie«, antwortete Mrs. West, und wirkte noch mehr, als müßte sie sich rechtfertigen (sozusagen stellvertretend für die Gemeinde), als vorher. »Sie ist immer hier irgendwo. Sie hat nichts anderes zu tun, und sie ist obdachlos. Wissen Sie, das ist das schlimmste daran, wenn die Kirche auf dem eigenen Grund und Boden nah beim Haus steht, was ja an sich recht malerisch und romantisch und hochherrschaftlich ist, die Straße bis zu ihr ist öffentlich. Man muß also jedermann den Weg hierher gestatten; und die alte Bessie *kommt* eben hierher. Die Bediensteten haben Angst vor ihr. Sie sagen, sie sei eine Hexe. Sie soll den bösen Blick haben und junge Mädchen zum Selbstmord treiben. Aber sie geben ihr trotzdem Geld, damit sie ihnen die Zukunft voraussagt, ihnen verspricht, daß sie erster Diener werden. Sie steckt voller furchtbarer Geschichten über die Kirche von Wolverden – Geschichten, die einem das Blut in den Adern erstarren lassen, meine Liebe, voll alten Aberglaubens und voller Morde und ähnlichem. Und das Schlimmste daran ist: Sie sind alle wahr. Bessie ist wirklich eine besondere Persönlichkeit. Mr. Blaydes, der Altertumsforscher, findet sie faszinierend; er sagt, sie sei die einzige noch lebende Quelle der überlieferten Volkssagen und der Geschichte dieser Gemeinde. Aber mir ist das eigentlich egal. Wir haben ein schottisches Sprichwort: ›Eine Klage zuviel niemand hören will.‹ Wissen Sie, meine liebe Maisie, es gibt darin zu viele lebendig Begrabene, als daß sie mich begeistern könnten.«

Während dieses Gesprächs hatten sie sich wieder dem Friedhofstor zugewandt, einem der ältesten und schönsten dieser Art in ganz England. Als sie an der Gruft vorbeikamen, an deren Toren die alte Bessie saß, drehte sich Maisie noch einmal um, damit sie die Spitzbogenfenster des frühenglischen Chors und die noch ältere Hundszahn-Verzierung der zerfallenen normannischen Marienkapelle betrachten konnte.

»Wie solide sie gebaut ist!« rief sie aus und sah hinauf zu den Bögen, die als einziges der puritanischen Reinigungswut entkommen waren. »Diese Kirche sieht wirklich aus, als würde sie bis in alle Ewigkeit stehen bleiben.«

Die alte Bessie hatte den Kopf gebeugt und schien etwas zur Tür der Gruft hinüberzuflüstern. Aber bei diesen Worten erhob sie den Kopf und wandte ihr vertrocknetes Gesicht der Dame des Herrenhauses zu, wobei sie durch ihre wenigen verbliebenen raubtierähnlichen Zähne ein altes Sprichwort der Gegend murmelte: »Bradbury für Länge, Wolverden für Stärke und Hatton für Schönheit.«

Drei Brüder erbauten der Kirchen drei
Und wollten, daß jede gesichert sei:
Dreifach gesichert mit Jungfrauenblut,
Um sie zu schützen vor Feuer und Flut;
Dreifach gesichert mit menschlichen Seelen,
Und Hatton, Bradbury, Wolverden leben!

»Lassen Sie uns gehen«, sagte Maisie und schauderte. »Ich habe Angst vor dieser Frau. Warum hat sie etwas zu den Türen dieser Gruft dort hinübergeflüstert? Ich mag ihren Blick nicht.«

»Meine Liebe«, sagte Mrs. West in nicht weniger erschrecktem Ton, »mir gefällt es auch nicht, wie sie schaut. Ich wünschte, sie würde hier weggehen. Ich habe versucht, sie dazu zu bringen. Der Colonel hat ihr fünfzig Pfund Rente und ein hübsches Häuschen in Surrey angeboten, wenn sie nur ginge. Aber sie wollte nichts davon wissen. Sie sagte, sie müsse bei ihren Toten bleiben – so ist sie, wissen Sie: so eine Art moderner Ghul oder Leichenfresserdämon, ein degenerierter Vampir – und von den Körpern ihrer Toten in der Kirche von Wolverden wird sie keine lebende Seele je wegbewegen.«

II

Zum Abendessen trug Maisie ihr weißes Empirekleid mit der hohen Taille und dem tiefen Ausschnitt, dessen Oberteil mit einer kindlichen Einfachheit geschnitten war, die genau zu der seltsamen und etwas unheimlichen Art ihrer Schönheit paßte. Sie wurde darin sehr bewundert. Das spürte sie, und es schmeichelte ihr. Der junge Mann, der sie zum Tisch führte, ein junger Ingenieur in einer geringen Position, hatte nur Augen für sie; und der alte Admiral Wade, der ihr gegenüber neben einer langweiligen, knochigen Matrone saß, sorgte dafür, daß sie sich ständig ein wenig unbehaglich fühlte, indem er nachdrücklich auf ihr einfaches Perlenhalsband starrte.

Nach dem Abendessen kamen die Tableaux. Sie waren von einem berühmten Mann der Royal Academy entworfen und eingeübt worden und wurden im wesentlichen durch Gäste dieses Festes dargestellt. Aber zwei oder drei Schauspielerinnen aus London waren noch zusätzlich eingeladen worden, um in einigen der mythologischen Szenen mitzuhelfen; denn Mrs. West hatte wirklich diese ganze Sache mit den lebenden Bildern mit jener für sie typischen pedantischen Genauigkeit und einer Art von Verantwortungsbewußtsein gegenüber der Gesellschaft organisiert, die ihre ganze Millionärsmoral durchzog. Nachdem sie sich also einmal entschlossen hatte, ihrer Umgebung eine Reihe lebender Bilder zu bieten, hatte sie das Gefühl, ihre Millionärsmoral gebiete es ihr, drei Wochen Zeit zu opfern und mehrere hundert Pfund zu investieren, um sich ihrer Pflichten ihrer Umgebung gegenüber mit angemessener Würde zu entledigen.

Aus dem wunderbaren Programm erfuhr Maisie, daß das erste Tableau »Jephthas Tochter« darstelle. Das Thema war in jenem ergreifenden Augenblick erfaßt, als die todgeweihte Jungfrau aus dem Hause ihres Vaters tritt, begleitet von den ihr dienenden Jungfrauen. Sie sollte ihre Jungfräulichkeit zwei Monate auf einem Berg beweinen, aber der schreckliche Augenblick nahte, in dem der furchtbare Eid eingelöst werden sollte, den ihr Vater geschworen hatte: sie als Brandopfer darzubringen. Maisie hielt die Szene für zu ernst und tragisch, um sie bei einem solchen Fest darzustellen. Aber der berühmte R. A. hatte eine Schwäche für solche Themen, und seine Anordnung der Personen war wirklich ausgesprochen dramatisch.

»Eine vollendete Symphonie in Weiß und Grau«, sagte Mr. Wills, der Kunstkritiker.

»Wie furchtbar und ergreifend«, sagten die meisten jungen Mädchen.

»Das erinnert mich etwas zu sehr an die Geschichten der alten Bessie, meine Liebe«, flüsterte Mrs. West leise, indem sie sich von ihrem Sitz zwei Reihen weiter vorn zu Maisie umwandte.

Ein Klavier stand ein kleines Stück vor dem Vorhang auf dem Podest, das als Bühne diente. Die Pausen zwischen den Bildern wurden mit Liedern gefüllt, die jedoch offensichtlich so ausgesucht worden waren, daß sie zu der ernsten und halb mystischen Stimmung der Tableaux paßte. Bei Amateuren dauert es normalerweise recht lange, bis sie die Bühne für die nächste Szene geordnet haben, und deshalb war die Idee mit der Musik recht gut, zumindest was die ursprüngliche Absicht betraf. Aber Maisie fragte sich, warum sie wohl nicht ein lebendigeres Lied für den Weihnachtsabend gewählt hatten als »Oh, Mary geh und ruf das Vieh nach Haus und ruf das Vieh nach Haus, über die Ufer des Dee«. Ihr Name war, wenn sie offiziell unterschrieb, Mary, und die traurige Melodie der letzten Zeile: »Doch niemals nach Haus kam sie«, klang den Rest des Abends noch unerfreulich oft in ihrem Ohr wider.

Das zweite Tableau war »Das Opfer der Iphigenie«. Es war bewundernswert gestaltet. Der kalte und würdevolle Vater stand, offensichtlich unberührt, am Scheiterhaufen; die grausamen Gesichter der beiwohnenden Priester; die gedrückte Gestalt der Prinzessin, die geopfert werden sollte; die klare und offensichtliche Neugier der helmbewehrten Helden, die zusahen und für die dieser Mord an einem jungfräulichen Opfer ein normales Ereignis der achäischen Religion war – all dies war von dem akademischen Regisseur mit ausgesprochener Geschicklichkeit und malerischer Gewandtheit dargestellt worden.

Aber die Gruppe, die Maisie in dieser Szene am meisten anzog, war die der bediensteten Jungfrauen, die in ihren fließenden weißen Untergewändern noch bemerkenswerter wirkten, als sie es als Gefährtinnen der unglücklichen hebräischen Opferjungfrau getan hatten. Zwei davon erregten ganz besonders ihre Aufmerksamkeit – zwei sehr anmutige und vergeistigt aussehende junge Mädchen in langen weißen Roben, die keinem Land und keinem Zeitalter zuzuordnen waren und die ganz am Ende an der rechten Seite des Bildes standen. »Wie schön sie sind, die beiden ganz rechts außen!« flüsterte Maisie ihrem Nachbarn zur Rechten zu – einem Studenten aus Oxford mit angehendem Schnurrbart. »Ich bewundere sie wirklich sehr!«

»Ja, wirklich?« antwortete er und strich sich mit einem zweifelnden Finger über den Schnurrbart. »Also wissen Sie, ich glaube, ich bewundere sie nicht. Sie sehen doch ziemlich gewöhnlich aus. Und außerdem gefällt es mir nicht besonders, wie sie ihr Haar in Büscheln aufgebunden haben; das ist doch zu modern, finden Sie nicht? Zu sehr eine heutige Erscheinung. Ich finde es nicht so überwältigend, ein Mädchen im griechischen Kostüm zu betrachten, dessen Haar ganz offensichtlich von einem modernen Friseur in Form gebracht worden ist!«

»Oh, ich meine nicht diese beiden«, antwortete Maisie etwas erschreckt darüber, daß er glaubte, sie hätte sich ausgerechnet für derartig dirnenhafte Gesichter entschieden. »Ich meine die beiden, die noch hinter ihnen stehen – die beiden, deren Haar so einfach ist – die beiden dunklen Mädchen, die so ätherisch aussehen.«

Der Student öffnete den Mund und starrte sie voller Erstaunen einen Augenblick lang an. »Nun, ich sehe nicht –«, begann er, und dann schwieg er plötzlich. Etwas in Maisies Gesichtsausdruck schien ihn zum Verstummen gebracht zu haben. Er rieb sich den Schnurrbart, zögerte und blieb still.

»Wie schön, wenn man die alten Griechen gelesen hat und weiß, was das alles bedeutet«, fuhr Maisie nach einer Minute fort. »Es ist natürlich ein Menschenopfer; aber sagen Sie mir doch bitte: Wie lautet denn die Geschichte dazu?«

Der Student räusperte sich und stotterte. »Tja, also die Geschichte stammt von Euripides, wissen Sie«, sagte er und versuchte ein eindrucksvolles Gesicht zu machen. »Und – äh – und ich habe Euripides nicht in der nächsten Prüfung. Aber ich *glaube*, sie lautet so: Iphigenie war eine Tochter des Agamemnon, wissen Sie, und er hatte Artemis oder so jemanden beleidigt – vielleicht auch eine andere Göttin. Und er hatte geschworen, ihr das Schönste zu opfern, das ihm in jenem Jahr geboren werden würde, sozusagen als Entschädigung – genau wie Jephtha. Na ja, und dann wurde Iphigenie für das Schönste erklärt, was in diesen zwölf Monaten geboren worden war – bitte, sehen Sie mich doch nicht so an! Sie – Sie machen mich nervös – also, und als sie zu einer jungen Frau herangewachsen war – na ja, ich erinnere mich nicht mehr so genau daran, was dann im einzelnen passierte, aber es ging um ein Menschenopfer, das sehen Sie ja; und hier machen sie sich gerade daran, sie zu töten, aber *ich* glaube, daß sie am Schluß durch eine Hirschkuh ersetzt wurde, wie es bei Isaak und dem Widder war; aber ich muß gestehen, daß ich mich daran nur sehr undeutlich erinnere.« Er erhob sich mit Unbehagen von seinem Stuhl. »Ich fürchte«, fügte er hinzu und suchte nach einer Entschuldigung, um wegzugehen, »diese Stühle stehen zu dicht beieinander. Ich glaube, ich bin Ihnen lästig.«

Er ging fort mit einem Ausdruck von Verstohlenheit. Am Ende des Bildes verließen einige Darsteller und Darstellerinnen, die für kommende Bilder nicht mehr gebraucht wurden, die Bühne und setzten sich zu den Zuschauern, so wie sie es oft tun, denn dann haben sie noch ihre Kostüme an – was ihnen genaugenommen eine gute Gelegenheit gibt, im Laufe des Abends die Vorzüge zu genießen, die das Theaterkostüm bietet, wie zum Beispiel Rouge und Perlpuder. Unter ihnen glitten auch die beiden Mädchen, die Maisie so bewundert hatte, auf sie zu und setzten sich auf die beiden Stühle neben sie, von denen einer gerade von dem ungeschickten Studenten verlassen worden war. Sie hatten bei genauerer Betrachtung nicht nur ein schönes Gesicht und eine reizende Gestalt, sondern Maisie fand sie auch von Anfang an äußerst sympathisch. Sie begannen sofort und ohne Umschweife, sich mit ihr zu unterhalten, wobei sie sich sehr anmutig und wohlerzogen benahmen. Sie waren in jeder Beziehung Damen, das zeigte ihr Taktgefühl und ihre angeborene Haltung. Die größere von den beiden, die die andere als Yolande ansprach, erschien Maisie besonders angenehm. Schon ihr Name gefiel Maisie. Sie freundete sich sofort mit den beiden an. Die Mädchen besaßen eine gewisse Anziehungskraft, die es leicht machte, mit ihnen bekannt zu werden. Maisie zögerte, sie zu fragen, woher sie kamen, aber aus ihrem Gespräch ging deutlich hervor, daß sie Wolverden sehr genau kannten.

Nach ein paar Minuten spielte das Klavier wieder. Eine berühmte schottische Sängerin mit einem Diamantenkollier und dazu passendem Kleid nahm ihren Platz auf der Bühne ein, direkt vor dem Rampenlicht. Wie es das Schicksal wollte, begann sie, das Lied zu singen, das Maisie mehr haßte als alle anderen Lieder, die sie kannte. Und das war Scotts Ballade über die »Stolze Maisie«, vertont von Carlo Ludovici –

»Die stolze Maisie ist im Wald,
Wandelt früh dort allein;
Das Rotkehlchen sitzet im Busch
Und singt so fein.

›Sage mir doch, lieber Vogel du,
Wann werd' ich verheiratet sein?‹
›Wenn sechs tapfere Männer dich
Zur Kirche tragen hinein.‹

›Wer macht das Brautbett wohl,
Vögelchen sag?‹
›Der grauhaar'ge Küster,
Der aushebt das Grab.‹

Über Stein und Grab das Glühwürmchen
Wird erleuchten dein Heim;
Die Eule hoch oben vom Kirchturm singt:
›Stolze Dame, sollst willkommen sein.‹«

Maisie hörte dem Lied mit ziemlichem Unbehagen zu. Sie hatte es noch nie leiden mögen, und heute abend fand sie es abstoßend. Sie wußte nicht, daß genau in diesem Moment Mrs. West voller Bedürfnis nach Rechtfertigung der Dame neben sich zuflüsterte: »O je, o je! Wie furchtbar, daß ich es zugelassen habe, daß dieses Lied hier heute abend gesungen wird! Es war schrecklich gedankenlos! Und jetzt erinnere ich mich erst, daß Miss Llewelyns Name Maisie ist, denken Sie nur! – Und sehen Sie, sie hört zu mit einem Gesicht so weiß wie ein Laken! Das werde ich mir nie verzeihen!«

Das große, dunkle Mädchen neben Maisie, das das andere Mädchen Yolande nannte, lehnte sich mitfühlend zu ihr hinüber. »Gefällt dir das Lied nicht?« fragte sie mit einer kleinen Spur von Vorwurf in der Stimme.

»Ich hasse es!« antwortete Maisie und versuchte mühsam, die Fassung zu behalten.

»Warum denn?« fragte das große, dunkle Mädchen mit einer Stimme voller ruhiger und einzigartiger Süße. »Es mag ja traurig sein; aber es ist wunderschön – und es ist natürlich!«

»Ich heiße auch Maisie«, antwortete ihre neue Freundin mit nur schlecht unterdrücktem Schaudern. »Und irgendwie verfolgt mich dieses Lied schon durch mein ganzes Leben. Ich scheine immer die schrecklichen Worte zu hören. ›Wenn sechs tapfere Männer dich zur Kirche tragen hinein‹. Ich wünschte wirklich, meine Eltern hätten mich nicht Maisie genannt!«

»Aber *warum* denn?« fragte das große, dunkle Mädchen noch einmal mit traurigem, geheimnisvollem Gesichtsausdruck. »Warum so sehr am Leben hängen – solche Angst vor dem Tod – diese unerklärliche Bindung an eine Welt des Leids? Und das auch noch mit solchen Augen, wie du sie hast! Deine Augen sind wie meine« – und das war sicher ein Kompliment, denn die Augen des dunklen Mädchens leuchteten seltsam tief und glänzend. »Menschen mit solchen Augen, die in die Zukunft sehen können, sollten wirklich nicht vor so einem einfachen Tor, einem Durchgang, wie es der Tod ist, zurückschrecken! Denn der Tod ist wirklich nur ein Tor – das Tor des Lebens in seiner ganzen Schönheit. Über dem Tor steht geschrieben ›Mors janua vitae‹.«

»Welches Tor?« fragte Maisie, denn sie erinnerte sich, genau diese Worte heute schon gelesen und vergeblich versucht zu haben, sie zu übersetzen, obwohl ihr die Bedeutung jetzt klar war.

Die Antwort wirkte dann trotzdem wie ein elektrischer Schlag auf sie: »Das Tor der Gruft auf dem Kirchhof von Wolverden.«

Sie hatte es sehr leise gesagt, aber mit besonderem Nachdruck.

»Oh, wie schrecklich!« rief Maisie aus und schrak zurück. Das große, dunkle Mädchen machte ihr ein wenig angst.

»Nein, überhaupt nicht«, antwortete das Mädchen. »Dieses Leben ist so kurz, so eitel, so vergänglich! Und dahinter liegt der Friede – ewiger Friede – die Stille – die Freude des Geistes.«

»Man findet endlich einen Ankerplatz«, fügte das andere Mädchen hinzu.

»Aber wenn – man eine Person kennt, die man nicht gern zurücklassen möchte?« meinte Maisie schüchtern.

»Er wird bald nachfolgen«, erwiderte das dunkle Mädchen mit ruhiger Entschlossenheit, indem es das Geschlecht dieser Person richtig erkannte. »Die Zeit vergeht so schnell. Und wenn die Zeit schon schnell vergeht, während man in der Zeit lebt, wieviel schneller vergeht sie dann erst in der Ewigkeit!«

»Psst, Yolande«, warf das dunkle Mädchen mit einem warnenden Blick ein, »ein neues Bild beginnt. Ich will einmal nachlesen, ist das ›Der Tod der Ophelia‹? Nein, das ist das vierte; dies ist das dritte, ›Das Martyrium der Heiligen Agnes‹.«

III

»Meine liebe Maisie«, sagte Mrs. West und floß förmlich über von ihrem Bedürfnis nach Entschuldigung. »Es tut mir so leid, daß Sie fast den ganzen Abend allein in einer Ecke sitzen mußten!«

»Aber nein«, antwortete Maisie mit einem leisen Lächeln. »Zuerst saß dieser Student aus Oxford neben mir; und dann kamen diese beiden netten jungen Mädchen mit den fließenden Kleidern und den schönen Augen und setzten sich neben mich. Ich wüßte gern, wie sie wohl heißen.«

»Welche Mädchen?« fragte Mrs. West ein wenig überrascht, denn eigentlich hatte sie den Eindruck gehabt, daß Maisie während des größten Teils des Abends zwischen zwei leeren Stühlen gesessen hatte, wobei sie manchmal in äußerst unheimlicher Weise vor sich hingemurmelt hatte, ohne wirklich mit jemandem in ihrer Nähe zu sprechen.

Maisie sah sich auf der Suche nach ihren beiden neuen Freundinnen im Raum um und konnte sie erst nirgendwo entdecken. Schließlich bemerkte sie sie in einem Alkoven ganz auf der anderen Seite, wo sie beieinander standen und aus venetianischen Weinkelchen Rotwein tranken. »Diese beiden dort«, sagte sie und deutete in ihre Richtung. »Sie sind wirklich sehr nett! Können Sie mir sagen, wer sie sind? Ich habe sie wirklich liebgewonnen.«

Mrs. West sah sie einen Augenblick lang an – das heißt, sie sah zu der Nische, auf die Maisie deutete – dann wandte sie sich Maisie mit einem ähnlich peinlich berührten Blick und Verhalten zu wie der Student. »Ach, *diese* dort!« sagte sie langsam und schaute sie an, als wolle sie durch sie hindurchsehen, dachte Maisie. »Sie – sie müssen wohl zu den Schauspielerinnen aus London gehören. Auf jeden Fall – ich bin nicht sicher, welche Sie meinen – dort drüben, beim Vorhang in dem maurischen Winkel, sagen Sie – tja, also ich kann Ihnen nicht sagen, wie sie heißen! Deshalb müssen sie wohl Schauspielerinnen sein.«

Die Gastgeberin ging mit ungewöhnlich verängstigtem Verhalten fort. Maisie bemerkte das und wunderte sich darüber. Aber es hinterließ keinen nachhaltigen Eindruck bei ihr.

Als das Fest ungefähr um Mitternacht zu Ende war, ging Maisie den Gang zu ihrem Schlafzimmer entlang. Am Ende standen neben der Tür die beiden Mädchen und schienen sich zu unterhalten.

»Ach, seid ihr noch nicht nach Hause gegangen?« fragte Maisie, als sie bei ihnen ankam.

»Nein, wir übernachten hier«, antwortete das dunkle Mädchen mit den ausdrucksvollen Augen.

Maisie zögerte einen Augenblick. Dann folgte sie einem plötzlichen Impuls und fragte ein wenig schüchtern: »Wollt ihr mitkommen und euch mein Zimmer ansehen?«

»Sollen wir mitgehen, Hedda?« sagte Yolande mit einem fragenden Blick auf ihre Begleiterin.

Ihre Freundin nickte zustimmend. Maisie öffnete die Tür und führte sie in ihr Schlafzimmer.

Das prächtige Feuer brannte immer noch hell, das elektrische Licht erleuchtete strahlend das ganze Zimmer, die Vorhänge waren zugezogen und die Fensterläden geschlossen. Eine Weile saßen die drei jungen Mädchen beim Feuer und unterhielten sich ruhig. Maisie gefielen ihre neuen Freundinnen – ihre Stimmen waren so sanft, weich und sympathisch, und was ihr Gesicht und ihre Gestalt betraf, wären sie sicher gute Modelle für Burne-Jones oder Botticelli gewesen. Auch ihre Kleider beeindruckten ihr feines Waliser Gemüt; sie waren so zart und doch so einfach. Die weiche Seide fiel in natürlichen Falten und Wellen. Als einzigen Schmuck trugen sie zwei bemerkenswerte Broschen, die sehr alt zu sein schienen – das nahm Maisie an – und vermutlich keltischer Herkunft waren – blutrot auf goldenem Hintergrund emailliert. Beide trugen noch eine Blume, die lose auf ihrem Ausschnitt lag. Yolande hatte eine Orchidee mit langen, fließenden Blättern, die in Farbe und Form an eine Eidechse aus südlichen Ländern erinnerte; ihre Blütenblätter und die sich vorwölbende Lippe der Blüte waren mit dunkelpurpurnen Flecken übersät. Eine Blume wie die von Hedda hatte Maisie noch nie gesehen – der Stiel war gefleckt wie die Haut einer Viper, grün mit Rostbraun gesprenkelt und irgendwie unheimlich; auf zwei Seiten hingen daran große, gewundene Spiralen von rotblauen Blüten, die die Form eines Skorpionschwanzes hatten, sehr seltsam und gespenstisch. Etwas Unheimliches und Hexenhaftes an ihren Kleidern und Blumen wirkte auf Maisie ziemlich anziehend: Ihre Wirkung auf sie war ähnlich wie der halb abstoßende Reiz einer Schlange für den Vogel; sie hatte das Gefühl, solche Blüten paßten zu Beschwörungen und Zauberei. Aber ein Maiglöckchen in Yolandes dunklem Haar verlieh ihr eine Ausstrahlung von Reinheit, die besser zu der ausgesprochen nonnenhaften Schönheit des Mädchens paßte.

Nach einer Weile stand Hedda auf. »Die Luft hier ist stickig«, sagte sie. »Eigentlich müßte es draußen heute warm sein, soweit man aus dem Sonnenuntergang schließen kann. Darf ich das Fenster öffnen?«

»O ja, natürlich, wenn du möchtest«, antwortete Maisie, und eine vage Vorahnung kämpfte in ihrem Innern gegen ihre angeborene Höflichkeit.

Hedda zog die Vorhänge zurück und öffnete die Fensterläden. Es war eine mondhelle Nacht. Die Brise erzeugte kaum Bewegung in den nackten Zweigen der silbernen Birken. Eine dünne Lage von weichem Schnee auf der Terrasse und den Hügeln verlieh dem Boden ein zartes Weiß. Der Mond beleuchtete die Szene und beschien auch das Herrenhaus; die Kirche und der Turm unterhalb standen als dunkle Silhouetten gegen den sich wolkenlos ausdehnenden Sternenhimmel im Hintergrund. Hedda öffnete das Fenster. Kühle, frische Luft wehte herein, die trotz des Schnees und der späten Jahreszeit sehr weich und angenehm war. »Was für eine wunderbare Nacht!« sagte sie und sah zum Orion hinauf. »Sollen wir ein wenig draußen spazierengehen?«

Wenn nicht jemand anderes diesen Vorschlag gemacht hätte, wäre Maisie nie auf die Idee gekommen, bei einem fremden Haus in einer Winternacht mit schneebedeckter Erde im Abendkleid spazierenzugehen; aber Heddas Stimme klang so süß und verlokkend, und die Idee kam ihr im Augenblick – jetzt, da sie sie ausgesprochen hatte – eigentlich so natürlich vor, daß Maisie ihren beiden neuen Freundinnen auf die mondbeschienene Terrasse folgte, ohne nur einen Augenblick zu zögern.

Sie gingen ein- oder zweimal die kiesbestreuten Wege auf und ab. Seltsamerweise, und obwohl die dünne Schneeschicht den Boden unter ihren Füßen weiß gepudert hatte, war die Luft doch weich und lieblich. Und es war noch seltsamer, als Maisie bemerkte, ohne sich dessen eigentlich so recht bewußt zu werden, daß, obwohl sie zu dritt nebeneinander her gingen, nur die Spuren von einem Paar Füßen – ihren eigenen – auf dem Schnee in einer langen Reihe zu sehen waren bis zu der Stelle am Ende der Terrasse, wo sie umkehrten und wieder zurück führten. Yolande und Hedda mußten wirklich einen leichten Schritt haben; aber vielleicht waren auch ihre eigenen Füße nur wärmer und mit dünneren Schuhen bekleidet, so daß sie die zarte Schneeschicht schneller zum Schmelzen brachten.

Die beiden Mädchen hakten sich bei ihr ein. Ein kleiner Schauder durchfloß Maisie. Dann, nachdem sie drei- oder viermal die Terrasse auf und ab gegangen waren, führte Yolande sie ruhig die breiten Stufen in Richtung Kirche auf die untere Ebene hinunter.

In dem hellen Mondlicht ging Maisie ohne zu zögern mit ihnen; das Herrenhaus war immer noch belebt von dem Strahlen der elektrischen Lichter in den Schlafzimmerfenstern; und in Gegenwart der anderen beiden Mädchen, die sich in keinster Weise zu fürchten schienen, spürte sie keine Spur von Angst oder Einsamkeit. Sie gingen auf den Kirchhof. Maisies Blick richtete sich jetzt auf den neuen weißen Turm, dessen Silhouette vor dem Sternenhimmel lag – in einem Grau und einem unbestimmten Schein ganz ähnlich wie die älteren Teile des Gebäudes. Bevor sie so recht wußte, wo sie war, fand sie sich am oberen Ende der Treppe, deren ausgetretene Stufen zu der Gruft hinunterführten, an deren Türen sie die alte Bessie hatte sitzen sehen. Im bleichen Licht des Mondes und in dem grünlichen Schimmer des Schnees konnte sie gerade noch die Worte erkennen, die über dem Tor in den Stein gehauen waren, die Worte, die Yolande vorher im Empfangssaal wiederholt hatte: »Mors janua vitae.«

Yolande schritt fließend eine Stufe hinunter. Maisie zog sich zum ersten Mal mit einem undeutlichen Gefühl von Besorgnis zurück. »Ihr – ihr geht doch nicht *da hinunter*!« rief sie aus und hielt für einen Augenblick den Atem an.

»Doch, natürlich«, antwortete ihre neue Freundin mit ruhiger Stimme. »Warum denn nicht? Wir wohnen hier.«

»Ihr wohnt hier?« wiederholte Maisie, befreite mit einer plötzlichen Bewegung ihre Arme und trat mit einer weiteren plötzlichen Bewegung einen Schritt zurück von ihren geheimnisvollen Freundinnen, wobei ihre Stimme erbebte.

»Ja, wir wohnen hier«, wiederholte Hedda ohne die geringste Gefühlsregung. Ihre Stimme war so ruhig, als hätte sie von einem Haus in einer Straße Londons gesprochen.

Maisie hatte wesentlich weniger Angst, als sie sich vorgestellt hätte, wenn sie vorher versucht hätte, sich in eine solche Situation zu versetzen. Die beiden jungen Mädchen waren so einfach und ihr so seltsam ähnlich, daß sie eigentlich nicht sagen konnte, sie hätte wirklich Angst vor ihnen. Es stimmte schon, sie schrak vor der Art dieser Tür zurück, bei der sie standen, aber sie nahm die unirdische Ankündigung, daß die beiden hier wohnten, mit kaum mehr als einem leichten Zittern des Erstaunens hin.

»Willst du mit uns hereinkommen?« fragte Hedda in sanft beschwörendem Ton. »Wir waren auch mit dir in deinem Zimmer.«

Maisie wollte nur ungern nein sagen. Sie schienen ihr so gern ihr Heim zeigen zu wollen. Mit bebendem Schritt ging sie die erste Stufe hinunter, dann die zweite. Yolande blieb immer genau einen Schritt vor ihr. Als Maisie die dritte Stufe erreichte, ergriffen die beiden Mädchen, als wären sie von einem gemeinsamen Gedanken geleitet, ihre Handgelenke, nicht unfreundlich, sondern ermunternd. Dann kamen sie an die eigentliche Tür der Gruft, zwei schwere, bronzene Flügel, die in der Mitte zusammentrafen. Jeder trug einen Ring als Griff, der in einem Gorgonenhaupt auf der Türfläche befestigt war. Yolande stieß leicht mit der Hand dagegen. Sie gaben sofort ihrem sanften Druck nach und öffneten sich nach innen. Yolande, die immer noch vorausging, trat aus dem Mondschein in das Dunkel der Gruft, die nur ein dünner, vergessener Mondstrahl erreichte. Während sie hindurchging, bot sich Maisie eine Sekunde lang ein unheimlicher Anblick. Yolandes Gesicht, ihre Hände und ihr Kleid wurden einen Augenblick lang leuchtend, aber durch sie hindurch, in ihrem Schein konnte Maisie im Innern jeden Knochen und jedes Gelenk ihres lebendigen Skeletts erkennen – wie undeutliche Schatten in dem sanften Licht, das ihren Körper bezeichnete.

Maisie trat noch eimal furchtsam einen Schritt zurück. Aber immer noch hatte sie keine richtige Angst – es war eher ein undeutliches Gefühl, etwas Mystisches zu erleben. »Ich kann nicht! Ich kann nicht!« rief sie mit flehendem Blick. »Hedda, Yolande! Ich kann nicht mit euch gehen!«

Hedda hielt ihre Hand fest und schien sie fast zwingen zu wollen. Aber Yolande drehte sich mit ernstem Lächeln um wie eine Mutter zu ihrem Kind. »Nein, nein«, sagte sie vorwurfsvoll. »Laß sie nur mitkommen, wenn sie aus eigenem Antrieb will, nicht anders. Der Turm verlangt ein freiwilliges Opfer.«

Ihr Griff um Maisies Handgelenk war stark, aber bittend. Sie zog sie, ohne die geringste Gewalt auszuüben, mit sich. »Willst du mit uns kommen, Maisie?« fragte sie in jenem silbrig gewinnenden Ton, der Maisie von Anfang an gefesselt hatte. Maisie sah ihr in die Augen. Sie waren tief und sanft. Eine seltsame Entschlossenheit schien sie für die folgenden Worte zu stärken. »Ja, ja – ich – will – mit euch – kommen«, antwortete sie langsam.

Jetzt gingen Hedda und Yolande auf beiden Seiten vor ihr her, wobei sie ihre Handgelenke noch festhielten, aber eher lockend als zwingend. Als sie ins Dunkel traten, breitete sich bei beiden dieselbe leuchtende Erscheinung an ihren Körpern aus, die Maisie vorher schon gesehen hatte, und dieselbe schattenhafte Skelettgestalt wurde undeutlich durch ihre Glieder sichtbar. Maisie holte tief Luft und schritt über die Schwelle. Dabei sah sie auf ihr eigenes Kleid und ihren Körper herunter. Sie waren halb durchscheinend, so wie bei den anderen, allerdings nicht ganz so leuchtend; die Umrisse ihrer Knochen erschienen weniger klar dargestellt, aber doch ziemlich dunkel und erkennbar.

Die Türflügel hinter ihr schlossen sich von allein. Die drei jungen Mädchen standen in der Gruft von Wolverden.

Allein – für eine oder zwei Minuten; und dann, als ihre Augen sich langsam an die graue Düsternis im Innern gewöhnten, begann Maisie wahrzunehmen, daß sich die Gruft in eine große, schöne Halle oder Krypta öffnete, die anfangs nur ganz schwach beleuchtet war, aber jeden Augenblick ein weniger klarer und deutlicher zu werden schien. Stück für Stück konnte sie große, aus dem Felsen gehauene Säulen erkennen, die in ihrer Form romanisch wirkten oder fast ein wenig orientalisch, wie die behauenen Säulen in den Höhlen von Ellora; sie stützten eine Decke, deren Ausmaße nur undeutlich sichtbar waren, mehr oder weniger hatten sie die Form eines seltsamen Gewölbes. Das Ganze erinnerte sie fast an eine düstere Kathedrale, so wie die in Chartres oder Mailand, wenn sich die Augen an das milde Licht aus den bunten Glasfenstern gewöhnt und sich vom grellen Sonnenschein draußen erholt haben. Aber die Architektur, wenn man das so bezeichnen kann, ähnelte eher einer Moschee und hatte etwas Magisches. Maisie wandte sich ihren Begleiterinnen zu. Yolande und Hedda standen unbeweglich neben ihr; ihre Körper leuchteten jetzt sogar noch deutlicher als an der Schwelle, aber die furchtbare Durchsichtigkeit war völlig verschwunden; jetzt waren sie wieder nur schön, dabei jedoch eigenartig verklärt und mehr als nur sterbliche Frauen.

Dann verstand Maisie im Innern ihrer Seele undeutlich die Bedeutung jener mystischen Worte, die über dem Eingang geschrieben standen – »Mors janua vitae« – der Tod ist das Tor zum Leben; und sie wußte jetzt auch, warum diese scheußliche Vision des in ihrem Innern bestehenden Todes sichtbar geworden war, als sie über die Schwelle traten; denn durch jenes Tor waren sie in diesen unterirdischen Palast getreten.

Ihre beiden Führerinnen hielten immer noch ihre Hände, jede auf einer Seite. Aber jetzt schienen sie ihr nur noch verlockend und leicht den Weg zu zeigen, anstatt sie zu ziehen oder zu zwingen. Als sie die Halle mit ihren endlosen Ansichten von schattigen Säulen, einmal von hinten, dann wieder in der Perspektive gesehen, betrat und durchschritt, wurde sie sich zusehends der Tatsache bewußt, daß noch viele andere Personen in den Winkeln und Gängen standen. Langsam nahmen sie Form an, und Maisie erkannte mehr oder weniger bekleidete Gestalten, geheimnisvoll, vielfältig und unterschiedlich alt. Manche von ihnen trugen fließende Roben, fast mittelalterlich in der Form, so wie auch ihre beiden Freundinnen, die sie hierhergebracht hatten. Sie sahen aus wie die Heiligen auf bunten Kirchenfenstern. Andere waren einfach nur mit einer leichten, fließenden griechischen Schärpe gegürtet; und manche standen in deutlicher Nacktheit in den dunkleren Winkeln dieses Tempels oder Palastes. Sie alle beugten sich aufmerksam in gemeinsamer Neugierde vor und betrachteten sie mit tiefem und mitfühlendem Interesse. Ein paar von ihnen murmelten Worte – rein esoterische Laute, die sie anfangs nicht verstand, aber als sie tiefer in die Halle kam und jeden Schritt in die Düsternis klarer erkennen konnte, begannen auch die Worte eine Bedeutung für sie zu haben. Schon nach kurzer Zeit wurde sie sich bewußt, daß sie das stumme Durcheinander von Stimmen instinktiv verstand. Die Schatten sprachen mit ihr; sie antwortete ihnen. Sie wußte intuitiv, welche Sprache sie sprachen; es war die Sprache der Toten; und indem sie mit ihren beiden Gefährtinnen das Tor durchschritten hatte, war es ihr möglich geworden, diese Sprache sowohl zu sprechen als auch zu verstehen.

Die Sprache der Unterwelt war weich und fließend – es schien ihr, als ob sie nur aus Vokalen bestünde, keine erkennbaren Konsonanten enthielt; und doch erinnerte sie undeutlich an alle anderen Sprachen und bestand sozusagen aus den Elementen, die ihnen allen gemeinsam war. Die Worte flossen von den Schattenlippen wie Wolken in einem Gebirgstal entstehen, sie waren formlos, vage und doch schön. Als sie auf ihre Sinne trafen, wußte Maisie eigentlich nicht einmal genau, ob das Klänge oder Düfte waren.

Durch diese ätherische Welt bewegte sich Maisie wie in einem Traum, und ihre beiden Begleiterinnen ermunterten und führten sie weiterhin. Als sie so etwas wie einen inneren Schrein oder eine Kapelle des Tempels erreichten, wurde sie sich undeutlich erschreckenderer Gestalten im Hintergrund bewußt als diejenigen, die ihr bisher begegnet waren. Dieser Bereich war strenger und älter als der Rest; es war ein Schattenkreuzgang von prähistorischem Ernst; er erweckte in ihrem Geist ein Gefühl von etwas, dessen Bild unerklärlich zwischen den riesigen Menhiren von Stonehenge und den massiven Granitsäulen von Philae und Luxor lag. Vom anderen Ende des Heiligtums blickte eine Art Sphinx auf sie herab und lächelte geheimnisvoll. An ihrer Basis saß auf einem nur grob behauenen megalithischen Thron abseits von allen anderen ein Hoherpriester. In seiner Hand hielt er einen Stab oder ein Zepter. In einer großen Runde um ihn her stand ein Hofstaat von geheinmnisvollen, halb sichtbaren Akolyten und Hierophanten. Sie waren um ihre Mitte, so schien es ihr, gehüllt in etwas, das Leopardenfellen ähnelte oder an die Häute von einer Art von frühem, prähistorischem Löwen. Die einen trugen an Bändern um ihre nur undeutlich erkennbaren Hälse eine Reihe säbelförmiger Zähne; andere hatten Schmuckstücke aus ungeschliffenem Bernstein oder Beile aus Jade, die an Halsbändern aus Sehnen hingen. Ein paar wenige, deren Typ noch eher barbarisch als wild war, trugen prunkvolle Arm- und Halsreifen aus Gold.

Der Hohepriester erhob sich langsam und hielt beide Hände auf die Höhe seines Kopfes empor, die Handflächen nach außen gekehrt. »Habt ihr ein freiwilliges Opfer als Beschützerin für den Turm mitgebracht?« fragte er Yolande und Hedda in jener mystischen Sprache.

»Wir haben ein freiwilliges Opfer mitgebracht«, antworteten die beiden Mädchen.

Der Hohepriester sah sie an. Sein Blick war durchdringend. Maisie zitterte weniger vor Angst als aus einem Gefühl des Geheimnisvollen heraus, so wie sich vielleicht ein Neophyt fühlen mag, wenn er zum ersten Mal dem höfischen Prunk begegnet. »Kommst du aus freiem Willen hierher?« fragte der Priester sie dann mit feierlicher Stimme.

»Ich komme aus freiem Willen«, antwortete Maisie mit einem Gefühl im Innern, als habe sie eine Rolle in einem uralten Ritual übernommen. Erinnerungen aus vergangenen Generationen begannen sich in ihr zu regen.

»Es ist gut«, murmelte der Priester. Dann wandte er sich ihren Führerinnen zu. »Ist sie von königlichem Geblüt?« fragte er und nahm seinen Stab wieder in die Hand.

»Sie ist eine Llewelyn«, antwortete Yolande, »von königlichem Geblüt und von der Rasse, die, nach der deinen, am frühesten in diesem Land Britannien herrschte. In ihren Adern fließt das Blut des Artus, des Ambrosius und des Vortigern.«

»Es ist gut«, sagte der Priester noch einmal. »Ich kenne diese Herrscher.« Dann wandte er sich Maisie zu. »Dies ist das Ritual derer, die bauen«, sagte er mit sehr tiefer Stimme. »Es war das Ritual derer, die bauen, seit den Zeiten der Baumeister von Lokmariaker und Avebury. Jedes Gebäude, das der Mensch errichtet, soll eine menschliche Seele haben, die Seele einer Jungfrau, um es zu beschützen und zu bewachen. Drei Seelen sind nötig als Schutz gegen Zufall und Veränderung. Eine Seele ist die Seele eines Menschenopfers, das unter dem Grundstein stirbt. Sie ist der Wächtergeist gegen Zerfall und Erdbeben. Eine Seele ist die Seele eines Menschenopfers, das stirbt, wenn das Gebäude halb errichtet ist, sie bewahrt das Gebäude vor Krieg und Sturm. Eine Seele ist die Seele eines Menschenopfers, das sich freiwillig vom Turm oder Giebel stürzt, wenn das Gebäude vollendet ist. Diese Seele ist der Wächtergeist gegen Donner und Blitz. Wenn ein Gebäude nicht richtig mit diesen dreien gesichert ist, wie kann es hoffen, den feindlichen Kräften von Feuer und Flut und Sturm und Erdbeben standzuhalten?«

Ein Gehilfe neben ihm, der bis dahin unbemerkt geblieben war, führte die Erzählung fort. Er hatte ein strenges, römisches Gesicht und trug den schattenhaften Anzug einer römischen Rüstung. »In den alten Zeiten«, sagte er mit eiserner Strenge, »kannten alle Menschen diese Gesetze für das Bauen wohl. Sie bauten mit solidem Gestein, das für immer halten sollte. Die Gebäude, die sie errichteten, überdauerten bis zum heutigen Tag, in diesem Land und in anderen Ländern ebenfalls. So erbauten wir die Amphitheater von Rom und Verona, so bauten wir die Mauern von Lincoln, York und London. In das Blut eines Königssohnes legten wir den Grundstein, in das Blut eines Königssohnes legten wir den Deckstein; mit dem Blut einer Jungfrau von königlicher Abstammung sicherten wir die Bastionen gegen Feuer und Blitz. Aber in diesen späten Tagen, wo der Glaube immer schwächer wird, bauen die Menschen mit gebranntem Ton und Putz, den sie daraufstreichen; sie geben ihren Brücken, Mauern oder Türmen weder Grundsteingeist noch Wächterseele. Also brechen die Brücken, die Mauern fallen, die Türme stürzen ein, und die Kunst und das Geheimnis des richtigen Bauens sind euch nicht mehr bekannt.«

Er schwieg. Der Hohepriester hielt seinen Stab vor und sprach wieder. »Wir sind die Versammlung der toten Baumeister und toten Opfer«, sagte er, »die es hier in Wolverden gegeben hat; wir alle haben gebaut, oder es wurde auf uns gebaut an diesem gebenedeiten Ort der unvordenklichen Heiligkeit. Wir sind die lebenden Bausteine. Bevor es an diesem Ort eine christliche Kirche gab, war es ein Tempel des Wotan. Und bevor es ein Tempel des Wotan war, war es ein Schrein des Herkules. Und bevor es ein Schrein des Herkules war, war es eine Grotte von Nodens. Und bevor es eine Grotte von Nodens war, war es ein Steinkreis der himmlischen Heerscharen. Und bevor es ein Steinkreis der himmlischen Heerscharen war, war es das Grab und der Tumulus und der unterweltliche Verweilort von mir, der ich der älteste Baumeister von allen an diesem Ort bin. Und mein Name in meiner alten Sprache war Wolf, und ich lag hier und weihte den Ort. Und nach mir, Wolf, und meinem Namensvetter Wulfhere wurde dieser Hügel Ad Lupum und Wolverden genannt. Und all jene, die hier bei mir sind, haben an diesem heiligen Ort gebaut, oder es wurde auf ihnen gebaut während all der vergangenen Generationen. Und *du* bist die letzte, die unsere Zahl noch ergänzen soll.«

Maisie spürte einen kalten Schauer über ihren Rücken fließen, als er das sagte, aber der Mut verließ sie nicht. Sie war sich undeutlich bewußt, daß diejenigen, die sich als Opfer anbieten, das aus freiem Willen tun müssen; denn die Götter verlangen ein freiwilliges Opfer. Kein Tier kann geschlachtet werden, bevor es nicht zustimmend genickt hat; und niemand kann zum Wächtergeist gemacht werden, wenn er nicht aus freiem Willen diese Aufgabe übernehmen möchte. Sie wandte sich unsicher an Hedda. »Wer bist du?« fragte sie mit bebender Stimme.

»Ich bin Hedda«, antwortete das Mädchen mit derselben weichen, süßen Stimme und in demselben gewinnenden Ton wie vorher; »Hedda, die Tochter des Gorm, des Anführers der Wikinger, die sich in East Anglia ansiedelten. Und ich betete Thor und Odin an. Und als mein Vater, Gorm, gegen Alfred, den König von Wessex kämpfte, wurde ich gefangengenommen. Und Wulfhere, der Kenter, baute damals die erste Kirche und den ersten Turm von Wolverden. Sie tauften sich und erteilten mir die Absolution, und ich stimmte aus freiem Willen zu, unter dem Grundstein eingemauert zu werden. Und dort liegt mein Körper vergraben und überbaut bis zum heutigen Tag. *Ich* bin der Wächtergeist gegen Erdbeben und Zerfall.«

»Und wer bist du?« fragte Maisie und wandte sich Yolande zu.

»Ich bin Yolande Fitz-Aylwin«, antwortete das große, dunkle Mädchen; »auch eine königliche Jungfrau, denn ich entstamme dem Blute des Henry Plantagenet. Und als Roland Fitz-Stephen den Chor und die Kanzel der Kirche des Priesters von Wulfhere wiederaufbaute, entschloß ich mich, mich in den Steinen der Wand einmauern zu lassen, aus Liebe zur Kirche und allen Heiligen; und dort liegt mein Körper noch eingebaut bis zum heutigen Tag. *Ich* bin die Wächterseele gegen Krieg und Sturm.«

Maisie klammerte sich fest an die Hand ihrer Freundin. Ihre Stimme zitterte kaum. »Und ich?« fragte sie noch einmal, »welches Schicksal ist mir zugedacht? Sage es mir?«

»Deine Aufgabe ist viel einfacher«, sagte Yolande sanft. »Denn *du* wirst die Wächterseele des neuen Turmes gegen Donner und Blitz sein. Nun werden aber diejenigen, die die Wächter gegen Erdbeben und Krieg sind, lebendig unter dem Grundstein oder in der Wand eingemauert; dort sterben sie eines langsamen Todes, denn sie verdursten und ersticken. Aber die Wächter gegen Donner und Blitz stürzen sich lebendig und aus freiem Willen von den Zinnen des Turmes. Sie sterben in der Luft, bevor sie den Boden erreichen; also ist ihr Schicksal das leichteste und einfachste von allen, die der Menschheit in dieser Weise dienen; und von diesem Augenblick an leben sie bei uns hier an diesem Ort.«

Maisie klammerte sich noch fester an ihre Hand. »Muß ich es tun?« fragte sie bittend.

»Es ist kein Zwang«, antwortete Yolande in demselben sanften Ton, doch mit der Ruhe eines Geistes, in dem irdische Lüste und irdische Leidenschaften für immer erloschen sind. »Es wird so sein, wie du selbst es willst. Nur ein freiwilliges Opfer kann Wächtergeist werden. Dieses ruhmreiche Privileg bekommen nur die reinsten und besten unter uns. Doch welch besseres Ziel kannst du dir noch für deine Seele wünschen, als hier in unserer Mitte für alle Zeiten als unsere Gefährtin zu leben, hier, wo immer nur Frieden herrscht – und dabei den Turm, dessen Wächterin du bist, vor den bösen Anstürmen von Donner und Blitz zu bewahren?«

Maisie warf ihrer Freundin die Arme um den Hals. »Aber – ich habe Angst«, murmelte sie. Warum sie auch nur im geringsten den Wunsch zur Zustimmung haben konnte, wußte sie nicht, und doch entzündete der seltsam ernste Friede in den Augen dieser eigentümlichen Mädchen in ihr eine Liebe zu ihnen und dem Schicksal, das sie ihr anboten. Sie schienen sich wie die Sterne auf ihren Umlaufbahnen zu bewegen. »Wie soll ich denn von dort oben herunterspringen?« rief sie. »Wie soll ich den Mut haben, allein die Treppe hinaufzusteigen und dann von der einsamen Zinne zu springen?«

Yolande löste Maisies Arme mit einer zärtlichen Bewegung von ihrem Hals. Sie redete ihr zu, wie man einem widerwilligen Kind zuredet. »Du wirst *nicht* allein sein«, sagte sie mit sanftem Nachdruck. »Wir werden alle mit dir gehen. Wir werden dir helfen und dir Mut machen. Wir werden unsere süßen Lieder vom Leben im Tode für dich singen. Warum solltest du Angst haben? Wir alle haben dieser Angelegenheit in zehntausend Zeitaltern ins Auge gesehen, und wir sagen dir einstimmig, daß du dich nicht davor zu fürchten brauchst. Das Leben solltest du fürchten – das Leben mit seinen Gefahren, seinen Mühen, seinen Schmerzen. Hier wohnen wir für immer in ungebrochenem Frieden. Komm, komm und geselle dich zu uns!«

Sie streckte mit einer verlockenden Geste die Arme aus. Maisie warf sich hinein und schluchzte: »Ja, ich werde kommen«, rief sie in einem Ansturm von hysterischem Eifer. »Dies sind die Arme des Todes – ich umschlinge sie. Dies sind die Lippen des Todes – ich küsse sie. Yolande, Yolande, ich werde tun, worum du mich bittest!«

Das große, dunkle Mädchen in der leuchtenden weißen Robe beugte sich herunter und küßte sie als Erwiderung zweimal auf die Stirn. Dann sah sie den Hohenpriester an. »Wir sind bereit«, murmelte sie mit leiser, ernster Stimme. »Das Opfer stimmt zu. Die Jungfrau will sterben. Führe uns zum Turm. Wir sind bereit! Wir sind bereit!«

IV

Aus dem Hintergrund des Tempels – falls es ein Tempel war –, aus den innersten Schreinen der verborgenen Höhle, begann von allein eine unirdische Musik zu ertönen, ihre Klänge erfüllt mit wilden Modulationen auf seltsamen Flöten und Trommeln.

Sie zog durch alle Winkel wie der Hauch des Windes auf einer Äolsharfe; manchmal heulte sie wie die Stimme einer Frau, manchmal erhob sie sich laut wie ein triumphierender Orgelklang; kurz darauf wurde sie wieder leise wie die nachdenkliche und melancholische Melodie einer Flöte. Sie schwoll an und flaute ab, sie wurde lauter und wieder leise; aber niemand sah, wie sie entstand oder woher sie kam. Zauberische Echos tönten aus den Winkeln und Öffnungen in den unsichtbaren Wänden; sie seufzten aus den geisterhaften Zwischenräumen der Säulen hervor; sie pfiffen und jaulten von dem riesigen Gewölbe des Palastes herab. Langsam entwickelte sich das Lied durch eine Folge seltsamer Akkorde so, daß es eine gemessene Marschgeschwindigkeit bekam. Bei diesen Klängen erhob sich der Hohepriester langsam von seinem uralten Platz auf dem riesigen Kromlech, der seinen Sitz bildete. Die Schatten in den Leopardenhäuten ordneten sich in körperlosen Reihen zu seinen Seiten; die geisterhaften Träger der säbelförmigen Löwenzähne folgten wie Ministranten auf den Spuren ihres Oberherrn.

Hedda und Yolande nahmen ebenfalls ihre Plätze in der Prozession ein. Maisie stand mit ihrem losen Haar zwischen den beiden; sie sah aus wie eine Novizin, die sich entschlossen hat, den Schleier zu nehmen, begleitet und aufgemuntert von ihren beiden älteren Schwestern.

Die geisterhafte Prozession begann sich in Bewegung zu setzen. Unsichtbare Musik folgte ihr mit launenhaften Klängen. Sie schritten durch den Mittelgang dahin, zwischen den schattenhaften dorischen oder ionischen Säulen, die mit der Entfernung immer undeutlicher und undeutlicher wurden, während sie sich mit langsamen Schritten dem Portal zurück ins Irdische näherten.

Beim Tor stieß der Hohepriester mit den Händen gegen die Türflügel. Sie öffneten sich jetzt nach außen.

Er durchschritt das Tor und trat in das Licht des Mondes hinaus. Seine Begleiter folgten ihm in einer Reihe. Jedesmal, wenn eine der wilden Figuren die Schwelle überschritt, sah Maisie wieder denselben seltsamen Anblick wie vorher. Für einen kurzen Augenblick begann jeder der geisterhaften Körper aus sich selbst heraus zu leuchten, so als wäre er eigenartig phosphoreszent geworden; und aus jedem wurde in dem Augenblick, als er durch das Tor schritt, die schwache Kontur seines Skeletts kurz sichtbar. Und im nächsten Moment sah es schon aus, als habe sich der Körper mit irdischen Gliedern bedeckt.

Maisie trat in die freie Luft hinaus und atmete tief ein. Eine Sekunde lang wirkte die Kühle und Frische fast atemberaubend. Jetzt bemerkte sie erst, daß die Luft in der Gruft, obwohl sie auf ihre Art angenehm, warm und trocken gewesen war, eine Schwere wie Weihrauch gehabt hatte und voll der einschläfernden Düfte von Mohn und Mandragora gewesen war. Der dort herrschende, verwirrende Dunst hatte sie lethargisch gemacht. Aber nachdem sie eine Minute in der irdischen Welt verbracht hatte, wirkte die kühle Nachtluft belebend auf sie. Draußen war noch etwas mehr Schnee gefallen, die Schneedecke war dichter geworden als am früheren Abend, und der Mond hing tiefer am Himmel; ansonsten war alles wie vorher, außer daß in dem großen Haus auf der Seite, die der Terrasse zugewandt war, nur noch hier und da ein oder zwei Lichter brannten. Darunter erkannte sie auch ihr Zimmer, im Erdgeschoß im neuen Flügel, denn das Fenster stand noch offen.

Die Prozession bewegte sich über den Kirchhof auf den Turm zu. Während sie sich zwischen den Gräbern hindurchwand, schrie eine Eule. Sofort erinnerte sich Maisie an die Zeilen des Gedichtes, die sie noch vor wenigen Stunden im Salon so erschreckt hatten –

»Über Stein und Grab das Glühwürmchen
Wird erleuchten dein Heim;
Die Eule hoch oben vom Kirchturm singt:
›Stolze Dame, sollst willkommen sein.‹«

Doch, wie wunderbar, sie machten ihr keine angst mehr. Sie hatte mehr das Gefühl, als begrüße eine Freundin sie zu Hause. Sie klammerte sich mit sanftem Druck an Yolandes Hand.

Als sie vor dem Eingang zur Kirche ankamen, bei der uralten Eibe, glitt verstohlen eine Gestalt wie ein Geist aus dem dunklen Schatten hervor. Es war eine Frau, gebeugt und krumm, mit wackligen Gliedern, die von Kraftlosigkeit zitterten. Maisie erkannte die alte Bessie. »Ich wußte doch, daß sie kommen würde«, murmelte die alte Vettel aus ihrem zahnlosen Mund. »Ich wußte doch, daß der Turm von Wolverden noch angemessen gesichert werden würde!«

Als ob es ihr Recht wäre, stellte sie sich an die Spitze der Prozession. Sie bewegten sich gemeinsam weiter bis zum Turm, wobei sie eher glitten als gingen. Die alte Bessie zog einen rostigen Schlüssel aus ihrer Tasche und steckte ihn mit einer Drehung in das nagelneue Schloß. »Was das Alte bewegte, wird das Neue bewegen«, murmelte sie, sah sich um und grinste. Maisie schrak vor ihr zurück wie vor keinem der Toten; aber sie folgte doch der Prozession weiter bis in das Zimmer unten im Turm, von dem aus die Glocken geläutet wurden.

Dort in der Ecke befand sich eine Treppe, die zur Turmspitze führte. Der Hohepriester stieg die Stufen hinauf und sang dabei einen geheimnisvollen Singsang, dessen runenhafte Klänge Maisie nicht mehr verstehen konnte. Sowie sie ins Freie gekommen war, hatte die Sprache der Toten nur noch wie eine Mischung aus seltsamen Tönen und Gemurmel für sie geklungen. Die Laute erinnerten sie an eine Sommerbrise, die durch warme und nach Harz duftende Fichtenwälder strich. Aber Yolande und Hedda konnten noch mit ihr sprechen, um sie aufzumuntern – in der Sprache der Lebenden. Sie wurde sich darüber klar, daß sie als *Wiederkehrerinnen* immer noch Kontakt zu der äußeren Atmosphäre und der Welt der lebenden Menschen hatten.

Sie lockten sie mit ermutigenden Gesten die Stufen hinauf. Maisie folgte ihnen wie ein Kind, mit innerem Vertrauen. Die Stufen führten immer weiter aufwärts in einer Spirale. Das Treppenhaus war düster; aber ein übernatürliches Licht schien den Turm zu erfüllen, das die Körper oder Seelen der hinaufsteigenden Gestalten ausstrahlten. An der Spitze des Zuges sang immer noch der Hohepriester seine unirdische Litanei; magische Klänge wie von Glockenspielen schienen im Einklang mit seinem Gesang dahinzutreiben, während sie weiter hinaufstiegen. Waren diese flehenden Klänge irdisch oder spirituell? Sie ließen den Glockenstuhl hinter sich; keine der metallenen Zungen rührte sich; aber die Ränder der großen Glocke klangen und ertönten schwingend zu der geistlichen Symphonie in einer Musik des Mitgefühls. Und sie stiegen immer noch weiter hinauf und hinauf. Sie kamen zu der Leiter, über die der einzige Weg zum letzten Stockwerk hinaufführte. Schon jetzt hingen Staub und Spinnweben daran. Noch einmal zögerte Maisie. Es war dunkel über ihr, und das innere Leuchten der Toten schien langsam schwächer zu werden. Ihre Freundinnen hielten ihre Hände mit derselben überzeugenden Berührung wie zuvor. »Ich kann nicht!« rief sie und trat einen Schritt von der steilen, hohen Leiter zurück. »O Yolande, ich kann es nicht!«

»Doch, liebste Maisie«, flüsterte Yolande besänftigend. »Doch, du kannst es. Es sind nur noch zehn Stufen, und ich werde deine Hand ganz fest halten. Sei mutig und steige hinauf!«

Die süße Stimme machte ihr Mut. Sie glich einer himmlischen Musik. Sie wußte nicht, warum sie sich unterwarf oder zustimmte; aber sie tat es dennoch. Sie schien wie unter einem Zauberbann zu stehen. Mit zitternden Füßen, und ohne wirklich zu bemerken, was sie tat, trat sie zu der Leiter und stieg vier Sprossen hinauf.

Dann drehte sie sich um und sah noch einmal hinunter. Ihr Blick traf das runzlige Gesicht der alten Bessie. Es war in ein gräßliches Lächeln verzogen. Wieder schrak Maisie furchtsam zurück. »Ich kann es nicht tun« rief sie, »wenn diese Frau auch heraufkommt! Ich habe keine Angst vor *dir*, liebe Yolande« – sie drückte ihre Hand –, »aber sie, sie ist zu schrecklich!«

Hedda sah zurück und hob einen warnenden Finger. »Die Frau soll hier unten bleiben«, sagte sie; »sie strahlt zu viel von dem Bösen der Welt aus. Wir dürfen nichts tun, um das freiwillige Opfer zu ängstigen.«

Inzwischen hatte der Hohepriester mit seinen geisterhaften Fingern die Falltür geöffnet, die den Zugang zur Turmspitze freigab. Ein Mondstrahl glitt durch die Öffnung herein. Die Brise wehte mit ihm herab. Noch einmal spürte Maisie jene stimulierende und belebende Wirkung der freien Luft. Belebt von ihrer Frische kletterte sie ganz hinauf, durch die Falltür hindurch, und schließlich stand sie auf der offenen Terrasse auf der Spitze des Turms.

Der Mond war noch nicht ganz untergegangen. Das Licht auf dem Schnee schimmerte blaßgrün. Mit seiner Hilfe konnte sie viele Meilen der Umgebung erkennen; die schwachen Umrisse der Hügel mit ihrem dünnen weißen Umhang, die in der ernsten Stille lagen. Hügelkette hinter Hügelkette erhob sich mit schwachem Schimmer. Der Gesang hatte jetzt aufgehört; der Hohepriester und seine Akolyten mischten seltsame Kräuter in einer Schale oder einem Kelch. Der schwache Duft von Myrrhe und Kardamom zog zu ihr herüber. Die Männer in den Leopardenfellen verbrannten glimmende Stäbe aus Nardenholz. Dann führte Yolande das angehende Opfer noch weiter vor und stellte Maisie ganz nah an die neue, weiße Brüstung. Die steinernen Köpfe von Jungfrauen lächelten ihr von allen Seiten zu. »Sie muß sich nach Osten wenden«, sagte Hedda in bestimmtem Ton. Und Yolande drehte sie gehorsam mit dem Gesicht in Richtung des Sonnenaufgangs. Dann öffnete sie die Lippen und sprach mit sehr ernster Stimme: »Von diesem neuerbauten Turme wirfst du dich«, sagte sie, oder sie intonierte es beinahe, »auf daß du der Menschheit und allen anderen Mächten als Wächtergeist gegen Donner und Blitz dienest. Als Jungfrau angesehen, rein und unbefleckt in Tat und Wort und Gedanken, von königlichem Geblüt und alter Herkunft – eine Kymrin von den Kymrern –, hat man dich für wert befunden, dir diese Aufgabe anzuvertrauen und diese Ehre zu erweisen. Achte wohl darauf, daß nie ein Pfeil oder Blitz diesen Turm trifft, so wie jene, die unter ihm liegt, ihn vor Erdbeben und Zerfall bewahrt und jene, die in der Mitte liegt, darüber wacht, daß er vor Krieg und Sturm bewahrt bleibt. Dies ist deine Aufgabe. Achte wohl darauf, daß du sie erfüllst.«

Sie nahm Maisies beide Hände. »Mary Llewelyn«, sagte sie dann, »du freiwilliges Opfer, steige jetzt auf die Zinnen hinauf.«

Maisie wußte nicht warum, aber mit nur ganz geringem Widerstand tat sie, wie geheißen, indem sie auf ein hölzernes Fußbänkchen stieg und dann die Zinnen im Osten betrat. Dort stand sie, in ihrem fließenden weißen Kleid, die Arme ausgebreitet, das Haar flatterte lose hinter ihr, und sie zögerte einen kurzen Moment, als wolle sie unsichtbare Flügel ausbreiten und sich in die Lüfte schwingen wie eine Schwalbe oder ein Mauersegler.

»Mary Llewelyn«, sagte Yolande noch einmal mit noch tieferer Stimme und mit unzweifelhafter Ernsthaftigkeit, »wirf dich hinab als freiwilliges Opfer, im Dienste der Menschen und zur Sicherung dieses Turmes gegen Donner und Blitz.«

Maisie breitete ihre Arme noch weiter aus und lehnte sich an der Kante der Zinne vor, um über den schneebedeckten Kirchhof hinauszuspringen.

V

Noch einen Augenblick, und das Opfer wäre vollbracht gewesen. Aber bevor sie sich vom Turm stürzen konnte, spürte sie plötzlich, wie sich von hinten eine Hand auf ihre Schulter legte, um sie daran zu hindern. Selbst in ihrem momentanen Zustand der seelischen Verzückung wurde sie sich sofort bewußt, daß es die Hand eines lebenden und festen Sterblichen war, nicht die einer Seele oder eines Wächtergeistes. Sie wog schwerer auf ihr als Heddas oder Yolandes Hände. Sie schien sie herabzuziehen und zu belasten. Mit großer Anstrengung versuchte sie, sie abzuschütteln und ihren nunmehr festen Entschluß wahrzumachen, ihr Leben für die Sicherheit des Turmes zu opfern. Aber die Hand war zu stark für sie. Sie konnte sie nicht abschütteln. Sie griff zu und hielt sie fest.

Maisie gab nach und fiel schwankend und mit einem tiefen Atemzug zurück auf die flache Terrasse der Turmspitze. Im selben Augenblick schien sofort eine seltsame Furcht und Unruhe die versammelten Geister zu erfassen. Ein unheimlicher Schrei erschallte stimmlos aus der Schattengesellschaft. Maisie hörte ihn wie im Traum, ganz schwach und fern. Er war so dünn wie der Schrei einer Fledermaus, fast unhörbar für das Ohr und doch von den Gedanken oder zumindest vom Geist wahrgenommen. Es war ein Schrei des Erschreckens, der Angst, eine Warnung. In einer gemeinsamen Bewegung eilte das ganze Heer der Gespenster hastig zu den Zinnen und Spitzen. Der geisterhafte Priester ging voraus, seinen Stab gesenkt. Die Männer in den Leopardenhäuten und die anderen Begleiter folgten ihm hastig. Sie waren ein wirrer Haufen. Sie warfen sich von der Turmspitze wie Flüchtlinge von der Klippe und segelten schnell durch die Luft auf unsichtbaren Schwingen. Hedda und Yolande, die Botinnen der oberen Gefilde, waren die letzten, die aus der Gegenwart der Lebenden flohen. Sie ergriffen noch einmal schweigend Maisies Hand und sahen ihr tief in die Augen. In ihrem ruhigen Blick lag Bedauern, als wollten sie sagen: »Lebe wohl! Wir haben vergeblich versucht, Schwester, dich vor den Schrecken des Lebens zu bewahren.«

Die Schar der Geister flog durch die Luft davon wie bei einem

Hexensabbath und zu der Gruft hinab, aus der sie gekommen waren. Die Türen schwangen um ihre rostigen Angeln und schlossen sich hinter ihnen. Maisie stand allein auf dem Turm mit der Hand, die sie ergriffen hatte.

Der Schreck durch den Griff und die plötzliche Flucht der geisterhaften Schar in so wilder Unordnung versetzte Maisie für eine Weile in einen Zustand halber Bewußtlosigkeit. Ihr Kopf wurde leicht, und ihr schwindelte; ihre Gedanken trieben nur undeutlich dahin. Sie versuchte, sich an der Brüstung des Turmes festzuhalten. Aber die Hand, die sie hielt, unterstützte sie immer noch. Sie fühlte sich sanft und mit ruhiger Beherrschung hinabgezogen und auf den Steinboden gleich neben der Falltür gelegt, die zu der Leiter führte.

Das nächste, woran sie sich deutlich erinnerte, war die Stimme des Studenten aus Oxford. Sie hörte sich deutlich angstvoll an, schwankte aber nicht. »Ich glaube«, sagte er ganz sanft und legte ihren Kopf in seinen Schoß, »Sie sollten sich erst ein wenig ausruhen, Miss Llewelyn, bevor Sie versuchen, wieder hinunterzusteigen. Ich hoffe, ich habe Sie nicht zu hastig aufgeschreckt und gestört. Aber noch ein Schritt, und Sie wären über den Rand der Zinne gefallen. Ich konnte einfach nicht anders.«

»Lassen Sie mich los«, klagte Maisie und versuchte, sich wieder aufzurichten, aber sie fühlte sich zu schwindlig und schwach, um die nötige Kraft aufzubringen, damit sie die Macht über ihre Bewegungen wiedererlangte. »Ich *will* mit ihnen gehen! Ich *will* zu ihnen!«

»Ein paar von den anderen werden bald hier sein«, sagte der Student und stützte ihren Kopf mit seinen Händen; »und sie werden mir helfen, Sie hinunterzubringen. Mr. Yates ist im Glockenstuhl. Und inzwischen würde ich, wenn ich Sie wäre, möglichst still liegen und einen Schluck oder zwei von diesem Cognac trinken.«

Er hielt eine Flasche an ihre Lippen. Maisie trank einen kräftigen Schluck, ohne eigentlich so recht zu wissen, was sie tat. Dann lag sie ein paar Minuten still da, wo er sie hingelegt hatte. Wie sie sie hinuntertrugen und in ihr Bett brachten, bemerkte sie kaum. Sie war verwirrt und ängstlich. Später konnte sie sich nur noch daran erinnern, daß drei oder vier Männer in nur schnell übergeworfener Kleidung sie zwischen sich die Leitersprossen hinuntergetragen oder -geleitet hatten. Von der Wendeltreppe und allem anderen wußte sie nichts mehr.

VI

Als sie wieder erwachte, lag sie in ihrem Zimmer in ihrem Bett, und Mrs. West saß neben ihr und beugte sich über sie.

Maisie sah durch ihre noch beinah geschlossenen Augen auf und erkannte das mütterliche Gesicht und die grauen Haare. Dann hörte sie undeutliche Stimmen aus dem Dunst: »Gestern war es für diese Jahreszeit sehr warm, wissen Sie!« »Ja, wirklich sehr ungewöhnliches Wetter für Weihnachten.« »Aber ein Gewitter! Eigenartig! Daran lag es bestimmt. Die elektrische Spannung muß das arme Kind verwirrt haben.« Dann wurde ihr langsam klar, daß diese Unterhaltung zwischen Mrs. West und einem Arzt geführt wurde.

Plötzlich und heftig stützte sie sich auf ihre Arme. Das Bett stand gegenüber vom Fenster. Sie sah auf und erkannte den Turm der Kirche von Wolverden – zerrissen von oben bis unten von einem breiten Spalt, und seine obere Hälfte lag in wilden Bruchstükken unten auf dem Kirchhof.

»Was ist das?« rief sie aufgeregt und mit einem Erröten, als schämte sie sich.

»Scht, scht«, sagte der Arzt. »Machen Sie sich keine Sorgen! Sehen Sie gar nicht hin!«

»Ist das geschehen, nachdem ich heruntergekommen war?« klagte Maisie in undeutlicher Furcht.

Der Arzt nickte. »Eine Stunde, nachdem man Sie heruntergebracht hatte«, sagte er, »brach ein Gewitter über ihn herein. Man hatte den Blitzableiter noch nicht angebracht. Das wollten sie am ersten Weihnachtstag machen.«

Ein seltsames Schuldgefühl überschwemmte Maisies Seele. »Meine Schuld!« rief sie und sprang auf. »Es ist meine Schuld, meine Schuld! Ich habe meine Pflicht versäumt!«

»Sie sollten jetzt nicht sprechen«, antwortete der Arzt und musterte sie genau. »Es ist immer gefährlich, wenn man zu plötzlich aus einem so tiefen und seltsamen Schlaf oder einer solchen Trance geweckt wird.«

»Und die alte Bessie?« fragte Maisie und zitterte in einer grauenhaften Vorahnung.

Der Arzt sah Mrs. West an. »Wie konnte sie das wissen?« flüsterte er. Dann wandte er sich Maisie zu. »Ich kann Ihnen genausogut die Wahrheit sagen, denn sie werden es sowieso erfahren«, sagte er langsam. »Die alte Bessie muß dort gewesen und zugesehen haben. Sie wurde zerdrückt und halb unter dem umstürzenden Turm begraben.«

»Nur noch eine Frage, Mrs. West«, murmelte Maisie und wurde schwach, denn eine übernatürliche Angst erfaßte sie. »Die beiden freundlichen Mädchen, die während der Tableaux auf den Stühlen neben mir saßen – ist ihnen etwas geschehen? Waren sie auch dabei?«

Mrs. West streichelte tröstend ihre Hand. »Mein liebes Kind«, sagte sie ernst und mit ruhiger Bestimmtheit, »es waren *keine* anderen Mädchen dort. Das war eine reine Halluzination. Sie haben den ganzen Abend allein gesessen.«

Der Planet der Imitanten

von J. T. McIntosh

I

»Der nächste bitte«, rief Stevens, und die Wache öffnete die Tür.

Der kleine, runde Mann, der hereinkam, war völlig verstört vor Angst. Er war auch nackt. Aber schließlich waren das auch Stevens, die beiden Wachen, Evans und Anna und Jonina. Er war nichts Außergewöhnliches.

»Hammett, nicht wahr?« fragte Stevens und nahm sein Stethoskop in die Hand.

»Ja, Sir.« Selbst Hammetts Augenbrauen zitterten.

»Keine Angst«, sagte Stevens milde. »Wenn Sie in Ordnung sind, brauchen Sie sich keine Sorgen zu machen. Und wenn Sie ein Imitant sind –«

»Ich bin *ich*, Sir«, sagte Hammett ernsthaft. Jonina kam, um ihm eine Blutprobe zu entnehmen, und er versuchte gleichzeitig, sie anzusehen und doch nicht anzusehen. Manche von den älteren Leuten hatten sich selbst jetzt nach einem Monat noch nicht an die völlige Nacktheit an jedem Ort und zu jeder Zeit gewöhnt und würden es auch nie tun.

»Das wollen wir ja gerade herausfinden«, sagte Stevens.

»Sie werden doch jetzt keine Zange nehmen, oder?« fragte Hammett angstvoll.

»Nein, das funktioniert nicht mehr.«

»Und keine... Überlebenstests wie den Kopf ins Wasser halten oder so?«

»Die funktionieren auch nicht mehr.«

»Und kein...« er sah Jonina, die gerade die Nadel aus seinem Arm zog, ohne es so recht zu wollen, an und sah auch gleich wieder zur Seite. Es war ihm peinlich, als hätte man ihn dabei erwischt, wie er durch ein Schlüsselloch schaute, »...kein... Sex?«

»Das hat nur zwei Tage lang funktioniert«, seufzte Stevens.

Hammett wirkte ein wenig erleichtert, aber nur ein wenig.

Eigentlich hatte es keinen rechten Sinn, das Herz des kleinen Mannes abzuhorchen, denn wenn er ein Imitant war, konnte er es genauso rasen lassen, wie es jetzt raste. Trotzdem wollte sich Stevens als Arzt sein Bild aus einer Reihe von Symptomen machen – und die Tatsache, daß Hammetts Herz so klang, wirkte in dieselbe Richtung wie seine Reaktion darauf, daß Jonina sich über ihn beugte, und machte es etwas weniger wahrscheinlich, daß er ein Imitant war. Die Bluttests hatten auch nicht viel Sinn, aber wenn die Imitanten Hammett in den letzten ein bis zwei Stunden übernommen hatten, würde die Blutsenkung deutlich anders aussehen. Sie konnten den Körper und das Gehirn augenblicklich übernehmen, aber das Blut hatte seinen eigenen Willen.

Das Untersuchungsteam machte Dutzende kurzer Tests mit Hammett, bestürmte ihn mit Fragen und untersuchte seine Gehirnströme – kurz, sie machten eine zufällige Reihe von Tests, die in der Vergangenheit schon Imitanten entlarvt hatten.

Sie waren sich allerdings der Tatsache bewußt, daß es absolut sinnlos war, Testmethoden anzuwenden, mit denen sie vorher auch schon andere Imitanten entdeckt hatten...

Evans, der am anderen Ende des Untersuchungsraums an einer Reihe von Hammetts Antworten arbeitete, hatte plötzlich eine Idee und watschelte zu der Gruppe zurück. Evans, der älteste im technischen Team, war bleich und rundlich und nicht sehr begeistert über die Operation Geburtstagskleidung. Wenn man, wie Stevens und die beiden Mädchen, jung und schlank und wohlgeformt war, konnte es vielleicht auch sein, daß es einem nicht gefiel – aber man hatte doch weniger wirkliche Gründe zu dieser Abneigung, überlegte sich Evans.

»Ist dir was eingefallen, Tom?« fragte Stevens hoffnungsvoll.

Evans nickte und fragte Hammett: »Wer war die schwarze Schöne ›Black Beauty‹?«

»Black Beauty?« wiederholte Hammett entgeistert.

Die beiden jungen Frauen, die an irgendwelchen Untersuchungen arbeiteten, hielten inne und drehten sich zu Hammett um, der blaß geworden war und, falls das überhaupt noch möglich war, noch angstvoller aussah als vorher.

»Gute Frage, Tom«, meinte Stevens. »Nun, Hammett?«

Der kleine Mann leckte sich die Lippen. »Die Mona Lisa?« sagte er, »irgendeine Dame in einem Gedicht? Ein Theaterstück?«

Die Atmosphäre im Untersuchungsraum änderte sich langsam.

»Warten Sie einen Augenblick hier drinnen bitte, Hammett«, sagte Stevens und zeigte auf eine der schalldichten Zellen, die früher Umkleideräume gewesen waren.

Hammett wurde so blaß, daß Narben, die vorher nicht sichtbar gewesen waren, auf seinem Gesicht erkennbar wurden. »Um Himmels willen, Doktor, tun Sie nichts Unüberlegtes. Ich bin *ich*, das sage ich Ihnen –«

»Wir werden es schon herausfinden«, sagte Stevens unbeeindruckt.

Eine der Wachen schob den kleinen Mann in eine Zelle und prüfte sorgfältig, ob die Tür auch richtig geschlossen war.

»Komisch«, sagte Jonina. »Nichts Medizinisches oder Wissenschaftliches funktioniert. Dieses Blut ist einfach nur normales menschliches Blut. Und doch funktioniert eine so einfache, kleine Frage –«

»Ich glaube eigentlich nicht, daß er wirklich ein Imitant ist«, sagte Stevens.

»Ich auch nicht«, sagte Anna.

Anna war klein und dunkel, Jonina groß und blond. Jonina war Krankenschwester und Anna Physikerin. Jonina sah aus wie einundzwanzig und war tatsächlich achtzehn. Anna sah aus wie achtzehn und war tatsächlich vierundzwanzig. Sie war inoffiziell mit Stevens verlobt.

»Ich bin mir nicht so sicher«, sagte Jonina nachdenklich. »Als ich gerade neben ihm gestanden habe und er sich benahm wie ein schüchterner Jüngling, hatte ich den flüchtigen Eindruck, daß das Theater sein könnte. Es wirkte irgendwie übertrieben... Ich denke, es könnte sich vielleicht lohnen, ihn zurückzuholen und den Verführerinnen-Test auszuprobieren. Ich stelle mich zur Verfügung, obwohl er ja ein ziemlich abstoßender kleiner Mann ist ... Anna?«

Anna zuckte mit den Schultern.

»Nichts, was einmal nicht mehr funktioniert hat, funktioniert je wieder«, sagte Stevens, »aber wir haben nichts zu verlieren.« Er nickte den Wachen zu, und sie holten Hammett zurück.

»Doktor«, krächzte er, »ich lese nicht viele Bücher, wissen Sie, ich bin kein gebildeter Mann ... Wer auch immer Black Beauty sein mag, ich denke, Sie werden wohl alles über sie wissen, aber nicht jeder ist so gebildet wie Sie. Ich meine, es könnte eine Frau sein oder Kohle oder ein schwarzer Diamant oder ...«

Er verstummte, als Jonina die Arme um ihn legte.

Das Team und die meisten der Opfer hatten sich entschieden, diese Angelegenheit als Komödie zu behandeln. Es hörte natürlich auf, komisch zu sein, wenn auf diese Art Imitanten gefangen wurden. Aber sonst ... na ja, es ging so ziemlich alles, wenn man es einfach nur als Farce betrachtete.

Anna half auch mit, und sie machten dem kleinen Mann richtig die Hölle heiß. Aber er fand das nicht sehr komisch. Er war ganz krank vor Scham. Es war eine unglaubliche Erleichterung für ihn, als sie ihn wieder in seine Zelle zurückschickten.

»Nun?« fragte Stevens.

»Nein«, sagte Anna gleichzeitig.

Dann fingen sie an zu streiten. Kein Mann könne wirklich so sein, sagte Jonina. Er übertrieb. Anna sagte, Jonina sei viel zu jung, und wenn sie etwas älter wäre und etwas mehr Erfahrung mit Männern hätte, wüßte sie, daß Männer wirklich auch so sein könnten. Jonina meinte, es könne ja schon sein, daß Anna sich damit auskenne, aber wenn *sie* mit einem Mann flirte, egal mit was für einem, dann erwarte sie eine wesentlich ungehemmtere und direktere männliche Reaktion. Anna ließ sich nicht provozieren und fragte Jonina kühl, wie oft sie denn schon mit kleinen fetten Männern geflirtet habe, die alt genug gewesen waren, ihr Vater zu sein, und was sie glaube, wie oft Hammett in den letzten fünfzehn Jahren von zwei nackten Mädchen verführt worden sein könnte.

»Hört auf, Mädchen«, seufzte Stevens. »Wir können ihn ja

noch eine Weile dalassen und diese Gruppe abschließen.« Zu der Wache an der Tür sagte er: »Der nächste, bitte.«

Ein dünner Jüngling kam herein. »Wer ist ›Black Beauty‹?« fragte er ihn scharf.

Der Jüngling blinzelte. »Ein Pferd in einer Kindergeschichte. Ein Pferd, das –«

»Es ist gut, du kannst gehen.«

Überrascht, weil diese Tests manchmal Stunden dauerten, ging der Jüngling hinaus.

Die anderen drei waren auch überrascht. »Du spielst da doch ein ziemliches Glücksspiel, oder?« sagte Evans. »Wir wissen nicht, ob die Imitanten etwas von Black Beauty wissen. Sie könnten ohne weiteres –«

»Ich will diese Frage an so vielen Leuten wie möglich versuchen, bevor die Imitanten die Antwort herausfinden können. In einer halben Stunde wird sie keinen Sinn mehr haben. Wenn Hammett ein Imitant ist, kennen sie die Frage schon, und in zwei Minuten haben sie die Antwort. Und selbst wenn nicht, wird sich schnell in der ganzen Kolonie herumsprechen, daß wir nach ›Black Beauty‹ fragen –«

»Wir könnten doch allen sagen, daß sie kein Wort darüber verlieren dürfen«, sagte Jonina.

Stevens lächelte müde. »Das wäre so gut, wie es in der Zeitung zu verkünden. Der nächste bitte«, sagte er ruhig.

II

Die Wache öffnete wieder die Tür. Ein junges Mädchen kam herein, klein, so ähnlich wie Anna.

»Sonja?« sagte Stevens. Er konnte sich nicht an ihren Nachnamen erinnern.

»Stimmt.« Sie war nicht nervös. Sie lächelte Jonina und Anna zu, die aber das Lächeln nicht erwiderten.

Stevens entschied wieder nach ein paar Sekunden, daß er es hier nicht mit einer Imitantin zu tun hatte. Sonja fühlte sich wohl und schien es zu genießen, daß sie im Mittelpunkt der Aufmerksamkeit stand. Sie hatte ein ziemlich hübsches Gesicht, das vor einem

Monat in der Stadt unter der Schutzglocke noch nicht viel Aufsehen erregt hätte. Aber sie hatte die richtige Figur für Operation Geburtstagskleidung...

»Nur eine Frage, Sonja«, sagte Stevens und fragte sie.

Das Mädchen grinste. »Wenn ich nicht so bescheiden wäre, würde ich sagen, ich könnte das sein«, bemerkte sie.

»Und jetzt die richtige Antwort«, sagte Stevens geduldig.

»Na gut, ich will höflich sein und sagen: Anna zum Beispiel.«

»Hören Sie auf mit dem Theater.«

»Die schwarze Schönheit Black Beauty?«

Stevens nickte der Wache zu.

Sonja widersprach nicht nur, sie versuchte auch, sich zu wehren. Anna, die sie nicht leiden konnte und daraus auch kein Geheimnis machte, traf sie mit der Handkante kräftig in den Nacken, und danach wurde sie ohne Schwierigkeiten in eine zweite Zelle verfrachtet.

»Aber sie ist keine Imitantin«, sagte Anna, als die Tür zu war. »Sie ist eine Ziege, aber keine Imitantin.«

»Ob die Kinder wohl ›Black Beauty‹ nicht mehr lesen?« meinte Stevens und runzelte die Stirn. »Ist es eine unbrauchbare Frage?«

»Nein«, sagten Evans, Anna und Jonina fast gleichzeitig.

»Der nächste bitte«, sagte Stevens.

Der Jüngling, der hereinkam, war so etwa zwischen Hammett und Sonja in seinem Verhalten. Er war nervös, aber die Aufregung faszinierte ihn auch. Diese regelmäßige Untersuchung war im Augenblick die aufregendste Sache im Leben der 316 Kolonisten auf Procarpa. Sie war, im wahrsten Sinne des Wortes, eine Sache um Leben und Tod. Sie fürchteten sie und waren unglaublich erleichtert, wenn sie sie wieder einmal hinter sich hatten. Aber auf eine makabere Weise empfanden einige der Procarper es auch als tollen Nervenkitzel, den Test zu bestehen, zu beweisen, daß sie Menschen waren.

Stevens fragte sofort: »Wer ist die schwarze Schönheit ›Black Beauty‹?«

»Ein Pferd«, sagte der Jüngling. »Ein Pferd, das in London einen Wagen gezogen hat und –«

»Ist gut«, sagte Stevens. »Sie können gehen.«

Nachdem er fort war, sahen die anderen drei Stevens voller Zweifel an. Sich auf nur eine einzige Frage zu verlassen war ein ziemlich großes Risiko.

Stevens beantwortete ihre unausgesprochene Frage: »Er ist Techniker. Er hat Fähigkeiten, die man nicht einfach in ein paar Wochen lernen kann. Wenn er ein Imitant wäre, würde man das schon nach ein paar Stunden wissen.«

Evans sah immer noch zweifelnd drein. »Wir können es uns nicht leisten, die Ecken abzukürzen, Steve.«

»Wir können es uns nicht leisten, es nicht zu tun. Wir müssen noch dreihundertzehn Leute testen. Wir haben seit einer Woche keinen Imitanten mehr erwischt – und wenn wir uns an der letzten Statistik irgendwie orientieren können, müssen in dieser Zeit etwa ein halbes Dutzend neue Imitanten entstanden sein, ohne die mitzuzählen, die wir vorher vielleicht übersehen haben. Ich glaube, wir müssen die Leute übergehen, von denen wir wissen, daß sie keine Imitanten sind, also uns sechs und den Direktor und die Techniker und Ingenieure. Wir sollten uns auf diejenigen konzentrieren, die keine spezielle Ausbildung haben... Gut, also der nächste, Wache.«

»Diese Gruppe ist jetzt fertig«, sagte die Wache.

»Also versuchen wir es noch einmal mit Hammett.«

Es hatte, als Hammett anfangs hereingekommen war, so ausgesehen, als könne man sich nicht noch mehr fürchten. Aber das war wohl nicht richtig. Aus seiner Furcht war Angst geworden, dann Grauen und jetzt völlige Verzweiflung.

»Es ist gut«, sagte Stevens. »Sie können gehen.«

Hammett eilte hinaus, damit er es sich nicht noch anders überlegte.

»Warum, zum Teufel, hast du ihn denn jetzt gehen lassen?« fragte Jonina. Sie war gekränkt – sie hatte schließlich gesagt, er könnte eventuell ein Imitant sein.

»Sie kennen die Angst eines Menschen nicht«, sagte Stevens. »Wenn er ein Imitant wäre, könnte er sich nicht so verhalten, denn er wüßte nicht wie. Die Imitanten haben hier ja schon eine ganze Menge von Dingen erfahren, aber noch keine –«

»Du hast unrecht, Steve«, sagte Evans ruhig. »Was ist mit den

Menschen, die von den Imitanten besessen werden? Kann man sich eine schlimmere Angst vorstellen?«

Jonina schauderte, aber Stevens blieb unbeeindruckt. »Es geht schnell. Normalerweise sehen sie den weißen Wurm nicht einmal. Und wenn, dann gelingt es ihnen entweder, ihn umzubringen, oder sie laufen weg. Und wenn sie weglaufen, werden sie entweder schon nach einer Sekunde erwischt, oder sie entkommen. Was die Imitanten sehen, ist nicht die Angst der Ungewißheit, sondern die Angst der Flucht. Hammett sah nicht so aus, wie ein Mann aussehen würde, der von einem Wurm erwischt wird.«

Evans nickte langsam.

Sonja wurde herausgebracht. Sie war immer noch verärgert, aber trotzdem selbstbewußt. »Sie hätten mir ja eine Chance geben können«, protestierte sie. »Black Beauty – das ist natürlich ein Pferd. Ein Pferd in Kinderbüchern.«

Stevens machte eine Geste. Anna schrie auf, die am nächsten stehende Wache hob ihre Waffe und schoß. Sonja sank in sich zusammen wie ein leerer Sack und war schon tot, bevor sie angefangen hatte zu fallen.

»Na gut«, sagte Evans leise. »Ich hoffe, du weißt, was du tust, Steve.«

»Sie war keine Imitantin, Arthur«, flüsterte Anna. Sie war die einzige Person in der Kolonie, die Stevens Arthur nannte. Alle anderen nannten ihn Steve oder Stevens.

»Warten wir es einfach ab, hm?« sagte Stevens und war diesmal ziemlich kurz angebunden zu ihr.

Sie starrten alle auf die Leiche. Die Waffe, die die Wache gebraucht hatte, tötete sofort, aber ohne sichtbare Verletzungen. Wenn sie nicht so zusammengesunken dagelegen hätte, hätte man annehmen können, die junge Frau auf dem Boden schliefe nur.

Zehn Minuten lang bewegten sie sich kaum. Sie alle, auch die Wachen, erinnerten sich daran, daß drei von den Leuten, die sie als Imitanten getötet hatten, dann eben doch keine Imitanten gewesen waren.

Schließlich und zu ihrer aller unglaublicher Erleichterung begann unter ihrer Haut der sanfte Grünschimmer zu erscheinen, der bewies, daß sie eine Imitantin gewesen war.

»Bringt das ins Labor«, sagte Stevens und deutete auf die Leiche. Die Wachen trugen sie hinaus.

»Na gut, du hast sie erkannt – aber wie?« fragte ihn Evans.

»Als sie in die Zelle ging, wußte sie einfach nicht, wer Black Beauty ist. Manche Dinge kann man vorübergehend vergessen, wie zum Beispiel einen Namen oder eine Adresse – aber wenn man weiß, daß Black Beauty ein Pferd ist, vergißt man das nicht. Und wenn, dann erinnert man sich nicht plötzlich wieder daran.«

»Was ist also geschehen?«

Stevens Gesicht wurde hart. »Ein Imitant unter uns ist in der Bibliothek gewesen. Oder hat es von jemandem in der Kolonie erfahren. Ich werde deswegen jetzt den Direktor besuchen.«

III

Der Direktor brütete gerade über einem Schachproblem, als Stevens zu ihm hereinkam. Wie alle anderen war er völlig nackt, selbst in seinem Privatzimmer.

»Nun, Steve?« fragte der Direktor.

»Wir haben einen«, sagte Stevens.

»Gut. Wurde auch Zeit«, sagte der Direktor erfreut. »Wen haben wir verloren?«

»Ein Mädchen namens Sonja. Ich erinnere mich nicht an ihren Nachnamen.«

»Ich kenne sie. Klein und dunkel. Armes Kind. Haben Sie die Leiche ins Labor geschickt?«

»Natürlich.«

»Gut. Irgendwann in den nächsten Tagen werden sie ja wohl etwas finden. Übrigens wollen sie einen lebenden Imitanten.«

Stevens schürzte die Lippen. »Wenn wir Imitanten ausmachen, wagen wir nicht, irgend etwas anderes mit ihnen zu tun, als sie zu erschießen. Auf diese Art töten wir auch alle Würmer, die sie noch bei sich haben. Übrigens ist auch ihre Kraft –«

»Ich weiß, ich weiß. Aber Sie könnten doch auch Verdächtige am Stuhl festbinden, bevor sie mit den Tests anfangen, oder?«

»Das würde ja die Würmer nicht daran hindern, herauszukommen, wenn sie eine Möglichkeit sehen. Und, Herr Direktor, es gibt da noch etwas, was ich gern sofort durchgesetzt hätte.« Er erklärte den Black-Beauty-Test und fügte hinzu: »Ich war in der Bibliothek. Es gibt dort keine Ausgabe des Buches, und ich konnte auch in keinem der Lexika etwas darüber finden, außer unter Sewell – und das würde niemandem etwas nützen, der nicht von Anfang an wüßte, wo er suchen muß.«

»Wirklich?«

»Also hat irgendein Imitant unter uns jemanden gefragt.«

»Und Sie wollen den Imitanten finden. Gut.« Er drehte sich zum Intercom um und gab Anweisungen. Es sollte sofort eine gründliche Untersuchung durchgeführt werden. Wer hatte wen zum Thema Black Beauty befragt? Die Anordnungen machten auch ganz deutlich – falls irgend jemand annahm, er würde in Schwierigkeiten kommen –, daß sich niemand dafür interessierte, wer die Frage *beantwortet*, sondern nur dafür, wer *gefragt* hatte.

Als er die Anweisungen durchgegeben hatte, wandte sich der Direktor Stevens zu. »Schon irgendeine Vorstellung davon, wie sie sich verständigen?« fragte er. »Die Laborleute schwören, daß es nicht Telepathie sein kann.«

Stevens schüttelte den Kopf. »Das einzige, was wir bisher erraten können, ist, daß es ein besonderer Sinn sein muß, den wir nicht kennen... stellen Sie sich vor, eine Rasse hätte noch nie etwas vom Gehörsinn erfahren, dann würden sich ihre Angehörigen fragen, wie wir uns wohl miteinander verständigen können. Sie würden zwar bemerken, daß wir unsere Lippen bewegen, und würden sich Gedanken darüber machen, ob wir vielleicht eine Art Zeichensprache benutzen. Aber dann würden sie feststellen, daß wir jemandem nicht auf die Lippen sehen müssen, um ihn zu verstehen –«

»Welcher Sinn könnte denn schon in einem schalldichten, lichtdichten und strahlungsdichten Raum funktionieren? Die Laborleute sind ganz sicher, daß keine Spur von telepathischen Wellen die Abschirmung durchdringen kann.«

Stevens zuckte mit den Schultern. »Wir wissen, daß es geschieht. Alles, was irgendeiner der Imitanten weiß, lernt, tun kann, weiß, hat gelernt und kann auch sofort jeder andere Imitant tun. Deshalb wird es auch immer schwieriger, sie auszumachen...

Also, Herr Direktor, können wir die Operation Geburtstagskleidung nicht einstellen? Es hilft uns nicht mehr, und in manchen Beziehungen ist es auch hinderlich –«

»Wie?«

»Na ja, die jungen Leute gewöhnen sich zwar schnell daran, aber die älteren nicht. Sie neigen dazu, sich zurückzuziehen. Sie bleiben soviel wie möglich allein. Und damit arbeiten wir für die Imitanten. Außerdem bedeutet Nacktheit, daß jeder Quadratzentimeter von uns zu jeder Zeit sehr verletzlich ist. Ein Wurm muß dann nur nah genug herankommen, um uns zu erwischen. Vielleicht auch durch den Boden direkt in nackte Füße hinein –«

»Kleidung hat noch nie irgendeine Art von Schutz geboten. Sie brauchen keine nackte Haut. Sie können alles durchbeißen.«

»Also gut, vergessen wir diesen Punkt meinetwegen.«

Der Direktor dachte einen Augenblick lang nach und schüttelte dann den Kopf. »Nein«, sagte er, »wir können nicht darauf verzichten. Wir wissen, daß die Imitanten zusätzliche Würmer unter ihrer Kleidung, auf der Haut, in den Taschen transportiert haben. Jetzt müssen die Würmer aus dem Körper herauskommen, und das braucht Zeit. Vielleicht nicht viel, aber es braucht doch Zeit. Außerdem kommt noch hinzu, und das wissen Sie ja, daß Imitanten, die gerade besetzt worden sind, sich nicht richtig bewegen, die Muskeln zucken, sie werden rot – Sie dürfen nicht vergessen, daß wir auf diese Art sieben Stück ausgemacht haben.«

»Aber nur einen in den letzten drei Wochen«, warf Stevens ein. »Ich glaube, daß sie dieses Problem auch überwunden haben –«

»Wie?«

»Nun, offensichtlich muß es, wenn ein Wurm jemanden besetzt, eine kurze Auseinandersetzung geben – das dauert Minuten, wenn nicht sogar Stunden, obwohl das Gehirn scheinbar sofort übernommen wird und der Körper sich nicht mehr wehrt. Das Blut zeigt den längsten Widerstand – wir gehen davon aus, daß noch sieben Stunden nach dem Besetzen der BSG eindeutig erhöht ist. Aber die Imitanten haben schon längst einen Weg gefunden, diese Schwierigkeit zu verbergen. Sie bremsen das Erröten, zwingen die Muskeln, entspannt zu bleiben, und jeder innere Konflikt, den es gibt, läuft ohne äußere Merkmale ab.«

Der Direktor nickte langsam. »Das mag schon sein. Aber wir bleiben bei der bloßen Haut. Sie werden mich nicht überreden. In einem Overall könnte ein Imitant genügend Würmer mit sich herumtragen, um einen ganzen Schlafsaal zu übernehmen, bevor die Wachen auch nur einen Finger gerührt haben. Nackt können Imitanten, wie Sie selbst geschätzt haben, nicht mehr als zwei oder drei zusätzliche Würmer bei sich haben.«

Stevens nickte unwillig. »Dann ist da noch etwas anderes – glauben Sie nicht, die Bibliothek sollte geschlossen werden? Es ist natürlich wahr – es bedeutet, den Stall zu schließen, nachdem das Pferd schon ausgebrochen ist –, aber nehmen wir zum Beispiel den gegenwärtigen Fall... Wenn wir eine Frage stellen, mit der wir Imitanten fangen können, brauchen die anderen doch nur in die Bibliothek zu gehen und sich die Antwort herauszusuchen.«

»Es gibt drei Frauen, die genau aufzeichnen, von wem und wann die Bibliothek benutzt wird, Steve.«

»Sicher, aber auf diese Art haben wir noch nie einen Imitanten gefangen. Gleichzeitig bedeutet die Zugänglichkeit der Bibliothek –«

»Nein, Steve«, sagt der Direktor entschieden. »Die Bibliothek muß für ungefähr die Hälfte unseres Personals sowieso geöffnet bleiben – Sie, Ihre Angestellten, die Wissenschaftler, die Berichterstatter. Ich kann mir nicht vorstellen, daß es ein so großer Vorteil wäre, sie für die anderen zu schließen, was auch verwaltungstechnisch sehr schwierig werden würde.«

Stevens nickte noch unwilliger. »Ich muß wieder zurück«, sagte er. »Inzwischen ist eine neue Untersuchungsgruppe angetreten.«

»Es geht immer so weiter, nicht wahr? Steve, wann immer Sie einen Vorschlag zu machen haben, werde ich ihn mir gern anhören.«

Was, zum Teufel, nützte es denn schon, wenn er ihn sich anhörte und dann nein sagte? dachte Stevens, sagte aber nichts. Ein anderer Gedanke entstand in seinem Kopf, und das nicht zum ersten Mal: Der Direktor hatte immer die besten Gründe dafür, schließlich doch das Falsche zu tun, aber wenn ein anderer Mann an der Spitze der procarpischen Kolonie stünde, wäre das Problem der Imitanten vielleicht schon längst gelöst gewesen.

Stevens unternahm noch einen Versuch: »Also, warum können wir nicht irgendwie einen großen Raum bauen, in dem wir dann alle leben? Auf diese Art könnten die Imitanten nie jemanden bekommen –«

Der Direktor schüttelte wieder den Kopf. »Unsere Materialien sind unglaublich knapp. Wir haben nichts außer dem, was wir mitgebracht haben. Steve, was nie jemand verstehen wird, wenn wir zurückkommen, falls wir zurückkommen, ist, daß es in dieser Kolonie einfach überhaupt keine Möglichkeit gibt, die Imitantenwürmer daran zu hindern, an Leute zu kommen. Alle zusammenzupferchen würde ihnen nur die Möglichkeit geben, in kurzer Zeit und stillschweigend ganze Gruppen von Menschen zu besetzen und nicht nur hier und da einmal einen. Wir können unmöglich die Leute immer in Zweier-, Dreier- oder Vierergruppen durch die Gegend gehen lassen, denn wenn die Hälfte von ihnen Imitanten sind, verurteilen wir damit die andere Hälfte zum Tode. Die einzige Waffe, die wirklich funktioniert, sind die Gewehre, und die beste Art, wie wir sie gebrauchen können, ist, wenn wir sie Wachen geben, die die ganze Gegend nach Würmern absuchen und bemerken, wenn zwei Menschen sich zu nah kommen...«

Er unterbrach sich und fügte dann etwas verwirrt hinzu: »Ihre Arbeit ist doch sicher wichtiger als alles, was ich hier tun kann? Wenn Sie einen einfachen, schnellen, unfehlbaren Test fänden, der bewiese, ob ein Mann oder eine Frau besessen sind oder nicht –«

»Ja, dann...« gab Stevens zurück. »Wenn Sie es bloß nicht so eilig gehabt hätten, den Imitanten alles beizubringen, was wir wissen, dann wäre es einfach gewesen. Aber in der gegenwärtigen Situation ist das sozusagen unmöglich.«

Er ging, ohne dem Direktor eine Möglichkeit zur Antwort zu geben.

IV

Als er allein war, schob der Direktor das Schachbrett zur Seite und dachte einen Augenblick nach. Hatte er Fehler gemacht? Machte er immer noch Fehler?

Nun ja, offensichtlich waren am Anfang Fehler gemacht worden. Aber wie hätten sie verhindert werden können ohne hellseherische Fähigkeiten?

Der Direktor dachte gern auf dem Papier nach. Er zog einen Block zu sich herüber und schrieb: »Ich habe immer noch das Gefühl, daß es – auch wenn dies vielleicht die verzweifeltste und hoffnungsloseste Lage ist, in die eine Gruppe von Menschen je gekommen ist – eine einfache Lösung geben muß, die uns bisher nur entgangen ist.«

Er las durch, was er geschrieben hatte, zerriß das Papier und fing wieder von vorn an:

»Als wir ankamen, haben wir mit den üblichen Maßnahmen eine Siedlung aufgebaut. Das Raumschiff blieb in der Umlaufbahn, versiegelt und unbemannt, und wir kamen alle in den Begleitschiffen herunter. Die Luft hier, obwohl sie vorübergehend atembar ist, tötet einen Menschen im Laufe von vierundzwanzig Stunden, also installierten wir als erstes die Giftige-Atmosphären-Standard-Glocke, dann zerlegten wir fünf der Begleitschiffe, versiegelten das sechste und errichteten eine Standardkolonie innerhalb der GAS-Glocke.

Der Boden unter der Glocke bestand aus weicher Erde. Wir haben bisher noch keine Felsen oder Steine auf Procarpa gefunden. Vielleicht ist das die eigentliche Ursache der Schwierigkeiten.

Wir hatten wie immer angenommen, daß wir das hiesige Material als Baumaterial verwenden können. Wir haben alles mitgebracht, was wir zum Leben brauchen, einschließlich Nahrung und vorgefertigter Wohnungen. Es wäre jedoch beim normalen Ablauf der Dinge eine Siedlung wie diese langsam durch den Gebrauch von örtlichem Rohmaterial wie Holz, Stein oder Metall verändert worden. Wir hätten ständige Wohnungen errichtet, den Boden innerhalb der Glocke gepflastert und so weiter.

Aber in den Anfangstagen erledigten wir unsere ganze Arbeit im Innern der Glocke, und nur hier und da einmal ging eine Erkundungstruppe zu Forschungszwecken hinaus. Sie fanden in der ganzen Umgebung keine Felsen, keine lebenden Wesen außer Pflanzen, und die Bäume von Procarpa sind zu klein, dünn und saftreich, um sie als Baumaterial verwenden zu können.

Dann kamen die Imitanten – und jetzt wagen wir es nicht mehr, Menschen aus der Glocke nach draußen zu schicken. Die letzten, die wir hinausschickten, kamen nicht mehr wieder.«

Hatte Stevens womöglich recht? War alles seine Schuld? Sicher nicht, entschied der Direktor fest. Wenn Menschen einer völlig unbekannten Lebensform begegneten, konnte sich immer am Schluß herausstellen, daß es vielleicht das Beste gewesen wäre, von Anfang an darauf zu schießen. Aber das bedeutete nicht, daß sie immer von Anfang an darauf schießen mußten. Offensichtlich nicht. Er schrieb: »Nach Wochen der Vorarbeit waren wir sehr erstaunt, als eines Tages ein Mann erschien – außerhalb der Glocke. Wenn er eine Maske getragen hätte oder humanoid gewesen wäre, wenn er sich sonst irgendwie deutlich von uns unterschieden hätte, wäre sein Erscheinen nicht eine solche Sensation gewesen.

Das Erstaunliche war, daß er, soweit wir das erkennen konnten, genau wie wir aussah und auch *Kleider trug, die genau wie unsere waren.*

Wir ließen ihn natürlich herein, denn das war ganz offensichtlich das, was er wollte. Da er eine Luft atmen konnte, die für uns giftig war, erwarteten wir, daß unsere Luft für ihn giftig sein würde und wir ihn sofort wieder hinausbringen müßten.

Aber er schien den Unterschied nicht zu bemerken.

Bei genauerer Betrachtung stellte sich dann heraus, daß er überhaupt kein Mensch war. Er war eigentlich nur eine mäßige Kopie. Und wir errieten sofort, daß die höchste Lebensform auf Procarpa eine phantastische Mimikri beherrschte. Er und seine Art, die uns unbekannt war, hatten uns durch die Glocke beobachtet, und wenigstens einer hatte sich unserer Gestalt angepaßt.

Er konnte nicht sprechen. Offensichtlich hatte er kein Herz und atmete nicht. Was wie Kleidung ausgesehen hatte, stellte sich als Teil des eigentlichen Wesens heraus.

Einfache Tests bewiesen, daß er eine Intelligenz besaß, die der unseren vergleichbar war. Er widersetzte sich einer Untersuchung nicht.

Er war ein nicht mit Wirbeln ausgestattetes protoplastisches Geheimnis... Es stellte sich heraus, daß sein Körper aus weißem Fleisch zu bestehen schien, das an manche Fischarten erinnerte, jedoch die Fähigkeit besaß, nach seinem Willen weich oder hart zu sein. Wir konnten ihn natürlich nicht zerlegen oder vivisezieren, ohne seiner Rasse den Krieg zu erklären – und wir nahmen zu Recht an, daß er nicht der einzige seiner Art war.

Zu behaupten, daß wir uns für ihn interessierten, wäre eine Untertreibung. Wir hatten die anpassungsfähigste Lebensform entdeckt, die bis heute bekannt ist, vielleicht die anpassungsfähigste in der ganzen Galaxie.

Wir fanden ihn sogar noch interessanter, als wir bemerkten, daß er, nachdem er ein paar Stunden mit uns zusammengewesen war, jetzt eine exakte Kopie eines Menschen war – nur seine Kleidung war immer noch ein Teil von ihm. Die Veränderung war ganz langsam vonstatten gegangen. Aber jetzt hatte er Haare statt der dunklen Körperzone mit der Farbe von Haaren. Seine Augen, seine Hände, sein Mund, seine Fingernägel, seine Nasenlöcher waren jetzt wie unsere – und er atmete.

Wir boten ihm etwas zu essen an, und er aß.

Dann zog sich als Experiment einer der Labortechniker aus und zeigte ihm, wie ein menschlicher Körper wirklich aussah. Er begann sich sofort zu verändern. Innerhalb einer Stunde wurde aus ihm ein perfekter, nackter menschlicher Mann. Was wie Kleidung ausgesehen hatte, war in ihn einbezogen worden...«

Nun ja, was hätten sie damals schon anders machen können? Es war nicht, dachte der Direktor, wirklich nicht verkehrt, was wir getan haben. Wir sollten schließlich eine Forschungsstation sein, eine Kolonie, die errichtet wurde, um über die von uns gewählte Welt Neues in Erfahrung zu bringen. Er schrieb weiter:

»Wir gaben dem Procarper Kleidung und zeigten ihm, wie man sie anzieht. Er lernte Dinge mit ungewöhnlicher Geschwindigkeit... vielleicht war das der erste Hinweis, den wir als Warnung hätten verstehen sollen.

Wir hatten natürlich mit ihm gesprochen, und zu diesem Zeitpunkt fing er an, zu antworten. Er hatte keine Schwierigkeiten, die menschliche Sprache zu imitieren. Genaugenommen machte er es so gut, daß er auf jede Bemerkung in einer genauen Kopie der Stimme antwortete, die ihn angesprochen hatte.

Als schließlich ein Mädchen aus der Küche kam, um das Geschirr abzuräumen, stellte er seine erste direkte Frage. Er hatte keine Schwierigkeiten, sich zu verständigen. Er hatte bemerkt, daß es zwei Arten von Menschen gab. Er wollte, daß die Bedienung ihre Kleider auszog, damit er sie untersuchen konnte.«

Es war doch komisch, dachte der Direktor, wenn man die Situation im vergangenen Monat bedachte, welche Schwierigkeiten das damals machte. Das Mädchen war empört gewesen. Die Wissenschaftler, die es interessierte, ob sich der Procarper jetzt in eine Frau verwandelte, wenn er die notwendige Information bekam, stimmten alle für das Experiment. Aber das Mädchen weigerte sich standhaft und stürmte aus dem Zimmer.

Die einzigen Frauen, die zu diesem Zeitpunkt anwesend waren, waren eine Ärztin und eine Physikerin, die beide nicht jung und entsprechend zurückhaltend waren. Man rief nach einer Freiwilligen, und bald meldeten sich ein paar. Aber sie alle waren nicht bereit, sich weiter als bis auf einen Bikini auszuziehen. Die Wissenschaftler erklärten ihnen geduldig, daß das unter den gegebenen Umständen nicht interessant war. Aber die Freiwilligen sagten, sie seien nur zu Bikini oder zu gar nichts bereit, meinten das aber nicht wörtlich. Schließlich traten sie zurück.

Endlich fand sich eine junge Krankenschwester, Terry Walter, die sich bereit erklärte. Und das war der größte Fehler ihres kurzen Lebens. Der Direktor schrieb:

»Wir waren ziemlich enttäuscht über das Ergebnis oder besser mangelnde Ergebnis. Der Procarper sah sich das junge Mädchen nur von allen Seiten an, berührte sie leicht ein oder zweimal und schien dann das Interesse verloren zu haben. Und er blieb, wie er war.

Die Wirkung zeigte sich zwei Stunden später – und sie war fast genauso erstaunlich wie das erste Erscheinen des Procarpers.

Außerhalb der Glocke erschien eine nackte Terry Walter. Man ließ sie herein und gab ihr Kleidung. Man rief die wirkliche Terry Walter – und die beiden waren sich ähnlicher als eineiige Zwillinge. Sie sprachen mit derselben Stimme ... aber damit war die Ähnlichkeit auch schon zu Ende, denn die wirkliche Terry wußte alles, was sie immer gewußt hatte, und die Terry-Imitation wußte nur, was auch der männliche Procarper im Labor wußte.

Das war ja schon wirklich erstaunlich. Der erste Procarper hatte die Glocke nicht verlassen, und doch erschien zwei Stunden, nachdem er die echte Terry Walter gesehen hatte, ihre genaue Kopie von außerhalb.

Natürlich verstanden wir die Bedeutung dieser Erscheinung. Die Procarper waren nicht nur anpassungsfähig, sie waren auch Telepathen. Mehr als das, die Terry-Imitation wußte alles und hatte scheinbar alles gehört und gesehen, was auch der männliche Procarper wußte. Und ein einfacher Test zeigte bald, daß, was immer man der Terry-Imitation sagte, er auch sofort wußte.«

Der Direktor hielt einen Augenblick inne und schrieb dann:

»Um ihm die angemessene Anerkennung zu erweisen, muß gesagt werden, daß Dr. Arthur Stevens sofort zur Vorsicht riet. Er kam zu mir und wies darauf hin, daß wir es nicht nur mit zwei eventuell gefährlichen Fremden mit unbekannten, aber offensichtlich doch riesigen Möglichkeiten zu tun hatten, sondern auch mit ihrer ganzen Rasse. Jeder Procarper – und es konnte möglicherweise ein Dutzend von ihnen geben, aber auch Millionen – hatte offensichtlich Zugang zu allem, was einer von ihnen erfuhr. Vielleicht waren sie überhaupt keine Rasse, die aus einzelnen Individuen bestand, sondern eine einzige Einheit mit individuellen Gliedern. Und wir hielten praktisch nichts vor ihnen geheim.

Ich sagte Stevens, wir müßten möglichst alles über die Procarper herausfinden. Wir mußten sie weiter in unserer Sprache unterrichten, so daß sie uns etwas von sich erzählen konnten.

Das taten sie jedoch nie...«

Der Direktor betrachtete diese letzten fünf Worte lange.

V

»Der nächste bitte«, rief Stevens.

Und so ging es weiter. Ein ausführlicher Test, und das heißt nicht notwendigerweise ein aufschlußreicher Test, konnte bis zu einer Stunde dauern. Im Durchschnitt, sagen wir, vierzig Minuten. Das Team konnte kaum mehr als vierzehn Stunden am Tag arbeiten. Das bedeutete, sie konnten am Tag einundzwanzig Personen testen. Und es gab dreihundertundneun Kolonisten.

Es waren viel mehr gewesen. Ursprünglich waren es 371 Kolonisten gewesen. Zweiundsechzig waren von Imitanten besetzt worden, die sie entdeckt und zerstört hatten. Das heißt, sie hatten zweiundsechzig Personen getötet, von denen neunundfünfzig Imitanten gewesen waren...

Diesmal hatte Jonina sich etwas ausgedacht. Sie gab dem Elektriker, der zur Tür hereinkam, einen einfachen Holzbleistift, neu, sechseckig und nicht gespitzt.

Der Elektriker, ein Mann namens Saunders, sagte: »Woher haben Sie den denn? So was habe ich seit Jahren nicht mehr gesehen. Ich hätte wirklich nicht geglaubt, daß wir Bleistifte dabeihaben.«

»Ich habe eine Schachtel mit zwölf Stück gefunden«, sagte Jonina, »und das ist der einzige, den ich herausgenommen habe. Wir können ziemlich sicher sein, daß es unter der Glocke sonst keinen mehr gibt.«

Saunders war verwirrt. »Was ist damit? Was soll ich damit machen?«

»Schreiben Sie Ihren Namen.«

»Was?« Er sah sich suchend um.

»Wonach suchen Sie?«

»Na ja, ich denke, es wird wohl in der Kolonie keinen Anspitzer geben. Ich werde ein Messer, eine Rasierklinge oder so etwas brauchen.«

»In Ordnung«, sagte Stevens. »Sie können gehen.«

Zwischen den dreien, die zurückblieben, nachdem er gegangen war – die Wachen hatten Anweisung, sich so weit wie möglich wie Roboter zu verhalten, das heißt nichts zu tun oder zu sagen, wenn sie nicht ausdrücklich dazu aufgefordert wurden – entstand die inzwischen schon bekannte Aufregung.

»Glaubt ihr, daß wir eine sichere Sache haben?« fragte Jonina.

»Das werden wir genauer wissen, wenn Anna wieder da ist.« Während Stevens noch sprach, kam Anna herein.

»Ich habe kein Bild und keine Erklärung in der Bibliothek gefunden«, sagte sie. »In den Lexika werden Bleistifte überhaupt nicht erwähnt. Im Wörterbuch heißt es nur ›altmodische Form von Stift‹.«

»Also könnte es vielleicht funktionieren«, sagte Stevens nachdenklich. Er nahm den Bleistift in die Hand. »Mit so einem Ding könnten wir die Imitanten vielleicht überführen. Wir könnten alle in ein bis zwei Stunden hier zusammenkommen lassen... Jonina, lauf hinter Saunders her und sage ihm, daß er unter keinen Umständen ein Wort über den Test zu irgend jemandem verlieren soll.« Jonina ging hastig fort.

»Wir könnten den Test noch verbessern«, fuhr Stevens fort.

»Nicht erwähnen, wofür der Bleistift ist?« meinte Evans. »Ihnen nicht einmal einen Hinweis geben, indem wir die Leute bitten, ihren Namen zu schreiben?«

»Nein, ich glaube, das müssen wir schon machen – eine Menge von unseren eigenen Leuten werden diesen kleinen Hinweis brauchen, um sich zu erinnern, was ein Bleistift ist. Aber damit werden sie es schon wissen. Es kann niemand hier sein, der nicht als Kind einen Bleistift benutzt hat. Nein, ich hatte an zwei andere Dinge gedacht. Hat jemand ein Messer?«

Evans gab ihm ein Skalpell. »Du willst ihn doch wohl nicht anspitzen, oder? Damit würde die ganze Sache ihren Sinn verlieren...«

Er verstummte, als er sah, was Stevens machte. Auf dem roten Stift standen in Gold die Worte: BLAUER STERN BLEISTIFTE CO. MADE IN JAPAN. HB. Stevens schnitt vorsichtig das Wort »Bleistifte« heraus.

»Wir brauchen ihnen ja nicht direkt zu sagen, wonach wir suchen«, sagte er. »Anna, hast du vielleicht roten Nagellack?«

Anna verdrehte die Augen. »Männer«, sagte sie knapp. »Ich frage mich, warum wir uns mit denen abgeben... Wir sollen demnächst heiraten, und ihm ist noch nie aufgefallen, daß ich keinen Nagellack benutze. Jonina benutzt ihn. Finger und Zehen. Und er hat auch ungefähr diese Farbe.«

Evans war verwirrt. »Es wird doch wohl nicht nötig sein, das bloße Stück zu überdecken, oder?« fragte er. »Für einen Imitanten würde das die Sache sogar noch schwieriger machen.«

»Das hatte ich auch nicht vor.«

Anna hatte in Joninas Handtasche nachgesehen. »Hier, bitte schön.«

Stevens hielt den Bleistift mit einem Ende nach oben. »Man

kann das Blei sehen. Ein intelligenter Mensch, der noch nie einen Bleistift gesehen oder davon gehört hat, könnte die Mine sehen und erraten, wofür sie ist. Und dann wäre es nicht mehr sehr schwer, herauszufinden, daß man das Holz abschneiden muß, um eine Spitze zum Schreiben zu erzeugen. Wir wollen es etwas schwieriger machen, ja?«

Vorsichtig lackierte er die beiden Enden des Bleistifts. Als der Lack trocknete, war von dem Graphit nichts mehr zu sehen.

»Ich glaube wirklich, wir haben etwas Gutes entdeckt«, meinte Evans ruhig. »Wie wäre es, wenn wir nur einen Zweiminuten-Schnelltest machen, alle in eine Reihe, Wachen aufstellen, keine Unterhaltung?«

»Na dann mach mal«, sagte Stevens. »Und stürz dich auf das Intercom.«

»Sollen wir's dem Direktor sagen?«

»Nein, je weniger Leute davon wissen, um so besser.« Er runzelte die Stirn. »Jonina braucht ziemlich lange...«

Jonina erreichte Saunders in dem langen Korridor, der die Wohnquartiere mit dem Laborblock verband. Da an jedem Ende Wachen postiert waren, bestand hier nur wenig oder keine Gefahr.

Die weißen Würmer, die Menschen in Imitanten verwandeln konnten, waren ungefähr zwanzig Zentimeter lang und etwas weniger als fünf Zentimeter dick. Glücklicherweise waren sie nicht außergewöhnlich beweglich. Wenn es ihnen allerdings gelang, zuzuschlagen, konnten sie die Haut des Opfers fast ohne Zeitverlust durchdringen und den Menschen innerhalb von zwei oder drei Sekunden vollständig übernehmen – aber jeder, der sie rechtzeitig sah, konnte ihnen entkommen. Es war sinnlos, sie zertreten oder packen zu wollen – solche Begegnungen gewann immer der Wurm. Wer keine Waffe hatte, mußte wegrennen.

Es war auch ein Glück, daß die Imitanten in ihrer Wurmform nicht besonders anpassungsfähig waren. Sie konnten zwar ihre Farbe verändern, aber ihre Form nicht wesentlich. Man nahm an, daß der Wurm das nicht reduzierbare körperliche Minimum eines Imitanten darstellte, und den Sinn hatte, andere zu besetzen, nicht, sich anzupassen.

Die Würmer konnten die meisten Materialien durchdringen, als ob sie nicht vorhanden wären, aber Metall konnten sie nicht überwinden, und Holz in gutem Zustand war eine fast genauso wirksame Abgrenzung gegen sie, besonders, wenn es gestrichen war.

Also waren die Labors und Küchen und Wohnquartiere, in denen ständig Männer und Frauen mit Betäubungsgewehren Patrouille gingen, ziemlich sicher. Würmer, die es schafften, hineinzukommen, wurden mit ziemlicher Sicherheit entdeckt und zerstört. Und obwohl sie Risiken eingingen und niemals unter irgendwelchen Umständen Menschen verließen, die sie einmal besetzt hatten, falls das überhaupt möglich war, machte ihnen die Zerstörung der einzelnen Würmer wohl doch etwas aus. Das Risiko, das sie eingingen, um Menschen zu besetzen, war in den seltensten Fällen mit Selbstmordabsichten verbunden.

Das Problem für die Menschen war, daß alle Imitanten in menschlicher Form in ihren Körpern unerkennbar noch zwei oder drei Würmer mit sich trugen, die Menschen besetzen konnten, und daß es innerhalb der Glocke unmöglich war, immer in den Wohnungen zu bleiben. Was sie mitgebracht und aufgestellt hatten, war schließlich doch nur das Skelett einer Siedlung, die ohne irgendeine Art von Baumaterial unmöglich verändert, angepaßt oder erweitert werden konnte. Außerdem waren drei Viertel der Kolonisten in der einen oder anderen Weise mit dem Kampf gegen die Imitanten beschäftigt, und der Rest hatte mit den wesentlichsten Dienstleistungen zu tun. Es war vielleicht, wenn sie sich ganz stark konzentrierten, möglich, die Besetzungen durch die Imitanten zum Stillstand zu bringen. Aber es war unmöglich, das und dazu noch alles andere zu tun.

Saunders drehte sich fragend um, als Jonina von hinten näher kam. »Dieser Test«, sagte Jonina atemlos, »Sie dürfen kein Wort darüber zu irgend jemandem verlieren. Falls jemand fragt – Sie wissen nichts.«

»Klar«, sagte der Elektriker. Dann wurde seine Aufmerksamkeit geweckt. Das war auch nicht weiter erstaunlich. Schon zu jeder anderen Zeit mit einer guten Figur ausgestattet, bot Jonina jetzt, wo sie tief atmete, ein besonders bemerkenswertes Schauspiel.

»Was ist es Ihnen wert, wenn ich es niemandem erzähle?« murmelte Saunders.

»Seien Sie nicht dumm.«

Er legte seine Arme um sie und versuchte, sie zu küssen. Einen Moment lang sträubte sich Jonina, die eigentlich nicht sehr gehemmt war, nicht. Saunders war jung und nicht unattraktiv, und was bedeutete schon ein Kuß zwischen zwei Leuten, die nicht einmal befreundet waren?

Dann kam plötzlich ein Augenblick des reinsten Grauens.

So mußte es oft passieren.

Ihre Nacktheit gab eine recht gute Entschuldigung für Spielereien ab. Man mußte dazu nicht jung sein. Man mußte auch nicht unterschiedlichen Geschlechts sein. Wann immer sich zwei Menschen an einem nichtöffentlichen Ort trafen, würde eine gewisse Art Unfug überhaupt nicht auffallen.

Und dann... zwei Körper aneinandergedrückt, Brust an Brust, Bauch an Bauch... Selbst die eine oder zwei Sekunden des Widerstandes würden nicht auffallen. Ein Mädchen, das in den starken Armen eines Mannes gefangen war, würde von Natur aus versuchen, zu entkommen – und dabei durchdrang etwas von dem einen Körper den anderen.

Sie reagierte gewalttätig. Sie gebrauchte ihr Knie, beide Hände, ihren Kopf, einen Ellenbogen. Sie ließ den verspielten Techniker in einem ziemlich wüsten Zustand zurück. Und indem sie das tat, wurde sie sich darüber klar, daß es eigentlich nicht wirklich nötig gewesen wäre.

Ihr Schrecken verflog. »Sie sollen schweigen«, sagte sie.

Es würde vermutlich noch eine Weile dauern, bevor er wieder sprechen konnte. »Tut mir leid«, sagte sie sanft, »aber wenn solche Sachen wie hier passieren, verdient jeder, der sich daneben benimmt, genau so etwas.«

Sie wartete noch, bis er wieder gehen konnte, und verließ ihn dann. Falls er wieder zu Atem gekommen war, sagte er nichts. Er würde in Zukunft wohl kaum wieder ihr Freund sein.

Sie machte sich auf den Rückweg in den Behandlungsraum.

Also es war so, daß Sie uns nie etwas über sich erzählen konnten.

»Das taten sie jedoch nie...«

Es war möglich, dachte der Direktor, daß es nichts zu erzählen gab. Die Imitanten waren 100%ige Parasiten, ihr Lebensziel war es, zu imitieren. Vielleicht hatten sie keine Geschichte, an die sie sich erinnerten. Vielleicht wurde mit jeder neuen Rasse, die sie zu imitieren lernten, die Vergangenheit ausgelöscht.

Na ja, er konnte seine Zusammenfassung ja noch auf den neuesten Stand bringen.

»Die zwei Scheinmenschen lebten wochenlang bei uns und lernten. Ihre Anpassungsfähigkeit war bemerkenswert. Ohne wesentlichen Zeitverlust hatten sie einen Wortschatz – besser als der Durchschnittsmensch, wurden sozusagen ununterscheidbar von echten Menschen und auch als solche betrachtet.

Wir hatten sie gern. Sie kannten bald alle in der Kolonie mit Namen, sprachen mit ihnen, erfuhren ihre Lebensgeschichte. Sie waren die besten Zuhörer, die wir je kannten.

Die imitierte Terry Walter war besonders beliebt – obwohl, wie wir später erfuhren, ihre vielen Beziehungen mit den Männern der Kolonie im sexuellen Sinne unschuldig waren...

Wir entdeckten den nächsten Schritt im Vorgehen der Imitanten nur zufällig. Wir hätten sonst vielleicht nie bemerkt, was geschah, oder erst, wenn es schon viel zu spät gewesen wäre.

Eine Freundin der echten Terry kam direkt zu mir. Sie war verwirrt. Sie und Terry kannten sich schon lange. Sie spielten öfter ein ganz privates Wortspiel miteinander, eines, das sie nie jemand anderem gesagt hatten.

Jetzt kannte Terry es plötzlich nicht mehr.

Wir dachten zuerst, daß sich die echte und die imitierte Terry einen Scherz mit uns erlaubt hatten, so wie es auch echte Zwillinge tun. Wir brachten sie zusammen.

Wir fanden heraus, daß eine von ihnen, eine so gute Kopie sie auch sein mochte, immer noch als Procarperin zu erkennen war. Blut und andere Proben, die wir ihnen entnahmen, verhielten sich zunächst genau wie menschliche Proben. Aber nach wenigen Minuten oder Stunden veränderten sie sich und versuchten, sich in etwas anderes zu verwandeln...

Wir bemerkten, wie ernst die Situation war. Beide Procarper wurden eingesperrt. Das Wesen, das die echte Terry gewesen war, wurde ausführlich befragt. Es bestand kein Zweifel, daß die Procarper ihren Körper irgendwie übernommen hatten.

Und wie viele noch außer ihr?

Damals fingen wir mit den Tests an.«

Tja, dachte der Direktor, wie hätte jemand auf die Idee kommen können, daß die Procarper zwei völlig verschiedene Methoden der Imitation beherrschten? Sie konnten es so einrichten, daß sie wie Menschen aussahen, selbst wie schon existierende Menschen, und das war relativ harmlos gewesen. Und vor allem waren es ja auch nur zwei gewesen. Die Frage, ob wir auch fünfhundert Procarper in unsere Glocke lassen würden, hatte sich nie gestellt.

Aber jetzt herauszufinden, daß ein Mensch zum Procarper geworden war, war eine andere Sache.

»Wir versuchten, Terry wiederherzustellen. Wir baten den Procarper in ihr, sie zurückzubringen, sie zu verlassen. Er, sie oder es tat einfach stur und hoffnungslos weiter so, als sei er, sie oder es Terry.

Wir versuchten es mit Drogen. Wir versuchten sogar die Folter. Nichts geschah, aber als die Imitantin merkte, daß wir nie damit aufhören würden, daß sich die besessene Terry Walter nie wieder frei unter uns würde bewegen können, entschloß sie sich zu sterben. Sie starb. Wir konnten nichts dagegen tun. Aber bezeichnenderweise bemerkten wir dann die typische grünliche Färbung nach dem Tod, die ein unfehlbares Zeichen zu sein scheint.

Auch die beiden anderen imitierten Menschen starben. Aber jetzt waren wir aufmerksam geworden: Wie viele Imitanten mochte es schon unter uns geben?

Wir begannen mit den Tests. *Damals* war das noch einfach. Freunde fragten sie etwas, das nur die wirklichen Personen beantworten konnten. Wir fanden heraus, daß es schon vier Imitanten unter uns gab. Wir versuchten, die Opfer wiederherzustellen, aber es scheint so zu sein, daß Imitanten niemals aufgeben – falls sie dazu überhaupt in der Lage sind. Wir wissen es nicht.

Ich muß zugeben, daß wir – obwohl wir die grauenhafte Situation sahen – die wirkliche Gefahr erst nach einiger Zeit erkannten.

Die Schwierigkeit war nämlich, daß jeder Imitant alles wußte, was in der Gegenwart irgendeines der Imitanten oder der beiden imitierten Menschen je gesagt und getan worden war.

Sie *waren* die Menschen, die sie zu sein schienen, und deshalb funktionierte kein medizinischer Test. Irgendwo in ihrem Körper befand sich ein weißer Wurm – aber wir haben nie einen Weg gefunden, das zu beweisen, außer nach der Exekution... Aber da es am Anfang so einfach war, Imitanten auszumachen, nahmen die meisten von uns an, daß es immer so bleiben würde.

Aber wir hatten uns getäuscht. Es dauerte nicht lange, bis ein männlicher Imitant genau den Ablauf eines Baseball-Spiels beschreiben, Golfschläge vormachen, unanständige Witze erzählen und Orte auf der Erde beschreiben konnte, die es wirklich gab. Bald konnte eine Imitantin auf Kleidung, Parfüm, Obszönitäten und Komplimente genauso reagieren wie eine echte Frau. Eine Zeitlang war der Geschlechtsakt ein sicheres Mittel – aber nur eine Zeitlang. Schmerz funktionierte nur kurz. Ebenfalls Tests, die schöpferischen Humor verlangten, denn die Imitanten konnten Humor nur imitieren, nicht erfinden. Unglücklicherweise ist es bei vielen Menschen ähnlich.

Bald fanden wir das mit den Würmern heraus. Ich habe dauernde völlige Nacktheit angeordnet, als eine untersetzte Imitantin erwischt wurde, die in Bluse und Hose siebzehn Würmer an ihrem Körper mit sich herumtrug, ganz zu schweigen von denen, die noch in ihr gewesen sein könnten.

Bald erreichten wir ein Stadium, in dem wir einen Verdächtigen eine Stunde lang testen konnten und dann immer noch nicht sicher waren. Alles, was vorher funktioniert hatte, kannten sie jetzt, und damit wurde es wertlos.

Spezielle Fähigkeiten und Begabungen waren den Imitanten jedoch noch zu schwierig. Kein Imitant kann Klavierspielen – aber sie können singen und pfeifen, und sie kennen auch alle Lieder, die ein durchschnittlicher Mensch kennt, einschließlich der Texte.

Jetzt befinden wir uns in einer Situation, in der wir nicht so sehr versuchen, die Imitanten zu besiegen, sondern uns selbst – wir müssen uns wichtige, entscheidende, definitive Dinge ausdenken, an die wir bisher noch nicht gedacht haben...«

Der Direktor nahm ein frisches Blatt Papier und schrieb mit festen Bewegungen:

»Mein einziger Fehler – der einzige, den man mir vorwerfen kann – war, daß ich nicht den Rückzug aus dieser Welt angeordnet habe, als wir zum letzten Mal sicher waren, daß wir alle Imitanten unter uns ausgemacht hatten.

Wenn wir nicht eine Bilderbuchlösung finden, die alle Imitanten vollständig vernichtet, müssen wir Procarpa auf alle Fälle verlassen und aufgeben. Aber diese Plage dürfen wir auf keinen Fall mit uns nehmen. Das könnte das Ende der menschlichen Rasse sein; vielleicht haben die Imitanten vor uns schon andere Rassen ausgelöscht, hier oder anderswo. Außerdem sollten wir auch in unserem eigenen Interesse nicht das Bedürfnis haben, mit einem solchen Feind in einem Raumschiff eingeschlossen zu sein...«

Er hatte das durchdacht und sich entschlossen. Es war möglich, daß das Problem auf einem Raumschiff ganz leicht gelöst werden konnte. Vielleicht waren die Imitanten von einem Nachschub an Würmern abhängig und konnten sich außerhalb von Procarpa nicht schnell vermehren. Vielleicht würde auf einem Raumschiff das Problem auch einfach in vernachlässigbare Grenzen schrumpfen.

Aber vielleicht auch nicht.

Die Imitanten konnten offensichtlich nichts lernen, das ihnen nicht beigebracht worden war. Und die Siedler waren vorsichtig genug gewesen, ihnen nichts über die Raumfahrt beizubringen.

Das war keine wirklich heroische, edle, selbstlose Entscheidung. Wenn sie nicht von Procarpa wegkamen, ohne Imitanten bei sich zu haben, war es offensichtlich auch nicht der Muhe wert, Procarpa überhaupt zu verlassen.

VI

»Was hat dich aufgehalten? Was ist passiert?« fragte Stevens, als Jonina wieder hereinkam.

Ihr Schreck und der kurze Zwischenfall waren jetzt eigentlich ziemlich unwichtig. »Nichts«, sagte sie.

Evans hatte gerade die Organisation eines Kurztests für alle außer dem Direktor abgeschlossen, als das Intercom summte. Er kam mit ernster Miene zurück zu der Gruppe am anderen Ende des Untersuchungsraums.

»Diese ›Black Beauty‹-Geschichte«, sagte er. »Keiner will jemandem etwas gesagt haben.«

Stevens runzelte die Stirn. »Das bedeutet, daß derjenige, der es weitergegeben hat, inzwischen schon besessen ist«, sagte er. »Also... fangen wir an.«

Die Organisation für einen solchen Kurztest hatten sie schon vor längerer Zeit festgelegt. Jeder aus der Kolonie würde im Freien sein, mit etwas Abstand zu den anderen, genau beobachtet von den Wachen. Es durfte nicht gesprochen werden. Jeder, der getestet und durchgelassen worden war, ging zu seinem Platz zurück.

Wenn der Test funktionierte und durchgehend funktionierte – das waren große Unsicherheiten –, würden sie jeden Imitanten ausmachen, der zur Zeit in der Kolonie war.

Die ersten zehn Männer und Frauen wußten sofort, was das rote Ding war und wußten auch, daß es angespitzt werden mußte. Die elfte war verwirrt, und gerade, als die sechs Leute im Raum sich fast sicher waren, daß sie eine Imitantin war, wurde es ihr plötzlich klar: »Ach so, das ist ein Bleistift.«

Der dreizehnte drehte den Stift in alle Richtungen, versuchte damit zu schreiben, drückte auf den kahlen Punkt in der Hoffnung, daß ein Stift herausspringen würde, fühlte nach kleinen Vorsprüngen, versuchte, ihn aufzudrehen. Er verhielt sich genau, wie es jeder Mensch tun würde, der mit einem Schreibwerkzeug konfrontiert war, das er nicht kannte.

Aber Stevens mußte das Ergebnis seiner Einschätzung abwarten...

Es gab die übliche gespannte Phase des Wartens. Der Mann auf dem Boden war vielleicht nur wegen des Verbrechens gestorben, einen Bleistift nicht erkannt zu haben, da er als Kind nie einen benutzt hatte.

Aber das war nicht so. Er war ein Imitant.

In ihrer Erleichterung und Aufregung umarmten sich die vier Tester, und Jonina (die die Sache mit Saunders schon wieder vergessen hatte), umarmte sogar die zwei Wachen.

Sie hatten einen Test, der funktionierte. Kein Imitant wußte, was er mit dem Bleistift anfangen sollte, und diesmal gab es angesichts der getroffenen Vorsichtsmaßnahmen keine Möglichkeit für die Imitanten, es herauszufinden.

Wenn irgend jemand von den Frauen oder Männern, die zu Wachen bestimmt und bewaffnet waren, eine Imitantin oder ein Imitant waren, konnte es vielleicht eine blutige Schlacht mit den Gewehren geben – aber das war unwahrscheinlich, denn die Imitanten spielten ihre Rolle so vollständig, daß ein Imitant, der ein Wächter war, sich auch bis zum Augenblick seiner Entdeckung wie ein Wächter benehmen würde.

Der Test ging weiter.

Der nächste Imitant wußte natürlich, daß es keinen Sinn hatte, auf die kahle Stelle zu drücken. Er versuchte, an dem Bleistift zu lecken.

Diesmal warteten sie nicht, bis sie den Beweis hatten, daß er ein Imitant war. Sie packten die Leiche in eine der Zellen und machten weiter mit dem Test. Aber er war wirklich ein Imitant.

Der nächste Imitant fragte nach Tinte. Offensichtlich hatten die Imitanten sich bis zu diesem Zeitpunkt entschieden, daß der rote Stift einfach nur ein primitiver Füller oder eine Feder war, und Tinte kannten sie.

Er wurde ebenfalls erschossen und in eine Zelle geworfen.

Es gab auch ein paar Schwierigkeiten mit Leuten, die keine Imitanten waren. Ein siebzehnjähriges junges Mädchen – die Jüngste in der Kolonie, die mit dabei war, weil ihre Mutter, ihr Vater und ihr Bruder auch hier waren – schien nicht die leiseste Ahnung zu haben, was das für ein Ding war. Stevens hätte das Zeichen gegeben, sie erschießen zu lassen, wenn er nicht gewußt hätte, daß ihr Bruder und ihre Eltern auch in der Kolonie waren. Wenn sie eine Imitantin geworden war – konnte es möglich sein, daß sie es nicht gemerkt hatten?

Also gaben sie ihr jede erdenkliche Chance. War es möglich, daß richtige Bleistifte jetzt schon so altmodisch waren, daß die jüngsten der Menschen hier noch nie einen gebraucht, gesehen oder davon gehört hatten? Und doch war Jonina, die die Idee mit dem Test gehabt hatte, auch erst achtzehn.

Schließlich fiel der Groschen. Das junge Mädchen hatte gespitzte Stifte gesehen, kannte sie aber nicht in der ungespitzten Form. Sie wußte einfach nicht, daß sie auch so aussehen konnten.

Insgesamt erwischten und töteten sie sieben Imitanten.

Der allerletzte war ein Imitant; er hatte sich entschieden, als letzter in der Reihe zu stehen, damit er die größtmögliche Chance hatte, rechtzeitig etwas herauszufinden, das ihn retten konnte.

Aber alles, was er sich ausgedacht hatte, war, daß – wenn der Stift nicht von allein schrieb, sich nicht aufschrauben ließ und offensichtlich auch nicht mit Tinte oder Farbe gebraucht wurde – dieser Stift ein Gerät war, das nur zusammen mit einer bestimmten Oberfläche funktionierte, wie Kreide auf einer Tafel oder die Gravurnadel auf Metall. Deshalb bat er um »das richtige Papier«...

Als sie sich davon überzeugt hatten, daß er ein Imitant gewesen war, jubelten die Mitglieder des Testteams. Einen solchen Erfolg hatten sie nicht erwartet. In der letzten Zeit waren all ihre tollen Ideen gescheitert.

»Ich muß zum Direktor«, sagte Stevens.

»Um ihn auch zu testen?« fragte Evans bedeutungsvoll.

»Das auch. Aber hauptsächlich, weil wir jetzt, wenn wir wirkliche Vorsichtsmaßnahmen treffen, die Imitanten besiegen können. Keiner darf je außer Sicht von mindestens drei anderen Personen kommen, auch nicht für einen Augenblick. Wenn nötig, müssen alle draußen im Freien hocken. Schließlich sind wir unter einer Glocke.«

Er rief an. »Wir haben den Durchbruch geschafft«, sagte er dem Direktor jubelnd. »Wir haben einen Test gefunden... der natürlich von jetzt an nicht noch einmal klappen wird, aber wir wissen, daß es jetzt keine Imitanten mehr in der Kolonie gibt. Wie finden Sie das, Direktor?«

Einen Augenblick herrschte Schweigen. Dann explodierte die Stimme des Direktors über den beiden: »Sie Spinner! Kommen Sie sofort zu mir herüber!« Er legte auf.

Sie sahen einander an. »Der Direktor?« sagte Evans. »Könnte er ein...?«

»Nein«, sagte Stevens entschieden. »Und wenn, würde er nicht aus der Rolle fallen und uns beschimpfen, wenn wir Imitanten fangen.«

»Wie auch immer«, sagte Evans, »wir werden alle mit dir gehen, Steve.«

Sie gingen zum Zimmer des Direktors. Er hatte sich inzwischen etwas beruhigt. Jetzt war er eher enttäuscht als verärgert.

Als erstes gab ihm Stevens jedoch den Bleistift.

»Ach das?« sagte er, »hat das funktioniert? Die Imitanten haben nicht gewußt, daß er angespitzt werden muß? Steve, wir haben eine große Chance verpaßt. Sie hätten mir sagen sollen, daß sie einen Test gefunden hatten... sind Sie sicher, daß das nicht noch einmal klappt?«

»Ziemlich sicher. Die Imitanten werden innerhalb von wenigen Stunden irgend jemanden besetzen. Jetzt, da der Test vorbei ist und die Leute wieder in alle Richtungen zerstreut sind, wird der Bleistifttest überall diskutiert werden – ein Imitant könnte herausfinden, was er wissen will, ohne überhaupt direkt fragen zu müssen.«

»Wir haben eine große Chance verpaßt«, wiederholte der Direktor düster. »Damit hätten wir von dem Planeten wegkommen können.«

Die Leute des Teams sahen sich an. »Sie sind also bereit, die Kolonie aufzugeben?« fragte Stevens.

»Es gibt kaum eine andere Möglichkeit. Es würde sowieso kein anderer mehr hierherkommen wollen. Außerdem haben wir auch keine Bodenschätze oder andere natürliche Materialien gefunden, und die Atmosphäre ist giftig. Die ›Colony Control‹ würde hier kaum etwas anderes als eine Basis finanzieren, auch ohne Imitanten. Und unter den gegebenen Umständen – ich habe mich vor einiger Zeit entschlossen, daß wir die Kolonie in dem Augenblick verlassen müssen, wo wir sicher sein können, daß wir absolut sauber sind –«

»Das hätten Sie uns ja auch sagen könen«, meinte Evans.

»Es ist Ihre Aufgabe, *mir* zu berichten, wenn Sie –«

»Direktor, es ist Wahnsinn, davon auszugehen, daß irgendeiner im dunkeln arbeitet«, sagte Stevens direkt. »Auf jeden Fall wissen wir, daß wir jetzt sauber sind. Warum nicht –«

»Nein, das hat keinen Sinn«, sagte der Direktor mutlos. »Wir brauchen mindestens zwei Begleitschiffe, um alle Leute abzutransportieren. Selbst dann noch sind die Leute wie Sardinen in der Büchse untergebracht, unter Bedingungen, die wir nicht länger als eine oder zwei Stunden aufrechterhalten können. Bis wir ein solches zweites Begleitschiff zusammengebaut haben, wird es wieder Imitanten unter uns geben.«

»Wenn wir alle Leute aufstellen und nicht mal einen zum Klo gehen lassen außer in Sechsergruppen...«

Der Direktor schüttelte ungeduldig den Kopf. »Auf die Art können wir kein zweites Begleitschiff zusammensetzen.«

»Und warum nicht zwei Fuhren machen? Wir wissen, daß das Schiff sauber ist, da die Imitanten keine Maschinen haben und auch mit unseren nicht umgehen können. Wir können doch eine getestete Gruppe hinaufbringen und die zweite Gruppe dann noch einmal testen.«

»Wir werden uns nicht zurückziehen, wenn wir uns nicht alle zurückziehen können«, erwiderte der Direktor leise.

Wieder tauschten die Tester Blicke aus. Keiner konnte besser beurteilen als sie, daß der Direktor das Problem nicht fehlerlos angegangen war. Aber er war der Direktor. Seine Anweisungen mußten befolgt werden. Er war wie der Kapitän auf einem Schiff – er hatte die letzte Entscheidung.

»Na ja, ich denke, es hat keinen Sinn, zu streiten«, sagte Stevens. »Verstehe ich richtig, daß Sie jetzt ein zweites Begleitschiff wiederherstellen lassen wollen und dann, wenn alles fertig ist, noch ein sicherer Test gemacht werden soll?«

»Noch ein kurzer Test«, verbesserte ihn der Direktor. »Wenn er eine halbe Stunde pro Person braucht, ist das schon zuviel. Das bedeutet nämlich fünfundsiebzig Stunden Ladezeit für jedes Begleitschiff, und wir können nicht eine Menge von fünfzig Leuten länger als ein paar Stunden in einem Begleitschiff einsperren... Ich stelle mir ungefähr so etwas vor: Wir bauen das zweite Begleitschiff wieder zusammen, machen alles fertig und stellen uns dann in einer Reihe auf. Bevor irgend jemand essen, trinken oder schlafen muß, bevor also die Imitanten eine Möglichkeit haben, irgend etwas völlig neues zu tun, prüfen Sie alle und bringen sie in den beiden Begleitschiffen unter. Das heißt, Sie brauchen einen schnellen Test wie den, den Sie gerade durchgeführt haben. Zum Teufel, Sie haben doch bewiesen, daß es möglich ist. Warum können Sie das nicht noch einmal tun?«

VII

Soweit es das Team anging, das wieder zurück im Untersuchungsraum war, konnte man diese Frage zwar leicht stellen, aber nur schwer beantworten.

Sie diskutierten über die Angelegenheit ohne die Wachen, obwohl die Wachen ungefährlich waren. Sie führten ein Parolensystem ein. Das funktionierte zwar perfekt in kleinem Umfang, in Gruppen von wissenschaftlichen Mitarbeitern und mit ein paar vertrauenswürdigen Wachen, aber die menschliche Natur verhinderte, daß es in der ganzen Kolonie funktionierte. Ein solches System war schon mehrere Male ausgetestet worden und hatte jedesmal versagt.

In jeder großen Gruppe gab es immer jemanden, der es einfach weitersagen *mußte*...

Evans sagte: »Klar, wenn eine so einfache kleine Sache wie der Bleistifttest funktioniert, sieht es ungefähr fünf Minuten lang so aus, als ob jeder durchschnittliche Dummkopf dieses Problem ohne Schwierigkeiten lösen könnte. Aber Tatsache ist doch, daß wir tagelang testen können, und jeder Imitant in der Kolonie geht uns durch die Lappen.«

»Ich denke«, bemerkte Jonina, »daß wir uns zuerst einen häßlichen Unfall ausdenken müssen, der dem Direktor passiert.«

Stevens nickte. »Ich weiß, was du meinst.«

»Ja, wirklich?«

Ihre Stimme hatte plötzlich einen seltsamen Klang, so daß sie alle ansahen. Sie war so angespannt wie ein Turmspringer vor einem Sprung.

»Wir sind die Tester«, sagte sie bedeutungsvoll. »Angenommen, wir finden jetzt heraus, daß der Direktor ein Imitant ist?«

»Aber er ist keiner«, sagte Stevens. »Er hat unrecht, aber er ist kein Imitant.«

»Was hat das schon zu bedeuten?« meinte Jonina.

Da wurde ihnen erst genau klar, was Jonina meinte. Sie verstanden auch, warum Jonina diesen Vorschlag machte, solange die Wachen nicht im Zimmer waren.

Sie mußten Imitanten töten. Wenn sie sich irrten, war das unangenehm. Aber niemand konnte sie dafür verantwortlich machen, genauso wenig wie man einen Chirurgen dafür verantwortlich macht, wenn sein Patient stirbt.

»Nein«, sagte Anna plötzlich. »Das würde nichts nützen. Im Augenblick hat der Direktor recht, schätze ich.«

»Was?« rief Evans aus.

»Ja, er hat recht. Wenn der letzte Test mehr als nur ein kurzer Alles-oder-nichts-Test ist, haben die Imitanten zuviel Zeit, um herauszufinden, was los ist, und etwas Neues auszuprobieren.«

»Wie zum Beispiel?«

Sie zuckte mit den Schultern. »Mit ihren Fähigkeiten, glaube ich, könnten sie sich irgendwas ausdenken – wenn sie bemerken würden, daß ihnen eine Niederlage droht.«

Die andern teilten ihre Meinung nicht.

Nach fünf Tagen war das Begleitschiff fertig. Jedes kleine Teil wurde während des Zusammensetzens überprüft, falls die Imitanten auch genauso leicht so etwas wie Metall und Plastik *sein* konnten, wie sie ein Mensch sein konnten. Aber wenn es so war, war die Schlacht bestimmt schon vorüber, und die Imitanten hatten gewonnen, oder? Als es fertig war, wurde es versiegelt wie das andere Begleitschiff. In keinem von beiden waren Würmer.

Routinetests hatten keine neuen Imitanten ergeben, und vielleicht gab es auch keine. Aber die Arbeit beim Zusammensetzen des Begleitschiffes und der Druck in den bleibenden Unterkünften bedeuteten Möglichkeiten, die, wie Stevens grimmig entschied, zur Besessenheit durch mindestens sechs weitere Imitanten geführt haben mußten.

Der Direktor – und Anna – hatten recht. Es war langfristig unmöglich, eine Kolonie unter einer Glocke funktionsfähig zu halten, während alle Topdenker mit der Jagd nach Imitanten beschäftigt waren, und gleichzeitig sicherzugehen, daß niemand je allein oder auch nur in Zweier- oder Dreiergruppen unterwegs war, und schon erst recht nicht in einer Standardsiedlung, in der es nur Erde als Rohmaterial gab.

Jeden Tag diskutierten sie weiter über den letzten Test. Der Direktor war manchmal mit dabei, und die Wissenschaftler, die an anderen Seiten des Problems arbeiteten, wurden ebenfalls befragt.

Es bestand eine allgemeine Einigkeit darüber, daß so etwas wie der Bleistifttest die Lösung sein mußte. Es mußte etwas sein, wovon jeder Mensch wußte, aber kein Imitant. Also mußte es auch etwas sein, das keine alltägliche Rolle im Leben der Kolonie spielte und das noch nicht in irgendeiner Form zu Sprache gekommen war.

Angesichts des Erfolgs beim Bleistifttest wurde das Füllen und Umgehen mit einem Füller in Betracht gezogen. Aber abgesehen von der Tatsache, daß sie in der ganzen Kolonie keinen Füller fanden, wurde schließlich beschlossen, daß der Test unangebracht war. Denn obwohl vielleicht einer oder zwei Imitanten mit einem Füller nicht richtig würden umgehen können, hätte der dritte oder vierte schließlich doch herausgefunden, wie er funktionierte.

In der Kolonie hatte es nie eine Babyflasche gegeben. Aber auch hier schien die Lösung zu sehr auf der Hand zu liegen.

Kein Imitant, dem man etwas Brennbares geben würde, konnte wissen, wie man ein Feuer anmachte – das nahmen sie wenigstens an. Aber würde das jeder Mensch können? Würde das Team in einem praktischen Test den Unterschied erkennen zwischen einem Menschen, der zum Thema ›Feueranzünden‹ nur Theoretisches wußte, und einem Imitanten, der genauso nur Theoretisches wußte?

Früher waren mechanische Tests ziemlich wirkungsvoll gewesen. Der Gag dabei war, daß die Imitanten, obwohl sie nie mehr als durchschnittliches Interesse an Mechanischem gezeigt hatten, in manchen der Tests jetzt besser waren als die Menschen.

Früher hatten auch Tests funktioniert, die darauf aufbauten, daß die Imitanten keinen angeborenen Sinn für Humor hatten. Aber das war bei vielen Menschen auch so. Sie hatten gelernt, über bestimmte Worte, bestimmte Situationen oder Verhaltensweisen zu lachen. Sie lachten auch, weil andere lachten. Aber wenn man einen Test machte, um ihre Neigung zur Komik zu prüfen, schnitten sie schlechter ab als die Imitanten – die eben besser imitieren konnten als Menschen.

Sie zogen Tausende von Dingen in Betracht. Jeder mögliche Test, selbst die, die sie auf unfehlbaren Prinzipien aufgebaut hatten, hatte irgendwo eine Schwachstelle.

Jeder Mensch mußte durchkommen. Jeder Imitant mußte herausfallen.

Sie überlegten, ob es mit einer Reihe von Tests gehen könnte: mechanische Fähigkeiten, Sinn für Humor, Selbstbewußtsein und andere menschliche Charakteristika und Fähigkeiten. Aber wenn jemand jetzt in allen Tests wie ein Imitant abschnitt – bewies das dann schon, daß er auch ein Imitant war?

Unglücklicherweise nein.

Die erste Idee kam von Anna – und es war kein Test.

Sie wies auf einen Fehler hin, den sie ganz von Anfang an gemacht hatten. Ein zwar verständlicher, aber dummer Fehler.

Immer wenn sie sicher waren, daß ein Verdächtiger ein Imitant war, erschossen sie ihn. Es war natürlich auch unmöglich, irgendwelche Risiken einzugehen, wenn sie einen Imitanten erst entdeckt hatten.

Aber das bedeutete, daß die Imitanten immer die entscheidende Frage kannten.

Angenommen, sie hätten den Bleistifttest zusammen mit anderen gemacht. Angenommen, sie hätten kein besonderes Interesse gezeigt, wenn es einem Verdächtigen nicht gelang, irgend etwas mit einem Bleistift zu machen. Angenommen, sie hätten ihn erst zehn Minuten später exekutiert.

Dann hätten die Imitanten ihren eigentlichen Fehler nie genau herausgefunden.

Also einigten sie sich darauf, daß sie, sobald sie die entscheidende Frage gefunden hatten, Imitanten nicht sofort erschießen würden. Das Team würde warten und sich so unauffällig wie möglich verhalten, bis etwas anderes geschah, das auch ein Fehler sein konnte. Dadurch würde der Wert des Tests erhalten bleiben.

Am fünften Tag sagte Anna: »Wie wäre es, wenn wir den Kalender um zwei Monate weiterdrehen würden?«

Die anderen drei brauchten erst eine Weile, bis sie begriffen, was sie meinte.

Selbst dann bewirkte ihre Idee, wie die von Jonina, am Anfang keine besondere Begeisterung. Sie schien nicht sicher genug zu sein. Die Reaktion würde nicht ausreichend deutlich sein. In der Bibliothek mußte darüber eine ganze Menge stehen. Und das Thema war bestimmt in der Kolonie offen besprochen worden, auch in Gegenwart von Imitanten. Und dann konnten auch Imitanten, die anfangs durch den Test fielen, ihre Informationen weitergeben, so daß spätere Imitanten keine Schwierigkeiten hatten.

Nichtsdestotrotz wälzten die vier die Idee hin und her, sahen in der Bibliothek nach und wurden sich langsam klar darüber, wie der Plan funktionieren könnte.

Der große Vorzug daran waren die vielen Möglichkeiten, bei denen Imitanten sich täuschen konnten. Menschen würden – mit ihrem Hintergrund, ihrer Erfahrung und ihren mindestens siebzehn Lebensjahren – sich kaum in jeder Beziehung täuschen. Es war wohl möglich, daß sie manche Dinge nicht wußten, aber sie konnten auf keinen Fall positive Fehler machen.

Dieser Test war allerdings nicht so einfach wie der mit dem Bleistift. Sie brauchten dazu Ausrüstung und einen speziell dafür gebauten Testraum, dessen Inhalt geheimgehalten werden mußte. Es stimmte schon – der zweite Imitant würde sie genau kennen. Aber konnte er sich richtig verhalten, selbst wenn er die Dinge kannte?

Schließlich wurde ihnen klar, daß er es nicht konnte.

»Aber«, sagte Jonina düster, »der Direktor wird uns sicher Schwierigkeiten machen.«

»Nein, wird er nicht«, versicherte ihr Stevens.

»Du kennst ihn doch –«

»Wir werden es so machen: Den Direktor, der von dem Test keine Ahnung hat, testen wir zuerst. Er sitzt als erster im ersten Schiff.«

Die Mienen der anderen drei hellten sich auf.

»Dann kommen«, fuhr Stevens fort, »die Piloten, Ingenieure und Techniker. Wenn irgendwas passiert, können die beiden Begleitschiffe versiegelt werden und starten –«

»Wobei wir zurückbleiben«, stellte Evans ruhig fest.

»Das stimmt. Aber es dürfte eigentlich nichts passieren. Wir behalten Fred und Charlie bei uns. Insgesamt dürften nicht mehr als ein Dutzend Imitanten unter uns sein. Die Auswahl treffen wir zufällig, so daß sie auch nicht das letzte Dutzend sein können, oder etwas Ähnliches. Ihr wißt ja, wie die Imitanten sind. Sie werden ihre Rolle weiterspielen bis zum Schluß.«

»Hoffen wir«, sagte Evans. »Steve, glaubst du wirklich, daß es funktionieren wird?«

Stevens holte ein Stück Papier heraus. »Ich habe ein Blatt aus dem Buch des Direktors mitgebracht und alles auf dem Papier ausgearbeitet«, sagte er. »Dies sind die Gründe, warum ich glaube, daß der Test funktioniert.«

1. Es ist eine ausschließlich menschliche Angelegenheit.
2. Viele Reaktionen, viele *menschliche* Reaktionen, sind möglich, aber wie sollten die Imitanten sie erraten können? (Bis auf die, die auch in Büchern erwähnt sind.)
3. Alle Menschen haben Kindheitserinnerungen daran. Kein Imitant weiß irgend etwas darüber *außer von Erwachsenen*.
4. Imitanten werden wissen, was andere Imitanten im Testraum gemacht haben, aber nicht, was die Menschen gemacht haben.

VIII

Der Tag kam.

Die beiden Begleitschiffe standen im Innern der Glocke bereit. Wenn sie starteten, würde die Glocke zerstört werden.

Das, so glaubten sie alle, war wichtig. Imitanten fanden eine intelligente Spezies und kopierten sie. Möglicherweise würden sie, wenn die Menschen erst fort waren, weiterhin so tun, als ob sie eine menschliche Kolonie wären. Und das konte schließlich ernste Folgen haben.

Aber wenn die Glocke zerstört war, wenn alles darin mit zerstört wurde – es würde durch die Veränderung im Luftdruck eine Explosion geben, kurz nachdem die Glocke weg war –, dann hätten die Procarper weder Grund noch Gelegenheit, weiter so zu tun, als wären sie Menschen.

Zwischen den beiden Begleitschiffen stand eine kleine Stahlhütte ohne Fenster und mit nur einer Tür. Im Innern der Hütte befanden sich Stevens, Evans, Jonina und zwei Wachen, draußen waren Anna und noch zwei Wachen.

Im Umkreis der Hütte standen dreihundertzwei Leute. Es hatte hier noch nie eine derartige Ansammlung gegeben. Sie waren alle völlig nackt, und sie gaben kein Geräusch von sich. Die Wachen unter ihnen hatten den Befehl, jeden zu erschießen, der sprach.

Anna bemerkte amüsiert, daß der Direktor ziemlich nervös war. Er wollte mit ihr reden, aber die Regeln waren streng. Er würde ebenfalls erschossen werden, wenn er versuchte, mit jemandem zu reden.

In der Hütte sagte Stevens: »Also gut, wir sind soweit. Wenn die Imitanten herausgefunden haben, worum es geht, wenn es ihnen gelingt, diesen Test zu bestehen, werden wir sie auf dem Schiff besiegen müssen.«

»Aber der Direktor hat doch gesagt...« fing Jonina an.

Stevens lächelte. »Der Direktor kommt zuerst dran. Wenn das Siegel erst gebrochen und er im Begleitschiff ist, werden *wir* entscheiden, was zu tun ist.«

Er nickte der Wache an der Tür zu, und der Direktor kam herein.

Einer nach dem anderen, zuerst der Direktor, kamen die Männer und Frauen wieder aus dem Testraum und gingen zu den Begleitschiffen hinüber. Sie gingen abwechselnd in Begleitschiff A und B, so daß die Menge erst ziemlich am Schluß anfangen würde, beengend zu sein.

Sie fanden Imitanten und erschossen sie nach einer gewissen Wartezeit, die sie in die Irre führen sollte.

Sie machten keine Fehler. Keiner fiel durch den Test, der nicht auch wirklich ein Imitant war. Und es gab eine Menge Gründe, anzunehmen, daß auch kein Imitant den Test bestand.

Der Test funktionierte genausogut wie der Bleistifttest, das war deutlich erkennbar. So wie im Bleistifttest versuchten die aufeinander folgenden Imitanten es mit unterschiedlichen Tricks, und manche Teile des Tests mußten sie aufgeben, nachdem sie erst die richtigen Antworten kannten.

Aber die Imitanten konnten nicht genug erfahren, um durchzukommen.

Langsam wurde die Menge kleiner. Anna wählte die Leute zum Testen beliebig aus, so daß die Imitanten in der Menge keinen Einfluß darauf nehmen konnten. Wenn sie es gekonnt hätten, hätten sie sich vielleicht bessere Chancen verschaffen können, den Test zu bestehen. Sie hätten sich auch entschließen können, daß das letzte halbe Dutzend nur aus Imitanten bestand und dann die Wachen und das Team übernahm.

Die Menge schmolz auf einhundert, dann fünfzig, dann auf zwanzig Personen.

Plötzlich stürmte Anna in den Untersuchungsraum. »Würmer!« schrie sie. »Hunderte von Würmern!«

Sie hasteten nach draußen.

Aus dem Boden überall unter der Glocke kamen die Würmer herausgekrochen. Die Wachen töteten sie, wenn sie näher kamen – aber es wurden immer mehr. Die übrigen Kolonisten hüpften in einem wahnsinnigen Überlebenstanz herum. Zwei sprangen in die falsche Richtung, wurden von Würmern besetzt und gnadenlos niedergeschossen.

Stevens rief einen Befehl, und eine der Begleitschifftüren wurde geschlossen. Noch ein Befehl, und die vier Mitglieder des Teams, die Wachen und die elf noch nicht getesteten Kolonisten stürmten in das andere Begleitschiff.

Innerhalb von Sekunden hatten sie den Planeten verlassen.

Der Pilot protestierte. »Hören Sie, ich bin für das Schiff verantwortlich, nicht Sie!« sagte er.

»Sie werden es in ein paar Minuten sein«, sagte Stevens. »Aber Sie müssen verstehen, daß, solange elf Personen noch nicht getestet sind, ich verantwortlich sein muß. Ich brauche den Kommandoraum, das ist der einzige Platz, der sich eignet.«

»Sie haben wohl nicht bemerkt, wie eng es in diesem Schiff ist. Die Leute sind in den Kabinen sozusagen übereinandergestapelt, selbst im Maschinenraum. Glauben Sie mir, selbst das Schwarze Loch von Kalkutta muß im Vergleich hierzu ein Luxushotel gewesen sein.«

»Die Belüftung ist hier angemessen«, gab Stevens zurück.

»Niemand wird sterben. Und jetzt fliegen Sie das Schiff, und ich mache meine Tests hier drin.«

Das Team und die Wachen wußten, was zu tun war.

Die erste der letzten elf kam herein. Es war ein junges Mädchen, ein sehr verängstigtes junges Mädchen.

»Wir haben keine Requisiten mehr«, sagte Stevens, »also werden wir mit Worten arbeiten müssen. Angenommen, ich trüge einen grünen Mantel und Stiefel, hätte eine grüne Kapuze und einen langen, weißen Bart. Angenommen, um den Rand des Mantels wäre ein weißes Fell. Wer wäre ich dann?«

Sie starrte ihn ratlos an. Geduldig beschrieb er das Gewand noch einmal.

»Grün?« fragte sie.

»Grün oder gelb.«

»Nicht rot?«

»Na gut, nehmen wir an, es wäre rot.«

»Dann wären Sie der Weihnachtsmann.«

»Könnte ich auch noch einen anderen Namen haben?«

»Tja... Nikolaus?«

Sie begannen, sich zu entspannen, wie sie es immer taten, wenn sie sich sicherer wurden, daß sie einen Menschen und keinen Imitanten testeten.

Die Imitanten wußten nichts vom Nikolaus. Aber vorher hatten sie schon einmal, als sie durch andere Beweise sicher waren, daß es sich um einen Imitanten handelte – sie stellten die Fragen nicht immer in derselben Reihenfolge –, erlebt, daß der Imitant, kurz bevor er erschossen worden war, den Namen Nikolaus erwähnt hatte. Seitdem hatte kein Imitant mehr den Namen genannt.

»Könnte ich bei der Aufgabe, die ich habe, auch noch in anderer Gestalt erscheinen?«

Das junge Mädchen war einen Augenblick verwirrt. Dann versuchte sie vorsichtig: »Christkind?«

Sie schickten sie zu den anderen Menschen, die eng wie Sardinen zusammengepfercht waren.

»Ich verstehe das nicht«, sagte der Pilot. »Können Sie aus dieser Bemerkung sichere Schlüsse ziehen?«

»Es ist einfach so«, sagte Stevens, »daß das Wort *Christkind* in keinem der Bücher, die sich mit dem Thema beschäftigen, als Personifikation von Weihnachten erscheint. Weihnachtsmann schon und Nikolaus auch.«

»Scheint ein verdammt winziger Aspekt, an dem Sie sich orientieren«, meinte der Pilot.

»Eigentlich gar nicht so klein... aber wir müssen uns nicht nur darauf verlassen. Es gibt noch eine Menge anderer Fragen. Seltsam, die Sache mit dem Mistelzweig zum Beispiel hat von Anfang an nicht funktioniert. Die kannten sie schon. Der Gag an diesem Test ist: Jetzt haben wir Ende Oktober, und die Kolonie bestand letztes Weihnachten noch nicht. In der Kolonie wurde bisher nicht sehr viel über Weihnachten gesprochen, und es gibt auch keine Werbung, die uns ständig daran erinnert, wie viele Einkaufstage noch bis Weihnachten vergehen.«

»Aber es muß doch erwähnt worden sein«, sagte der Pilot.

»Natürlich ist es erwähnt worden – oft. Aber es gibt keine Kinder in der Kolonie. Weihnachten wäre also, wenn es gekommen wäre, nichts Besonderes geworden. Es hätte nur kleine, symbolische Geschenke gegeben, wir hätten ein kleines, unauffälliges Fest gefeiert, aber ohne Weihnachtskarten, Weihnachtsbraten oder Schnee. Keiner hat sich besonders darauf gefreut, daß es kommen würde, denn es würde ja nichts Besonderes passieren. Also warum viel darüber reden?«

»Na ja...«, sagte der Pilot.

»Haben Sie was dagegen, wenn wir jetzt weitermachen?«

Die nächste Kandidatin, auch ein junges Mädchen, wurde gefragt: »Was gibt es zu Weihnachten zu essen?«

Sie erzählte es ihnen ziemlich selbstbewußt. Sie wußte alles über Weihnachten. Sie hatte ungefähr zwanzig Weihnachtsfeste erlebt – na ja, sagen wir siebzehn, denn an die ersten zwei oder drei erinnerte sie sich wohl kaum noch.

Und als sie dann erwähnte, wie man Wodka über den Weihnachtsplumpudding gießt und ihn dann anzündet, ließ Stevens sie gehen, obwohl Wodka ja eigentlich nicht der Tradition entsprach.

Sie hatten in dem Test zweimal Glück gehabt. Sie hatten erwartet, bei der Sache mit dem Mistelzweig erfolgreich zu sein... in der Kolonie gab es natürlich keinen..., bei verschiedenen Teilen der Weihnachtsgeschichte, beim Schnee, Weihnachtsbraten, dem Schlitten des Weihnachtsmannes, Lametta, Weihnachtsplätzchen, Weihnachtsbaum und all den anderen Sachen, die traditionellerweise zu Weihnachten gehörten.

Aber natürlich wirkte auch der Zufall mit. Und aus irgendeinem Grunde hatten die Imitanten noch nichts vom Christkind gehört. Sie konnten auch das Familienweihnachtsfest nicht kennen, denn wer beschrieb schon im einzelnen, was alle kannten? Selbst Abbildungen vom Weihnachtsmann waren nur in Schwarzweiß.

Außerdem hatten sie noch etwas anderes falsch verstanden. Sie hatten etwas Undeutliches gehört darüber, daß bei einem altmodischen Weihnachtsfest in irgendeiner Form Weinbrand angezündet wurde. Aber sie wußten nicht, daß er dazu vorher über den Plumpudding gegossen werden mußte.

Ein junger Mann kam herein. Er sprach vom Weihnachtsmann, aber nicht vom Christkind. Er wußte alles über das Weihnachtsfest der Erwachsenen, mit Gänsebraten und Cocktails und Mistelzweigen, aber die vom Nikolaus gefüllten Stiefel kannte er nur ungefähr. Er wußte auch, daß Weinbrand angezündet wurde, aber er dachte, daß man ihn dazu in einen kleinen Kelch gießen und dann so ähnlich wie Weihrauch als Teil eines grundlegend religiösen Brauches abbrennen würde...

Sie stießen die Leiche in den Weltraum hinaus.

Er war der letzte Imitant. Insgesamt waren es elf gewesen...

Ausführliche Tests an Bord des Raumschiffes überzeugten Stevens und den Direktor, daß kein Imitant mehr im Schiff war. Sie konnten mit dem Ergebnis zufrieden sein, denn wenn sie erst im Weltraum waren, konnten sie erwarten, daß die Menschen alle wußten, wie man sich in einem Raumschiff richtig verhält – kein Imitant würde das wissen.

Der Direktor sagte: »Ihr Test hat funktioniert, Steve, und ich versichere Ihnen, daß Sie und Anna das nicht bedauern werden. Aber ehrlich gesagt: War es nicht ein Zufall, daß alles so gut ging? Hätte es nicht völlig danebengehen können?«

»Nein«, sagte Stevens. »Das war nicht möglich. Es gibt einen ganzen Apparat an Erfahrungen und Gefühlen um eine Sache wie Weihnachten. Wenn natürlich ein Imitant je ein richtiges Weihnachtsfest erlebt hätte, wäre die ganze Sache zum Scheitern verurteilt gewesen. Verschiedene Fragen haben nicht funktioniert, aber andere mußten wirksam sein. Und sie mußten jedesmal gleich wirken, weil wir den Imitanten nie gesagt haben, wenn sie etwas falsch gemacht haben.«

Er wollte nicht mehr darüber reden. Es war vorbei. Anna wartete im Spieleraum auf ihn, und seltsamer-, aber verständlicherweise dachte er daran, daß sie in einem BH und Slip viel attraktiver wäre als ohne...

»Es mußte gutgehen«, sagte er, und sprach den Nachruf auf die Imitanten. »In einer Kolonie mit ausschließlich Erwachsenen und zwei Monate vor Weihnachten, wie sollte da irgend etwas die Imitanten, die davon gehört hatten, in die Lage versetzen, zu erraten, wie Weihnachten auf der Erde für ein Kind ist? Wie hätten sie überzeugend von den Gefühlen eines Kindes reden können, und sei es auch nur als lange vergangene, ferne Angelegenheit? Das Glücksgefühl, die Aufregung beim Geschenkeauspacken?«

Er grinste. »Und wie hätten sie wohl erraten können, daß der Weihnachtsmann in Wahrheit die Eltern sind?«

Lebenslänglich

von James McConell

Draußen läuteten die Glocken. »Frohes neues Jahr!« Das verrückte Toben von Menschen, die einen Moment lang durchdrehen und schreien, klang wie ein Echo der Glocken.

»Frohes neues Jahr!«

Ein Klang von Musik, steigend und fallend, stimmte in die wilde Symphonie der Stimmen ein und blieb schließlich das einzige Gegengewicht zum Lärm der feiernden Menschen...

Eine Weile hörte Oliver Symmes die wilde Musik der Menge. Sie wurde ein Teil von ihm, schien irgendwo aus seinem Innern zu kommen, gab ihm Leben. Und dann, wie immer, ging sie weiter und ließ ihn leer zurück.

Schatten...

Die Tür zu seinem Zimmer öffnete sich, und eine jung aussehende Frau, in eine hübsche, grüne Uniform gekleidet, kam herein und machte das Licht an. An ihrem Ärmel trug sie das Abzeichen der Geriater mit dem Motto »Für die Alten sorgen«.

»Frohes neues Jahr, Mr. Symmes«, sagte sie und ging zum Fenster. In dem milden Licht lenkte der Glanz ihres Haars von den leichten Unregelmäßigkeiten ihres Gesichts ab.

Sie sah der Menge draußen zu, wünschte, sie könnte auch dabeisein. In diesem Gefängnis, wo die einzige Lebensfunktion das Erwarten des Todes war, schien so wenig Leben zu sein. »Für die Alten sorgen.« Das bedeutete, sie gern zu haben und zu lieben, aber auch für ihre körperlichen Bedürfnisse zu sorgen. Nur schien es irgendwie so schwierig, sie *wirklich* zu lieben.

Sie seufzte und wandte sich vom Fenster ab, um eines der Objekte zu betrachten, wegen derer sie heute abend nicht mit dem Rest der Welt zusammensein konnte.

Er saß in seinem Stuhl wie ein Bündel Gemüse. Sie hätte eine ihrer Hände um seine beiden Arme schließen können. Oder um seine Beine. Haut und Knochen und ein paar kleine Muskeln waren noch übrig, sonst nichts. Die Haut lag straff wie über eine Trommel gespannt um seinen Schädel. Die Wangen hohl, die Lippen durch die zusammengezogene Haut leicht geöffnet. Selbst die Falten, die er hätte haben müssen, waren durch die Schrumpfung seiner Haut glatt geworden. Sogar bei starkem Licht waren die schwachen Fältchen kaum zu erkennen.

Nachdem sie ihn einen Moment lang betrachtet hatte, setzte sie wieder ein Lächeln auf und wiederholte ihre Begrüßung.

»Ich sagte ›Frohes neues Jahr!‹, Mr. Symmes.«

Er hob einen Augenblick den Blick zu ihr und senkte ihn dann langsam wieder, ohne sie verstanden zu haben.

»Er sieht eigentlich ein kleines bißchen aus wie eine Karikatur«, sagte sie zu sich selbst und empfand jetzt etwas mehr Zärtlichkeit für ihn. »Ein nettes, kleines Reisigmännchen aus Blättern und Zweigen und alter Rinde und...«

Schatten. Es waren schon so lange keine Schatten mehr dagewesen. Und eine Zeitlang war das fliehende Treiben der Träume und Erinnerungen ein Trost gewesen. Aber jetzt waren die Schatten welk und alt, ausgetrocknet und unbeweglich geworden. Sie waren schon seit langer Zeit ausgesogen und uninteressant.

Aber immer noch schwirrten sie auf verkrüppelten Flügeln durch seine Gedanken, flatterten kurz durch die schon sehr eng gewordene Hülle seines Bewußtseins und verblaßten dann wieder zwischen den Spinnweben. Dann und wann kam einer von ihnen zurück, um seine Flügel zu üben.

»Hat sie gesagt ›Frohes neues Jahr‹?« fragte er sich. »Neujahr?«

Und bei diesem Gedanken kamen Schatten aus der Vergangenheit...

Der junge Oliver Symmes lachte. Das junge Mädchen lachte auch. Es fühlte sich gut an, sie im Arm zu halten, sie war weich wie ein pelziges Tier, nachgiebig und mit üppigem Mund.

»Ich liebe dich, Ollie«, sagte sie, und die Wärme ihres Körpers lag nah an seinem.

Er lachte wieder und schloß sie in die Arme. Jetzt gehörte sie ihm – ihr Lächeln, ihre Liebe, ihre Gedanken und ihr wunderbarer Körper gehörten ihm. Sie war sein Eigentum, und das Hochgefühl über diesen Besitz war stark und erregend.

»Ich werde dich immer lieben, Ollie. Ich werde nur dich lieben.« Sie ließ ihre Finger durch sein Haar gleiten und streichelte jede Strähne. »Ich liebe die Stärke deiner Arme, die Festigkeit deines Körpers.«

Er lachte wieder und unterwarf sein ganzes Bewußtsein dem warmen Zauber ihrer Ausstrahlung.

»Ich liebe die Farbe deiner Haare und Augen, deine weiche, lange Kantigkeit, die rote Begeisterung deiner Gedanken.« Ihre Finger glitten seinen Nacken entlang abwärts und spielten kleine Spiele mit seiner Haut und seinem Haar. »Ich werde dich immer lieben, Ollie.«

Er küßte sie leidenschaftlich.

Während des Tages hatte er seine Arbeit in den anthropologischen Laboratorien, die Freude, durch die Kulturen der Vergangenheit zu stöbern. Und nachts genoß er die Freude des Lebens mit ihr, sie teilten die erregenden Stimulationen der Kultur der Gegenwart, die unendlichen Möglichkeiten der Liebe gemischt mit Leidenschaft.

Monatelang spürte er dieses Glück der Nähe zu ihr. Und dann war sie vorübergehend nicht mehr bei ihm. Sie gehörte ihm noch immer, aber sie waren körperlich getrennt, und in ihm war der Hunger, den Einsamkeit hervorruft. Die Monate, die ihn seine Arbeit von ihr trennten, erschienen ihm wie Jahrhunderte, bis er schließlich zurückkommen konnte.

Er ging durch eine fröhliche, rufende Menge, ging zurück zu ihr. Es war am Silvesterabend, der Zeit für Neuanfänge, der Zeit, um von den Freuden der Vergangenheit zu jenen zu schauen, die ihn in der Zukunft erwarteten. In seinem Innern klang ein frohes Rufen, das zur Stimmung der Menge paßte.

»Frohes neues Jahr!«

Frauen hielten ihn auf der Straße an, baten um seine Zuneigung. Aber er ging an ihnen vorbei, denn sie wartete auf ihn, und er spürte seinen Hunger auf die ihn in Besitz nehmende Liebe seiner Sklavin.

Er trat schwungvoll in das Gebäude, in dem sie wohnten.

Die Menge war fort. Eine Tür öffnete sich. Die Stimme seiner Liebsten schlug ihm plötzlich voll nackter Überraschung entgegen. Und noch eine andere Stimme, die des Mannes der neben ihr stand, krächzend vor Entschuldigungen und Angst.

Sein Hunger wurde anders – es schien nicht mehr zu sein als das.

Er griff mit der Hand an seine Seite und nahm ein Stück geformten Metalls heraus, zeigte damit auf den Mann. Ein grelles Licht explodierte, und der Mann war tot. Er legte die Waffe fort.

Der junge Oliver Symmes ging auf das junge Mädchen zu. Sie wich vor ihm zurück, flehte ihn an mit Worten, Augen, ihrem Körper. Er nahm zum ersten Mal die vielen kleinen Unregelmäßigkeiten ihres Gesichts und ihrer Figur wahr.

In die Enge getrieben, hob sie die Arme und schlang sie um ihn. Aber seine Hände fanden einen Halt und schlossen sich um die Weiße ihres Halses. Er drückte die Hände zusammen, die Daumen dicht aneinandergelegt.

Minuten später ließ er sie auf den Boden sinken, stand da und betrachtete sie. Sie hatte ihm gehört, und er hatte sie zerstört, als sein Besitz in Frage gestellt wurde.

Er beugte sich hinunter, um die spannungslosen Lippen zu küssen.

Schatten. Wenn ein Mensch älter wird, nehmen die Größe und das Gewicht seines Gehirns ab, und Hohlräume bleiben in seinen Gedanken zurück. Die vergehenden Jahre wühlen darin, wie ein ungeheurer Ausgräber, der die Menge der vergangenen Erfahrung hinaufschaufelt in den wiederkäuenden Magen der Auflösung. Das langsame, sichere Verdunsten der vergehenden Jahrzehnte läßt Raum im Kopf eines Menschen für die leise flatternden Flügel der Erinnerungen.

Der vertrocknete Mann sah wieder auf. Die Frau in der grünen Uniform lächelte ihn mit leicht geöffneten, verzerrten Lippen an.

»Ich nehme an, diese Jahreszeit ist die schwerste für Sie, oder?« fragte sie mitfühlend. Die größte Anforderung an einen guten Geriater waren Mitgefühl und Verständnis. Sie entschloß sich, sich noch mehr Mühe zu geben, um ihn zu verstehen.

Der alte Mann antwortete nicht, sondern starrte nur ihr Gesicht an. Aber seine Augen waren leer – sie sahen zwar etwas, waren aber blind für alles, was ihn umgab. Sie runzelte einen Augenblick die Stirn, als sie ihn ansah. Die unnatürliche Haarlosigkeit seines Körpers verwirrte sie, machten es ihr schwer, ihn zu verstehen, solange der Gedanke noch in ihrem Sinn war – das, und die Schwierigkeit, die sie hatte, bis zu ihm vorzudringen.

Sie starrte ihn an, als wolle sie die Ausdruckslosigkeit seines Blickes durchdringen. Hinter seinen Augen lag die Leere des Alters, die offene Wunde der unterdrückten Jahre.

»Ich werde Sie zum Fenster hinüberfahren lassen, Mr. Symmes«, sagte sie sanft zu ihm, und ihr Lächeln erschien wieder. »Dann können Sie nach draußen schauen und all die vielen Leute sehen. Würde Ihnen das nicht Spaß machen?«

Sie nahm ein Kästchen vom Tisch und drehte an einer Scheibe. Der Stuhl, in dem er saß, erhob sich etwas vom Boden und hielt vor dem Fenster an. Die Frau ging zu der Wand neben ihm und verbesserte den visuellen Index des Glases, damit er besser zu den schwachen Augen des alten Mannes paßte.

»Sehen Sie, da unten? Schauen Sie nur, wie sie sich gegenseitig durch die Gegend schieben.«

Eine wirre Menge von Gesichtern schwamm auf dem Glas vor ihm, Gesichter von fremden Leuten, die ihm alle unbekannt waren und die er auch nie würde kennenlernen können.

In seinem Innern erhob sich das Flüstern der Flügel mit einem wimmernden, ledernen Geräusch. Die Bilder von toten Gesichtern flogen darin empor, krängten durch seine Gedanken, vermischten und überschnitten sich mit den Gesichtern der Lebenden. Das Glas wurde zum ungeheuren Wirbel voller Gesichter.

Tote Gesichter...

Vier Wände um ihn herum, kahl bis zur völligen Langeweile. Durch das vergitterte Fenster sprach die pulsierende Stimme der

Menge zu ihm. Sein junger Körper nahm das auf, sein junger Geist akzeptierte es, ordnete es ein und schob es aus seinem Bewußtsein. Und zu jeder einzelnen Stimme gab es ein Gesicht, das von der vergleichbaren Sicherheit der Außenwelt zu seiner Zelle hinaufstarrte. Der junge Oliver Symmes konnte die Gesichter von der Stelle, an er er saß und wartete, nicht sehen, aber er konnte sie spüren.

Dann kam das Gefühl von Händen auf seiner Schulter; seine Träumerei wurde unterbrochen. Arme unter den seinen hoben ihn und stellten ihn auf die Füße. Ein Gesicht lächelte, fast freundlich und mit Verständnis.

»Sie warten auf Sie, Mr. Symmes. Es ist Zeit zu gehen.«

Noch mehr Worte. Er ging von einer Stelle zu einer anderen, meistens mit einer Menge von Leuten zu beiden Seiten, die ihn einengten. Dann war eine Tür vor ihm, mit Schnitzereien verziert, eine Replik der Türen des römischen Justizpalastes von vor vielen Jahrhunderten. Wieder registrierte sein Gehirn die Eindrücke.

Und dann verblaßten die Bilder des Basrelief wie die Gesichter der Leute vor seiner Zelle, schmolzen und schwanden in eine pelagianische Schwärze.

Die Türen öffneten sich, und er trat hindurch, während ein Teil der Menge immer noch an seiner Seite war. Die Leute im Innern standen da wie Menschen aus Reisig, so kam es ihm vor, mit bemalten Luftballons als Gesichtern. Das Geräusch eines klopfenden Hammers traf auf sein Ohr. Die Leute setzten sich, und die Verhandlung begann.

»Dieses Gericht wird nur solche Ereignisse und Gegenstände als relevant für das Verfahren anerkennen, die mit dem Verbrechen unmittelbar zu tun haben und als solche betrachtet werden.«

Ein unterwürfiges Räuspern. Ein Husten hier und da.

»... und sahen Sie den Angeklagten, Oliver Symmes, die Wohnung der Verstorbenen betreten, und zwar in der Nacht des einunddreißigsten Dezembers Zweitausendund...«

»Ja. Er trug eine Art orangefarbenen Umhang...«

Jemand flüsterte ihm etwas ins Ohr. Oliver Symmes hörte zu und schüttelte den Kopf.

»... sind Sie mit dem Angeklagten persönlich bekannt?«

»Ja. Wir arbeiteten für die Vereinigten Anthropologischen Laboratorien, bevor er...«

»Einspruch.«

»Stattgegeben.«

Die Schwärze der Richterrobe verwirrte ihn. Ein Überbleibsel, ein Anachronismus, über Jahrhunderte hinweg weitergegeben. Weiß war die Farbe der Wahrheit, nicht Schwarz.

»Sie schwören, daß Sie sahen, wie der Angeklagte in jener Nacht über den Körper der verstorbenen Frau gebeugt stand?«

»Nein, er stand nicht, Sir. Er hatte sich vorgebeugt und küßte...«

»Ihr Zeuge.«

Tagelang, hin und her, Zeugen und noch mehr Zeugen. Beweise und noch mehr Beweise und der Mangel an Beweisen. Lächelnde Anwälte, Grimassen schneidende Anwälte, tröstende Anwälte und plappernde Anwälte. Und Zeugen.

»Bitte treten Sie in den Zeugenstand, Mr. Symmes.«

Er ging zu dem Stuhl und setzte sich. Der Gerichtssaal beugte sich vor. Die Reisigmenschen neigten sich ihm ein wenig zu, als sähen sie voller Freude dem kommenden Höhepunkt eines Schauspiels entgegen.

»Bitte erzählen Sie dem Gericht in Ihren eigenen Worten...«

Er sprach die Worte. Die ganze Geschichte, die Silvestermenge, sein Verlangen nach ihr, seine Ankunft, der andere Mann und sein Gebrabbel, die Frau und wie sie aussah, seine Gefühle, seine umgewandelte Leidenschaft und die beiden Tode. Er erzählte die Geschichte immer, immer wieder, bis sie zufrieden zu sein schienen.

»Sie verstehen wohl, Mr. Symmes, daß Sie ein äußerst abscheuliches Verbrechen begangen haben. Sie haben zwei Menschen getötet in einer Leidenschaft, die zwar früher oft aufgrund der Umstände vergeben wurde, die von dieser Regierung aber nicht mehr toleriert wird. Sie haben getötet, Mr. Symmes!«

Das Gesicht vor ihm blickte ihn konzentriert an. Er sah es an, verstand aber den Grund für die Maske der Bosheit und des Hasses nicht ganz.

»Sie gehörte mir. Als sie mich betrog, habe ich sie getötet. Ist das falsch?«

Die Reisigmenschen schnaubten und stießen sich mit den Ellenbogen verächtlich in die Rippen.

Es gab keine Worte und keine Fragen mehr. Er sah in das Gesicht des Richters und fragte sich einen Augenblick lang, ob die Farbe der Robe wohl passend zur Einstellung des Mannes ausgesucht worden war.

Und dann kam die Stille, eine Zeit des Wartens. Er spürte die verwunderten Blicke der Reisigmenschen, die ihn voller Erwartung anstarrten; sie waren im Augenblick losgelöst aus der Eintönigkeit ihres eigenen Lebens durch den ungeheuren Anblick der Tragödie in seinem Leben. Sie brabbelten untereinander und schlossen Wetten ab über den voraussichtlichen Ausgang des Prozesses.

Der Mann neben ihm lehnte sich herüber und klopfte ihm auf den Arm. Dann standen alle auf und setzten sich neugierig fast sofort wieder. Er spürte die Spannung, die im Gerichtssaal hing, war aber selbst seltsam entspannt. Es war schon eigenartig, daß sie alle so aufgeregt taten.

»Euer Ehren, wir haben die Schwere des Verbrechens und die vorgelegten Beweise gründlich abgewogen...«

Die Luftballongesichter auf den Reisigmenschen dehnten sich erwartungsvoll aus.

»... und dabei vollständig berücksichtigt, daß der Angeklagte seine Leidenschaft eingestanden hat und wie die Umstände waren...«

Die Luftballons waren gespannt, im Vergleich zu ihren üblichen Maßen vor lauter Eifer völlig verzerrt.

»... und wir befinden den Angeklagten für schuldig des Mordes und machen dem Gericht keinen weiteren Vorschlag.«

Die Luftballons platzten!

Betäubend und mehr als betäubend ertönte das Aufrauschen der Stimmen – unglaublich laut. Er hielt sich schnell die Hände über die Ohren, um den Lärm auszusperren.

Der Hammer klopfte und klopfte immer wieder, schlug auf die polierte Eiche in tödlichem Rhythmus, erstickte die Stimmen. Über die Stille hinweg sprach ein Mann. Er erkannte die schwarze Stimme des Richters, nahm seine Hände von den Ohren und legte sie in den Schoß. Man sagte ihm, er solle aufstehen, und er gehorchte.

»Oliver Symmes, in diesem Land hat es schon seit vielen Jahren keinen Mord mehr gegeben – bis zu Ihrem schockierend primitiven Verbrechen. Wir waren stolz auf diesen Fortschritt. Jetzt haben Sie ihn durchbrochen. Wir müssen Sie nicht nur angemessen und gehörig bestrafen, sondern wir müssen Ihre Bestrafung auch zu einer Warnung machen für jeden, der womöglich Ihrem unvernünftigen Beispiel folgen will.

Wir haben natürlich jetzt nicht mehr den Apparat, jemanden zu exekutieren, auch keinen Henker mehr. Wir glauben natürlich auch nicht, daß eine völlig unvernünftige Handlung wie die Ihre uns zu einer ähnlich unvernünftigen Erwiderung bewegen sollte, denn dann wären wir der gleichen Unvernunft schuldig wie Sie.

Wir müssen jedoch selbst einen Präzedenzfall schaffen, denn es gibt keinen aus der näheren Vergangenheit, und die alten Strafen sind für uns nicht mehr annehmbar. Also ordnet das Gericht, da wir menschliche und vernünftige Personen sind, an, daß der Angeklagte, Oliver Symmes, in das staatliche Krankenhaus eingeliefert wird zur Beobachtung, zu Studien und für Experimente, auf daß ein solches Verbrechen nie wieder geschehen mag. Er soll dort unter ständiger Pflege bleiben, bis keine bekannte menschliche Fähigkeit oder Möglichkeit mehr das Leben in seinem Körper aufrechterhalten kann.«

Jemand neben ihm sprang auf, zitternd vor Grauen und Ärger. Es war sein Anwalt.

»Euer Ehren, wir bitten um die Gnade des Gerichts. Welches Verbrechen auch immer der Angeklagte begangen haben mag, Sie begehen ein noch größeres. Denn dies ist ein Verbrechen nicht nur gegen meinen Klienten, sondern gegen alle Menschen. Dieser Urteilsspruch beraubt alle Menschen ihrer wertvollsten Freiheit – der Freiheit, zu dem ihnen bestimmten Zeitpunkt zu sterben. Nichts zerstört die grundlegende Würde der menschlichen Rasse mehr als dieses grauenhafte...«

»Dieses Gericht erkennt nur die vier Freiheiten an. Die Freiheit des Todes gehört nicht dazu. Das Urteil bleibt bestehen. Das Gericht zieht sich zurück.«

Tränen standen in den Augen des Anwalts, und der junge Oliver Symmes verstand nicht so ganz, noch nicht, was sie bedeuteten. Hände griffen, noch rauher als vorher, nach seinen Armen, mit eigenartiger Festigkeit, und führten ihn weg in die...

Schatten. Sie kommen in Zyklen, jeder wird von dem vorhergehenden angeregt. Sie flattern in unglaublichen Mustern vorüber, wirbeln in unübersetzbaren Formationen durch das öde Land der Gedanken, das im alten Gehirn von Oliver Symmes liegt. Sie haben keine Bedeutung für ihn bis auf einen flüchtigen Funken des Erkennens, der dann und wann bei ihm eindringt.

Die Frau in der grünen Uniform, die auf der einen Seite des Fensters stand, lächelte ihn noch einmal an. Es war viel einfacher, ihn gern zu haben, dachte sie, wenn sie ihn sich als so etwas wie einen süßen, etwas abgenutzten Teddybären vorstellte. Ja, genau so etwas war er, ein kleiner Teddybär, der den größten Teil seiner Füllung verloren hatte und deshalb verschrumpelt und eingeschrumpft war. Und einen Teddybär kann man ganz leicht lieben und verhätscheln.

»Können Sie die Menge gut erkennen, Mr. Symmes? Das ist doch ein guter Platz zum Zuschauen, finden Sie nicht?«

Ihre Worte trafen auf seine Ohren und wirkten als Vibrationen und Schwingungen in der Basilarmembran. Nervenzellen erzeugten Impulse, die über Neuralverbindungen zu seiner welken Hirnrinde gelangten, wo sie sich in dem Durcheinander von Atrophie und Zerfall verloren. Sie gelangten in sein Bewußtsein als Teil seiner wirren Wahrnehmung.

»Ist es nicht aufregend, von hier aus zuzusehen?« fragte sie, und in ihrem Gesicht sah man die Begeisterung beim Anblick der Menge unten. »Sie sollten sich wirklich darüber freuen. Nicht alle Menschen hier haben ein solches Fenster, aus dem sie schauen können.« So, jetzt mußte er sich wohl ein wenig besser fühlen.

Sein Blick blieb beim Umherwandern an ihrer Uniform hängen, die in ihrem Grün so kühl und tröstend wirkte. Ein kleines Glitzern von Licht lag auf dem metallischen Abzeichen auf ihrem Ärmel: »Für die Alten sorgen.« Irgendwo in seinem Innern fand klickend eine Assoziation statt, ein kleines Feuer der Erwiderung auf ein vergangenes Ereignis, zu einer Flamme entzündet, die den Weg erhellte durch die Spinnweben für noch einen *Schatten*.

Wie viele Jahre hatte er schon auf die Gelegenheit gewartet? – Er wußte es nicht. Es kam ihm vor wie Jahrzehnte, aber vielleicht waren es auch nur eine Handvoll Monate gewesen. Und während all der Zeit, die er gewartet hatte, konnte er fühlen, wie er älter wurde, spürte er die Synärese, die langsame Verfestigung der Lebenselemente in seinem Innern. Er saß still da und wurde alt und glaubte, seine Chance würde nie kommen.

Aber sie kam, als er sie am wenigsten erwartet hatte.

Es war ein Festessen – zu seinem Geburtstag. Aus diesem Anlaß hatten sie ihm zum ersten Mal seit Jahren wieder richtige Nahrung gegeben: einen Kuchen, verdächtig angesichts seiner Kerzenlosigkeit; ein Glas mit echtem Gemüsesaft; etwas Kartoffelbrei; ein unbeschreibliches grünes Gemüse, daß alles mögliche hätte sein können und ein kleines Steak. Ein saftiges, schmackhaft aussehendes Stück echtes Fleisch.

Die Fülle dieses Essens würde ihm wahrscheinlich Übelkeit bereiten, denn inzwischen war sein Verdauungsapparat kaum noch an feste Nahrung gewöhnt, aber es würde den Schmerz wert sein.

Und dann sah er das Messer.

Es lag dort auf dem Tablett, seine scharfe Schneide glänzte im Sonnenlicht. Ein scharfes Messer, mit dem man ein Steak zerschneiden konnte – oder jede andere Art von Fleisch.

»Nun, wie gefällt Ihnen Ihr Geburtstagsgeschenk, Mr. Symmes?«

Er sah schnell zu der Frau auf, die neben dem Tablett stand. Ihre Haut war von der gelblich-bleichen Farbe ihres mittleren Alters und paßte zu ihrer Uniform. Sie trug die Abzeichen einer geriatrischen Aufseherin.

Er ließ ein kleines Lächeln über sein Gesicht gleiten. »Na also, es ist... es ist herrlich. Das hätte ich wirklich nicht erwartet. Es ist schon so lange her, wissen Sie, so unwahrscheinlich lange.«

Wie konnte er sie loswerden? Wenn er irgend etwas versuchte, während sie zusah, würde sie ihn daran hindern. Und dann würde er nie wieder eine Chance bekommen.

»Es freut mich sehr, daß es Ihnen gefällt, Mr. Symmes. Synthetische Nahrung wird nach einer Weile etwas langweilig, nicht wahr?«

Die Idee kam ihm ganz plötzlich, und er reagierte schnell.

»Aber wo sind meine rosa Pillen? Ich nehme sie immer zum Mittagessen.«

»Sie werden sie nicht brauchen, wenn Sie richtige Nahrung zu sich nehmen.«

Er zwang seine Stimme, ungeduldig zu klingen. »Doch, ich will sie! Es ist mir egal, ob es echte Nahrung ist – ich will meine Pillen haben!«

»Ich hole sie später. Nun probieren Sie doch erst mal Ihr Essen.«

»Ich kann nicht essen, wenn ich nicht vorher meine rosa Pillen bekomme! Das müßten Sie doch wissen! Ich werde nicht einen Bissen essen, solange ich sie nicht bekomme! Sie haben mir mein Geburtstagsfest kaputtgemacht.«

Die Schrullen des Alters sind ohne jede Logik, also ging sie weg, um die Pillen zu holen, und ließ Oliver Symmes und das glänzende, scharfe Messer ohne Aufsicht zurück.

Wo sollte er anfangen? Beim Herzen? Nein, das würde zu schnell und einfach zu reparieren sein. Also wo dann? Er erinnerte sich an seine Studien der mitteljapanischen Kultur und die Art von Selbstmord, die zu jener Zeit üblich gewesen war. Die Därme! Es gab so viele, die man durchschneiden und aufschlitzen konnte, man konnte so viel zerstören, bevor der Tod einsetzte. Vielleicht sogar die Lungen! Aber er mußte sich beeilen.

Er nahm das Messer in die Hand und setzte die Spitze auf die Höhe seines Blinddarms. Einen Augenblick lang zögerte er, und seine Augen wanderten noch einmal über das kleine Festmahl, das da vor ihm stand. Er dachte kurz daran, ob er noch ein wenig warten sollte, um das kleine Steak zu probieren und kurz an dem köstlich aussehenden Kuchen zu knabbern. Er fand es schrecklich, es nicht probiert zu haben. Es war schon so lange her...

Die plötzliche Erinnerung an die Zeit und daran, wieviel er schon verschwendet hatte, brachte seine Aufmerksamkeit wieder zu dem Messer zurück. Er faßte den Griff mit stählerner Kraft und drückte es fest hinein.

Seine Augen wölbten sich nach vorn durch den schrecklichen Schmerz, während er das Messer von links nach rechts zog und dabei heftig drehte. Er schlitzte all seine inneren Organe auf, in der Hoffnung, daß er damit ein für allemal das lange und ewige Warten beenden konnte.

Sein Mund füllte sich mit dem Geschmack von Blut. Er spuckte es durch die zusammengebissenen Zähne aus. Es strömte über sein Kinn und machte Flecken auf seinen sauberen Kittel. Seine Lippen öffneten sich für einen Schrei.

Und dann schlossen sich seine Augen.

Und öffneten sich wieder! Er starrte an die Decke, aber die Männer und Frauen, die um ihn herumstanden, verstellten ihm den Blick.

Ihre Lippen bewegten sich, ihre Gesichter waren ungerührt.

»Das war ja wirklich ekelhaft, daß er das getan hat.«

»Sie alle tun es ein- oder zweimal, bis sie es gelernt haben.«

»Schon das dritte Mal bei ihm, oder?«

»Ja, ich glaube. Beim ersten Mal versuchte er, sich zu erhängen. Beim zweiten Mal schlug er seinen Kopf gegen die Wand, bis wir ihn davon abhielten. Das war eine ziemlich blutige Schweinerei.«

»Aber natürlich kein Vergleich hiermit.«

»Nein, das ist ja klar.«

Oliver Symmes war es schlecht vor Angst, weil er keinen Erfolg gehabt hatte.

»Sie haben eine schöne Technik angewandt, Doktor. Er war doch schon mindestens eine Stunde tot, als wir anfingen, oder?«

»Fast zwei«, sagte ein anderer. »Eine erstaunliche Leistung.«

»Danke sehr. Aber es war nicht allzu schwierig. Nur ein paar kleine Nähte hier und da.«

Er spürte, wie seine Beine bewegt wurden.

»Seien Sie damit bitte vorsichtig, Schwester. Gehen Sie sanft mit ihm um. *Fragilitas Ossium*, wissen Sie. Alte Knochen brechen sehr leicht.«

»Verzeihung, Doktor.«

»Ich wünschte, sie würden sich zur Abwechslung mal was anderes einfallen lassen.«

»Die Frau im Zimmer nebenan hat letztes Jahr ein Auge verloren, als sie versuchte, an den Hirnvorderlappen zu kommen. Jetzt ist sie natürlich wieder so gut wie neu.«

Er hätte bei der Sinnlosigkeit von dem allen am liebsten kotzen wollen.

»Übrigens, weshalb sitzt er ein? Wissen Sie das?«

»Nein, das müßte ich nachsehen.«

»Wahrscheinlich Unerfahrenheit.«

»Oder Steuern.«

»Oder vielleicht sogar Verleumdung.«

»Ist das jetzt auch auf der vorgeschriebenen Liste antisozialer Handlungen?«

»O ja. Es wurde direkt vor dem Gesetz über destruktive Kritik verabschiedet.«

»Glauben Sie, er wird noch einmal eine solche Schweinerei machen?«

»Das tun sie alle.«

»Ja, nicht wahr? Lernen sie denn niemals, daß es keinen Sinn hat?«

»Am Ende schon. Manche sind eben nur schwerer zu überzeugen als andere.«

Der Schmerz war weg. Er schloß die Augen und glitt wieder in die Dunkelheit und in...

Schatten. Langsam und zögernd treiben sie auf dem Meer seiner Gedanken, wie schwimmende Teile von Beerentang auf dem Brackwasser eines sterbenden Meeres. Jeder tausendmal zu oft geträumt, jedes einzelne Stück Erinnerungstang jetzt nichts mehr als ein stereotypes Stück von etwas, was einst vielleicht einmal ein Teil des Lebens und des Lebendigen gewesen war.

Mit der Ruhe verlassener Schiffe treiben sie in einer Prozession an der Sphäre seines Bewußtseins vorüber. Halt! Da ist eines, das ihm bekannt vorkommt. Er hält den Gedankenumzug einen Augenblick an, ohne dabei die Stimme der Frau neben ihm in der grünen Uniform zu hören.

»Es wird schon spät, Mr. Symmes.« Sie wandte sich vom Fenster ab und blickte auf seine vertrocknete Gestalt, dieses zerbrechliche Überbleibsel von einem Mann, die beinahe leere Hülle. Es war ein Jammer, daß er keine Spiele mit ihr spielen konnte wie manche von den anderen. Dadurch wurde es so viel leichter. »Glauben Sie nicht, daß es Zeit wäre, ins Bett zu gehen? Wer früh ins Bett geht, kann auch früh aufstehen, wissen Sie.«

Diese Erinnerung an eine Nadel, spitz und glänzend, was war das noch?

Ach ja, sie stecken sie in seinen Arm, drücken den Kolben herunter, ziehen sie wieder heraus; und dann warten sie, bis er stirbt. Erst die eine Krankheit, dann die andere, jeder einzelnen unterwarf er sich mit Freuden, im Interesse der Wissenschaft, nur um nachher wiederbelebt zu werden. Jedesmal ein freiwilliges Opfer, ein eifriges Meerschweinchen, hatte er auf die Ruhe des Todes gehofft, gebetet, daß sie nur einmal zu lange warten, daß sich die Keime als zu virulent erweisen oder irgend etwas schiefgehen würde.

»So, jetzt legen Sie sich hin und machen es sich bequem«, sagte sie und ging zum Tisch hinüber. »Aber das hat doch Spaß gemacht, oder? Ich meine, der Menge zuzusehen.« Sie hatte das Gefühl, er müßte jetzt viel zufriedener sein, und das zu wissen vermittelte ihr ein Erfolgsgefühl. Sie schaffte es, ihrem Motto gerecht zu werden, »Für die Alten sorgen«.

Diabetes, Tuberkulose, Magenkrebs, Gehirnturmor. Er hatte das alles gehabt, und noch vieles andere. Sie waren ihm alle beigebracht worden durch die Öffnungen in seiner Haut, die die glänzende Nadel machte. Und jede hatte die Freiheit der Schwärze und des Todes mit sich gebracht, manchmal für eine Stunde, manchmal sogar für eine ganze Woche. Aber jedesmal war das Leben wieder zurückgekehrt und das Warten, Warten, Warten.

»Ich freue mich auch über das neue Jahr«, sagte die Frau, und ihre Hände glitten zärtlich über eine Scheibe. Langsam und mit sanfter Drehung hob sich sein Stuhl vom Boden und wiegte diese Portion gealterter Schwäche, die Oliver Symmes hieß, zu seinem Bett. Mit beinahe zärtlicher Unterwürfigkeit wurde sein Körper mechanisch von dem tragbaren Stuhl in das frisch gemachte Bett hinübergeschoben.

Einer seiner Arme wurde für einen kurzen Augenblick unter das Leichtgewicht seines Körpers gedrückt. Es gab ein kurzes, knakkendes Geräusch, aber Oliver Symmes nahm es nicht zur Kenntnis. Sein Gesicht blieb ausdruckslos. Selbst der Schmerz hatte seine Bedeutung verloren.

»Es ist ein Jammer, daß wir nicht draußen bei den anderen sein und mit ihnen feiern konnten«, sagte sie, während sie ihn zudeckte und auch nichts Besonderes an seinem Arm bemerkte. Er sah doch wirklich süß aus so unter seiner Decke, nicht wahr?

»Stellen Sie sich nur vor, Mr. Symmes, wieder ist ein Jahr vergangen, und was haben wir nicht alles geschafft?«

Ihr Gebrabbel sickerte in sein Bewußtsein, und er nahm es wahr und verstand, was sie sagte. Neues Jahr?

»Welches – welches Jahr – ist jetzt?« Er sprach nur mit großen Schwierigkeiten, denn er hatte seine Stimmbänder schon lange nicht mehr gebraucht. Es war kaum mehr als ein Flüstern, aber sie hörte es und war verblüfft.

»Es ist natürlich '73. Letztes Jahr war '72, also fängt heute Nacht '73 an.«

'73? Waren fünfzig Jahre vergangen, seit er hier war? Nur fünfzig Jahre?

»Welches –« sie beugte sich näher zu ihm herunter, als er nach dem Wort suchte. »Welches – Jahrhundert?«

Ihr Erstaunen war fort. Er machte einen Scherz mit ihr wie die Frau im anderen Stockwerk. Diese Alten waren darin ganz groß.

»Also, Mr. Symmes, das weiß doch jeder, welches Jahrhundert wir haben.« Sie lächelte ihn bedeutungsvoll an und dachte, sie hätte ihn bei einem Scherz ertappt. Es war doch nett, dachte sie, daß sie heute abend, zu Beginn des neuen Jahres, bis zu ihm durchgedrungen war. Das bedeutete, sie wurde ihrem Motto genau so gerecht, wie es sein sollte.

Sie würde dem Aufseher davon berichten.

Oliver Symmes drehte sich auf den Rücken und sah zur Decke, seine Gedanken waren voll staubigen Geflüsters. Welches Jahrhundert war jetzt? Sie hatte ihm keine Antwort gegeben. Vielleicht war es schon einhundertfünfzig Jahre her, seit er hier war, und nicht nur fünfzig. Oder vielleicht zweihundertfünfzig oder ...

»Also, jetzt seien Sie lieb, und schlafen Sie gut. Ich komme dann morgen früh wieder.« Ihre Hand bewegte sich über einen leuchtenden Stöpsel, und das Licht im Zimmer verschwand bis auf ein leises Glimmen. Wenn er so in seinem Bett lag, sah er wirklich aus wie ein Teddybär, ein süßer, kleiner Teddybär. Sie war richtig glücklich.

»Gute Nacht, Mr. Symmes.«

Draußen läuteten die Glocken. »Frohes neues Jahr!«

Die Decke starrte zu ihm zurück.

Die verrückten Geräusche der Leute draußen wurden einen Augenblick noch lauter, und sie riefen, wie als Echo auf die Glocken:

»Frohes neues Jahr!«

Er drehte den Kopf zur Seite.

»Frohes neues Jahr!«

Und wieder... und wieder... und wieder.

Der Stern

von Arthur C. Clarke

Der Vatikan ist dreitausend Lichtjahre entfernt. Früher habe ich einmal geglaubt, daß Raum und Entfernung keinen Einfluß auf den Glauben haben könnten, genau wie ich auch glaubte, die Größe von Gottes Werk würde durch das Universum belegt. Jetzt habe ich dieses Werk gesehen, und mein Glaube ist ernsthaft erschüttert. Ich starre das Kruzifix an, das an der Kabinenwand über dem Mark-IV-Computer hängt, und zum ersten Mal in meinem Leben frage ich mich, ob es nicht doch einfach ein leeres Symbol ist.

Ich habe es noch niemandem gesagt, aber die Wahrheit kann nicht stillschweigend übergangen werden. Die Fakten sind da, und alle können sie sehen, aufgezeichnet auf den zahllosen Meilen von Magnetband und den Tausenden von Fotos, die wir zur Erde zurückbringen. Andere Wissenschaftler können sie genauso leicht interpretieren wie ich, und ich gehöre nicht zu denen, die in diesem Falle das Verdrehen der Wahrheit verzeihen würden, durch das in alten Zeiten mein Orden einen so schlechten Namen bekommen hat.

Die Crew ist schon ziemlich depressiv. Ich frage mich wirklich, wie sie diese letzte Ironie verkraften werden. Nur wenige von ihnen haben irgendeinen Glauben, und trotzdem genießen sie es nicht, diese letzte Waffe gegen mich zu gebrauchen – in diesem kleinen, wohlmeinenden, aber im Grunde ernsten persönlichen Krieg, der schon den ganzen Flug von der Erde her angedauert hat. Sie fanden es amüsant, einen Jesuiten als Astrophysiker zu haben. Dr. Chandler zum Beispiel konnte einfach nicht darüber hinwegkommen (warum sind Mediziner bloß notorische Atheisten?). Manchmal kam er zu mir auf das Beobachtungsdeck, wo immer nur sehr wenig Licht ist, so daß die Sterne mit ungehindertem Glanz scheinen können. Er kam dann im Dunkeln zu mir, stand da und starrte aus dem großen ovalen Bullauge, während die Himmel uns langsam umrundeten aufgrund jener Restdrehung des Raumschiffs, die wir nie wichtig genug gefunden hatten, um sie zu korrigieren.

»Nun, Vater«, sagte er dann schließlich, »es geht immer und ewig so weiter, und vielleicht hat *etwas* es gemacht. Aber wie Sie glauben können, daß dieses Etwas uns und unsere mickrige kleine Welt besonders interessant findet – das kann ich einfach nicht verstehen.« Dann fingen wir an zu streiten, während die Sterne und Nebel uns jenseits von dem makellos klaren Kunststoff des Beobachtungsfensters in schweigenden, endlosen Kreisen umrundeten.

Ich glaube, es war die scheinbare Unangemessenheit meiner Position, die bei der Crew am meisten Heiterkeit erzeugte. Ich erwähnte dann vergeblich meine drei Veröffentlichungen im *Astrophysical Journal*, und die fünf in *Monthly Notices of the Royal Astronomical Society*. Ich erinnerte sie auch immer wieder daran, daß mein Orden schon lange für seine wissenschaftlichen Werke berühmt ist. Wir sind jetzt tatsächlich nur noch wenige, aber seit dem achtzehnten Jahrhundert haben wir so viele Beiträge zur Astronomie und zur Geophysik geleistet, daß es in keinem Verhältnis zu unserer Anzahl stand. Wird mein Bericht über den Phoenix-Nebel unsere tausendjährige Geschichte beenden? Ich fürchte, er wird noch viel mehr beenden.

Ich weiß nicht, wer dem Nebel seinen Namen gab, der mir wirklich unpassend zu sein scheint. Falls er eine Deutung der Zukunft beinhaltet, dann ist es eine, die noch mehrere Milliarden Jahre lang wird nicht bestätigt werden können. Selbst das Wort Nebel ist irreführend: Hier handelt es sich um ein viel kleineres Objekt als bei jenen mächtigen Wolken von Dampf – dem Stoff der ungeborenen Sterne – die über die ganze Tiefe der Milchstraße verteilt sind. Im kosmischen Maßstab ist der Phoenix-Nebel ein kleines Ding – eine feine Gasschicht, die einen einzigen Stern umgibt.

Oder was von einem Stern übrig ist...

Rubens' Radierung von Loyola scheint sich über mich lustig zu machen von ihrem Platz an der Wand über den spektrometrischen Aufzeichnungen aus. Was hättest *du* wohl, Vater, aus diesem Wissen gemacht, das jetzt in meiner Obhut ist – so weit entfernt von der kleinen Welt, die das ganze Universum war, das du kanntest. Hätte sich dein Glaube der Versuchung gestellt, wie es meinem nicht gelungen ist?

Du blickst in die Ferne, Vater, aber ich bin weiter gereist, als du es dir je hättest vorstellen können, als du unseren Glauben vor tausend Jahren gegründet hast. Kein anderes Beobachtungsschiff war je so weit von der Erde entfernt: Wir sind ganz dicht an der Grenze des bekannten Universums. Wir machten uns auf den Weg, um den Phoenix-Nebel zu erreichen, es ist uns gelungen, und wir sind wieder auf dem Heimweg mit der Bürde unseres Wissens. Ich wünschte, ich könnte diese Bürde von meinen Schultern nehmen, aber ich rufe dich vergeblich über die Jahrhunderte und die Lichtjahre hinweg an, die zwischen uns liegen.

Die Worte auf dem Buch, das du hältst, sind deutlich zu lesen. AD MAJORAM DEI GLORIAM lautet die Botschaft, aber es ist eine Botschaft, die ich nicht länger glauben kann. Würdest du sie wohl noch glauben, wenn du sehen könntest, was ich gefunden habe?

Wir wußten natürlich, was der Phoenix-Nebel ist. Jedes Jahr explodieren allein in unserer Galaxie mehr als einhundert Sterne und strahlen dann mehrere Stunden oder Tage mit einer Helligkeit, die Tausende von Malen intensiver ist als vorher, bevor sie wieder in Tod und Vergessenheit versinken. So verläuft eine normale Nova – die einfachen Katastrophen des Universums. Ich habe schon von Dutzenden von ihnen die Licht- und spektrographischen Kurven aufgezeichnet, seit ich begann, im Mondobservatorium zu arbeiten.

Aber drei- oder viermal in tausend Jahren ereignet sich etwas, das sogar eine Nova absolut in den Schatten stellt.

Wenn ein Stern zu einer *Supernova* wird, dann kann er eine Weile lang heller leuchten als alle Sonnen der Galaxie zusammen. Die chinesischen Astronomen beobachteten ein solches Ereignis anno Domini 1054, ohne zu wissen, was das war. Fünfhundert Jahre später strahlte eine Supernova in Kassiopeia so hell, daß sie sogar am taghellen Himmel zu erkennen war. In den tausend Jahren, die seitdem vergangen sind, hat es noch drei weitere gegeben.

Unsere Aufgabe war es, die Überbleibsel einer solchen Katastrophe aufzusuchen, die Ereignisse, die dazu geführt haben, zu rekonstruieren und, falls möglich, den Grund dafür herauszufinden. Wir kamen langsam durch die konzentrisch verteilten Gasschichten näher, die vor sechstausend Jahren hinausgesprengt worden waren und sich dort immer noch weiter ausdehnten. Sie waren unglaublich heiß und strahlten immer noch in einem sehr intensiven violetten Licht, aber sie waren schon viel zu stark verdünnt, um uns noch irgendeinen Schaden zuzufügen. Als der Stern explodiert war, hatten sich seine äußeren Schichten mit einer solchen Geschwindigkeit ausgedehnt, daß sie völlig aus dem Bereich seines Gravitationsfeldes hinausgeraten waren. Jetzt bildeten sie eine Hülle, die groß genug war, um tausend Sonnensysteme zu umgeben, und in ihrer Mitte brannte das kleine, phantastische Ding, zu dem der Stern jetzt geworden war – ein weißer Zwerg, kleiner als die Erde und doch millionenmal so schwer.

Die leuchtenden Gasschichten umgaben uns in allen Richtungen und schlossen so das normale Licht des interstellaren Raums aus. Wir flogen in das Zentrum einer kosmischen Bombe, die vor Tausenden von Jahren detoniert war und deren weißglühende Teile immer noch voneinander weg rasten. Das unglaubliche Ausmaß der Explosion und die Tatsache, daß die abgesprengten Teile bereits einen Raum von einem Durchmesser von mehreren Milliarden Meilen ausfüllten, beraubte den Schauplatz jeglicher sichtbarer Bewegung. Es würde Jahrzehnte dauern, bevor man mit bloßem Auge irgendeine Bewegung in diesen zerrissenen Gasfetzen und -wolken würde sehen können, und doch war das Gefühl der ungeheuren Expansion überwältigend.

Wir hatten unseren Primärantrieb schon Stunden zuvor gedrosselt und trieben langsam auf den grimmigen kleinen Stern vor uns zu. Er war einmal eine Sonne wie die unsere gewesen, aber er hatte in wenigen Stunden die Energie verschwendet, mit der er noch Millionen von Jahren hätte leuchten können. Jetzt war er ein eingeschrumpfter Zwerg, der seine Energien hortete, als versuche er, eine Entschädigung für seine verschwenderische Jugend zu leisten.

Keiner glaubte ernsthaft daran, daß wir Planeten finden könnten. Wenn es vor der Explosion welche gegeben hätte, wären sie zu Dampfwolken zerkocht worden, und ihre Masse hätte sich in der größeren Masse des eigentlichen Sterns verloren. Aber wir starteten die automatische Suche, wie wir es immer tun, wenn wir uns einer unbekannten Sonne nähern, und tatsächlich fanden wir einen einzigen, kleinen Planeten, der den Stern in einer riesigen Entfernung umkreiste. Das mußte der Pluto dieses verschwundenen Sonnensystems gewesen sein, der am Rande der Nacht den Stern umlief. Er war zu weit von der Sonne im Zentrum entfernt, um je Leben beherbergt zu haben, aber seine Ferne hatte ihn davor bewahrt, das Schicksal all seiner verlorenen Gesellen zu teilen.

Die an ihm vorbeirasenden Feuermassen hatten seine Felsen versengt und den Mantel aus gefrorenem Gas verbrannt, der ihn in den Tagen vor der Katastrophe umgeben haben mußte. Wir landeten, und wir fanden die Gruft.

Ihre Erbauer hatten dafür gesorgt, daß wir das taten. Das monolithische Zeichen, das über dem Eingang gestanden hatte, war jetzt ein zusammengeschmolzener Klumpen, aber schon die ersten Langstreckenfotos zeigten uns, daß hier die Arbeit einer Intelligenz zu sehen war. Etwas später entdeckten wir das über den ganzen Kontinent ausgebreitete Muster aus Radioaktivität, das in den Felsen eingebettet worden war. Selbst wenn der Pfeiler über der Gruft zerstört worden wäre, wäre dies doch geblieben, ein unauslöschliches und fast für die Ewigkeit gebautes Leuchtfeuer, das zu den Sternen hinausrief. Unser Schiff landete im Zentrum dieser Zeichen wie ein Pfeil in der Mitte der Schießscheibe.

Der Pfeiler mußte eine Meile hoch gewesen sein, als sie ihn gebaut hatten, aber jetzt sah er aus wie ein Kerzenstumpf, der zu einem Wachstümpel zusammengeschmolzen war. Wir brauchten eine Woche, um durch den zerflossenen Felsen zu bohren, denn für eine solche Aufgabe hatten wir nicht die richtigen Werkzeuge. Wir waren Astronomen und nicht Archäologen, aber wir konnten improvisieren. Wir vergaßen unsere ursprüngliche Aufgabe. Dieses einsame Denkmal, mit so viel Arbeit in der größtmöglichen Entfernung von der der Zerstörung geweihten Sonne erbaut, konnte nur eine Bedeutung haben. Eine Zivilisation, die wußte, daß sie sterben mußte, hatte ihren letzten Versuch zur Unsterblichkeit gemacht.

Wir werden Generationen brauchen, um all die Schätze zu untersuchen, die in der Gruft lagen. Sie hatten wohl genug Zeit für Vorbereitungen, denn ihre Sonne mußte schon einige Jahre vor der letzten Explosion die ersten Warnzeichen von sich gegeben haben. Alles, was sie erhalten wissen wollten, alle Erzeugnisse ihres Genies hatten sie in den Tagen vor dem Ende hierhergebracht in diese ferne Welt, in der Hoffnung, daß irgendeine zukünftige Rasse sie finden würde und sie somit nicht vollständig dem Vergessen anheimfielen. Hätten wir auch so etwas getan, oder wären wir zu sehr in unserem eigenen Elend untergegangen, um Gedanken an eine Zukunft zu verschwenden, die wir weder sehen noch teilen würden?

Wenn sie nur ein wenig mehr Zeit gehabt hätten! Sie konnten scheinbar problemlos zwischen den Planeten ihres Sonnensystems hin- und herfliegen, hatten aber wohl noch nicht gelernt, die interstellaren Abgründe zu überqueren, und das nächste Sonnensystem war hundert Lichtjahre entfernt. Doch selbst wenn sie das Geheimnis der Transfiniten Flüge gekannt hatten, hätten sie nicht mehr als ein paar Millionen retten können. Vielleicht war es besser so.

Auch wenn sie nicht so beunruhigend menschlich ausgesehen hätten, wie es ihre Skulptur zeigt, hätten wir sie einfach bewundern und um ihr Schicksal trauern müssen. Sie hinterließen Tausende von visuellen Berichten und dazu die Geräte, um sie zu betrachten, zusammen mit ausführlichen bebilderten Anleitungen, mit Hilfe derer es nicht allzu schwer sein dürfte, ihre Schrift zu erlernen. Wir haben viele dieser Berichte untersucht und seit sechstausend Jahren zum ersten Mal wieder erlebbar gemacht, welche Wärme und Schönheit diese Zivilisation besaß, die unserer eigenen auf so viele Arten überlegen gewesen sein muß. Vielleicht zeigten sie uns nur ihr Bestes, und das konnte man ihnen wohl kaum übelnehmen. Aber ihre Welten waren wirklich herrlich, und ihre Städte waren mit einer Anmut gebaut, die jedem menschlichen Prinzip gleichkommt. Wir haben sie bei der Arbeit und beim Spielen beobachtet und ihrer musikalischen Sprache zugehört, die über die Jahrhunderte zu uns herüberklang. Eine Szene steht noch vor meinen Augen – eine Gruppe von Kindern auf einem Strand mit seltsam blauem Sand, Kinder, die in den Wellen spielen wie die Kinder auf der Erde. Eigenartige peitschenförmige Bäume säumen das Ufer, und ein sehr großes Tier watet durch das flache Wasser, es scheint sich jedoch niemand davor zu fürchten.

Und in diesem Meer versinkt, immer noch warm und freundlich und lebenspendend, jene Sonne, die sich bald in einen Verräter verwandeln und all dieses unschuldige Glück auslöschen wird.

Vielleicht – wenn wir nicht so weit von zu Hause entfernt und so verletzlich für Gefühle der Einsamkeit gewesen wären – vielleicht wären wir dann nicht so zutiefst bewegt gewesen. Viele von uns hatten schon Ruinen alter Zivilisationen auf anderen Welten gesehen, aber sie hatten uns nie so tief angesprochen. Diese Tragödie war einzigartig. Es ist eine andere Sache, wenn eine Rasse sich nicht halten kann und ausstirbt, so wie es Nationen und Kulturen auf der Erde ergangen ist. Aber in der vollen Blüte des Lebens so total zerstört zu werden, und ohne Überlebende zu hinterlassen – wie konnte das vereinbar sein mit der Gnade Gottes?

Meine Kollegen haben mich das gefragt, und ich habe geantwortet, so gut ich konnte. Vielleicht wärest du erfolgreicher gewesen, Vater Loyola, aber ich habe in den *Exercitia Spiritualia* nichts gefunden, was mir dabei hätte helfen können. Sie waren kein böses Volk. Ich weiß nicht, welche Götter sie verehrten, falls sie überhaupt welche verehrten. Aber ich habe sie über die Jahrhunderte zurück betrachtet und habe zugesehen, wie ihre Güte von neuem an das Licht ihrer geschrumpften Sonne gebracht wurde durch die Kraft, mit der sie versuchten, etwas zu bewahren. Sie hätten uns vieles lehren können. Warum wurden sie zerstört?

Ich kenne die Antworten, die meine Kollegen auf diese Frage geben werden, wenn sie zur Erde zurückkommen. Sie werden sagen, daß das Universum keinen Sinn und Zweck hat und daß angesichts der Tatsache, daß jedes Jahr in unserer Galaxie hundert Sonnen explodieren auch in genau diesem Augenblick eine Rasse irgendwo in den Tiefen des Weltraums stirbt. Ob diese Rasse im Laufe ihres Bestehens gut oder böse gewesen ist, wird am Schluß egal sein: Es gibt keine göttliche Gerechtigkeit, denn es gibt keinen Gott.

Und doch beweist natürlich das, was wir gesehen haben, nichts Derartiges. Jeder, der so argumentiert, wird von seinen Gefühlen gelenkt, nicht von der Logik. Gott braucht Seine Handlungen nicht vor den Menschen zu rechtfertigen. Er, der das Universum erschaffen hat, kann es auch zerstören, wenn Er das will. Es ist arrogant – gefährlich nah an der Blasphemie –, ihm vorschreiben zu wollen, was er tun oder lassen soll.

Das hätte ich noch akzeptieren können, so hart es auch sein mag – zuzusehen, wie ganze Welten und Völker in den Ofen geworfen werden. Aber es gibt einen Punkt, an dem sogar der tiefste Glaube wankend wird, und jetzt, wenn ich die Berechnungen vor mir betrachte, weiß ich, daß ich doch schließlich an diesem Punkt angekommen bin.

Wir konnten, bevor wir die Nebel erreicht hatten, nicht genau sagen, vor wie langer Zeit die Explosion stattgefunden hat. Jetzt ist es mir anhand der astronomischen Belege und der Fakten aus den Felsen des einen übriggebliebenen Planeten möglich, sie sehr genau zu datieren. Ich weiß, in welchem Jahr das Licht dieser ungeheuren Feuersbrunst die Erde erreichte. Ich weiß, wie strahlend die Supernova, deren Leiche jetzt hinter unserem schnellen Schiff versinkt, einst am irdischen Himmel geleuchtet hat. Ich weiß, wie sie tief im Osten vor dem Sonnenaufgang gestrahlt haben muß – wie ein Leuchtfeuer in jener orientalischen Dämmerung.

Es kann keinen ernsthaften Zweifel geben: Das alte Mysterium ist endlich gelöst. Und doch, o Gott, es gab doch so viele Sterne, die du hättest dafür verwenden können. Warum war es nötig, diese Lebewesen dem Feuer anheimzugeben, damit das Symbol ihres Vergehens leuchten konnte über Bethlehem?